CARTA AO REI
Tonke Dragt

Tradução do espanhol de Rosângela Dantas
Revisão da tradução de Silvana Cobucci Leite

Ilustrações da autora

SÃO PAULO 2020

Esta obra foi publicada originalmente em holandês com o título
DE BRIEF VOOR DE KONING
por Uitgeverij Leopold BV.
Copyright © Texto e ilustrações de Tonke Dragt, 1962, Uitgeverij Leopold, Amsterdã

Copyright © 2009, Editora WMF Martins Fontes Ltda.,
São Paulo, para a presente edição.

Todos os direitos reservados. Este livro não pode ser reproduzido, no todo ou em parte, armazenado em sistemas eletrônicos recuperáveis nem transmitido por nenhuma forma ou meio eletrônico, mecânico ou outros, sem a prévia autorização por escrito do editor.

1ª edição 2009
2ª edição 2020

Tradução
Rosângela Dantas

Revisão da tradução
Silvana Cobucci Leite
Acompanhamento editorial
Luzia Aparecida dos Santos
Revisões
Andréa Stahel M. da Silva
Helena Guimarães Bittencourt
Produção gráfica
Geraldo Alves
Paginação
Moacir Katsumi Matsusaki

Dados Internacionais de Catalogação na Publicação (CIP)
(Câmara Brasileira do Livro, SP, Brasil)

Dragt, Tonke
 Carta ao rei / Tonke Dragt ; tradução do espanhol de Rosângela Dantas ; revisão da tradução Silvana Cobucci Leite ; ilustração da autora. – 2. ed. – São Paulo : Editora WMF Martins Fontes, 2020.

 Título original: De brief voor de koning.
 ISBN 978-85-469-0326-9

 1. Literatura infantojuvenil I. Título.

20-33056   CDD-028.5

Índices para catálogo sistemático:
 1. Literatura infantil   028.5
 2. Literatura infantojuvenil   028.5

Cibele Maria Dias – Bibliotecária – CRB-8/9427

Todos os direitos desta edição reservados à
Editora WMF Martins Fontes Ltda.
Rua Prof. Laerte Ramos de Carvalho, 133 01325-030 São Paulo SP Brasil
Tel. (11) 3293-8150 e-mail: info@wmfmartinsfontes.com.br
http://www.wmfmartinsfontes.com.br

SUMÁRIO

CARTA AO REI

Introdução. Os cavaleiros do rei Dagonaut   11

Primeira parte. A missão
1. A vigília na capela   17
2. O pedido de um desconhecido   20
3. O caminho para a estalagem   24
4. A estalagem Yikarvara   28
5. O Cavaleiro Negro do Escudo Branco   31
6. Os Cavaleiros Vermelhos   36
7. A fuga   39

Segunda parte. A viagem pelo bosque
1. A caminho. O cavalo negro   49
2. O Louco da Cabana do Bosque   55
3. Toque de trombetas. O anel   65
4. Os ladrões   69
5. Os Cavaleiros Cinza   74
6. Os monges e o mosteiro Marrom   80

Terceira parte. O castelo de Mistrinaut
1. O peregrino e os Cavaleiros Cinza — 95
2. Prisioneiro — 109
3. O senhor do castelo e sua filha — 114
4. A luta com os Cavaleiros Cinza — 121
5. A reconciliação — 129
6. O nome do Cavaleiro do Escudo Branco — 136

Quarta parte. Margeando o rio Azul
1. Outra vez a caminho — 151
2. A estalagem O Pôr do Sol. A história de Ewain — 157
3. O que Ristridin contou sobre o Cavaleiro do Escudo Branco — 168
4. Os Cavaleiros Vermelhos — 173
5. A despedida dos Cavaleiros Cinza — 185

Quinta parte. Nas montanhas
1. Um companheiro de viagem — 195
2. O ermitão — 204
3. A despedida de Jaro — 216
4. Piak — 223
5. Neblina e neve — 230
6. Vista do reino de Unauwen — 239
7. Taki e Ilia. A descida continua — 244

Sexta parte. A leste do rio Arco-Íris
1. Para Dangria com Ardoc — 255
2. O prefeito de Dangria. O truque de Piak — 266
3. A carta — 270
4. A fuga — 275
5. No Cisne Branco — 281
6. A libertação de Piak — 291
7. O imposto do rio Arco-Íris — 306

8. A travessia do rio Arco-Íris	315
9. O senhor da ponte	324

Sétima parte. A oeste do rio Arco-Íris

1. O Bosque de Ingewel	343
2. Uma noite angustiante nas Colinas Lunares	348
3. Slupor	357
4. A cidade de Unauwen. O mendigo da porta	376
5. O rei Unauwen	384
6. O cavaleiro Iwain e Tirillo	390
7. Slupor pela última vez	398
8. Espadas e anéis	403
9. O que o rei Unauwen anunciou	409

Oitava parte. De volta à cidade de Dagonaut

1. Da cidade de Unauwen para Dangria	421
2. De Dangria para Menaures	426
3. A despedida de Piak	433
4. O castelo de Mistrinaut	436
5. O bosque	442
6. O rei Dagonaut	448
7. Um Cavaleiro de Escudo Branco	454
8. Um reencontro ao amanhecer	459

CARTA AO REI

Dedicado às três estrelas do Ocidente

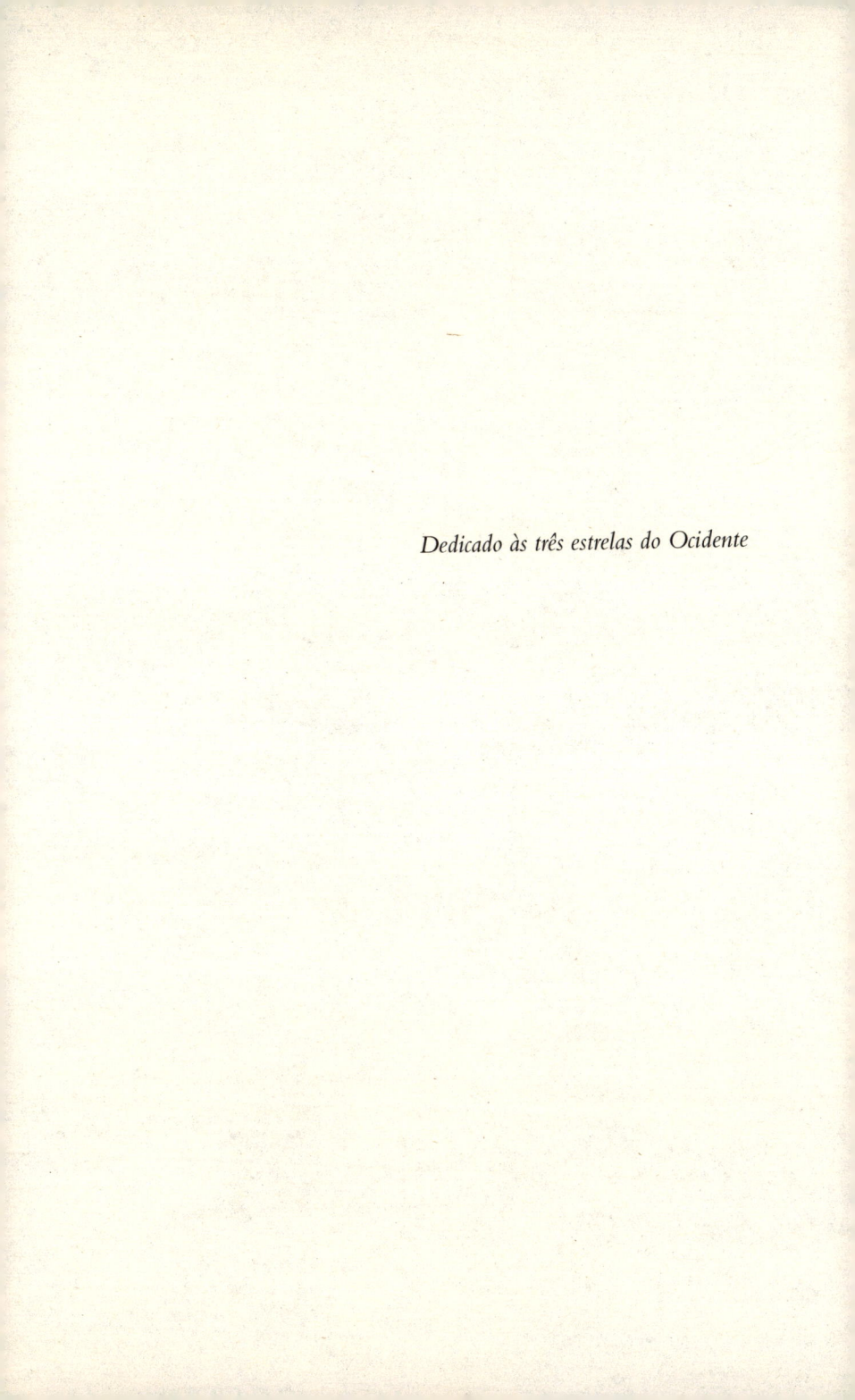

INTRODUÇÃO

OS CAVALEIROS DO REI DAGONAUT

Esta é uma história de muito tempo atrás, da época em que ainda existiam cavaleiros. Desenrola-se entre dois reinos: o país do rei Dagonaut, a leste da Grande Cordilheira, e o país do rei Unauwen, a oeste da Grande Cordilheira. Esses também eram os nomes das capitais dos dois reinos: a cidade de Dagonaut e a cidade de Unauwen. Fala-se ainda de outro país, mas agora não é o momento de tratar disso.

A história começa no reino de Dagonaut. Mas antes você precisa saber alguma coisa sobre esse rei e seus cavaleiros. Para isso copiei alguns fragmentos de um livro muito, muito antigo.

Nosso rei Dagonaut é um rei poderoso; seu governo é elogiado como sensato e justo, e seu reino é grande e bonito. Possui colinas, campos e terras férteis, amplos rios e selvas extensas. No norte há montanhas, e no oeste as montanhas são ainda mais altas. Um pouco mais adiante encontra-se o país do rei Unauwen, tema de belas canções de nossos trovadores. No leste e no sul não há montanhas, e por ali às vezes os inimigos tentam entrar em nosso país, invejosos da prosperidade que aqui reina. Mas ninguém nunca conseguiu conquistar o reino porque os cavaleiros do rei o protegem bem e o defendem com bravura. Vive-se bem no interior de nossas fronteiras, onde há paz e segurança. O rei Dagonaut tem a seu serviço muitos cavaleiros, homens decididos e corajosos que o ajudam a governar e a manter a ordem. Muitos deles são famosos: quem não ouviu falar do cavaleiro Fartumar e de Tiuri, o Destemido, e de Ristridin do Sul, para citar apenas alguns? O rei cedeu parte de seu território à maioria de seus cavaleiros, que governam em seu nome. Além disso, eles devem atender imediatamente quando o rei os convoca, para ajudá-lo com sua força e seus guerreiros.

Há também cavaleiros que não possuem terras, a começar pelos ainda jovens, mas que depois sucederão a seus pais. Além desses, há também os que não querem ter posses, os cavaleiros andantes, que viajam por todo o reino, oferecendo seus serviços em todos os lugares, que protegem as fronteiras e até saem do país para depois contar ao rei o que acontece lá fora.

Existem muitos cavaleiros no reino de Dagonaut, mas apesar disso não é fácil tornar-se um deles, pois quem deseja receber a acolada deve provar que a merece. Precisa submeter-se a um duro período de provas: primeiro deve ser o escudeiro de um cavaleiro experiente, e depois permanecer mais um ano com os guerreiros do rei. Além de saber usar as armas e conhecer muitas coisas, deve também, e principalmente, ser leal e honesto, prestativo e corajoso. Deve ser um cavaleiro em todos os sentidos.

A cada quatro anos, no verão, o rei Dagonaut convoca todos os cavaleiros à cidade, onde permanecem por sete dias. Eles lhe trazem informações das diversas partes do reino e relatam seus próprios feitos e realizações.

Nessa semana, no solstício de verão, os jovens que provaram seus méritos são solenemente nomeados cavaleiros pelo rei.

Esse é um grande dia! Depois da acolada, celebra-se uma missa na catedral, seguida de um banquete no palácio. Então há um magnífico desfile pela cidade, do qual participam todos os cavaleiros, com suas armas, escudos e estandartes. Os jovens cavaleiros vão à frente. De todas as partes vêm pessoas para assistir ao desfile. E a seguir se celebra uma grande festa, não só no palácio mas também em toda a cidade. Há feira na praça do mercado, toca-se música por toda parte e as pessoas dançam e cantam nas ruas, primeiro com a luz do sol e depois à luz de centenas de tochas. No dia seguinte o rei convoca todos os cavaleiros para uma reunião na qual os mais jovens podem estar presentes pela primeira vez. Um dia depois, eles participam de um grande torneio, que para muitos é o ponto alto da semana. Nunca se veem tanta pompa e esplendor, tanta coragem e destreza juntos.

Mas, antes desses dias esplêndidos, os novos cavaleiros têm de passar por uma última prova. Nas vinte e quatro horas que antecedem a acolada, são obrigados a jejuar, não podem comer nem beber nada. E devem passar a noite velando numa pequena capela fora dos muros da cidade. Suas espadas são colocadas diante do altar, e eles, vestidos de branco, ficam de joelhos, refletindo sobre o grande trabalho que os espera. Como cavaleiros de Dagonaut, prometem servir com lealdade ao rei e ao reino, que é sua pátria. Prometem ser sempre honestos e prestativos, e lutar pelo bem.

Devem velar e meditar durante toda a noite, e rezar pedindo forças para realizar seu trabalho. Não podem dormir, nem falar, nem ouvir as vozes do mundo exterior até que, às sete da manhã, uma comitiva de cavaleiros os conduz até o rei.

Esta história começa numa dessas noites, numa pequena capela no alto da colina nos arredores da cidade de Dagonaut. Cinco jovens passam a noite ali, velando antes de ser nomeados cavaleiros: Wilmo, Foldo, Yiusipu, Arman e Tiuri. Tiuri é o mais jovem deles, acaba de completar dezesseis anos.

PRIMEIRA PARTE

A MISSÃO

1. A vigília na capela

Tiuri estava ajoelhado no chão de pedra da capela e olhava a pálida chama da vela à sua frente.

Que horas seriam? Precisava concentrar-se em suas futuras obrigações como cavaleiro, mas seus pensamentos desviavam-se a todo momento. Às vezes nem sequer pensava. Gostaria de saber se acontecia o mesmo com seus amigos.

Olhou para o lado, para Foldo e Arman, para Wilmo e Yiusipu. Foldo e Wilmo mantinham os olhos fixos em suas velas, Arman cobrira o rosto com as mãos. Yiusipu estava sentado e olhava para o alto, mas de repente mudou de posição e fitou Tiuri direto nos olhos. Olharam-se por alguns instantes, depois Tiuri voltou-se novamente para a vela.

Em que estaria pensando Yiusipu?

Wilmo se mexeu e seus sapatos produziram um som estridente no chão. Os outros olharam ao mesmo tempo para ele. Wilmo abaixou a cabeça como que envergonhado.

"Que silêncio", pensou Tiuri pouco depois. "Nunca na vida senti um silêncio como esse. Escuto apenas nossas respirações e, se apurar o ouvido, talvez possa escutar as batidas de meu coração…"

Os cinco jovens não podiam conversar, não podiam pronunciar uma só palavra durante toda a noite. E não podiam ter nenhum contato com o mundo exterior. Até a porta da capela fora fechada com cadeado e só voltaria a ser aberta na manhã seguinte, às sete horas, quando os cavaleiros do rei Dagonaut viriam buscá-los.

Amanhã de manhã! Tiuri imaginava o desfile festivo: os cavaleiros com seus corcéis lindamente enfeitados, os escudos coloridos e os estandartes ondulantes. Também via a si mesmo, montando um cavalo fogoso e vestindo uma armadura resplandecente, elmo e penacho esvoaçante.

Afastou aquela imagem. Não devia pensar nos aspectos exteriores da cavalaria, mas propor-se ser leal e honesto, corajoso e prestativo.

A luz da vela feria sua vista. Olhou para o altar onde repousavam as cinco espadas. Sobre ele estavam pendurados os escudos, que brilhavam à luz oscilante das velas.

"Amanhã haverá dois cavaleiros levando as mesmas armas", pensou, "meu pai e eu." Seu pai também se chamava Tiuri. Era conhecido como "O Destemido". Estaria acordado pensando no filho? "Tomara que me torne um cavaleiro tão bom quanto ele", pensou Tiuri.

Pouco depois teve outro pensamento: "Imagine se alguém batesse à porta agora! Não poderíamos abrir." Lembrou-se do que lhe contara o cavaleiro Fartumar, de quem havia sido escudeiro. Fartumar velava na capela na noite anterior à sua acolada, quando alguém bateu com força à porta. Com ele estavam três amigos, mas ninguém abriu. Ainda bem! Porque depois descobriram que era um servo do rei querendo colocá-los à prova.

Tiuri olhou novamente para os companheiros. Continuavam na mesma posição. Com certeza já passava da meia-noite. Não restava quase nada de sua vela; era a menor das cinco, talvez por estar mais perto da janela, onde havia corrente de ar. Ele sentia o vento o tempo todo. "Quando minha vela se apagar, não vou acender outra", pensou. Achava mais agradável ficar sentado no escuro para que os outros não o vissem. Não tinha receio de pegar no sono.

Wilmo estaria dormindo? Não, estava se mexendo.

"Não estou fazendo a vigília direito", pensou Tiuri. Cruzou as mãos e fixou o olhar na espada, que só poderia usar por uma boa causa. Relembrou as palavras que diria ao rei Dagonaut no dia seguinte: "Juro, como cavaleiro, servi-lo com lealdade, bem como a seus súditos e a todos que pedirem minha ajuda. Juro…"

Então bateram à porta levemente, mas ainda assim foi possível escutar muito bem. Os cinco jovens prenderam a respiração, porém permaneceram sentados, imóveis.

Bateram novamente.

Os jovens entreolharam-se, mas não disseram uma palavra nem se mexeram.

Ouviram a maçaneta da porta girar e, logo depois, passos distanciando-se lentamente.

Os cinco suspiraram ao mesmo tempo.

"Já passou", pensou Tiuri. Era estranho, mas tinha a impressão de que esperara por aquilo durante toda a vigília. Seu coração batia tão forte que os outros também o ouviam. "Vamos, calma!", disse para si mesmo. "Deve ter sido um estranho que não sabia que estávamos aqui velando, ou alguém querendo fazer uma brincadeira conosco, ou nos colocar à prova…"

No entanto, ficou tenso, esperando ouvir mais alguma coisa. Sua vela brilhou com mais intensidade por um instante e depois se apagou suavemente, com um chiado. Agora estava sentado no escuro.

Não sabia quanto tempo se passara quando escutou um barulho muito baixo acima de sua cabeça. Era como se alguém arranhasse a janela com as unhas. E então ouviu uma voz, fraca como um suspiro, dizendo:

– Pelo amor de Deus, abra a porta!

2. O pedido de um desconhecido

Tiuri endireitou-se e olhou para a janela. Não viu nada, nem sequer uma sombra, por isso pensou que fosse imaginação sua. Tomara! Não podia fazer o que aquela voz lhe pedira, por mais que parecesse urgente. Escondeu o rosto entre as mãos e tentou afastar qualquer pensamento de sua mente.

Mas voltou a ouvir a voz, bem clara, apesar de não ser mais que um sussurro: "Pelo amor de Deus, abra!"

Soou mais urgente que no início.

Tiuri olhou para os amigos. Pareciam não ter escutado nada. Mas ele sem dúvida ouvira: "Pelo amor de Deus, abra!"

E agora? Não podia abrir a porta... mas e se fosse alguém em perigo, um fugitivo buscando a proteção de um local sagrado?

Escutou. O silêncio voltara, mas a voz ainda ecoava em seus ouvidos; nunca poderia esquecê-la. Ah, por que precisava passar por aquilo? Por que justamente ele teve de ouvir aquela súplica? Não devia responder, mas não ficaria tranquilo enquanto não o fizesse.

Hesitou. Depois tomou uma decisão. Levantou-se sem fazer barulho, com dificuldade, pois tinha as pernas enrijecidas por ter ficado tanto tempo de joelhos no chão gelado. Deslizou em direção à porta, tateando a parede. De vez em quando dirigia o olhar para os amigos. Achava que não tinham percebido nada, ou talvez tivessem; Arman olhou para ele. Mas Arman jamais o delataria.

Pareceu-lhe ter levado uma eternidade para chegar ao pórtico. Olhou mais uma vez para trás, para os amigos, o altar e os escudos que estavam acima, para a luz das quatro velas e as sombras escuras ao redor, entre as colunas e as abóbadas. Depois atravessou o pequeno pórtico em direção à porta e pôs a mão na chave.

"Se eu abrir", pensou, "terei desrespeitado as regras. Amanhã não poderei ser nomeado cavaleiro."

Girou a chave, entreabriu a porta e olhou para fora.

Na soleira havia um homem vestido com um hábito amplo, de capuz na cabeça. Tiuri não conseguia distinguir seus traços, estava muito escuro. Abriu um pouco mais a porta e esperou em silêncio até o outro dizer alguma coisa.

– Obrigado! – sussurrou o desconhecido.

Tiuri continuou em silêncio.

O desconhecido fez uma pausa e depois disse, sempre sussurrando:

– Preciso de ajuda. É um caso de vida ou morte.

Como Tiuri não respondera, continuou:

– Quer ajudar-me? Quer ajudar-me? – repetiu. – Santo Deus! Por que não diz nada?

– Como posso ajudá-lo? – sussurrou Tiuri. – Por que veio até aqui? Acaso não sabe que amanhã serei nomeado cavaleiro e que não posso falar com ninguém?

– Eu sei – respondeu o desconhecido. – Vim justamente por isso.

– Seria melhor ter ido a outro lugar – sussurrou Tiuri, irritado. – Acabo de desrespeitar as regras, por isso amanhã não poderei receber a acolada.

– Receberá a acolada, e com grande mérito – disse o desconhecido. – Por acaso um cavaleiro não deve atender a um pedido de ajuda? Saia e lhe direi o que pode fazer por mim. Vamos, rápido, não há muito tempo!

"Ora", pensou Tiuri, "já falei e já abri a porta, por que não sairia da capela?"

O desconhecido pegou-o pela mão e conduziu-o ao longo do muro externo da capela. Ao tocar sua mão, Tiuri percebeu que ela era muito magra e enrugada: a mão de um velho. "Sua voz também parece de velho", pensou Tiuri. "Quem será?"

O desconhecido parou junto a um pequeno nicho.

– Vamos nos esconder aqui – sussurrou – e vamos falar baixo para que ninguém nos ouça.

Dentro do nicho, soltou a mão de Tiuri e perguntou-lhe:

– Como é o seu nome?

– Tiuri – respondeu o jovem.

– Ah, Tiuri, em você poderei confiar.

– O que quer de mim?

O desconhecido inclinou-se para ele e sussurrou:

– Tenho aqui uma carta, uma carta muito importante. Posso dizer que o bem-estar de todo um reino depende dela. É para o rei Unauwen. O rei Unauwen! Tiuri ouvira falar muito dele. Governava a região a oeste das montanhas e dizia-se que era um monarca nobre e justo.

– Esta carta precisa chegar às mãos do rei – disse o desconhecido.

– O mais rápido possível.

– O senhor não pretende... – começou a dizer Tiuri, incrédulo.

– Quem levará a carta será o Cavaleiro Negro do Escudo Branco – interrompeu-o o desconhecido. – Neste momento ele está na estalagem Yikarvara, no bosque. Só lhe peço que leve esta carta até ele. Não posso fazer isso; sou velho e inimigos me perseguem.

– Por que não pede isso a outra pessoa? A cidade está cheia de cavaleiros; há gente de sobra em quem pode confiar.

– Não posso pedir isso a nenhum deles – respondeu o desconhecido. – Chamam muito a atenção. Já não lhe disse que há inimigos por toda parte? Há espiões à espreita por toda a cidade, esperando para poder roubar a carta. Não, não posso recorrer a um cavaleiro conhecido. Preciso de alguém desconhecido, que não chame a atenção. Ao mesmo tempo deve ser uma pessoa confiável. Procuro alguém que seja um cavaleiro e ao mesmo tempo não seja. Você é a pessoa de que necessito: foi considerado merecedor de receber a acolada, mas também é jovem e ainda não é conhecido.

Tiuri não tinha nada a objetar àquelas palavras. Tentava novamente distinguir os traços do desconhecido, mas não conseguia.

– Essa carta é muito importante? – perguntou.

– De uma importância incalculável! – sussurrou o desconhecido. – Vamos! Decida-se logo – continuou, com voz trêmula. – Está perdendo muito tempo! Aqui perto, atrás da capela, há um cavalo num prado; se o pegar, poderá estar na estalagem em três horas; se correr bastante, chegará em menos tempo. Agora deve ser uma e quinze. Às sete poderá estar de volta, quando vierem buscá-lo para comparecer perante o rei Dagonaut. Por favor, faça o que lhe peço.

Tiuri percebeu que não podia deixar de atendê-lo. As regras que um futuro cavaleiro devia seguir eram importantes, mas aquele pedido de ajuda era ainda mais.

— Eu vou — ele disse. — Dê-me a carta e diga-me como encontro a estalagem.

— Obrigado! — suspirou o desconhecido, e, num rápido sussurro, continuou: — A estalagem se chama Yikarvara. Você conhece a casa de caça do rei Dagonaut? Atrás dela há um caminho estreito rumo ao noroeste. Vá por ele até chegar a uma clareira no bosque. Dali saem dois caminhos, pegue o da esquerda e siga-o até a estalagem. Quanto à carta, jure-me por sua honra de cavaleiro que vai protegê-la como a própria vida e não vai entregá-la a ninguém a não ser ao Cavaleiro Negro do Escudo Branco.

— Ainda não sou cavaleiro — disse Tiuri—, mas se fosse juraria por minha honra.

— Está bem. Se alguém quiser roubá-la, você deverá destruí-la, mas só se for realmente necessário. Compreendeu?

— Sim — respondeu Tiuri.

— E lembre-se disto: ao encontrar o Cavaleiro Negro do Escudo Branco deverá lhe perguntar: "Por que o seu escudo é branco?" Ele responderá: "Porque o branco contém todas as cores." E então ele perguntará: "De onde você vem?" E você responderá: "Venho de longe." Só então deverá entregar-lhe a carta.

— Essa é a senha — murmurou Tiuri.

— Isso mesmo, a senha. Então, já sabe exatamente o que tem de fazer?

— Sim, senhor — disse Tiuri. — Dê-me a carta.

— Mais uma coisa — disse o desconhecido. — Tenha cuidado, preste atenção para não ser seguido. Aqui está a carta. Cuide bem dela.

Tiuri a pegou. Era fina e não muito grande, e ele percebeu que estava lacrada. Com cuidado colocou-a sob a roupa, junto ao peito.

— Não vai perdê-la? — perguntou o desconhecido.

— Não — respondeu Tiuri —, aqui estará a salvo.

O desconhecido segurou suas mãos e as apertou:
– Então vá – disse. – Que Deus o abençoe.
Soltou as mãos de Tiuri, virou-se e foi embora. Pouco depois já não havia sinal dele.

Tiuri esperou um pouco e depois se dirigiu, em silêncio e rapidamente, para o lado oposto. Olhou por um momento as janelas pouco iluminadas da capela onde seus amigos ainda velavam diante do altar. "Vamos!", disse consigo mesmo, "tenho de me apressar."

E saiu à procura do prado onde devia estar o cavalo.

3. O caminho para a estalagem

Era uma bonita noite de verão; no céu brilhavam muitas estrelas. Atrás da capela, Tiuri realmente encontrou um cavalo. Estava amarrado a uma cerca e não tinha rédeas nem sela.

"Ainda bem que já montei um cavalo em pelo", pensou, enquanto com os dedos um pouco trêmulos começava a soltar a corda. Era uma pena não estar com seu canivete porque a corda estava amarrada com muitos nós. Tiuri não trazia nenhuma arma consigo, estavam todas na capela.

O cavalo deu um pequeno relincho, que soou muito alto naquele silêncio. Tiuri olhou à sua volta. Quando seus olhos se acostumaram um pouco com a escuridão, viu uma construção, não muito longe, possivelmente a casa da fazenda à qual o prado pertencia.

Por fim soltou a corda.

– Venha – sussurrou para o cavalo. – Venha comigo.

O animal voltou a relinchar. Um cachorro se pôs a latir e alguns minutos depois uma luz se acendeu na casa.

Tiuri montou no cavalo e estalou a língua.

– Arre!

O animal começou a se mover aos poucos.

– Ei! – gritou de repente uma voz forte. – Quem está aí?

Tiuri nem pensou em responder.

O cachorro latia muito, ferozmente, e um homem saiu da casa segurando um lampião.

– Ladrão! – gritou. – Pare! Jian, Marten, venham aqui. Um ladrão está levando meu cavalo.

Tiuri se assustou. Ele não tinha a intenção de roubar. Mas não podia perder tempo. Inclinou-se para a frente e incitou o cavalo. O animal obedeceu e começou a trotar.

– Mais rápido! – sussurrou Tiuri, nervoso. – Mais rápido!

Ouviu um barulho confuso atrás de si; gritaria, vozes e um latido insistente. O cavalo se assustou, pôs as orelhas para trás e disparou, rápido como o vento.

"Sinto muito por ter de pegar emprestado o seu cavalo", disse Tiuri consigo mesmo, pensando no homem que ainda gritava. "Não o estou roubando, vou devolvê-lo depois."

Depois de um tempo olhou para trás, a fazenda já estava bem longe e não havia nem sinal de perseguidores. Mesmo assim continuou a cavalgar com a mesma rapidez.

Pensou que o desconhecido bem podia ter lhe contado que o cavalo pertencia a outra pessoa. A carta parecia muito importante e, além disso, muito secreta. Freou um pouco o cavalo e apalpou o peito para verificar se o valioso documento continuava em segurança. Sim, estava no mesmo lugar. Olhou com atenção ao seu redor, lembrando que o desconhecido mencionara inimigos à espreita. Mas não viu ninguém. Olhou fixamente para a cidade, que estava quase às escuras, e então voltou-se para a capela, divisando-a pequena e branca no alto da colina.

Depois encaminhou-se para o bosque.

O bosque não ficava longe da cidade de Dagonaut. Era muito extenso e ainda continha lugares nos quais o homem jamais pisara. Tiuri conhecia bem o caminho até a casa de caça; fora até lá muitas vezes com a comitiva do rei.

No bosque a escuridão era ainda maior, mas o caminho era largo, por isso podia continuar avançando depressa. De vez em quando deixava o cavalo andar a passo para poder observar bem à sua volta. Embora não visse ninguém, o bosque parecia habitado por seres invisíveis que o espiavam e espreitavam, prontos para atacá-lo...

Chegou à casa de caça sem que nada tivesse acontecido. Não teve dificuldade para encontrar o caminho mencionado pelo desconhecido; era estreito e sinuoso, o que obrigava a avançar mais devagar.

"Espero chegar a tempo", disse para si mesmo. "Imagine se eu não estiver lá quando os cavaleiros do rei forem nos buscar. Mas o desconhecido disse que eu chegaria à estalagem em três horas."

Pensou no Cavaleiro Negro do Escudo Branco a quem teria de entregar a carta. Nunca ouvira falar dele. Quem era? De onde vinha? Nenhum cavaleiro do rei Dagonaut usava essas armas; talvez estivesse a serviço do rei Unauwen. A razão por que estava ali, tão longe de seu país, também era um mistério. Tiuri lembrava-se de histórias de viajantes do sul que haviam conhecido cavaleiros de Unauwen. Às vezes percorriam o Grande Caminho do Sul para ir a Eviellan, o país hostil localizado na outra margem do rio Cinza governado por um dos filhos de Unauwen.

Perguntava-se há quanto tempo estaria cavalgando. Uma hora? Então seriam duas e quinze. Talvez mais tarde; tinha a impressão de que muito tempo havia se passado desde que, ajoelhado na capela, ouvira a voz que lhe pedia para abrir...

O terreno começou a se tornar acidentado: às vezes subia, em seguida voltava a descer. O cavalo parecia enxergar melhor que ele; pelo menos avançava sem vacilar.

O bosque era silencioso à noite... mas não tão silencioso quanto a capela. Tiuri ouvia todo tipo de sons estranhos e indistintos, de animais talvez. E o barulho de folhas, os passos do cavalo e os estalos de galhos secos quebrando-se ao ser pisados. Algo voou contra seu rosto e ele se assustou um pouco. Era só uma mariposa ou algum outro tipo de inseto.

O caminho voltava a subir e se alargava. Ali havia menos árvores. "Já devo estar perto da clareira", pensou Tiuri.

Pouco depois chegou a uma esplanada sem árvores. Aquele devia ser o lugar de que falara o desconhecido. Deveria tomar o caminho da esquerda.

Ao atravessar a esplanada, foi surpreendido com sons nem um pouco parecidos com os que ouvira até então: relinchos e ruído de cascos! Conseguia enxergar apenas uma parte do bosque, mas ao fixar o olhar viu ao longe figuras escuras e o brilho de armas. Uma comitiva de cavaleiros atravessava rapidamente o bosque.

Tiuri buscou o abrigo das árvores perguntando-se quem seriam aqueles cavaleiros e o que estariam fazendo no bosque no meio da noite. Depois de um tempo atreveu-se a voltar à esplanada. Não viu nem ouviu mais ninguém, parecia ter sonhado. Mas não quis perder tempo pensando e pegou o caminho que saía da clareira à esquerda.

"Não posso dizer que isto seja um caminho", pensou, enquanto avançava. "É uma espécie de trilha, não mais que isso." E suspirou, irritado por ter de ir mais devagar. Logo depois viu-se obrigado a descer do cavalo e a guiá-lo a pé, tateando para procurar o caminho, com receio de se perder a qualquer momento. Os galhos atingiam seu rosto e o mato alto coberto de orvalho molhava seus pés.

"Que horas serão?", perguntava-se de vez em quando. "Se continuar assim, jamais chegarei a tempo."

Enquanto isso, começou a clarear e alguns pássaros se puseram a cantar.

Tiuri suspirou aliviado quando o caminho finalmente melhorou e ele pôde voltar a montar no cavalo.

No instante de escuridão que antecede o amanhecer chegou a uma segunda clareira. Ali havia uma pequena construção de madeira; devia ser a estalagem.

4. A estalagem Yikarvara

Tiuri desceu do cavalo e amarrou-o a uma árvore. Depois correu para a estalagem. Estava silenciosa e escura, com todas as portas e janelas fechadas. O jovem bateu a aldrava, produzindo um golpe forte e ensurdecedor capaz de acordar todo o mundo. No entanto, não ouviu nenhum barulho dentro da estalagem. Verificou a porta, mas estava trancada a chave. Impaciente, fez soar novamente a aldrava. Então uma janela se abriu no andar de cima. Um homem com gorro de dormir apareceu e com voz de sono quis saber o que desejava.

– Esta é a estalagem Yikarvara? – perguntou Tiuri.

– É, sim – respondeu o homem, com um grunhido. – Para isso precisava acordar não apenas a mim, mas também aos meus hóspedes? Esta noite não estamos tendo muito sossego.

– O senhor é o dono da estalagem? Quero falar com um de seus hóspedes.

– No meio da noite? – disse o homem, irritado. – Impossível. Volte amanhã.

– É importante! – disse Tiuri, em tom de urgência. – Por favor... não feche a janela.

O homem voltou a aparecer.

– Quem é você? Com quem quer falar?

– Não importa quem sou eu – sussurrou Tiuri. – Procuro pelo Cavaleiro Negro do Escudo Branco.

O homem fez um som estranho; Tiuri não conseguiu distinguir se era de irritação ou de surpresa. De qualquer forma, já não havia sonolência em sua voz quando disse:

– Espere um momento, já vou descer.

Sua cabeça desapareceu e pouco tempo depois Tiuri ouviu o rangido dos ferrolhos sendo puxados. Em seguida a porta se abriu e o homem apareceu. Vestia um camisolão e trazia na mão uma vela acesa.

– Muito bem – disse, olhando Tiuri de cima a baixo. – Sou o estalajadeiro de Yikarvara. Agora me diga por que me acordou.

— Procuro o Cavaleiro Negro do Escudo Branco. Preciso falar com ele imediatamente.

— Você é o segundo desta noite. Mas não será possível falar com ele imediatamente.

— O senhor pode acordá-lo, não é?

— Não será possível – repetiu o estalajadeiro. – O Cavaleiro Negro do Escudo Branco não está. Partiu no início da noite.

Tiuri teve um sobressalto.

— Não – ele disse. – Não pode ser.

— Por que não pode ser? – perguntou o estalajadeiro, calmamente.

— Para onde ele foi? – perguntou Tiuri, nervoso.

— Se eu soubesse lhe diria. Mas não sei.

Pareceu perceber o susto de Tiuri, pois acrescentou:

— Acho que voltará, se for tão bom cavaleiro quanto parece. Está procurando por ele, não é? Não veio em nome dele.

— Procuro por ele – disse Tiuri.

— O que precisa dizer a ele?

— Isso eu não posso contar. Mas é urgente. Sabe quando voltará?

— Se eu soubesse lhe diria, mas também não sei. Não sei absolutamente nada desse cavaleiro. É uma história estranha – e ele coçou a cabeça com tanta força que o gorro caiu.

— Mas alguma coisa o senhor deve saber – disse Tiuri. – Quando ele partiu e por quê? Que direção tomou?

— Quantas perguntas ao mesmo tempo – disse o estalajadeiro, abaixando-se com dificuldade para apanhar o gorro. – Venha comigo ao refeitório – acrescentou. – Não gosto do frio úmido da manhã; não é bom para minhas pernas duras.

No refeitório deixou a vela sobre a mesa e voltou a colocar o gorro. Tiuri, que o seguira, impacientou-se:

— Para onde foi o Cavaleiro Negro?

— Chegou ontem de manhã. Um hóspede estranho... Não duvido que seja um cavaleiro corajoso, é claro que não, ele até me impressionou muito. Estava completamente só, nem escudeiro o acompanhava.

Usava uma armadura preta como carvão, só o escudo em seu braço era branco como a neve. Tinha a viseira preta abaixada e não a levantou quando me pediu um quarto, nem quando entrou.

"Bem, dei-lhe um quarto, claro, e um pouco mais tarde fui levar-lhe a comida que havia pedido. Pensei que então veria o seu rosto, mas isso não aconteceu. Estava sem a armadura e sem o elmo, mas usava uma máscara preta de seda e por isso só pude ver seus olhos. Estranho, não acha? Deve ter feito algum voto. Sabe alguma coisa a respeito?"

– Para onde ele foi? – Tiuri voltou a perguntar.

Apesar de parecer um pouco irritado, o estalajadeiro respondeu.

– É o que eu ia lhe contar. Por volta da uma ou das duas da manhã, quando eu já estava deitado, bateram com força à porta. Olhei pela janela e lá estava outro cavaleiro negro.

"'Deixem-me entrar!', ele exclamou. 'O Cavaleiro Negro do Escudo Branco está aqui?' 'Sim', respondi. 'Mas é meio tarde...' 'Abra a porta!', ele gritou. 'Senão a derrubo!' Desci voando e abri a porta. O cavaleiro estava na minha frente; também usava uma armadura preta como carvão, mas seu escudo era vermelho como sangue. Perguntou-me rispidamente: 'Onde está o Cavaleiro Negro do Escudo Branco?' 'Está dormindo', respondi. 'Acorde-o!', ele ordenou. 'Preciso falar com ele. E depressa, por favor.'

"Para ser sincero, eu estava um pouco assustado e me apressei em obedecer. Mas, antes que eu chegasse ao quarto do meu hóspede, ele já estava descendo a escada. Estava completamente vestido, de armadura e elmo, com a viseira abaixada. Portava todas as suas armas e o escudo branco pendia do seu braço. Desceu e entrou no refeitório. O Cavaleiro Negro do Escudo Vermelho foi ao seu encontro e puseram-se frente a frente. O Cavaleiro do Escudo Vermelho tirou uma luva e jogou-a aos pés do outro. O Cavaleiro do Escudo Branco recolheu-a e perguntou: 'Quando?'. 'Agora!', respondeu o Cavaleiro do Escudo Vermelho."

O estalajadeiro calou-se por um momento para tomar fôlego, e concluiu:

– Depois saíram juntos do refeitório, sem dizer uma só palavra, e alguns minutos mais tarde partiram a cavalo, entrando no bosque.
– Para travar um duelo – disse Tiuri.
– Sim, também acho isso. E até agora nenhum dos dois voltou.
– Então eles saíram às duas? Que horas são?
– Por volta de quatro e meia, acho. Já está amanhecendo.
– Para que lado foram?
O estalajadeiro saiu com ele e indicou-lhe a direção.
– Mas não sei para onde se dirigiam – acrescentou.
– Tentarei seguir suas pegadas – disse Tiuri, apressadamente. – Muito obrigado.

E, antes que o estalajadeiro pudesse dizer ou perguntar qualquer coisa, Tiuri correu até o cavalo, montou e desapareceu.

5. O Cavaleiro Negro do Escudo Branco

A leste, o céu era cor-de-rosa e alaranjado; o sol estava prestes a nascer. Os pássaros piavam e assobiavam, cantavam e gorjeavam contentes, como se estivessem felizes pelo belo dia que começava. Tiuri não estava feliz; estava irritado pelo avançado da hora, e nem sequer cumprira a missão. Como conseguiria voltar a tempo para a capela? Apesar disso, continuou cavalgando sobre as pegadas dos dois cavaleiros negros. Jurara entregar a carta e não queria quebrar um juramento. Isso não lhe permitia ficar o tempo todo reclamando sozinho. Maldizia o Cavaleiro Negro do Escudo Vermelho por haver desafiado o Cavaleiro Negro do Escudo Branco, e lamentava que o Cavaleiro Negro do Escudo Branco tivesse aceitado o desafio. Maldizia os dois por não terem deixado pegadas claras, pois tinham ido pelo bosque e não pela estrada.

"Devem ser cinco horas", pensou. "Já é dia. Pelo amor de Deus, para onde terão ido?"

Pensou na surpresa dos cavaleiros de Dagonaut ao não encontrá-lo às sete horas na capela. O que pensariam o rei, seus pais, seus amigos e os outros quando soubessem que havia sumido no dia da sua acolada? Lembrou novamente as palavras do desconhecido e, com um suspiro, concluiu que não podia ter agido de outra forma. Então voltou à realidade com um sobressalto, pois perdera o rastro.

Chegara a uma clareira e o solo arenoso estava todo remexido e cheio de pegadas. Quais delas pertenceriam aos cavaleiros?

Olhou atentamente ao seu redor. Era como se uma tropa inteira de cavaleiros tivesse passado por ali, talvez os mesmos que vira à noite. Tinham atravessado o bosque num tropel, pisoteando as plantas e quebrando galhos. Não conseguiu encontrar o rastro dos dois cavaleiros. Por fim dirigiu-se para o lado de onde a tropa havia chegado; havia um caminho aberto, claro e visível. Enquanto prosseguia, perguntava-se se eles teriam algo a ver com os cavaleiros negros. Apesar de haver luz, de repente sentiu-se mais angustiado do que na noite anterior...

Em seguida ouviu um barulho: um relincho baixo e inquieto. Alguns segundos depois viu um cavalo amarrado a uma árvore. Era um lindo cavalo negro, arreado sem luxo. Fitou o rapaz com olhos tristes e escuros e voltou a relinchar.

Tiuri acariciou-lhe o focinho e sussurrou: "Tenha paciência, vou procurar seu dono. Acho que deve estar por aqui, não é?"

Cavalgou um pouco mais e então viu qualquer coisa entre as árvores, sobre a pálida relva verde. Era algo negro, branco e vermelho... Sua respiração ficou presa na garganta, mas mesmo assim Tiuri saltou rapidamente do cavalo e foi até lá.

Ali, no chão, havia uma pessoa com uma armadura negra, danificada e amassada. O branco era do escudo que estava ao seu lado, e o vermelho, sangue. Tiuri encontrara o Cavaleiro Negro do Escudo Branco, mas ele estava ferido ou... morto.

Ajoelhou-se junto dele. Estava gravemente ferido, mas ainda respirava. Não usava o elmo, mas uma máscara negra cobria seu rosto. Tremendo, Tiuri inclinou-se para vê-lo melhor. Depois se recompôs. Precisava fazer algo, ver como ele estava, cuidar de seus ferimentos.

O cavaleiro se mexeu e sussurrou:
– Quem está aí?

Tiuri inclinou-se sobre ele.
– Fique deitado, senhor – disse. – Vou ajudá-lo. Está sentindo alguma dor?

Viu que o cavaleiro o observava através da máscara.
– Não o conheço – disse com voz fraca –, mas fico feliz por alguém ter me encontrado antes de eu morrer. Não se preocupe com meus ferimentos, já não há nada a fazer.
– Não diga isso – disse Tiuri, enquanto começava a soltar a armadura com cuidado.
– Não se incomode – sussurrou o cavaleiro. – Sei que estou morrendo.

Tiuri temeu que ele tivesse razão. Mesmo assim, continuou tentando aliviar o sofrimento dele. Rasgou um pedaço de sua roupa e com ele improvisou uma atadura.
– Obrigado – sussurrou o cavaleiro um pouco depois. – Quem é você e como veio parar aqui?
– Meu nome é Tiuri. Quer que vá buscar água? Talvez o senhor queira beber um pouco.
– Não é necessário. Tiuri... conheço esse nome. Você é parente de Tiuri, o Destemido?
– É meu pai.
– Por que está aqui? – perguntou o cavaleiro.
– Eu... vim procurar pelo senhor... lamento tanto que...
– Veio procurar por mim? – interrompeu-o o Cavaleiro Negro. – Veio procurar por mim? Graças a Deus, então talvez não seja tarde demais... – olhou para Tiuri com os olhos brilhantes por trás da máscara negra e perguntou: – Você tem alguma coisa para me entregar?
– Sim, senhor. Uma carta.

— Sabia que meu escudeiro encontraria um mensageiro – suspirou. – Espere um pouco – disse quando Tiuri ia pegar a carta. – Você não precisa me perguntar nada?

De repente Tiuri se lembrou de que tinha de dizer a senha.

— Por que... por que o seu escudo é branco? – perguntou, gaguejando.

— Porque o branco contém todas as cores – respondeu o cavaleiro. Sua voz soou muito mais forte. Era uma voz que infundiu muita confiança em Tiuri.

Depois ele perguntou:

— De onde você vem?

— Venho de longe – respondeu Tiuri.

— Agora me mostre a carta – ordenou o cavaleiro. – Espere. Veja antes se não há ninguém espionando.

Tiuri verificou.

— Não há ninguém por perto – disse –, exceto nossos cavalos.

Tirou a carta e mostrou-a ao cavaleiro.

— Oh, senhor – desatou a dizer –, lamento tanto que tenha sido vencido no duelo.

— Duelo? – disse o ferido. – Não houve nenhum duelo. Ninguém nunca me venceu. O Cavaleiro Negro do Escudo Vermelho me armou uma emboscada. Seus Cavaleiros Vermelhos lançaram-se sobre mim e me atacaram.

— Que horror! – murmurou Tiuri, atônito.

— Mas não encontraram o que procuravam. Não queriam destruir apenas a mim, mas também a carta, a carta que você acaba de me mostrar. Esconda-a bem, depois lhe direi o que deve fazer com ela... Primeiro me diga, Tiuri, como você veio me trazer a carta?

Tiuri contou-lhe o que acontecera.

— Bem – sussurrou o cavaleiro, calando-se em seguida. – Não fique tão preocupado – disse depois gentilmente.

Tiuri notou que sorria sob a máscara e perguntou-se como seria seu rosto.

– Escute – disse o cavaleiro –, tenho de ser breve porque não me resta muito tempo... Esta carta é para o rei Unauwen e tem enorme importância. Agora que já não poderei levá-la, quem terá de fazer isso é você.
– Eu? – sussurrou Tiuri.
– Sim, não me ocorre ninguém melhor. Você é capaz, confio em você. Deve partir imediatamente, não há tempo a perder. Precisa viajar para o oeste, primeiro atravessando o bosque e depois margeando o rio Azul até chegar à sua nascente. Ali vive um ermitão, Menaures... Pegue o anel do meu dedo; quando você o mostrar ao ermitão, ele saberá que fui eu quem o enviou. Então vai ajudá-lo a cruzar as montanhas porque você não conseguirá fazer isso sozinho. Do outro lado das montanhas o próprio caminho vai guiá-lo...

O cavaleiro levantou a mão e disse:
– Aqui está, pegue meu anel... Sei que estou pedindo muito, mas neste momento você é a pessoa certa para cumprir esta missão.

Com todo o cuidado, Tiuri tirou o anel do dedo do cavaleiro.
– Eu gostaria de cumpri-la – disse – mas não sei...
– Você tem de cumpri-la – disse o cavaleiro. – Mas não quero esconder que será difícil. Já sabe que há inimigos à espreita procurando por esta carta; muitos perigos vão ameaçá-lo. Portanto mantenha sua missão em segredo; não conte nada a *ninguém*. E entregue esta carta somente ao rei Unauwen.

– O que... o que está escrito nela? – perguntou Tiuri, enquanto colocava lentamente o anel em seu próprio dedo.
– É um segredo – respondeu o cavaleiro. – Você não deve abri-la. Apenas se correr o risco de ter de entregá-la, deverá lê-la para poder levar a mensagem de viva voz. Nesse caso precisará destruir a carta. Mas isso só em caso de necessidade.

Calou-se por um momento e depois perguntou com uma voz muito fraca:
– Você quer levar a carta?
– Sim, senhor.

— Jure por sua honra de cavaleiro — sussurrou o cavaleiro.

— Juro por minha honra de cavaleiro — disse Tiuri. — Só que... — acrescentou — ainda não sou um cavaleiro.

— Você será. Pode tirar minha máscara agora...? É preciso ir para a Morte de rosto descoberto.

Com mãos trêmulas, Tiuri fez o que ele pedira. Quando viu o rosto tranquilo e nobre do Cavaleiro Negro ficou tão impressionado que tomou sua mão e jurou-lhe que entregaria a carta a salvo.

— E vingarei seu assassinato — disse.

— Isso não é coisa sua... — sussurrou o cavaleiro. — Você só precisa ser meu mensageiro.

Fechou os olhos. Seus dedos moveram-se levemente na mão de Tiuri e depois ficaram imóveis.

Tiuri olhou para ele e soltou a mão suavemente. Sabia que estava morto e ficou profundamente triste apesar de ter acabado de conhecê-lo. Depois levou as mãos ao rosto e rezou pela alma do cavaleiro.

6. Os Cavaleiros Vermelhos

Tiuri levantou-se e olhou de novo o rosto sereno do Cavaleiro Negro do Escudo Branco. Depois se virou e dirigiu-se para o lugar em que estava seu cavalo. Tinha de cumprir a missão que o cavaleiro lhe dera: levar a carta ao rei Unauwen no país que ficava a oeste da Grande Cordilheira.

Parou ao lado de seu cavalo e pensou em qual seria a melhor forma de agir. Não podia voltar para a cidade de Dagonaut, isso levaria muito tempo. Além disso, teria de dar explicações e não podia fazê-lo, pois devia manter sua missão em segredo. Entretanto, precisava mandar notícias à cidade, a seus pais, para que não se preocupassem e se pusessem a procurá-lo. Também tinha de providenciar um enterro digno para o Cavaleiro do Escudo Branco e garantir que seus assassinos fossem encontrados. O melhor que podia fazer, pensou, era voltar à estalagem; não ficava longe dali. "Posso contar ao estalajadeiro que o Cavaleiro do Escudo Branco morreu e pedir-lhe que envie uma mensagem à cidade."

Um instante depois já se pusera a caminho, sentindo-se muito mais adulto e sério que antes. Após cavalgar um pouco, ouviu o estalido de galhos e viu surgir à sua frente um homem a cavalo vindo em sua direção. Estava vestido como para uma batalha, com elmo e cota de malha, lança e espada. Sua cota, o escudo e o penacho do seu elmo eram vermelhos como sangue. "Um dos Cavaleiros Vermelhos", pensou Tiuri. Lembrou que não trazia consigo nenhuma arma. Apesar daquele pensamento, continuou a cavalgar tranquilamente como se nada estivesse acontecendo.

O Cavaleiro Vermelho afastou-se um pouco para dar-lhe passagem. Tiuri passou ao seu lado com o coração batendo forte, mas, antes que o tivesse ultrapassado, o cavaleiro dirigiu-lhe a palavra.

– Ei, amigo – disse –, o que faz no bosque tão cedo? De onde vem e para onde vai?

– Isso é assunto meu – respondeu Tiuri secamente. – Bom dia.

Continuou a cavalgar esperando sentir uma arma nas costas a qualquer momento. Não aconteceu nada. Voltou a respirar, mas não se atreveu a olhar para trás nem a apressar o passo. Então ouviu o cavaleiro gritar alguma coisa; não conseguiu entender o quê. Mesmo assim olhou para trás e viu que aparecera um segundo Cavaleiro Vermelho. Ambos o seguiam com o olhar. Um deles voltou a gritar. Tiuri ouviu outra pessoa lhe responder ao longe. Inquietou-se e apressou a marcha do cavalo.

Logo depois percebeu que os Cavaleiros Vermelhos o seguiam.

Incitou seu cansado cavalo a ir mais rápido, a estalagem já não podia estar longe. De repente apareceu à sua direita outro Cavaleiro Vermelho que bruscamente lhe ordenou que parasse. Antes que Tiuri pudesse responder, apareceu do outro lado um quarto cavaleiro do qual quase não conseguiu desviar.

Tiuri começou a fugir de verdade. E então todo o bosque pareceu repleto de Cavaleiros Vermelhos que o perseguiam ordenando-lhe que parasse.

Claro que ele não parou. Obrigou seu cavalo a virar e embrenhou-se por uma parte frondosa do bosque, numa tentativa desesperada de escapar.

Não sabia há quanto tempo estava correndo colina acima, colina abaixo, cruzando todos os tipos de plantas e matagais cheios de espinhos, com a gritaria e as vozes atrás de si. Só sabia que não queria ser assassinado como o Cavaleiro Negro do Escudo Branco. Depois de um tempo, olhou para trás e viu que conseguira alguma vantagem. Aquilo não podia durar muito; seu cavalo estava cansado, era difícil cavalgar no bosque e seus perseguidores eram muitos. De repente teve uma ideia brilhante. Saltou do cavalo e bateu nas ancas dele para que continuasse a andar; enquanto isso foi na direção contrária e subiu numa árvore o mais rápido que pôde. Depois escondeu-se bem entre a folhagem no alto e, ofegando, esperou para ver o que acontecia. Dois cavaleiros passaram embaixo da árvore. Não o viram. Algum tempo depois voltou a ouvi-los gritar ao longe; só então atreveu-se a se mexer para ficar numa posição mais confortável. Não desceu da árvore porque temia que voltassem.

Ficou sentado lá em cima durante algum tempo, mas os Cavaleiros Vermelhos não voltaram. O bosque tinha um aspecto seguro e tranquilo e parecia quase inacreditável tudo o que acontecera nas últimas horas.

Tiuri olhou à sua volta e tirou a carta cuidadosamente para observá-la com calma. Sua aparência não tinha nada de especial: era pequena, branca e fina, e não trazia nada escrito por fora. Examinou os três selos que a lacravam; tinham uma pequena coroa, mas não havia mais nada que pudesse indicar sua importância. Voltou a guardar a carta com cuidado e então pensou que já deviam ser sete horas. Encostou-se no galho e fechou os olhos. "Neste momento", pensou, "os cavaleiros de Dagonaut devem estar tocando suas trombetas na porta da capela. Arman, Foldo, Wilmo e Yiusipu devem estar se levantando para abrir a porta..." Imaginava os cavaleiros diante da capela e os ouvia dizer: "Bom dia, o rei de Dagonaut vos chama. Tomai a espada e o escudo e segui-nos." Tentou imaginar o que viria depois, mas não conseguiu. Nesse instante surgiu-lhe a imagem do Cavaleiro Negro do Escudo Branco dizendo: "Você só precisa ser meu mensageiro."

Abriu os olhos. Tinha a impressão de que a capela ficara muito distante e a vigília acontecera há muito tempo. Ele já não tinha nada a ver com isso. Olhou para baixo. "Acho que já não há perigo", pensou. Desceu e começou a andar pelo bosque com cuidado, olhando constantemente ao seu redor e aguçando o ouvido a cada som inesperado.

Pouco depois teve uma surpresa: seu cavalo estava pastando tranquilamente.

– Bom cavalo – disse ao montar. – Vamos à estalagem; ali você vai poder encher a barriga.

Então lembrou-se de que o cavalo não era seu.

"É verdade", pensou, sobressaltado. "Este cavalo precisa voltar para seu dono."

Cavalgou até a estalagem e lá chegou rapidamente sem que nada mais lhe acontecesse.

7. A fuga

Encontrou o estalajadeiro varrendo o refeitório. Já estava vestido, mas continuava com a touca de dormir. Numa das mesas, perto da janela aberta, havia dois homens tomando o café da manhã. Quando Tiuri entrou, os dois olharam surpresos para ele.

– Santo Deus! – exclamou o estalajadeiro. – O que você andou fazendo?

De repente Tiuri percebeu que estava todo esfarrapado. Sua roupa branca estava suja e rasgada por causa das aventuras da noite anterior. Perdera a faixa do cabelo e suas mechas pendiam selvagens e desalinhadas pela cabeça; além disso, estava todo arranhado por causa da perseguição dos Cavaleiros Vermelhos.

– Encontrou o Cavaleiro Negro? – perguntou o estalajadeiro.

– Encontrei-o – respondeu o jovem, com gravidade.

O estalajadeiro examinou-o dos pés à cabeça. Seu olhar se deteve na mão esquerda de Tiuri e sua expressão de surpresa pouco a pouco transformou-se em desconfiança.

Tiuri acompanhou a direção de seus olhos e descobriu o que chamara a atenção do estalajadeiro: o anel que o cavaleiro lhe dera.

– Este anel não é... – começou a falar o estalajadeiro.

– O Cavaleiro Negro do Escudo Branco está morto – Tiuri interrompeu-o em voz baixa.

– O que está me dizendo? – gritou o estalajadeiro, consternado. – Morto? O Cavaleiro do Escudo Vermelho venceu o duelo?

– Não houve nenhum duelo. O Cavaleiro do Escudo Branco foi assassinado...

– Deus do céu! – exclamou o estalajadeiro. – Assassinado!

– Ouça-me, por favor. Não tenho muito tempo e o que tenho a lhe dizer é muito importante.

Os homens da mesa haviam parado de comer e olhavam para ele boquiabertos. Um deles se levantou e perguntou:

– Aconteceu alguma coisa ao Cavaleiro Negro que chegou ontem?

Antes que Tiuri pudesse dizer qualquer coisa, a porta da sala se abriu e uma voz dura perguntou:

– De quem é o cavalo que está na frente da estalagem?

Tiuri se virou. Na entrada havia um homem forte com o rosto vermelho, que olhou para cada um deles com olhos raivosos. Tiuri não o conhecia, mas sua voz pareceu-lhe familiar.

– Deste jovem – respondeu o homem que continuava sentado à mesa. – Ele chegou a cavalo.

– É verdade – disse Tiuri. – O cavalo é meu... ou não, não é. – Ficou em silêncio. De repente descobriu quem era o homem que estava na entrada; reconheceu sua voz... Era o dono do cavalo.

O homem foi em sua direção, berrando:

– Não, claro que não é. É o meu cavalo! E você é o ladrão que o roubou de mim ontem à noite.

– Senhor, não o roubei. Só peguei emprestado. Desculpe-me, eu...

Mas o homem estava irritado demais para escutar. Agarrou Tiuri bruscamente pelo braço e lhe disse:

– Peguei você, ladrão.

Voltou-se para os demais e continuou a falar:

– Segui seu rastro durante metade da noite, mas depois o perdi. Então chego à estalagem e, vejam só!, aqui estão meu cavalo e o ladrão.

Tiuri se soltou.

– Não sou nenhum ladrão! – exclamou. – Para ser honesto pensava devolver-lhe sua propriedade. Escute, por favor, eu vou explicar tudo.

– Bobagens – disse o homem, com desdém. – Não acredito numa só palavra.

– Senhor... – começou a dizer Tiuri.

– Não me venha com senhor – interrompeu o homem. – Sua conversa mole não me convence. Você é um desses garotos que sabem falar muito bem, mas não servem para nada.

– Deixe-me explicar – suplicou Tiuri.

– Você fará isso depois, diante do preboste. Virá comigo para a cidade.

Ir com ele para a cidade? Tiuri não queria ir. Isso significaria perder tempo; além do mais, começava a perceber que não podia dar nenhuma explicação. Precisava manter sua missão em segredo e, portanto, não podia falar nada sobre os acontecimentos que o levaram a ela.

Deu um passo para trás e disse:

– Não irei para a cidade com o senhor. Não sou nenhum ladrão, palavra de honra.

– Que bonito! Era só o que faltava! – exclamou o homem. – Palavra de honra?! Como se atreve a dizer isso, seu vagabundo?

– Como se atreve a me chamar de vagabundo? – estava bravo por ser chamado assim, ele, que, se não houvesse acontecido nada, naquele momento seria um cavaleiro respeitado por todos. Um vagabundo, ele, que fora escolhido para uma missão importante.

– Não estou entendendo nada – disse o estalajadeiro. – O garoto roubou seu cavalo? Ele chegou de madrugada e acaba de me contar que o Cavaleiro do Escudo Branco foi assassinado. Está com o anel dele no dedo. O que significa tudo isto?

– Estou tentando explicar – disse Tiuri pela terceira vez –, mas não me deixam.

Falou com calma, ainda que por dentro estivesse muito nervoso. Os outros quatro estavam com umas caras realmente ameaçadoras.

– Peguei seu cavalo – continuou a falar – porque tinha uma tarefa urgente...

– Mentira! – disse o dono do cavalo. – Nesse caso, você poderia ter pedido o cavalo emprestado, não? Isso não demora tanto. Cale já a boca e venha comigo. Estou farto de tanto palavrório.

– Não, espere um momento – disse o estalajadeiro. – Ele ainda precisa me explicar uma coisa. O que aconteceu com o Cavaleiro Negro do Escudo Branco?

– O Cavaleiro do Escudo Branco morreu – disse Tiuri –, e peço que o senhor se encarregue de lhe dar um enterro digno de um nobre cavaleiro. Poderá encontrá-lo não muito longe daqui...

Disse-lhe onde estava.

– Quem o matou? – perguntou o estalajadeiro.

– Os Cavaleiros Vermelhos – respondeu Tiuri. – Foi uma emboscada.

– Os Cavaleiros Vermelhos! – exclamou o homem que continuava sentado à mesa. – Eu os vi. Esta manhã passaram por aqui, quando...

– Do que estão falando? – perguntou o dono do cavalo. – Este rapaz é um ladrão e quero castigá-lo.

– Estamos falando de um assassinato – disse o estalajadeiro.

— Isso também pode ser contado ao preboste — disse o proprietário do cavalo enquanto agarrava Tiuri. — O fato é que este jovem não pode escapar de forma alguma.

— Esses Cavaleiros Vermelhos... — começou a dizer o homem da mesa.

— O Cavaleiro Negro... — falou o estalajadeiro.

Mas Tiuri não esperou para ver o que tinham a acrescentar. Desvencilhou-se e saiu correndo do refeitório. Eles que pensassem que era um ladrão; não deixaria que o levassem para a cidade. Os quatro homens foram atrás dele numa grande gritaria. Tiuri entrou no bosque. Em seguida ganhou vantagem sobre seus perseguidores, mas percebeu que ela não poderia durar muito. Sentia o coração saindo pela boca e via manchas pretas. Diminuiu o ritmo e olhou para trás. Depois juntou todas as forças e subiu numa árvore pela segunda vez.

O truque também funcionou desta vez; pouco depois seus perseguidores passaram correndo por baixo dele sem vê-lo.

"Não posso repetir isto de novo", pensou, depois de recuperar um pouco o fôlego. "Dizem que usar três vezes o mesmo truque é tentar o diabo."

Estava esgotado. Por sorte conseguiu descansar um pouco, já que de qualquer forma precisava esperar até o terreno ficar seguro. Um tempo depois viu o estalajadeiro e o dono do cavalo voltando. Falavam em voz baixa e estavam de cara feia. O estalajadeiro perdera a touca de dormir; Tiuri não pôde deixar de rir consigo mesmo, apesar da seriedade da situação.

Sim, sua situação não era nada boa. Precisava viajar até um país distante para levar uma carta importante e só trazia consigo a roupa do corpo: uns farrapos nem um pouco apropriados. Não tinha armas, nem dinheiro, nem cavalo. Pensavam que ele era um ladrão. E além disso tinha inimigos perigosos: os Cavaleiros Vermelhos e o Cavaleiro Negro do Escudo Vermelho, o senhor deles.

Tiuri suspirou. A tarefa que tinha pela frente não seria fácil. "E nem sequer pude mandar uma mensagem à cidade", pensou. Eles descobririam de um jeito ou de outro. O dono do cavalo certamente iria até o preboste. Na cidade deduziriam que o suposto ladrão e o jovem que abandonara a capela na noite anterior à sua nomeação como cavaleiro eram a mesma pessoa? "Meu pai, minha mãe e meus amigos não acreditarão que sou um ladrão", pensou, "acho que o rei também não. Mas ficarão preocupados." Voltou a suspirar. "Vamos", disse seriamente para si mesmo. "Você só pode pensar numa coisa; precisa levar a carta. Você prometeu isso ao cavaleiro." Olhou para o anel em seu dedo. Era um anel bonito com uma pedra grande parecida com um diamante. Colocá-lo no dedo talvez não fosse prudente, chegava a ser uma grande tolice. Soltou o cordão que fechava a gola de sua veste e amarrou o anel com força. Pendurou-o no pescoço, embaixo da roupa, para que ninguém pudesse vê-lo.

Precisava partir; certificou-se de que já não havia perigo. Talvez houvesse algum meio de conseguir armas e um cavalo.

"Claro, que tonto!", pensou. "O do cavaleiro ainda está ali; posso pegá-lo sem problemas."

Desceu da árvore escorregando. Sabia o que precisava fazer: primeiro pegar o cavalo e depois pôr-se a caminho.

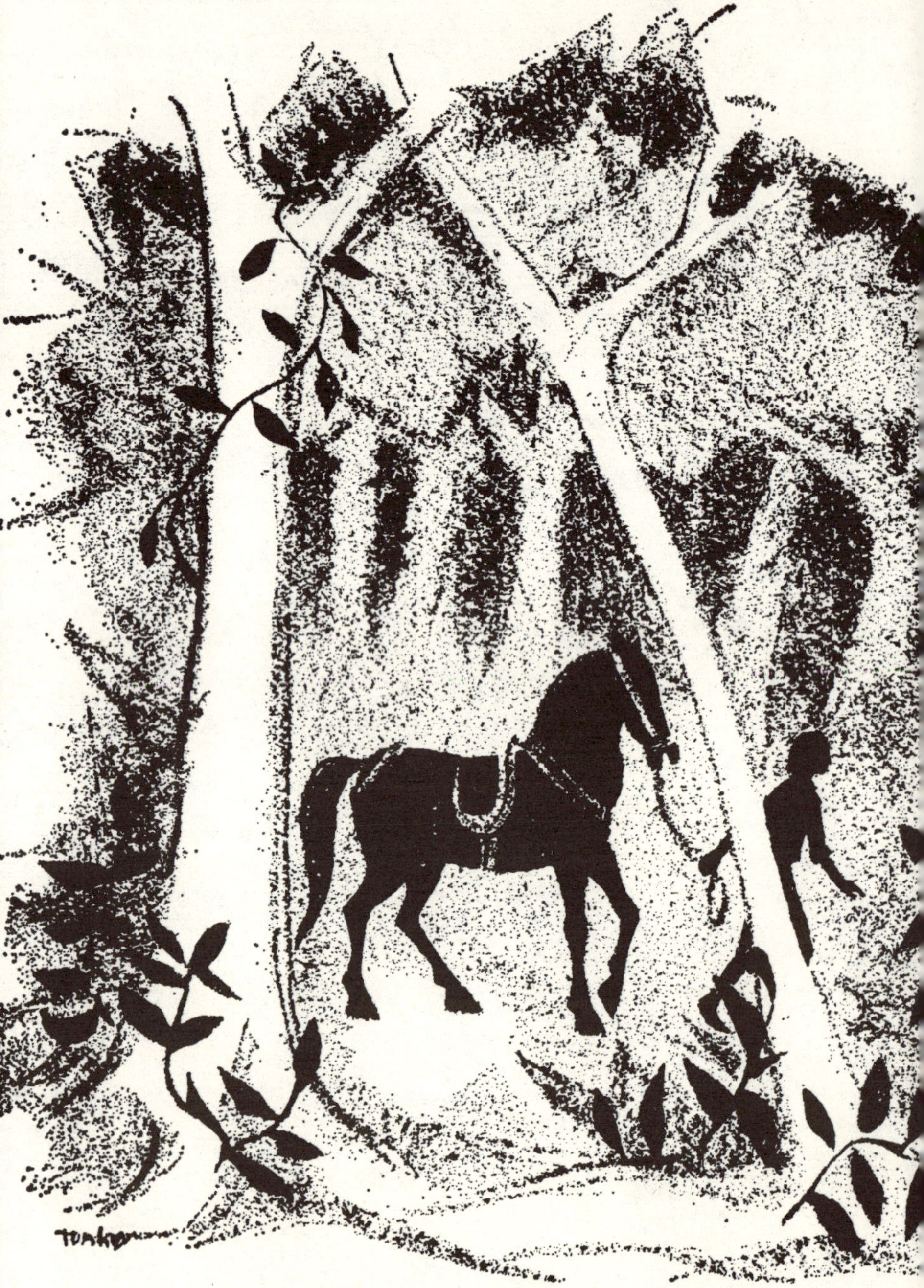

SEGUNDA PARTE

A VIAGEM PELO BOSQUE

1. A caminho. O cavalo negro

Tiuri voltou a caminhar pelo bosque com cuidado, rumo ao lugar em que encontrara o Cavaleiro Negro do Escudo Branco. Pouco depois, ouviu alguém assobiando uma música, não longe de onde estava. Sem fazer ruído, foi para o lugar de onde provinha o som e ali viu um jovem da sua idade amarrando feixes de galhos. Assobiava contente e não reparou em Tiuri.

Observou o jovem durante alguns minutos. "Vou ou não vou?", pensava. Depois se decidiu, saiu do seu esconderijo no matagal e disse:

— Bom dia.

O garoto se assustou, parou de assobiar e olhou para ele de boca aberta.

— Bom dia — repetiu Tiuri. — Você faria um favor para mim?

O outro continuava a olhar para ele.

— Claro que não! — exclamou por fim. — Você deve ser o garoto que estão procurando, o ladrão de cavalos.

— Psiu! — sussurrou Tiuri. — Não fale tão alto.

O garoto deu um passo para trás e deu uma olhada para o machado que estava no chão bem perto dele.

– Você não tem por que ter medo de mim – disse Tiuri. – Eu tenho mais motivos para temê-lo porque não estou armado... Sim, eu sou quem estão procurando, mas não sou ladrão, palavra de honra.

– Então o que está fazendo aqui? – perguntou o garoto. – E o que quer de mim?

– Preciso da sua ajuda – respondeu Tiuri. – Você poderia ir até a cidade, para levar uma mensagem minha para alguém?

– Levar uma mensagem? Por quê? Por que eu o ajudaria?

– Só estou pedindo. Se você não quiser, não posso obrigá-lo. Mas eu ficaria muito agradecido se fizesse isso por mim. Acredite, não sou ladrão.

– Hummm – disse o garoto, franzindo a testa. – O que você quer que eu faça? Não que eu já tenha me decidido a ajudá-lo. Na verdade não sei.

– Quero que vá até a cidade de Dagonaut, procure o cavaleiro Tiuri, o Destemido, e diga a ele que seu filho está bem, mas não pode voltar por enquanto. E diga-lhe também que seu filho está a salvo e que não tente procurar por mim.

– Você mesmo não pode fazer isso? A cidade fica um pouco longe e tenho muito trabalho para fazer.

– Eu não posso ir. Estão me seguindo. Você sabe disso, não é? Por favor, faça isso por mim e parta agora mesmo.

– Ao cavaleiro Tiuri, o Destemido? Quem sou eu para falar com um senhor tão poderoso? Ele nem sequer vai me escutar.

– Sim, vai escutá-lo porque você levará uma mensagem de seu filho. Você também pode procurar por minha... por sua mulher e transmitir a mensagem a ela... Espere, você tem uma corda? – disse Tiuri interrompendo-se.

– Sim – disse o garoto, entregando-lhe um pedaço de corda.

Tiuri tirou o cinto e em seu lugar amarrou a corda. Deu o cinto ao garoto. Era muito bonito; fora bordado por sua mãe e o pai comprara a fivela de ouro do melhor ourives da cidade.

– Veja – disse –, entregue isto ao cavaleiro Tiuri, ou à sua esposa, assim saberão que foi enviado por mim. E pode ficar com a fivela como pagamento.

O garoto pegou o cinto, hesitante.

– O que tenho de dizer? – perguntou.

Tiuri repetiu a mensagem.

– Não esqueça – acrescentou. – E parta imediatamente. Mais um pedido: não conte a ninguém que me viu.

– Só ao cavaleiro Tiuri – disse o garoto com um sorriso.

– Então você vai?

– Sim – disse o garoto, enrolando o cinto cuidadosamente.

– Prometa-me que não esquecerá a mensagem.

– Se eu fosse cavaleiro – disse o garoto, sorrindo outra vez –, juraria por minha honra.

– Obrigado – disse Tiuri muito sério.

O garoto dirigiu-lhe um olhar penetrante.

– Vou partir em seguida – disse – e não contarei que o encontrei. Não acho que você seja um ladrão, apesar de não entender muito bem o que está acontecendo.

– Obrigado – repetiu Tiuri.

O garoto deu um sorriso envergonhado, virou-se e foi embora.

"Isso já está acertado", pensou Tiuri ao retomar o caminho. O garoto cumpriria sua promessa, tinha certeza. Já podia dedicar-se totalmente à sua missão com o coração tranquilo.

Pouco depois encontrou-se de novo na clareira cujo solo fora removido por cascos de cavalos. Com muito cuidado foi até o lugar onde jazia o Cavaleiro Negro. Ao se aproximar, ouviu vozes. Seriam as pessoas da estalagem? Teve a impressão de reconhecer a voz do estalajadeiro, apesar de não conseguir distinguir nada além de "Oh!", "Nossa!" e "Assassinado!". Aproximou-se do cavalo negro, que continuava amarrado a uma árvore. Num segundo o soltou e montou nele. No início o animal se manteve tranquilo, mas quando Tiuri o montou começou a corcovear.

– Calma – sussurrou o jovem. – Seja obediente! Preciso cumprir uma missão do seu dono.

O cavalo jogou a cabeça para trás e relinchou. Tiuri tinha dificuldades para lidar com ele, mas por fim conseguiu.

Ouviu que diziam:

– Tem alguém aqui.

Apertou os calcanhares contra os flancos do cavalo, deu-lhe uma palmadinha no pescoço e sussurrou:

– Vamos!

O cavalo obedeceu e se pôs a caminho. Correu pelo bosque, saltou arbustos, afastou folhas e partiu galhos. Tiuri tinha de se segurar com força. Pensou ter ouvido um homem gritando, mas também podia ser imaginação sua. De qualquer modo, logo deixou para trás o lugar da tragédia.

O cavalo era rápido e fogoso, um corcel digno do Cavaleiro Negro. O animal estaria sentindo que obedecia à última vontade de seu dono ao levar Tiuri o mais rápido que podia para o oeste, para o país do rei Unauwen? Se é que estava indo em direção ao oeste...; Tiuri não prestara atenção. Como poderia fazê-lo cavalgando assim tão rápido pelo bosque?

Deixou o cavalo trotar até chegarem a um caminho largo e reto. Ali parou para olhar atentamente ao seu redor e determinar a direção correta. Estava com sorte; pela posição do sol pôde ver que o caminho ia mais ou menos do leste para o oeste. "Este deve ser o Primeiro Grande Caminho", pensou.

Dois grandes caminhos partiam do reino de Dagonaut em direção ao país de Unauwen: "o Primeiro Grande Caminho", que atravessava uma parte do bosque, e "o Terceiro Grande Caminho", que margeava a fronteira ao sul do bosque. Também existira um "Segundo Grande Caminho", mas a última parte dele estava intransitável havia anos, invadida pela Selva Virgem. Em tempos remotos havia muito trânsito nos três, quando um grande número de viajantes ia e vinha do reino de Unauwen. Depois, o contato diminuiu e um dos caminhos até deixou de ser usado. Tiuri ouvira que ultimamente muitas pessoas voltavam de Unauwen para Dagonaut pelo caminho do sul. Entre elas, havia cavaleiros; o Cavaleiro Negro do Escudo Branco provavelmente fora um deles.

Tiuri olhou para os dois lados do caminho. Não viu mais ninguém. Pensou que não seria ruim seguir um pouco por ele; seria mais rápido e fácil que ir pelo bosque. E assim deu início à sua viagem para o oeste.

O cavalo cavalgava rápido e parecia incansável, mas Tiuri percebeu, para sua tristeza, que quase não conseguia se manter na sela. O som dos cascos retumbava em sua cabeça, dando-lhe a sensação de que ela ia explodir, e às vezes tinha um véu diante dos olhos que o fazia ver tudo borrado. Por fim, a situação ficou tão grave que teve medo de cair do cavalo. Puxou as rédeas, girou para a esquerda e penetrou num trecho no bosque. Ali deteve o cavalo, deixou-se descer e caiu no chão. As árvores sobre sua cabeça pareciam se mexer e mudar de forma, e a névoa ficou mais espessa. Deitou-se de bruços, com o rosto sobre a relva fresca.

Sentiu-se melhor depois de um tempo. Então percebeu outras sensações: estava com fome e sede. Naquele momento lembrou-se de que não comera nem bebera nada desde a manhã do dia anterior e compreendeu que esse era o motivo de sua fraqueza. Sentou-se e olhou ao seu redor. Precisava comer para recuperar as forças, mas onde encontraria algo? Talvez pudesse conseguir alguma fruta. Olhou para o cavalo que pastava tranquilamente ao seu lado. Seus olhos se detiveram na bolsa que pendia da sela... talvez houvesse alguma coisa para comer ali. Ergueu um pouco o corpo e a abriu. O cavalo levantou a cabeça por um momento, mas deixou-o prosseguir. Na bolsa não havia grande coisa: dois pedaços de pão duro, um pacote envolto em couro e uma escova de metal. Tiuri ficou muito contente com o pão e logo lhe deu uma mordida. O cavalo olhou-o como se também esperasse um pedaço.

— Este pão devia ser para você — disse Tiuri —, mas com certeza não se importa que eu o coma. Você pode pastar e eu não.

O cavalo fitou-o com olhos compreensivos; pelo menos assim lhe pareceu. Tiuri mordeu mais um pedaço e então percebeu que sua sede era ainda maior que a fome. Pegou o cavalo pelas rédeas e disse:

— Vamos, temos de procurar água; uma fonte ou um riacho.

Andou pelo bosque por um tempo, com o cavalo atrás, mas pouco depois a situação se inverteu: Tiuri se arrastava enquanto o cavalo o guiava. Assim chegaram a um estreito riacho que serpenteava entre samambaias altas. Tiuri deitou-se na borda e bebeu. Depois se levantou e disse ao cavalo:

— Você é uma maravilha. É como um desses cavalos dos grandes cavaleiros de que falam os trovadores; um corcel que entende tudo e é tão inteligente quanto uma pessoa. Trouxe-me até a água e agradeço-lhe por isso.

Tirou novamente o pão da sacola e comeu mais um pedaço. Deu um pouco também ao cavalo. Partiu em dois pedaços o pão restante (que não era muito) e guardou-o novamente na bolsa. "Um pedaço para esta noite e o outro para amanhã", pensou. "Mais adiante conseguirei comida."

Depois abriu cuidadosamente o embrulho de couro. Continha três pederneiras. "Podem ser úteis", disse consigo mesmo enquanto voltava a embrulhá-las e a colocá-las na sacola.

— E a escova de metal também pode servir para algo — disse ao cavalo. — Não sei o seu nome, mas vou chamá-lo de Ajudante Fiel, Portador Negro e Bom Companheiro. Fico muito feliz por você me aceitar como cavaleiro e tentarei estar à altura de seu antigo dono.

Deitou-se novamente e pensou no Cavaleiro Negro do Escudo Branco. Como se chamaria e por que viera ao reino de Dagonaut? O que haveria na carta? Apalpou o lugar em que ela estava... não podia perdê-la em hipótese nenhuma. Então pensou no caminho que tinha pela frente: através do bosque, ao longo do rio Azul e pelo outro lado das montanhas do oeste. Precisava continuar logo. Mas não pelo Grande Caminho; ali estaria muito exposto. Viajaria paralelo ao caminho, prestando atenção para seguir na direção correta.

Instantes depois levantou-se e continuou a marcha. O pão e a água lhe fizeram bem, mas gostaria de ter comido alguma outra coisa. Durante bastante tempo seguiu paralelo ao caminho, às vezes montado, às vezes a pé, dependendo do terreno. Às vezes ficava bem perto do caminho e então o olhava com pesar. "Por ali iria muito mais rápido." Pareceu-lhe realmente imprudente fazer isso, sobretudo quando, com o dia um pouco mais avançado, viu passar diversas pessoas, lenhadores com feixes e também homens montados a cavalo. Entre eles não parecia haver inimigos, mas podiam vê-lo e delatá-lo.

À tarde passou perto de uma macieira silvestre, mas a maioria das maçãs, infelizmente, ainda não estava completamente madura. Apanhou algumas: colocou três na sacola e comeu uma, apesar de estar dura e ácida.

Quando o sol já descia sobre as árvores no oeste, afastou-se mais do caminho para procurar um lugar para dormir aquela noite. Numa pequena clareira coberta de grama amarrou o cavalo numa árvore, tirou-lhe a sela e os arreios, e esfregou-o com um pedaço de sua veste já rasgada. Depois jantou a metade do pão e uma maçã. Nesse meio-tempo começou a fazer frio. Pegou a manta que estava sob a sela do cavalo, deitou-se e se enrolou nela. Olhou para o cavalo e murmurou:

– Boa noite. Acorde-me se houver perigo.

Depois fechou os olhos e, cansado pela tensão e pelas emoções, dormiu imediatamente.

2. O Louco da Cabana do Bosque

No começo da noite Tiuri dormiu como uma pedra, mas a certa altura acordou de repente. Demorou a se lembrar onde estava. Estava muito escuro e silencioso. Ficou imóvel, deitado de costas e olhando para o alto. Não conseguia ver nada. Só havia silêncio e escuridão, ambos tão intensos que lhe cortavam a respiração. Sentiu medo, um medo enorme. Não se atrevia a mover um dedo e começou a suar frio…

Um leve barulho elevou sua angústia ao máximo, mas em seguida ele se recuperou. Continuava com medo, mas já não a ponto de ficar paralisado. O som que ouvira era inofensivo; logo percebeu que havia sido o cavalo bufando.

Deu um profundo suspiro. Ao menos não estava sozinho; havia um ser vivo com ele. Mas por que havia acordado? Por acaso ou porque alguém o espionava?

"Bobagem", pensou. "Ninguém pode me ver com esta escuridão."

Fechou os olhos e logo voltou a abri-los, apesar de isso não fazer muita diferença. Levou a mão ao peito e apalpou a carta. De repente sua missão lhe parecia irrealizável. O Cavaleiro Negro do Escudo Branco havia sido assassinado pelos Cavaleiros Vermelhos. Como ele, tão jovem e inexperiente, poderia cumprir uma missão em que um cavaleiro tão corajoso fracassara? O cavalo bufou novamente. Tiuri gostaria de dizer alguma coisa ao animal, mas não se atreveu porque algo ou alguém poderia ouvi-lo. Então olhou novamente para o alto e de repente viu uma estrela. Era só uma pequena estrela, mas irradiava luz... e esperança. Não fez seu medo desaparecer, mas devolveu-lhe a coragem. Seus olhos começavam a se acostumar à escuridão. Viu galhos e folhas, perfilados indistintamente contra o céu, e um tronco fino.

Tentou pensar em algo que não fosse sua missão e seus inimigos. Tentou pensar em seus amigos, em seus pais, no rei Dagonaut e na festa que acontecera na cidade. Como teriam ido as coisas por lá? Teria sido diferente das outras vezes porque um dos futuros cavaleiros abandonara a capela (algo que certamente jamais acontecera)? O dono do cavalo teria ido procurar o preboste para contar-lhe que um ladrão o roubara? O jovem lenhador teria levado a mensagem? Seus amigos, que velavam com ele na capela, também teriam ouvido o pedido do desconhecido? Achava que não. Arman o vira sair, mas não dissera nada.

Reviveu aquele momento na capela... o barulho na janela, a voz sussurrante... Quem dera não tivesse acontecido nada daquilo! Então já seria cavaleiro. "É incrível", pensou. "Aqui estou eu sem ter sido nomeado, mas com uma missão que seria difícil até para um cavaleiro experiente..."

Suspirou. "Você é jovem e ainda não se tornou famoso", dissera o desconhecido, "mas sei que posso confiar em você."

Seus pensamentos ficaram mais vagos e passaram a pular de uma coisa para outra, girando sempre em torno dos mesmos problemas e acontecimentos. Aquilo o deixava cansado. E ao mesmo tempo ele continuava imóvel e alerta, com medo dos perigos.

"Preciso dormir", pensou. "Amanhã tenho de percorrer um bom trecho." Mas não conseguia. Passara outras noites ao relento (antes, no bosque próximo a Tehuri, o castelo de seu pai. Aquele, sim, era um bosque seguro e agradável, e então não havia inimigos a temer).

Mudou de posição com cuidado e fechou de novo os olhos. Adormeceu logo depois, mas seu sono foi agitado e confuso.

Quando voltou a acordar já havia luz e os pássaros cantavam nas árvores. Bocejou e espreguiçou-se. Estava cansado e entorpecido e tinha o cabelo úmido de orvalho. O cavalo negro tinha um ar fresco e animado e o observava com olhos vivos.

– Bom dia – disse Tiuri. – Precisamos continuar, não é? Não posso dizer que estou morrendo de vontade de partir. Mas tenho de admitir que com a luz da manhã tudo é muito diferente.

Olhou ao seu redor; os pensamentos angustiantes da noite passada haviam sido desnecessários. Não viu mais ninguém.

Pouco depois estava montado na sela, fortalecido por um frugal café da manhã em que comera o último pedaço de pão e uma maçã. Chegou ao Grande Caminho, que estava deserto. Ainda era cedo, provavelmente não passava das sete. Mesmo assim, não tomou o caminho mas, como no dia anterior, seguiu paralelo a ele. Avançou bem rápido porque as árvores ali estavam distantes umas das outras e não havia muito mato.

Cavalgou durante um tempo sem encontrar ninguém nem ver nada especial. Seu cansaço desaparecera e sentia-se bastante animado. O tempo estava bom, o sol brilhava entre as árvores produzindo luzes douradas nas folhas. A viagem até o reino de Unauwen já não lhe parecia tão longa e perigosa.

Encontrou alguns arbustos com frutinhas silvestres e desceu para colher todas as que conseguiu. Enquanto fazia isso um som familiar chegou aos seus ouvidos. O barulho de cascos de cavalos! Agachou-se atrás de uns arbustos e olhou através deles. Pouco depois eles passaram e todo o bom humor de Tiuri desapareceu. Eram dois Cavaleiros Vermelhos.

Passaram rapidamente em direção ao oeste e não olharam nem à direita nem à esquerda. O jovem ficou imóvel até o som dos cascos desaparecer. Depois se levantou em silêncio, deslizou até o caminho e olhou para ambos os lados. Não viu mais ninguém. Mas o perigo estivera perto. Ainda bem que não havia seguido pelo caminho.

Subiu novamente no cavalo e pensou: "Preciso ficar mais longe do caminho. Esses dois não prestaram muita atenção, mas se tivessem olhado teriam me visto, ou pelo menos as minhas pegadas. Tenho de ir mais para o sul e cavalgar pelo bosque."

Pôs em prática o que se havia proposto, mas não demorou a perceber que não seria fácil manter a direção correta.

Perto do meio-dia chegou a uma pequena trilha e seguiu por ela depois de refletir um pouco. Pouco mais tarde comeu a última maçã (as frutinhas já haviam acabado). Já não tinha nada para comer e, apesar da fome, não queria perder tempo procurando alguma coisa. Algum tempo depois a trilha dividiu-se em duas e ele parou, sem saber qual delas devia seguir.

– Ei, cavalo bonito e cavaleiro! – exclamou de repente uma voz atrás dele. – Para onde vão? Não, não devem ir reto, mas por este caminho!

Tiuri assustou-se e olhou para trás. Ali estava uma pessoa que parecia ter saído de um matagal. Aproximou-se deles e repetiu:

– Reto não, estrangeiro, cavaleiro, viajante, mas por este caminho, o caminho para minha casa. Estão vindo por minha causa, bonito cavalo negro e cavaleiro desconhecido?

Era um tipo estranho. Um homem forte e rechonchudo, de cabelo escuro e descuidado e barba curta e crespa. Vestia umas calças avermelhadas em farrapos e uma pele de ovelha cinza. Estava em pé, com as mãos nas costas e mexia os dedos dos pés descalços.

– Por que não me dá bom-dia, desconhecido sobre um bonito cavalo negro? – perguntou. – Por que não me dá bom-dia, cavaleiro e viajante? Por que não me dá bom-dia? Sou o Louco da Cabana do Bosque.

Aproximou-se e estendeu uma mão para o cavalo.

– O seu cavalo me deu bom-dia – disse. – Por que você não, cavaleiro desconhecido? Pode me chamar de Louco da Cabana do Bosque; todo o mundo faz isso, mas minha mãe me chama de Marius.

– Ah! Bom dia – disse Tiuri, puxando as rédeas.

– Não, não vá embora – disse o homem barbudo. – Não vá embora. Fale comigo, estrangeiro, viajante, e venha comigo até a minha cabana.

Tiuri viu que seus olhos eram azul-claros, redondos e infantis. Estava decepcionado e não parecia nem um pouco perigoso.

– O que quer que eu lhe diga? – perguntou o jovem.

– Quero que converse comigo. Contar de onde vem, para onde vai e quem é. Eu sou o Louco da Cabana do Bosque, assim me chamam os lenhadores e os carvoeiros, e meu pai e meus irmãos também. Mas minha mãe me chama de Marius.

Pegou uma rédea e levantou o olhar suplicante.

– Querido Marius – disse Tiuri. – Eu lhe dei bom-dia, mas não posso ficar para conversar com você. Estou com pressa e devo seguir viagem.

– Por que está com pressa? Por quê? Pode me chamar de "Louco", de verdade, não me importo. Nunca tenho pressa. E as árvores também não, quando crescem. Alguns animais sim, mas nunca precisam seguir viagem, menos as aves migratórias quando é inverno. Por que você está com pressa e precisa prosseguir? Venha comigo até a minha cabana. Assim contarei para meu pai e minha mãe que você veio por minha causa, para conversar comigo.

— Numa outra oportunidade — disse Tiuri, puxando suavemente as rédeas. — Não posso falar com você agora; preciso continuar.
— Continuar, continuar, continuar e continuar ainda mais?
— Sim.
— Para onde? Aonde vai com tanta pressa, cavaleiro desconhecido sobre bonito cavalo negro, cavaleiro de roupa esquisita?
Tiuri perdeu um pouco a paciência.
— É sério — disse —, não tenho tempo agora. Deixe-me ir embora.
— Para onde, para onde? — gritou o Louco.
— Muito longe — respondeu Tiuri.
— Seguindo o sol? Seguindo o bonito branco-amarelo-laranja e dourado sol?
— Sim, seguindo o sol.
Por que aquele Louco falava tão alto? Algum Cavaleiro Vermelho poderia escutá-lo.
— Não há ninguém — disse o Louco, como que adivinhando seus pensamentos. — Minha mãe está na cabana tecendo e meu pai voltará para casa mais tarde com meus irmãos. Estão cortando lenha naquele vale — apontou para o oeste —, por aqui não aparece quase ninguém — continuou. — E absolutamente ninguém para ver o Louco da Cabana do Bosque. Às vezes aparece alguém, mas nunca por minha causa.
Olhou triste para Tiuri.
O jovem sentiu um pouco de pena dele.
— Se eu tivesse tempo conversaria com você, de verdade — disse —, mas é que preciso ir embora.
— Seguindo o sol.
— Sim, e já conversei bastante com você.
— Não foi bastante — disse o Louco, coçando a abundante cabeleira —, não foi bastante, viajante desconhecido. Seguindo o sol. Eu também gostaria de seguir o sol alguma vez, mas meu pai diz que ele se esconde e minha mãe chora se eu for. Você voltará para me dizer onde o sol se esconde? Ou o sol não se esconde onde mora? Você voltará?
— Sim. Voltarei para falar com você e lhe contarei tudo.

— Tudo! — exclamou contente o Louco. — Tudo, tudo! Então você virá comigo à Cabana do Bosque?

— Psiu! — sussurrou Tiuri.

— Você tem medo do bosque, viajante desconhecido? O bosque não vai lhe fazer nenhum mal, as raposas também não e os pássaros também não. E eu também não.

— Talvez haja outras coisas — disse Tiuri em voz baixa.

— Psiu! E quais são? Coisas que se arrastam e serpentes sibilantes? Quem procura por você, desconhecido?

— Você viu alguém? — perguntou Tiuri, preocupado.

— Não — respondeu o Louco. Remexeu no cabelo e enrugou a testa. — Mas ouvi coisas, ouvi coisas que deslizam e se arrastam. Mas não estão aqui. Não estão aqui ainda.

— Preciso partir — disse Tiuri, nervoso.

— Não estão aqui ainda — repetiu o Louco, olhando para Tiuri. — Você é um desconhecido esquisito, jovem viajante sobre bonito cavalo negro. Está com fome?

Tiuri olhou ao seu redor e não respondeu.

— Está com fome? — perguntou o Louco, pegando novamente uma rédea.

— Estou — respondeu Tiuri.

— Então venha até a Cabana do Bosque, ali minha mãe lhe dará de comer.

— Obrigado. Mas tenho de ir embora.

— Então não, então não — sussurrou o Louco. — Vá seguindo o sol. Como você se chama, desconhecido?

— Não posso lhe dizer. Não agora.

— É um segredo? Você é alguém com um segredo, viajante desconhecido?

— Por que pensa isso?

— Não penso, não penso, é o que dizem, por isso sou um Louco. Mas eu sei... sei um monte de coisas que ninguém quer saber.

– O que você sabe então?

O Louco riu em voz baixa e olhou contente para Tiuri.

– Você está me fazendo uma pergunta, desconhecido – disse. – Ninguém nunca me pergunta nada. Verá o que sei. Continue cavalgando. Não é preciso vir comigo. Continue cavalgando, bem devagar, e eu vou lhe levar comida.

Comida! A barriga de Tiuri roncava.

– Mas, querido Louco – disse –, você não pode contar para ninguém que me viu.

– Nem para minha mãe?

– Nem para sua mãe.

– Não contarei para ninguém, nem para minha mãe.

– Prometa – disse Tiuri.

– Sempre cumpro o que digo – respondeu o Louco, franzindo a testa. – Você voltará para conversar comigo e me contar tudo?

– Eu também cumpro o que digo – falou Tiuri, sorrindo.

O Louco se virou e entrou correndo na trilha da esquerda. Tiuri seguiu-o com o olhar até ele desaparecer. Depois continuou a cavalgar reto, perguntando-se se não deveria ter insistido mais para que o Louco não o delatasse. "Será que vai me trazer comida?" Parou o cavalo e olhou para trás. Não viu ninguém. Esperou um pouco, mas depois continuou cavalgando. Pouco depois ouviu passos rápidos atrás de si: lá vinha o Louco outra vez com um monte de coisas nas mãos.

– Continue cavalgando, continue cavalgando, rápido desconhecido – disse ofegante. – Você vai poder comer já, já.

Alcançou Tiuri e o ultrapassou cantarolando.

– Veja só – disse pouco depois. – Aqui a relva é macia e a água doce. Está ouvindo?

Tiuri realmente ouvia o murmúrio da água. Um pequeno riacho acompanhava um trecho da trilha. O Louco ajoelhou-se na relva e pôs no chão o que trazia nas mãos, com cuidado, como se fosse um tesouro valioso. Quando Tiuri desceu do cavalo e sentou-se ao seu lado, viu o que era: dois pedaços grandes de pão preto, meia omelete com toucinho e um pedaço de queijo... Para ele era de fato um tesouro valioso.

— Tudo para você — disse orgulhoso o Louco. — Tirados do armário de minha mãe. Mas ela não sabe. Entrei de fininho e peguei, ela não me viu.

— Ela não vai ficar zangada? — perguntou Tiuri.

— Não posso falar nada para ela — disse o Louco. — Não contei nem disse nada. É um segredo.

— Quando eu voltar, contarei tudo para ela e lhe pagarei. Isso não vai lhe causar problemas?

— Problemas? Não precisa pagar nada. Tenho o suficiente e minha mãe concorda, ainda que não saiba de nada. Coma agora, desconhecido com um segredo.

Tiuri não pensou duas vezes; estava com muita fome. Agradeceu ao Louco e se pôs a comer. Pela primeira vez depois de alguns dias desfrutou de uma boa comida, se bem que não chegou a comer tudo porque havia o bastante para guardar algo para depois. O Louco olhava satisfeito, enrolando os cachos de sua barba e assentindo a cada mordida.

— Quer um pouco? — perguntou Tiuri a alguém que parecia olhá-lo faminto.

— N-não, não. É para você. Mas está bem, dê-me um pedaço de queijo.

Comeu com gosto o pedaço de queijo que Tiuri lhe deu, mas não quis aceitar mais nada.

— Estava delicioso — suspirou Tiuri, depois de ter comido o suficiente. — Muito obrigado.

— Você não comeu tudo! Ainda sobra um pedaço de pão e um pouco de omelete.

— Posso guardar e levar? Tenho de ir longe e assim terei algo para comer no caminho.

— Claro que sim — disse o Louco. — Ainda precisa ir longe, longe. Isso não é suficiente. Mas também pode comer frutas silvestres; mais adiante há muitas, frutinhas azuis, doces, azedas. E as plantas com folhas compridas têm raízes, boas raízes.

Levantou-se e arrancou uma planta do chão. Tinha uma grande raiz. Sacudiu a terra grudada e deu-lhe uma mordida.

– Boa raiz – disse, mastigando.

Ofereceu o resto ao cavalo, que comeu com sofreguidão.

– Mais uma coisa que aprendi – disse Tiuri. – Obrigado novamente. Agora queria lhe perguntar uma coisa: este caminho leva até o oeste?

O Louco franziu a testa.

– Do que você está falando? – perguntou.

– Este caminho leva até o oeste... até o lugar onde o sol se esconde?

– Ah! Onde o sol se esconde – disse o Louco. – Sim, durante um trecho. Depois esse caminho acaba, junto à clareira. Mas pode continuar cavalgando mesmo sem caminho, desconhecido, sempre reto, reto. Só não pode ir para aquele lado – apontou o sul – porque ali há coisas perigosas.

– Então continuarei reto. E você se lembrará de não contar isso para ninguém? Talvez atrás de mim venham coisas perigosas que querem me capturar e me matar.

– É um segredo, estranho cavaleiro e viajante. Não direi para ninguém que comeu minha comida e que está seguindo o sol. Às vezes encontro ninhos de pássaros, com ovos dentro, mas não conto para meus irmãos porque eles querem comê-los crus. É um segredo dos pássaros. Não contarei a ninguém o seu segredo. Mas você vai voltar para conversar comigo?

– Prometo – disse Tiuri seriamente.

– Quanto tempo vai ficar fora, viajante?

– Não sei – disse Tiuri, dando um suspiro. – Temo que por muito tempo. Mas voltarei, pelo menos assim espero e desejo.

Levantou-se devagar.

– Você vai voltar – disse o Louco, fitando Tiuri com seus olhos claros. – Cavalgue reto agora, desconhecido, vá em linha reta, bonito cavalo negro. Mas não beba do charco escuro que há mais adiante, porque é somente dos espíritos do bosque.

Tiuri enfiou o resto da comida na bolsa da sela, apertou a mão do Louco, montou no cavalo e partiu. Olhou para trás algumas vezes e acenou. O morador do bosque olhava do meio do caminho com os braços pendurados. Quando Tiuri olhou pela terceira vez havia desaparecido.

"Esse era um bom homem", pensou Tiuri, "e não me parece tão louco apesar de ser diferente de outras pessoas." Sentiu-se descansado e de ânimo renovado.

O caminho realmente acabava numa clareira em que havia montes de troncos. A partir dali Tiuri foi atravessando o bosque em linha reta. Passou por um charco escuro rodeado de árvores muito altas e velhas. Devia ser o charco que o Louco mencionara. Tiuri estava novamente com sede, mas seguiu o conselho recebido. Não gostava nem um pouco daquele charco, com sua água escura e parada, sem nenhuma ondulação. Era bem possível que aquele fosse um lugar encantado... seja como for, era estranho e hostil para as pessoas. Continuou cavalgando depressa e ficou contente quando o deixou para trás.

Pouco a pouco o terreno tornou-se mais abrupto e selvagem. As árvores eram mais irregulares e a mata, mais densa. Tiuri viu samambaias da altura de pessoas e trepadeiras retorcidas pendendo dos galhos como cortinas.

Era difícil avançar com rapidez e às vezes não sabia ao certo se seguira em linha reta.

Quando começou a escurecer encontrou um esconderijo num buraco raso rodeado de arbustos e decidiu passar a noite ali.

3. Toque de trombetas. O anel

A primeira coisa que Tiuri fez na manhã seguinte foi subir o mais alto que pôde numa árvore para determinar a direção correta a partir da posição do sol.

Pouco depois já estava novamente sobre o cavalo. Perguntava-se quanto duraria o trajeto pelo bosque e se estaria longe do rio Azul. O rio Azul também passava pela cidade de Dagonaut e pelo castelo Tehuri, onde morava Tiuri. Nascia na Grande Cordilheira, corria primeiro para o leste e em seguida, desenhando um grande meandro, para o norte, passando pelo Bosque Azul. Depois continuava para o sudeste, atravessando a cidade de Dagonaut e, por fim, margeava a fronteira leste do país. Tiuri ouvira que um trecho do Primeiro Grande Caminho passava perto da cordilheira, mas não lembrava onde ficava a nascente do rio. Da cidade de Dagonaut até as montanhas do oeste, indo pelo Grande Caminho, com certeza seriam de oito a dez dias de viagem. Tiuri nunca estivera ali, mas alguns viajantes e cavaleiros andantes lhe haviam contado. Com certeza ele demoraria mais, e chegaria apenas até as montanhas. A viagem era longa e a carta importante, e não podia perder muito tempo, dissera-lhe o Cavaleiro Negro. O Cavaleiro Negro talvez tivesse tomado o Grande Caminho, mas ele estava armado.

O trajeto pelo bosque estava sendo pior que o esperado; Tiuri precisava tomar cuidado para não se perder e às vezes era difícil abrir caminho. Não conseguia avançar rápido. Pela manhã comera o último pedaço de pão do Louco e agora era obrigado a se alimentar com o que encontrava: frutos e raízes. Não dispunha de armas para capturar animais selvagens, nem de tempo para colocar armadilhas. Rasgara um bom pedaço da parte inferior de sua túnica para encurtá-la; precisou fazê-lo porque muitas vezes tinha de caminhar grandes trechos levando o cavalo pelas rédeas.

Não encontrou ninguém durante todo o dia; no bosque também parecia não passar ninguém.

O quarto dia de sua viagem foi bem diferente. A certa altura ouviu atrás de si um estalido de galhos e som de vozes.

Tornou-se o mais invisível que pôde e esperou. Ouviu as vozes se afastando, mas pouco depois viu um jovem andando pelo bosque, não distante de onde ele estava. Vestia uma roupa cinza, estava armado e levava um cavalo pelas rédeas. De vez em quando parava e olhava ao seu redor, mas não viu Tiuri nem o cavalo negro. Pouco depois desapareceu, mas Tiuri o escutou falando com alguém.

– Onde estão todos?

– Estão procurando mais ao norte – disse outra voz. – Viu alguma coisa?

– Nada. Nem rastros, aparentemente. Mas é difícil afirmar com certeza. O bosque é muito selvagem. Poderíamos procurar durante dias sem encontrar ninguém. Mas tem de estar em algum lugar.

– Eu só vejo árvores, árvores e mais árvores – resmungou o outro.

– E espinhos e trepadeiras em que tropeçar. Esconderijo excelente, este bosque; isso é verdade... para quem não quer ser encontrado...

As vozes ficaram menos nítidas e menos compreensíveis. Então ao longe ouviu-se o som claro de uma corneta de caça.

– Vamos! – Tiuri escutou alguém exclamar.

Pouco depois tudo ficou em silêncio. Tiuri abraçou o pescoço do cavalo e sussurrou:

– Quem seriam? Caçadores de algum grupo? O que estarão procurando?

O cavalo não podia responder, mas o jovem tinha a sensação de que o entendera e de que tinha suas próprias ideias sobre as pessoas que perambulavam pelo bosque.

"Se eu tomar cuidado, não me verão", pensou Tiuri. Suspirou. Teria de avançar sempre assim, desconfiado e com medo dos inimigos? Prosseguiu com o dobro de precaução, mas não viu mais ninguém. Só ouviu o som da corneta ao longe, algumas vezes.

O cavaleiro Fartumar também tinha uma corneta, uma corneta famosa. Com ela reunira seus homens para a batalha, há muito tempo, quando os inimigos do leste invadiram o país. Tiuri fora seu escudeiro durante um tempo e, quando o cavaleiro contava suas aventuras, escutava-o sem respirar. Agora ele mesmo estava no meio de uma aventura. "Talvez", pensou, "meu escudeiro me escute sem respirar quando eu lhe contar... Se eu sair desta são e salvo... e se algum dia for armado cavaleiro..."

À tarde o bosque voltou a mudar de aspecto. Tornou-se menos fechado e agora as árvores eram altas, com troncos retos e finos. Tiuri conseguia enxergar bastante à frente. Parecia um salão com o solo brilhante e fértil e muitas colunas. Era fácil cavalgar por ali, mas em compensação qualquer um podia vê-lo de longe. Aquela não era uma ideia agradável, sobretudo quando ouvia de novo a corneta à distância.

Pouco depois chegou a um vale pouco profundo por onde corria um riacho; quantos riachos corriam pelo bosque... Havia arbustos baixos com flores amarelas. Ali Tiuri desmontou e decidiu parar para descansar até anoitecer. Depois seguiria na escuridão, pois lhe parecia mais seguro.

Deitou-se sob um arbusto inclinado e ali adormeceu. Quando acordou estava totalmente escuro. Engatinhou às cegas até o riacho e inclinou-se para beber. Ao fazer isso viu algo estranho: um pequeno ponto luminoso que se mexia abaixo de sua cabeça. Por um momento pensou que fosse um vagalume e levantou a mão involuntariamente para pegá-lo. Pegou-o: era duro e redondo. Para sua surpresa, constatou que era o anel do Cavaleiro Negro que pendia do cordão em seu pescoço. Observou-o com atenção. Sim, a pedra brilhava na escuridão. Era uma luz fraca, como a de uma estrela distante, mas mesmo assim muito visível. Parecia um último aceno do Cavaleiro do Escudo Branco, uma lembrança do juramento que fizera. Tiuri percebeu que tinha lágrimas nos olhos. Desamarrou o cordão e pôs o anel no dedo.

"Este anel vai me proteger e guiar", pensou. "E manterei meu juramento, por mais difícil que seja."

Naquela noite avançou um bom trecho e não teve medo da escuridão nem dos sons misteriosos. Às vezes via uma estrela brilhar entre as árvores, como se fosse irmã da pedra do anel em seu dedo. Continuou a cavalgar no amanhecer cinzento quando os pássaros começaram a piar e parou quando o dia clareou.

Após um breve descanso, procurou algo para comer e retomou seu caminho. Não viu ninguém e também não encontrou nenhum bom esconderijo. Percebeu que o terreno à sua esquerda, ao sul, começava a subir; as árvores se elevavam em colinas cada vez mais altas. Atravessou uma trilha que ia para o norte a partir das colinas, talvez rumo ao Grande Caminho. Uma trilha significava a possibilidade de haver gente por perto.

"Vou procurar um esconderijo aqui", pensou. "Acho que entre as colinas encontrarei algo. Além disso, o Portador Negro precisa descansar. Continuaremos a viagem à noite."

Encontrou um lugar de descanso e, depois de apertar a corda que tinha na cintura (porque não conseguiu encontrar nada para comer), deitou-se e tentou dormir. Voltou a ouvir uma corneta em seus sonhos.

"Esta noite vamos continuar", pensou, e em seguida adormeceu.

4. Os ladrões

Tiuri retomou sua viagem pouco antes do pôr do sol. Arrancara o galho de uma árvore e levava-o na mão como única arma. Continuou a cavalgar pelo bosque que a luz do sol poente fazia parecer em chamas.

– Seguindo o sol... – dissera o Louco da Cabana do Bosque.

Pouco a pouco escureceu. O anel em seu dedo começou a brilhar. Não o bastante para iluminar seu caminho, mas sim para animá-lo. Não ouviu outra coisa além dos típicos sons noturnos do bosque, aos quais já se acostumara. O cavalo avançava rápido e sem hesitar. Depois de um tempo Tiuri percebeu que chegara a uma trilha; tinha muitas curvas, mas parecia seguir para o oeste.

Foi então que aconteceu.

Sussurros que não eram do vento entre as árvores... galhos estalando não por causa das patas de animais... De repente surgiram de ambos os lados do caminho... um até saindo de uma árvore. Muitos homens, uns dez, rodearam o cavalo de Tiuri, ordenando-lhe que parasse. Um deles mantinha um lampião no alto e, com sua luz, Tiuri pôde vê-los: tipos rudes e barbados, armados com paus, espadas e punhais.

– Alto! – ordenaram-lhe. – A bolsa ou a vida!

Eram ladrões!

Tiuri estava muito assustado e todo seu corpo tremia. Mas encontrou coragem suficiente para não demonstrar seu medo. Olhou para os rostos ameaçadores e disse:

– Não tenho dinheiro, estou sem nada.

– Ahá! – exclamou aquele que levava o lampião, fazendo a luz bater em cheio no rosto de Tiuri. – Você não tem jeito de rico, mas seu cavalo é bom.

– E ele tem um bonito anel no dedo – disse outro, agarrando a mão do jovem.

Tiuri retirou a mão, erguendo o pedaço de pau com a outra.

– Vi o anel de longe – disse um terceiro ladrão. – Vejam como brilha.

– Deixem-me ir embora – disse Tiuri. Sua voz soou firme, mas seu coração batia desenfreado.

Os ladrões ficaram tão surpresos que retrocederam um pouco.

– Ora, vejam! – disse um deles. – É corajoso.

– Só o deixaremos ir embora depois de nos entregar tudo o que tem – disse o que vira o anel brilhar. Aproximou-se e pegou o cavalo pelas rédeas. O animal levantou a cabeça e bufou furioso.

Tiuri imaginou que uma fuga rápida talvez pudesse salvá-lo. Mas, antes de poder tentar isso, os outros ladrões também se aproximaram, levantando ameaçadoramente suas armas.

– Vamos, você não pode conosco – disse o ladrão que segurava as rédeas do cavalo. – Sua vida não vale nada para nós, só queremos seu dinheiro.

Dirigiu-se aos outros e ordenou:

– Tirem esse pedaço de pau da mão dele antes que ele acerte suas cabeças!

Pelo visto era o chefe.

Tiuri agarrou o galho com mais força e disse:
– Não tenho nada. Nenhum centavo. Não vão enriquecer comigo. Deixem-me ir.
Um dos ladrões deu uma gargalhada e outro exclamou:
– Cale a boca dele! Derrube-o do cavalo!
O cavalo negro voltou a levantar a cabeça e relinchou.
O chefe soltou as rédeas e disse bruscamente:
– Você tem jeito de pobre, jovem, mas está usando um anel bonito demais no dedo. Eu o quero para mim.
O anel! "Quem dera eu nunca o tivesse colocado", pensou Tiuri, desesperado, e disse:
– Não terá o anel.
– Você é que pensa! – exclamou o chefe dos ladrões. – Desça do cavalo e me dê já esse anel.
Tiuri foi agarrado por mãos bruscas, que o despojaram do galho e o puxaram do cavalo. Foi terrível. O cavalo empinou e relinchou, e precisou ser dominado pelos ladrões. Os outros encurralaram Tiuri, mas o chefe os afastou com um empurrão e gritou:
– Tirem as mãos dele! Eu fui o primeiro a ver o anel; brilhava ao longe como uma estrela.
Os ladrões obedeceram, mas continuaram acossando Tiuri com expressão ameaçadora. O jovem respirou profundamente, cobriu o anel com a outra mão e repetiu:
– Não terá o anel. Nunca!
– Eu vou pegá-lo – disse o chefe –, e você terá de ser muito esperto para me impedir. Por que cavalga por aqui à noite e tão tarde?
A coragem de Tiuri veio abaixo. Não podia perder o anel. Precisava mostrá-lo ao ermitão que vivia junto à fonte para que o ajudasse a atravessar as montanhas. Não, não podia perder o anel.
Olhou para o chefe.
– Estou indefeso diante do senhor – disse. – Não tenho armas e estou sozinho. Mas não posso me desfazer do anel. Prefiro morrer a entregá-lo.

Disse aquilo com temeridade, sem esperar que desse resultado.

– O que significa isso? Você está falando demais – disse impaciente um dos ladrões.

– Corte-lhe o dedo! – exclamou, rindo, outro. – Assim acabamos logo com isso.

– Não tenho forças – disse Tiuri ao chefe –, mas suplico que me deixe ficar com este anel. Pertenceu a alguém que morreu e por quem tenho grande estima.

O chefe dos ladrões aproximou-se bastante dele e agarrou sua mão.

– Certo, então você gosta do anel. Mas suponho que também gosta dos seus dedos. Vou cortar-lhe um dedo. O que me diz?

– Nada – respondeu Tiuri enquanto tentava inutilmente retirar a mão.

– Mas vou lhe deixar o anel. O que me diz agora?

Tiuri olhou para o ladrão sem entender.

– O que quer dizer? – disse balbuciando.

– Que vou cortar-lhe um dedo em vez de pegar o anel. Um dedo em troca do seu anel. O que me diz?

Tiuri começou a tremer. Deixar que lhe cortassem o dedo? Mas e o anel então? O anel do corajoso Cavaleiro do Escudo Branco? Ele precisava mostrar o anel ao ermitão.

– Faça isso – disse, com a coragem que o desespero traz. – Ainda me restarão quatro dedos.

Ouviu suas próprias palavras como se fossem pronunciadas por outra pessoa e surpreendeu-se com elas.

O chefe soltou sua mão.

– Certo – disse bruscamente.

Outro ladrão se pôs ao seu lado e desembainhou a espada.

– Posso fazer isso? – disse, rindo baixinho. – Minha espada está afiada.

Tiuri fechou os olhos por um momento, mas não retirou o que havia dito.

– Deixe-me fazer isso! – sussurrou o ladrão.

Tiuri voltou a abrir os olhos e viu o chefe tirar a espada do ladrão e torcer-lhe a orelha.

– Tome! – exclamou. – É isso que vou lhe dar. Não toque nesse jovem.

Olhou para cada um deles e prosseguiu:

– Ele tem mais coragem num só dedo que todos vocês juntos em todo o corpo.

Dirigiu-se a Tiuri e lhe disse:

– Guarde o seu anel. Você o defendeu com valentia. Esconda-o bem porque há mais ladrões neste bosque.

Tiuri quase não podia acreditar; de repente tirara um grande peso dos ombros.

– Agora vá – ordenou-lhe o chefe. – E aconselho-o a deixar esta região. Fico com seu cavalo. Tenho de ficar com alguma coisa, não?

O fiel cavalo negro!

– Mas... – começou a dizer Tiuri – isso...

– Chega de conversa! – berrou o chefe. – Suma antes que me arrependa!

Levantou sua adaga e olhou furioso para Tiuri. Os outros começaram a resmungar, ameaçadores.

Tiuri vacilou um momento, mas compreendeu que era melhor obedecer. Deu meia-volta e afastou-se com os joelhos trêmulos. Ouviu os ladrões conversando em tom de briga. Escutou a voz irritada do chefe ordenando-lhes que se calassem e obedecessem. Ouviu o cavalo relinchar. Então olhou para trás.

Os ladrões estavam rodeando o cavalo. Desapareceram em poucos segundos. Pôde ver a luz do lampião por um momento, mas depois ela também sumiu.

Tiuri avançou um pouco aos tropeções, deixou-se cair no chão e chorou. Chorou pelo medo que sentira e pela perda do cavalo negro.

5. Os Cavaleiros Cinza

Quando Tiuri se recuperou, tirou o anel do dedo e voltou a pendurá-lo no pescoço. Depois se levantou e continuou a andar tateando pelo bosque escuro. Havia se desviado da trilha, e o terreno acidentado estava cheio de penhascos e pedras. Por fim não aguentou mais. Desabou no chão e adormeceu como se estivesse anestesiado.

Acordou muito cedo e percebeu que estava perto de uma trilha, talvez a mesma em que à noite encontrara os ladrões. Seguiu-a durante um trecho. À sua esquerda as montanhas eram cada vez mais escarpadas e tinham alguns pinheiros finos. O sol brilhava sobre a trilha.

Pouco depois ouviu o barulho de um riacho e, ao mesmo tempo, descobriu à sua esquerda, no meio de uma das montanhas, a entrada de uma pequena caverna. Aquele seria um bom lugar para descansar; não se sentia capaz de continuar por muito tempo. Mas primeiro precisava buscar água. Chegou ao riacho que atravessava a trilha e, depois de beber, viu que ali perto havia umas plantas como as que o Louco arrancara do chão. Voltou com um par de grandes raízes negras na mão, escalou a montanha e entrou na caverna. Era baixa e pouco profunda, mas não parecia ser a toca de nenhum animal. Sentou-se apoiando as costas contra uma parede rochosa e comeu as raízes. Depois cochilou um pouco, apesar da posição incômoda.

Acordou assustado com o som de vozes. Olhou com cuidado para fora. Na trilha, ao pé da montanha, havia três homens conversando. Reconheceu imediatamente alguns dos ladrões.

— E agora onde está o chefe? — resmungou um deles.

— Está tentando montar seu cavalo novo — disse outro, com um riso sarcástico. — Já caiu duas vezes.

— Foi jogado — disse o terceiro, deliciando-se.

Os três riram, mas um deles sussurrou de repente:

— Silêncio!

Dois homens se aproximavam; um deles era o chefe dos ladrões.

— Agora calem a boca e se escondam — disse este último, assim que chegou junto dos três. — Vem vindo para cá e estará aqui num minuto.

Os ladrões obedeceram imediatamente; deixaram a trilha e se esconderam atrás dos penhascos e arbustos do outro lado da montanha. O chefe também desapareceu.

Tiuri percebeu que não estavam planejando nada de bom. Quem estaria vindo e chegaria num minuto? Pegou algumas pedras que havia na caverna e amontoou-as na entrada. Depois deitou-se de bruços e fixou o olhar na trilha à espera dos acontecimentos.

Não precisou esperar muito tempo.

Ouviu um barulho de cascos ao longe — toc, toc, toc — e pouco depois surgiu um cavaleiro pelo leste. Cavalgava lentamente e Tiuri pôde vê-lo bem. Vestia uma cota de malha cinza-escura e de seu braço pendia um escudo cinza; cinza era seu cavalo e cinza pálido seu elmo, que tinha a viseira abaixada, cinza era também o manto que levava. Mas de seu pescoço pendia algo que brilhava ao sol: uma grande corneta que parecia de prata.

Tiuri viu os arbustos se mexendo e prendeu a respiração. Com certeza os ladrões estavam atrás dele. Parecia valente, mas Tiuri não acreditava que ele pudesse fazer alguma coisa contra cinco homens. "Tenho de ajudá-lo", pensou, "avisá-lo..."

Naquele momento os ladrões deram um grito forte e surgiram de repente.

— Alto! — gritaram ao cavaleiro. — A bolsa ou a vida!

O cavaleiro parou. Tiuri levantou-se e pegou uma pedra. O cavaleiro ergueu a viseira, levou a corneta à boca e tocou com força. Depois abaixou rapidamente a viseira e desembainhou a espada.

Os ladrões pareciam um pouco assustados com o toque da corneta. Hesitaram um pouco antes de repetir a ordem:

— A bolsa ou a vida!

— Não terão nem uma coisa nem outra — disse o cavaleiro, levantando a espada. Ao mesmo tempo ouviu-se um som de vozes e mais barulho de cascos na trilha.

Os ladrões se entreolharam e fizeram menção de fugir. O cavaleiro esporeou seu cavalo e os ultrapassou, mas um pouco adiante se virou e parou:

— Não fujam, covardes! — disse. — Vamos, ataquem-me como queriam fazer.

— Ataquem, covardes! — ordenou o chefe, enquanto se lançava sobre o cavaleiro com a espada na mão.

Mas os outros quatro gritaram assustados. Sete cavaleiros vinham correndo pela trilha; montavam cavalos cinza e estavam todos vestidos de cinza. Eram três cavaleiros com elmo e espada, e quatro jovens, provavelmente escudeiros.

Tiuri continuava na caverna. Sua ajuda já não era necessária e só lhe restava observar. Num abrir e fechar de olhos, quatro dos ladrões, entre eles o chefe, haviam sido desarmados e amarrados. O quinto fugiu e foi perseguido por dois dos cavaleiros. Os demais se amontoaram ao pé da montanha onde estava Tiuri e o cavaleiro da corneta de prata falou com os prisioneiros.

"Esta é a companhia que ouvi anteontem", pensou Tiuri. "Vi um dos escudeiros. Quem serão?"

Nenhum dos cavaleiros levantou a viseira e não tinham armas nos escudos. O da corneta, que devia ser o chefe, disse em tom severo:

— Muito bem, agora vocês vão pagar por suas maldades. É proibido saltear caminhos em Dagonaut, como em qualquer outro reino em que impere a ordem.

— Piedade! — suplicou um dos ladrões.

— E, além disso, não passam de covardes. Atrevem-se a atacar viajantes solitários, mas fogem diante de grupos maiores. Estarão pendurados numa árvore antes de o sol se pôr.

— Senhor cavaleiro — disse o chefe —, sou ladrão, não nego. Mas nunca matei ninguém. Por que quer me matar?

Tiuri sentiu um pouco de pena dele. Afinal de contas, o chefe lhe permitira ficar com o anel.

Naquele momento os dois cavaleiros voltavam; um deles trazia consigo o ladrão fugido e outro trazia, além do seu, outro cavalo pelas rédeas. Tiuri o reconheceria entre mil: era o cavalo negro do Cavaleiro do Escudo Branco.

Quando o Cavaleiro Cinza da corneta viu que se aproximavam, apeou do cavalo e foi ao encontro deles. Ficaram conversando em voz baixa e observando o cavalo negro. Depois se juntaram aos demais.

O cavaleiro da corneta dirigiu-se novamente aos ladrões e perguntou em tom severo:

– De quem é este cavalo?

– É dele – respondeu um dos ladrões, mostrando o chefe com a cabeça.

– Ora vamos – disse o cavaleiro. – Como conseguiu este cavalo? De quem o roubou?

– Esse cavalo é meu – respondeu o chefe, de mau humor.

– É mentira! Você o roubou. Porque eu conheço este cavalo, ladrão.

– Há outros cavalos negros no mundo.

– Você não entende nada de cavalos – comentou o Cavaleiro Cinza. – Nenhum é igual ao outro. Reconheceria este cavalo em qualquer lugar e também sei como se chama... Ardanwen é o seu nome, ou Vento da Noite, e é uma vergonha que alguém como você se atreva a montá-lo.

Tiuri ouvia tudo cada vez mais surpreso. Aqueles cavaleiros conheciam o cavalo e, portanto, também o Cavaleiro Negro do Escudo Branco. Pensou em sair de seu esconderijo e falar com eles, mas alguma coisa, não saberia dizer o quê, o impediu. Continuou sentado em sua caverna e escutou, ansioso.

O chefe abaixara a cabeça e estava em silêncio.

– De quem roubou o cavalo? – perguntou o Cavaleiro Cinza, em tom irritado.

– De um jovem que passou ontem à noite por aqui – respondeu um dos ladrões.

– É isso mesmo – disse o chefe a contragosto.

O cavaleiro aproximou-se dele e lhe perguntou, aparentemente com uma grande tensão:

– Um jovem que passou ontem à noite por aqui? Como era? Era jovem, com no máximo dezessete anos, com cabelo escuro e olhos azul-acinzentados, vestido com uma túnica branca?

– A roupa dele não parecia muito branca – respondeu o chefe –, mas acho que o resto se encaixa. Seus olhos eram azul-acinzentados...

– E seu cabelo era escuro – interveio outro dos ladrões.

– E no dedo tinha ...

– Um anel – disse o Cavaleiro Cinza –, brilhante como uma estrela.

– Sim, senhor cavaleiro – disse o chefe. – Era um anel muito peculiar, um anel brilhante na mão esquerda.

Os Cavaleiros Cinza pareceram abalados diante daquela notícia.

– Onde ele está? – perguntou um deles.

– Onde está o anel? – perguntou outro.

– Não o machuquei, cavaleiros – respondeu o chefe. – E o deixei ficar com o anel.

– Outra mentira – disse bruscamente o cavaleiro da corneta. – Por que roubaria o cavalo e não uma joia tão valiosa? Dê-me o anel.

– Não está comigo, juro. Parecia muito apegado àquela coisa e deixei que ficasse com ela e seguisse em paz.

– É verdade – disseram os demais ladrões, confirmando suas palavras.

Os Cavaleiros Cinza puseram-se a falar em voz baixa entre eles; Tiuri não entendia o que diziam.

– Teria sido melhor que não tivesse feito isso – disse finalmente o cavaleiro da corneta.

– Melhor que não? – perguntou o chefe.

– Você é um ladrão e um canalha, mas acho que esse jovem o supera. Se o tivesse matado, ele teria tido o que merece.

O chefe pareceu surpreso ao ouvir aquilo. Mas Tiuri ficou ainda mais surpreso. Estava perplexo.

– Para onde foi? – perguntou outro cavaleiro, em tom furioso. – Rápido! Diga para onde ele foi.

– Entrou no bosque, naquela direção – disse o chefe, mostrando com a cabeça. – Mas não sei exatamente para onde.
– Não deve ter ido muito longe – disse um segundo ladrão – porque foi a pé.
– Por que estão procurando por ele? – perguntou o chefe.
– Isso não é da sua conta – respondeu o cavaleiro da corneta. – Mas fico tão agradecido por suas notícias que estou disposto a perdoar-lhe a vida e a conceder-lhe a liberdade. Com uma condição: procurar esse jovem e trazê-lo para nós se o encontrar, vivo ou morto, mas de preferência vivo. Saiba que é perigoso.
– Não me surpreende nada – disse um dos ladrões, aquele que quisera cortar o dedo de Tiuri.
– Desamarrem-no – ordenou o cavaleiro aos escudeiros. – Concedo-lhe o perdão... Mas – acrescentou – voltarei, perseguirei e enforcarei quem continuar a roubar. A ordem e a segurança devem ser mantidas neste reino.
– Algum dia vamos limpar o bosque dessa corja – disse o cavaleiro que estava ao seu lado. – Agora precisamos tratar de outro assunto mais urgente. Procurem o jovem por nós, ladrões.
Pouco depois seguiram seu caminho em dois grupos. No primeiro iam os Cavaleiros Cinza e sua comitiva levando o cavalo negro. Os ladrões iam atrás, conversando em voz baixa entre si. Todos desapareceram no oeste.

Tiuri continuava desconcertado na caverna. Os Cavaleiros Cinza estavam procurando por ele... queriam pegá-lo, vivo ou morto. Por quê? Seriam os Cavaleiros Vermelhos? De qualquer forma, eram inimigos, inimigos a temer. Agradeceu sua boa estrela por não ter saído do esconderijo.
E então um grande desânimo o abateu. Precisava seguir para o oeste, mas os Cavaleiros Cinza procuravam por ele e os ladrões estavam à espreita. Provavelmente também era perseguido ou esperado pelos Cavaleiros Vermelhos do Cavaleiro do Escudo Vermelho... e

talvez houvesse mais seres sibilantes que se arrastam, como dissera o Louco da Cabana do Bosque. Como cumpriria sua missão sozinho, a pé e desarmado?

Pegou a carta, virou-a várias vezes. Uma coisa tão pequena com uma mensagem tão importante...

O que podia conter que fosse tão importante a ponto de pôr em risco sua vida? E se a abrisse e lesse? "Isso só em caso de necessidade", dissera o Cavaleiro do Escudo Branco.

Acaso aquele não era um caso de necessidade? Ler a carta e destruí-la... transmitir a mensagem verbalmente se fosse muito importante. Por que se arriscaria por algo cujo conteúdo e significado desconhecia? Era uma bobagem, não?

Acariciou os lacres com dedos trêmulos. "Somente se estiver correndo o risco de perder a carta..." Não havia ninguém por perto; os Cavaleiros Cinza não haviam mencionado a carta. Não, claro que não; devem ter pensado duas vezes.

Com certeza o Cavaleiro Negro do Escudo Branco não previra tantos perigos. Ou previra?

"Não conseguirei cumprir esta missão", pensou Tiuri. "É irrealizável."

Então, em sua mente, ouviu-se dizendo: "Juro entregar a carta a salvo... Se fosse cavaleiro, juraria por minha honra."

Suas dúvidas desapareceram. Tornou a guardar a carta; ainda não era o momento de abri-la. E disse para si: "Tenho de continuar a viagem e tentar; fiz um juramento. Vou ver o rei Unauwen do país a oeste da Grande Cordilheira!"

6. Os monges e o mosteiro Marrom

Tiuri passou o dia escondido na caverna. Os Cavaleiros Cinza continuavam procurando por ele; tinha de aumentar o mais possível a distância que os separava. Só saiu uma vez para beber um pouco de água do riacho.

Foi uma espera longa e entediante. Tiuri tentou dormir um pouco, mas não podia dormir direito deitado naquele chão duro e rochoso. Entreteve-se um pouco observando dois esquilos que brincavam numa árvore à sua frente. Ficou triste quando foram embora.

Ao começar a anoitecer, pôs-se outra vez a caminho. Andou paralelamente à trilha o quanto pôde, sempre vigilante e alerta. A noite durou uma eternidade e ele avançou devagar. Mas não encontrou inimigos.

De manhã cedo estava descansando atrás de uns arbustos. Calculou que sua viagem já durava seis dias. Quando conseguiria sair do bosque? Perguntava-se se devia continuar ou não. Decidiu-se pela primeira opção: durante o dia podia enxergar melhor e portanto andar mais rápido. Perigos haveria sempre.

De repente tornou a ficar imóvel e tenso. Ouviu pés se arrastando. Através das folhas espiou o caminho, que estava perto. Alguém se aproximava.

Logo viu quem era. Não eram ladrões, nem cavaleiros, nem Cavaleiros Vermelhos, mas dois monges vestindo hábitos marrons. Pareciam cordiais e agradáveis.

"Nestas pessoas posso confiar", pensou Tiuri. "E se fosse com eles? Talvez sua companhia me proteja um pouco."

Levantou-se, apareceu na trilha e disse:

– Bom dia.

Os monges pararam.

–Deus o abençoe – disse um deles.

Não pareceram surpresos ao vê-lo ou pelo menos não o demonstraram, apesar de Tiuri estar tão esfarrapado quanto um vagabundo.

Tiuri observou-os. Ambos inspiravam confiança. Um era mais velho, alto e magro, tinha o rosto moreno e o cabelo grisalho. O outro era baixo e bem jovem, com o rosto sardento e penetrantes olhos cinza-claros.

– Estão na estrada bem cedo, reverendos irmãos – disse, e depois se calou, sem saber muito bem o que acrescentar.

– Você também, meu filho – disse o monge mais velho.
– Os senhores vão para o oeste?
– Sim – respondeu o segundo monge, mostrando o caminho. – Estamos indo para o nosso mosteiro.
– Posso ir com vocês?
– Claro que sim, meu filho – disse o monge mais velho. – Caminhamos sem pressa, mas sem nos deter, e pode vir conosco até onde quiser.
– Obrigado – disse Tiuri.
– Nesse caso vou lhe dizer quem somos – continuou o monge mais velho. – Este é o irmão Martin e eu sou o irmão Laurentius. Moramos no mosteiro Marrom junto do rio Verde.

Tiuri acenou com a cabeça sem saber o que responder. Deveria arriscar-se a dizer seu nome? Não que temesse aqueles monges, mas eles podiam contar para outras pessoas.

– O seu nome não importa, meu filho – disse o irmão Laurentius. – Vamos, temos de continuar.

– Ah, os senhores podem saber – disse Tiuri. – É que não sei... É difícil de explicar, mas...

– Não diga nada, meu filho – disse o monge mais velho. – Para nós, tanto faz se nos contar ou não...

Avançaram durante um tempo sem dizer nada.

– Seu mosteiro fica longe daqui? – perguntou Tiuri.
– Esperamos chegar antes do anoitecer – respondeu o irmão Martin.
– Onde fica?
– No final desta trilha – respondeu o monge –, no limite do bosque.
– Junto do rio Verde, não? Preciso chegar ao rio Azul.
– Ele fica mais para o norte – comentou o irmão Laurentius –, onde o Grande Caminho se dirige para o oeste.

"Então eu me desviei mesmo", pensou Tiuri.

– Fica longe do mosteiro? – perguntou.
– Não muito longe – respondeu o irmão Laurentius. – Acho que a um dia de viagem. Não é isso, irmão Martin?

– Não será muito mais que isso – respondeu o outro monge, enquanto observava Tiuri atentamente, de soslaio.

A trilha era larga e boa para caminhar. "É como se estivéssemos dando um passeio tranquilo", pensou Tiuri. O bosque era tão agradável. De repente parecia ser muito diferente. Seria por causa dos monges? Mesmo assim não conseguia deixar de olhar ao seu redor de vez em quando.

Percebeu que o irmão Martin o observava novamente.

– De onde o senhor está vindo, irmão? – perguntou.

– De um pequeno povoado dali do sul, do outro lado das montanhas – respondeu o monge, indicando com o polegar por cima do ombro. – Ali havia muitas doenças e precisavam de nossa ajuda.

– Não têm medo de viajar pelo bosque? – perguntou Tiuri. – Há ladrões por aqui.

– Sabemos disso – disse o irmão Laurentius, com alguma tristeza. – Lamentamos saber que estão por aí. Mas não os tememos... o que poderiam roubar de nós?

– Mas você sim, você tem medo de alguma coisa – disse o irmão Martin. – Já o vi olhando várias vezes ao seu redor, como se tivesse medo de que algo o assaltasse. O que está acontecendo?

Tiuri ficou um pouco vermelho e demorou a responder.

– Os ladrões me atacaram ontem à noite – disse por fim.

– Oh! – exclamou o irmão Martin. – Machucaram você?

– Eles me roubaram.

– Percebe-se, meu filho – disse o irmão Laurentius, compadecido.

Tiuri levou-os a acreditar que seu aspecto era consequência do encontro com os ladrões.

– É preciso fazer algo a respeito disso – disse o irmão Martin, franzindo a testa. E dirigindo-se a Tiuri acrescentou: – Acho que você já não tem nada mais a temer. Os ladrões nunca se aproximam tanto do limite do bosque. Além disso, parece que já não podem roubar-lhe muito mais.

"Muito mais!", pensou Tiuri, mas não disse nada.

— Mas você não tem medo só dos ladrões — disse o irmão Martin. — Há mais alguma coisa, não é verdade?

— Por que acha isso? — perguntou Tiuri.

— Você não me parece covarde, e já não há motivo para temer os ladrões, ainda mais agora, à luz do dia. Portanto há mais alguma coisa.

— Você tem a consciência tranquila? — perguntou o irmão Laurentius.

— Sim — respondeu Tiuri —, acho que sim... Tenho certeza.

— Então não tem nada a temer — disse o velho monge.

— Esqueça isso pelo menos durante algum tempo — comentou o monge mais novo. Apontou adiante e acrescentou: — O bosque é bonito, o tempo está bom e é um lindo dia.

Continuaram andando e o medo de Tiuri realmente desapareceu, mas ele ainda estava alerta.

Depois de uma hora, mais ou menos, o irmão Martin perguntou-lhe se estava com fome.

E como estava! Mas Tiuri disse educadamente:

— Sim, irmão Martin.

— Devíamos ter pensado nisso — disse o irmão Laurentius. — Esse jovem não tem mais nada e muito menos comida, é claro.

Sentaram-se à beira do caminho e os monges dividiram seu pão com Tiuri. Depois prosseguiram. Os monges falavam de vez em quando entre eles, sobre seu trabalho nas aldeias vizinhas, sobre plantas que viam crescer ao longo da trilha. Também conversavam com Tiuri, mas não lhe fizeram nenhuma pergunta. À tarde voltaram a descansar e a comer alguma coisa.

— Com certeza vamos chegar em casa a tempo — disse o irmão Laurentius, satisfeito, quando retomaram a caminhada.

— Qual é o seu destino? — o irmão Martin perguntou a Tiuri.

— O rio Azul — respondeu o jovem.

— O rio Azul... Junto à sua nascente vive um ermitão — disse o irmão Laurentius, pensativo. — Chama-se Menaures. Não é isso, irmão Martin?

– Sim, Menaures – respondeu. – É muito sábio e muito velho. Antes havia peregrinos que iam até sua cabana nas montanhas.
– Vocês o conhecem? – perguntou Tiuri, bastante interessado.
Os monges fizeram que não com a cabeça.
– O padre Hyronimus o conhece – disse o irmão Laurentius. – Nosso abade.
– Ah! – exclamou Tiuri.
– Você pode passar a noite conosco – disse o irmão Martin.
– Eu adoraria, se fosse possível – aceitou Tiuri, agradecido.
– Os viajantes corajosos sempre são bem-vindos – disse o irmão Laurentius.
– Meu nome é Tiuri – confessou o jovem num impulso.
O irmão Martin sorriu e o irmão Laurentius fez-lhe um gesto amável de aprovação.

O jovem perguntou aos monges se haviam visto alguém no bosque. Não, não haviam encontrado ninguém. Mas haviam ouvido toques de corneta ao longe.

Enquanto isso o sol já completara grande parte de sua viagem diária. Parecia estar no oeste, ao final de seu caminho. Agora os três viajantes tinham a impressão de andar por um corredor na penumbra; à sua frente viam um pedaço de céu dourado rodeado por um arvoredo escuro.

– Estamos quase chegando – disse o irmão Martin.

Pouco depois chegaram ao limite do bosque. Diante deles estendia-se uma paisagem vermelho-vivo, com campos lavrados, pequenas casas brancas e grupos de árvores aqui e acolá; mais atrás, ao longe, montanhas azuis indefinidas. O bosque continuava em direção ao sul, mas um pouco antes Tiuri viu uma pequena igreja e outro edifício, ambos de madeira e pedra marrom. Uma trilha sinuosa levava até lá.

– Aquele é o nosso mosteiro – disse o irmão Laurentius, apontando para o edifício. – E ali você pode ver um caminho que vai para o norte; une-se ao Grande Caminho no oeste, junto ao rio Azul. Daqui não se pode ver o rio Verde; corre pelo bosque atrás do mosteiro.

Foram até lá. Tiuri olhou novamente para o bosque. Alegrava-se por ter saído dele; assim encerrava-se uma parte de sua viagem.

Menos de quinze minutos depois, o irmão Laurentius bateu à porta do mosteiro. O zelador, um homem pequeno e rosado, abriu a porta e cumprimentou-os cordialmente. Entraram num pequeno pátio rodeado por um claustro de aspecto agradável. Estava cheio de flores abertas e tinha um poço no centro.

– O seu jardim voltou a ficar lindo, irmão Julius – disse o irmão Laurentius.

– Muito bonito – disse Tiuri, com um suspiro de satisfação.

O zelador olhou-o radiante.

– Este é Tiuri – disse o irmão Martin. – Nós o encontramos no caminho e ficará para passar a noite. A paz deste lugar vai lhe fazer bem porque acaba de ser atacado por ladrões que lhe roubaram tudo.

– Oh, não! – exclamou o zelador. – Graças a Deus ainda conserva sua vida e seus membros. E isso é muito, meu jovem, isso é muito; console-se com isso – olhou Tiuri dos pés à cabeça e continuou: – Você vem cruzando o bosque a partir do leste?

– Sim, irmão – respondeu Tiuri.

– Há mais jovens, acredito, vindo do leste pelo bosque – continuou a dizer o zelador –, mas pode ser... Sim, pode ser.

– Aconteceu alguma coisa? – perguntou Tiuri, um pouco preocupado de repente.

– Esta manhã alguém se aproximou da porta e me perguntou por um jovem... da sua idade mais ou menos. Tinha a voz grave e perguntou... sim, o que foi mesmo que disse...?

– O que disse? – perguntou Tiuri. – Como era?

– Era um cavaleiro, um cavaleiro de roupa cinza. Um escudeiro o acompanhava. Eu estava ocupado no jardim quando bateu à porta. Abri e deparei com ele perguntando por um jovem. Um jovem de olhos azuis, mais ou menos como você. Estava um pouco impaciente, mas eu lhe disse: "Poderia levantar a viseira, senhor cavaleiro, e dizer-me quem é?" Prefiro falar com um rosto, sabe? Ele então obedeceu, falo de levantar a viseira... mas não me disse seu nome.

– Como era? – voltou a perguntar Tiuri, com ansiedade.

– Era um cavaleiro rude, muito moreno e barbado. Bem, eu lhe disse que não vira nenhum jovem assim... E realmente eu ainda não vira, não é?... Depois se foi, cavalgando com pressa. Eu o segui com o olhar até que desaparecesse no bosque. E ali ouvi tocar uma corneta, bem alto e claro...

Tiuri empalidecera. Até ali, naquele mosteiro seguro, o inimigo estivera. Os três monges o observaram com atenção.

– Conhece esse cavaleiro? – perguntou o irmão Martin.

– Não – respondeu Tiuri, dizendo a verdade. – Não conheço nenhum deles. São quatro, e também seus escudeiros. E estão me procurando.

– Por quê? – perguntou o zelador.

– Não sei – respondeu Tiuri. – Ou na verdade sim, talvez saiba, creio, mas não posso contar. Se me encontrarem, me matarão.

Uma sombra escura parecia ter sobrevoado o agradável pátio.

O irmão Martin pôs uma mão no ombro de Tiuri. O jovem olhou para ele e disse:

– Não conheço esses cavaleiros, não lhes fiz nada. Mas me perseguem e desejam minha morte.

– Você tem algo misterioso – disse o monge –, e deduzo por suas palavras que há coisas que não quer ou não pode nos contar. Mas neste mosteiro você está a salvo. Nenhum cavaleiro cinza poderá fazer-lhe mal aqui.

– É um lugar sagrado – disse Tiuri.

– Sim, este é um lugar sagrado – repetiu o irmão Martin.

– Agradeço a sua confiança em mim. Fico feliz por poder ficar aqui.

– Você pode ficar o tempo que quiser – disse o irmão Laurentius.

– Até amanhã – disse Tiuri. – Depois preciso continuar.

Suspirou sem querer. O mundo exterior parecia tão hostil e cheio de perigos.

– Não se preocupe pelo dia de amanhã – disse o irmão Martin. – Primeiro você precisa descansar.

– Se esse cavaleiro voltar, não lhe direi nada – prometeu o zelador. – E quem disse que você é esse jovem?! Ah! Agora me lembro de outra coisa... Também falou de um anel... Você não tem nenhum anel, não?

– Tenho um anel – disse Tiuri, colocando a mão no peito.

– Vamos – disse o irmão Martin. – Irmão Julius, poderia mostrar a Tiuri um lugar para dormir? O irmão Laurentius e eu temos de ver o abade.

– Venha comigo – disse o zelador a Tiuri. – Jantamos dentro de meia hora; portanto, você chegou no momento certo.

– Logo voltaremos a ver você – disse o irmão Martin, e, juntamente com o irmão Laurentius, distanciou-se fazendo um gesto afável com a cabeça.

Tiuri acompanhou o zelador pelo claustro escadas acima. Entraram num corredor comprido com muitas portas. O zelador parou no final e abriu uma delas.

– Pode dormir aqui – disse, e desapareceu.

Tiuri entrou. Viu-se numa pequena cela pintada de branco, mobiliada com uma cama estreita e um pequeno banco. Os últimos raios de sol entravam através de uma janela alta e profunda. Sentou-se na cama e olhou o crucifixo pendurado na parede.

Ouviram-se passos apressados e o zelador voltou com um hábito marrom desbotado no braço.

– Tome – disse –, vista isto. É melhor que suas roupas rasgadas.

Um pouco mais tarde, Tiuri caminhava pelo jardim vestido com o hábito. O porteiro mostrava-lhe cheio de orgulho algumas flores raras. Depois disse que ainda tinha algumas coisas para fazer e deixou o jovem sozinho.

Tiuri perambulou pelo claustro deserto. Num canto viu uma porta aberta que dava acesso a um segundo pátio. Ao final dele, alguns degraus conduziram-no à igreja. Entrou devagar e viu alguns monges ajoelhados. No altar havia uma vela acesa. A luz do fim de tarde entrava pelas janelas esfumaçadas e dava a tudo um brilho misterioso. Tiuri se ajoelhou e entrelaçou as mãos.

Pouco depois se levantou e voltou ao primeiro pátio onde o irmão Martin foi a seu encontro, seguido por um monge alto e moreno. Este último se apresentou como padre Hyronimus, o abade, e deu a Tiuri afetuosas boas-vindas. Um sino tocou anunciando a hora do jantar.

No refeitório, Tiuri se sentou numa mesa comprida entre o irmão Martin e o zelador, e comeu com gosto a comida simples.

Depois de jantar, o abade acenou-lhe pedindo que o acompanhasse. Tiuri o seguiu até sua cela.

– O irmão Laurentius e o irmão Martin me contaram tudo – disse o abade –, tudo o que sabem, pelo menos. Será nosso convidado até amanhã e depois seguirá viagem até o rio Azul.

– Sim, padre Hyronimus – disse Tiuri.

– Esta viagem é perigosa para você?

– Sim, padre Hyronimus.

– O irmão Martin me disse que há algo muito misterioso em você. Ainda é muito jovem para fazer uma viagem tão perigosa.

– Já tenho dezesseis anos.

O abade deu um pequeno sorriso.

– De onde você vem? – perguntou. – E para onde vai?

– Venho da cidade de Dagonaut – respondeu Tiuri – e estou a caminho da nascente do rio Azul... para ver o ermitão Menaures.

– O ermitão Menaures! Há muito tempo não o vejo. Cumprimente-o em meu nome quando o vir. Ele é o objetivo da sua viagem?

– N-não. Na verdade não posso lhe contar para onde vou...

Suspirou.

– Se sua missão o leva até Menaures, deve ser algo bom – disse o abade. – E o mesmo me dizem seus olhos e sua voz. Não lhe perguntarei para onde vai, nem qual é sua missão. Só quero saber se posso ajudá-lo em algo.

– Ah, padre! – exclamou Tiuri. – Poderia fazer-me o favor de não dizer a ninguém que estive aqui e que vou para o rio Azul?

– Prometo-lhe – disse o abade. Franziu a testa e ponderou, em parte para si mesmo: – Mas deveria estar um pouco mais em segurança, não? – calou-se um momento e depois acrescentou: – É melhor continuar com o hábito que está vestindo. Se cobrir a cabeça com o capuz conseguirá ficar um pouco camuflado.

– Obrigado, padre Hyronimus – disse Tiuri.

– E agora você precisa dormir. Que a paz deste lugar renove suas forças.

Tiuri agradeceu novamente e foi para sua cela. Naquela noite dormiu tranquilo, sem sonhar.

Na manhã seguinte despediu-se do mosteiro e dos monges, especialmente dos irmãos Laurentius, Martin e Julius. Mas ajoelhou-se diante do abade e lhe pediu:

– Padre, dê-me sua bênção.

O abade pôs sua mão sobre a cabeça de Tiuri e o abençoou:

– Que Deus o proteja, meu filho – disse –, em sua viagem longa e difícil.

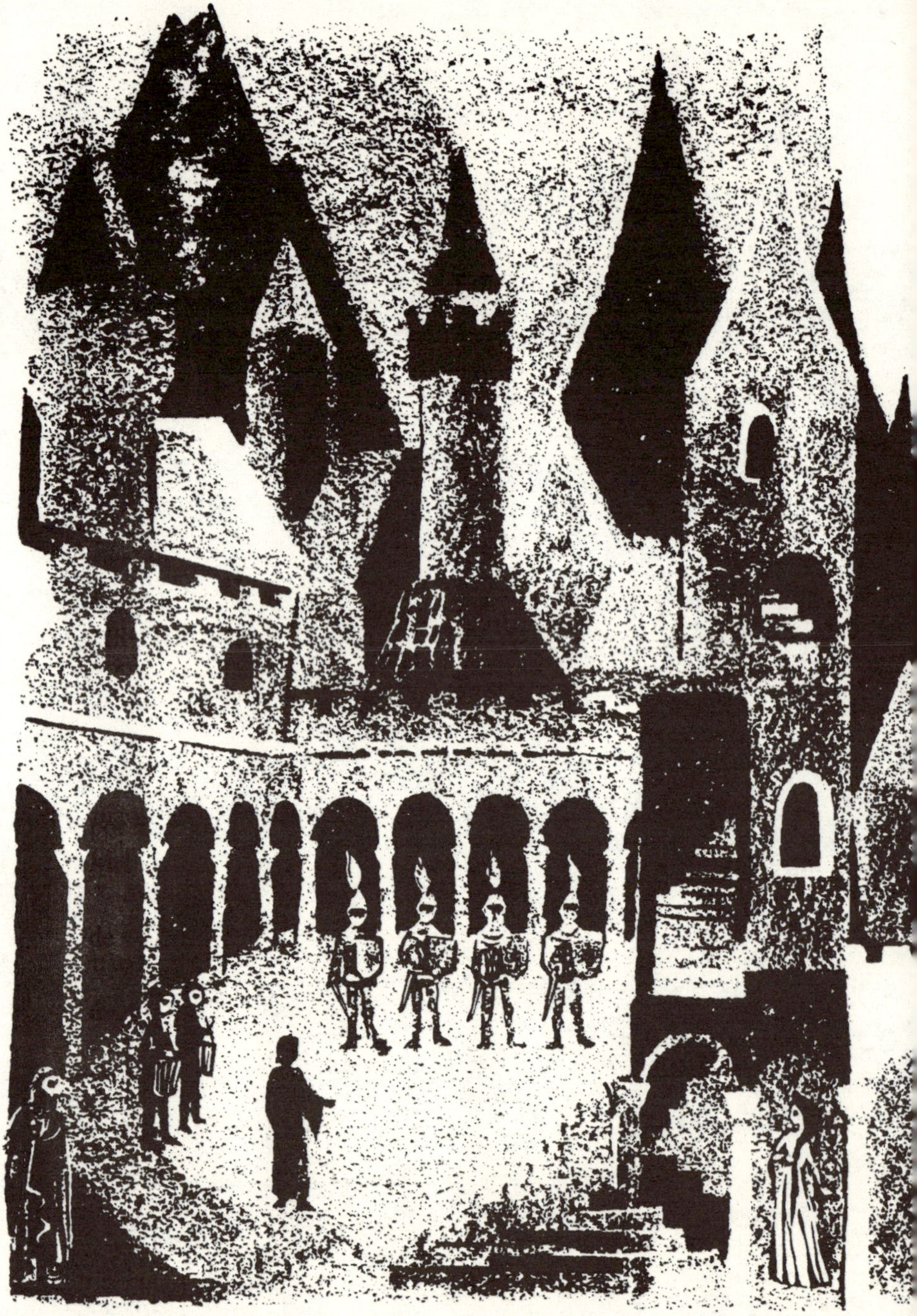

TERCEIRA PARTE

O CASTELO DE MISTRINAUT

1. O peregrino e os Cavaleiros Cinza

Fortalecido e animado, Tiuri pôs-se a caminho do rio Azul. Também se sentia em segurança; com o hábito marrom, o capuz sobre a cabeça e um bastão na mão podia passar por um peregrino. Os inimigos demorariam a reconhecer nele o jovem que procuravam. Foi num bom passo pelo caminho que levava ao norte passando pelos campos ondulantes. À sua direita via o bosque escuro que abandonara no dia anterior. Não viu os Cavaleiros Cinza nem ouviu o toque de cornetas. Nos campos havia pessoas trabalhando, que gentilmente o cumprimentavam quando ele passava. Tiuri devolvia o cumprimento com a mesma gentileza.

No meio da manhã surgiu atrás dele uma carroça puxada por um burro. Um camponês moreno montava o animal e lhe perguntou se queria viajar um trecho com ele. Tiuri aceitou agradecido o convite. Um segundo depois estava sentado ao lado do homem, e respondia à sua pergunta dizendo-lhe que ia para o rio Azul.

– Eu não vou tão longe – disse o camponês –, mas pode vir um bom pedaço comigo, caro irmão. Assim economiza as pernas. Está vindo do mosteiro Marrom, não é verdade?

– Isso mesmo – respondeu Tiuri.

— Está fazendo uma peregrinação? — perguntou o camponês.

— Sim — respondeu Tiuri, "poderia se chamar assim". Pensou que sua viagem tinha algo de peregrinação.

— Quando eu era jovem muitos peregrinos iam até o rio Azul. Iam rio acima em direção à sua nascente. Lá nas montanhas vivia naquela época um ermitão... já não me lembro como se chamava. Talvez continue morando ali. É, algumas pessoas não entendem por que alguém faz peregrinação, mas eu sempre digo que pode ser algo muito útil, ainda que não se possa medir nem calcular. Alguns ficam em casa fazendo seu trabalho, outros vagam para bem longe e assim fazem algo que também é do agrado do céu. Eu sempre digo: a gente não sabe para o que serve! Não acha, irmão? — não esperou pela resposta e continuou a falar:

"Antes, os moradores locais tinham grande estima pelos peregrinos, ermitãos e pessoas assim. Meu pai, que descanse em paz, contava isso. Eram tempos difíceis, e quando as pessoas não conseguem fazer algo por si mesmas sempre esperam ajuda do céu. Não consigo me lembrar direito, e o senhor menos ainda, é claro. Mas deve ter ouvido falar alguma vez do poder maligno que reinava no castelo de Mistrinaut."

Tiuri nunca ouvira nada a esse respeito e manteve-se em silêncio. O camponês pareceu não perceber e continuou falando:

— Agora este país é seguro e próspero, graças a Deus — disse. — Talvez por isso haja menos peregrinos. Já esteve alguma vez no rio Azul?

— Nessa parte não — respondeu Tiuri. — Será que conseguirei chegar antes do anoitecer?

— Ah! Facilmente. Esta noite poderá dormir no castelo de Mistrinaut. Fica na outra margem do rio Azul, bem em frente do ponto onde a trilha se junta com o Grande Caminho. Pode-se ver de longe.

— O castelo de Mistrinaut? — perguntou Tiuri, pensando no que acabara de ouvir sobre o poder maligno que ali reinava.

— Sim. Não está pensando que ali ainda há algo a temer, não é? O atual senhor do castelo expulsou o mal há muitos anos. Ou não sabia disso? Esse senhor veio de outro país e venceu o antigo senhor do castelo. Acabou com os maus espíritos e até o próprio rei lhe agradeceu. Agora Mistrinaut é um castelo hospitaleiro. A ponte sempre está abaixada, todos são bem-vindos, recebem cama e toda a comida que conseguirem comer. Eu mesmo já estive lá algumas vezes quando fui visitar meu irmão que mora do outro lado do rio...

Continuou a falar de seu irmão, e depois de sua mulher, de seus filhos e de seu sítio.

Falava demais, mas Tiuri gostava disso. Só precisava escutar e não tinha de falar de si mesmo.

Ao final da manhã chegaram a uma aldeia, o local de destino do camponês. Aquele homem gentil não quis se despedir sem que Tiuri comesse com ele.

– Boa viagem, irmão – disse depois. – Lembre-se de mim em suas orações. Espero que não chegue muito tarde ao rio Azul e ao castelo. Acho que esta noite teremos tempo ruim.

Fazia calor e o sol brilhava quando Tiuri retomou o caminho a pé, mas no meio da tarde viu que o camponês estava certo. O céu começou a ficar nublado e começou a soprar um vento frio. Tiuri acelerou o passo. Viu o castelo à sua frente, perfilado contra o céu escuro. Aquele devia ser Mistrinaut, e também se viam o rio Azul e o Grande Caminho.

Quando pôs o pé no Grande Caminho começou a chover. O rio Azul não era azul de forma alguma, e sim cor de chumbo. Era mais estreito do que quando passava pela cidade de Dagonaut e a correnteza parecia muito mais forte. Na outra margem estava o castelo.

Tiuri nunca ouvira falar de Mistrinaut, embora conhecesse a maioria dos nomes dos castelos do reino de Dagonaut. Mas essa parte do país estava bem isolada atrás do grande bosque e não costumava desempenhar nenhum papel nos relatos e na história. Sob a chuva, o jovem olhou para o rio e o castelo. Uma ponte abaixada levava à porta entre duas grandes torres. Apesar da ponte abaixada, seu aspecto não parecia amistoso nem hospitaleiro. O castelo era muito grande, escuro e misterioso, com muros rústicos e torres inacessíveis.

Tiuri olhou ao redor e percebeu que não havia nenhum esconderijo nas proximidades. "Por que não atravessar a ponte e pedir abrigo no castelo?", pensou. "O disfarce me protege e prefiro não dormir esta noite no campo a céu aberto se não for necessário... Há uma luz naquela janela. Lá dentro deve estar seco e confortável."

Atravessou a ponte e bateu a pesada aldrava na porta, que se abriu imediatamente.

– Entre! – disse o sentinela da porta. – Que tempo horrível! Molhou-se muito, reverendo irmão?

– Mais ou menos – respondeu Tiuri. – Boa noite. Poderia abrigar-me aqui esta noite?

– Naturalmente – disse o sentinela. – É convidado do senhor do castelo?

– Não, não, de forma alguma.

– Ah!, mesmo assim seja bem-vindo. Perguntei apenas por formalidade. Qualquer pessoa que passe por aqui pode ficar para pernoitar. Pode vir comigo?

Tiuri o seguiu até uma sala pequena e circular situada numa das torres ao lado da porta. Ali havia um segundo sentinela sentado a uma mesa, concentrado nas peças de um jogo de xadrez à sua frente.

– Um hóspede – disse o primeiro guardião. – Pode registrá-lo?

– Espere um instante – disse o segundo. Moveu uma das peças e depois disse satisfeito: – Sua torre está em perigo.

Depois se levantou, foi até um armário e tirou um livro grosso, uma pena e um tinteiro. Voltou a se sentar, abriu o livro e dirigiu-se para Tiuri:

– Qual é seu nome, irmão?

– Tarmin – disse Tiuri. Foi o primeiro nome que lhe ocorreu.

– Irmão Tarmin – repetiu o sentinela. Molhou a pena na tinta e escreveu o nome devagar. – Do mosteiro Marrom? – perguntou.

Tiuri respondeu afirmativamente.

Também escreveu aquilo com esmero. O guardião soprou sobre as letras e fechou o livro.

— Muito bem — disse. — Está pronto. O senhor do castelo quer que os nomes de todos os seus hóspedes fiquem registrados aqui. Pouco a pouco já vão se tornando muitos.

Voltou-se para o outro sentinela:

— É sua vez de jogar — disse, mostrando o xadrez.

— Tenha um pouco de paciência — respondeu. — Primeiro vou mostrar o caminho ao irmão Tarmin. Você não tem jeito, nem sequer lhe deu as boas-vindas.

— Saudações, irmão Tarmin — disse o sentinela enquanto se levantava e se inclinava com o livro embaixo do braço. — Reze por mim, um pobre pecador. E não entretenha meu amigo durante muito tempo; sozinho já é bem lento... e deixe-o cuidar da torre... não me refiro à de Mistrinaut, onde a ponte agora está sempre abaixada, mas à torre preta do xadrez.

— Venha comigo — disse o primeiro sentinela. — Não é possível falar com ele, só jogar xadrez.

Levou Tiuri ao pátio, onde do lado oposto havia uma segunda porta. Atravessaram correndo (continuava a chover) e o sentinela abriu a porta com uma grande chave.

— Seguindo em frente — disse — encontrará alguém que lhe mostrará o refeitório e um lugar para dormir.

Tiuri agradeceu e fez o que ele dissera. Chegou a um segundo pátio maior e mais bonito que o primeiro, mas triste e deserto sob a chuva. Do outro lado havia uma galeria coberta, sob a qual viu gente indo e vindo. Foi até lá. Um homem vestido de azul aproximou-se dele.

— Bem-aventurada seja a sua noite — disse Tiuri, inclinando-se. — Sou um peregrino e respeitosamente lhe peço abrigo.

— Seja bem-vindo, peregrino — disse o homem. — O salão e o refeitório ficam ali, naquela porta. Há fogo na lareira. Pode secar suas roupas molhadas enquanto espera a hora do jantar.

— Obrigado — disse Tiuri.

O salão fazia lembrar um pouco a sala do castelo de Tehuri, seu lar, mas era mais antigo e de aspecto mais sombrio. As vigas do teto estavam enegrecidas pela fumaça, as paredes eram cinzentas e estavam gastas. Estava repleto de bancos compridos e mesas sobre cavaletes. Um dos lados da sala tinha uma elevação à qual se subia por uma escada de madeira. Também havia ali uma mesa coberta com uma toalha branca, onde deviam ficar o senhor do castelo e sua família. E, nas ocasiões festivas, provavelmente eram recebidos ali os trovadores e os músicos. Perto da grande lareira um criado vestido de azul girava um grande pedaço de carne num espeto. O cheiro era delicioso. Tiuri foi até lá para se secar um pouco.

— Boa noite, irmão — disse o criado, sorrindo. — Chegou cedo. Está com muita fome? Ou está jejuando?

— Hoje não — respondeu Tiuri, também sorrindo.

Outros criados chegaram com jarros e bandejas de metal com pão, depositando-os nas mesas. Um deles acendeu as tochas penduradas em anéis de ferro nas paredes. O espaço escuro adquiriu um aspecto bem diferente: um brilho cálido e avermelhado tomou conta de tudo.

O olhar de Tiuri deteve-se numa tapeçaria que pendia acima do lugar da mesa destinado ao senhor do castelo. A representação de repente pareceu adquirir vida. Havia coisas surpreendentes nela, pensou... guerreiros com grandes cabeças e elmos alados lutando contra um monstro draconiano com muitos pescoços serpenteantes e cabeças cruéis. Era bonita, misteriosa e também um pouco assustadora à luz oscilante das tochas.

Um dos criados bateu num gongo. Entraram mais pessoas, moradores do castelo e hóspedes, procurando um lugar nas mesas compridas. Tiuri acomodou-se num canto escuro. As pessoas que se sentaram à sua mesa o cumprimentaram sem prestar muita atenção nele. Detiveram-se mais em outro hóspede que era vendedor ambulante e mostrava todo tipo de mercadoria ao mesmo tempo em que falava pelos cotovelos.

Os últimos a entrar foram o senhor do castelo e sua família. O senhor era um homem alto e forte com um rosto pálido e severo, e cabelo e barba ruivos. Estava acompanhado por duas mulheres nobres e um clérigo. Depois que eles se sentaram e o clérigo pronunciou uma oração, todos se puseram a comer.

Tiuri comeu com apetite. Havia bastante pão branco e preto, carne assada, frutas e cerveja suave. Sentado tranquilamente em seu canto escuro, comeu, escutou e observou. "Não faz muito tempo", pensou, "eu também estava sentado à mesa elevada de um castelo, junto com a família do senhor... Ali também havia muitos hóspedes, viajantes que passavam e pediam abrigo..." Seus pensamentos foram parar no castelo de Fartumar, onde vivera como escudeiro, e depois no castelo de Tehuri, seu lar, onde passara sua infância sem preocupações. Pensou em seus pais, que naquele momento talvez estivessem apreensivos perguntando-se por onde ele andava.

Depois do jantar, um criado indicou aos hóspedes onde ficavam os dormitórios. Guiou-os por vários corredores e escadas acima e abaixo. Tiuri teve a impressão de que o castelo era muito grande e de construção muito complexa. Teve de dividir o quarto com o vendedor e com um camponês silencioso. Era um cômodo pequeno, sem enfeites mas limpo, com três camas. Tiuri e o camponês se deitaram em seguida, mas o vendedor disse que voltaria ao salão porque ali poderia fazer negócio.

– Talvez o senhor do castelo queira comprar alguma coisa – disse. – Tenho joias bonitas para sua mulher e sua filha: correntes, diademas e broches para capas.

– Como se chama o senhor do castelo? – perguntou Tiuri.

– Mas que pergunta! – exclamou o vendedor. – Eu sabia mas me esqueci. Tem um nome tão difícil que a língua se enrola ao pronunciá-lo. Eu o chamo de senhor do castelo de Mistrinaut, porque afinal de contas é isso o que ele é. Não é daqui.

– De onde é então?

– Vem do norte. Ali há muitas pessoas ruivas, dizem. Mas já vive aqui há muitos e muitos anos. É um homem poderoso e também um bom senhor.

O vendedor reuniu sua mercadoria, desejou-lhes boa noite e desapareceu.

Pouco depois, Tiuri estava deitado em sua cama, ouvindo o barulho da chuva. O camponês adormeceu imediatamente, notava-se por sua respiração pesada e tranquila. Mas Tiuri estava completamente desperto. Aquilo o surpreendeu; tinha motivos para estar com sono e além disso encontrava-se numa boa cama e não no chão em algum lugar lá fora. Não sabia há quanto tempo já estava deitado, mas ouviu os moradores do castelo conversando em algum lugar e os ruídos desaparecendo depois, ouviu quando o vendedor voltou e se deitou... e durante todo aquele tempo não pregara o olho. Por fim tudo ficou silencioso; com certeza todos estavam em suas camas. Até a chuva parou.

"O que está acontecendo?", pensou, um pouco irritado. "Você não merece uma cama tão boa e seca. Vamos, trate de dormir!"

Mas aqueles pensamentos escondiam outra sensação, uma sensação que Tiuri não podia ignorar. Uma sensação de perigo iminente... Levantou-se em silêncio e abriu a porta que dava para um pequeno pátio. Não chovia mas o céu continuava nublado; não se via nenhuma estrela. Um vento gelado chegou até ele e o fez voltar para a cama tremendo.

Finalmente adormeceu, mas pouco depois acordou com o som de muitos cascos cruzando a ponte levadiça. "Quem será a essa hora da noite?", perguntou-se, mas tinha sono demais para procurar uma resposta. Voltou a dormir e só acordou na manhã seguinte.

O camponês e o vendedor ainda dormiam. Tiuri apalpou a carta que levava no peito, o primeiro gesto que fazia ao despertar, levantou-se e saiu. Continuava sem chover, mas o céu estava cinza; com certeza choveria mais. Lavou-se na bomba de água que havia no pátio e entrou no refeitório. Diversos moradores do castelo já perambulavam pelo grande pátio, ocupados em todo tipo de tarefa. Um deles espantava uma galinha branca que, cacarejando alto, entrara no refeitório justamente no momento em que Tiuri chegou. O jovem se agachou e pegou o agitado animal.

– Obrigado, irmão – disse o morador do castelo, segurando a galinha. – É um animal caprichoso; acha que pode fazer o que quer. O senhor se levantou cedo.

– Não quero sair tarde – disse Tiuri. – Poderia comer alguma coisa?

– É claro. Está tudo pronto. Muitos de nós já tomamos o café da manhã; até o senhor do castelo. Mas ainda não pode ir embora: a ponte continua levantada.

– Ah! – exclamou Tiuri. – A que horas ela é abaixada?

– Normalmente já a teriam descido. No verão isso acontece às seis horas. E às vezes nem a levantam. Mas o senhor ordenou que não desçam a ponte enquanto ele não mandar. E assim será. Há mais hóspedes querendo partir e alguns de nós temos coisas a fazer fora daqui.

– Nesse caso vou esperar. Mas por que ela deve permanecer levantada esta manhã?

– Não sei – respondeu o morador do castelo. – Parece que à noite chegaram alguns hóspedes inesperados para falar com o senhor e depois a ponte foi levantada. Mas primeiro vá comer alguma coisa. Logo poderá sair.

Tiuri começou a tomar o café da manhã um pouco apreensivo. Não gostava da ideia de a ponte ainda estar erguida. Mas disse para si mesmo: "Não fique imaginando coisas, Tiuri. Você não precisa ver perigo em toda parte. Além disso, seu hábito vai disfarçá-lo muito bem enquanto não demonstrar impaciência."

Depois de comer passeou pelo pátio. Ouvia trechos das conversas entre os habitantes do castelo.

– Cavaleiros estranhos...

– No meio da noite... amigos do senhor...

Sua apreensão aumentou e Tiuri foi até a porta. No acesso à passagem de entrada, um dos sentinelas estava sentado num banco esticando um arco.

– Bom dia – disse Tiuri.

– Bom dia – respondeu o sentinela.

Da sala junto à porta saiu a voz do outro sentinela:
— Sua vez. Seu rei está em xeque.
— Maldito seja! – exclamou o primeiro guardião. – Deixe-me em paz!
Baixou o arco e disse para Tiuri:
— Que surpresa, irmão Tarmin, já vai embora? Terá de esperar. A ponte levadiça ainda não foi abaixada.
— Quando poderei partir? – perguntou Tiuri.
— Ah, não sei. Normalmente a ponte já estaria abaixada – respondeu o sentinela, voltando a mexer em seu arco.
Tiuri deu um suspiro ansioso.
— Querendo ir embora, reverendo irmão? – perguntou de repente uma voz vinda de trás.
Tiuri assustou-se um pouco e se virou. Ali estava o senhor do castelo; devia ter se aproximado silenciosamente. O sentinela fez menção de se levantar, mas o senhor ergueu a mão e disse:
— Fique sentado e continue com seu trabalho.
E voltou-se para Tiuri:
— Os outros hóspedes estão tomando o café da manhã. Logo darei a ordem para abrirem a porta e descerem a ponte.
Tiuri notou que falava com um sotaque estranho.
— De onde vem, irmão? – perguntou o senhor. – E para onde está indo?
Tiuri respondeu à primeira pergunta:
— Venho do mosteiro Marrom. E agora que o vejo, senhor, gostaria de lhe agradecer de coração a hospitalidade com que fui recebido em seu castelo.
— De nada, de nada – disse o senhor.
Tiuri tinha a sensação de estar sendo minuciosamente observado, não sabia ao certo porque a passagem de entrada estava escura e o senhor estava de costas para a luz. No entanto, ficou contente por ter coberto a cabeça com o capuz do hábito.
O senhor se afastou em direção ao pátio.

– Ah, sim, irmão – disse por cima do ombro –, o senhor vem do mosteiro Marrom... Gostaria de lhe fazer algumas perguntas.

Tiuri o acompanhou. Pararam perto da passagem de entrada. O senhor levantou o rosto para o céu cinza e comentou:

– Vai cair outra tempestade – depois olhou para Tiuri.

Este finalmente pôde observá-lo bem: viu que seu rosto não era pálido e sim muito branco, que tinha as sobrancelhas muito espessas e seus olhos eram verdes, claros e penetrantes.

– Por acaso não teria encontrado um jovem no caminho, irmão? – perguntou. – Um jovem de uns dezesseis anos, cabelo escuro e olhos azul-acinzentados?

Foi como se uma mão gelada lhe apertasse o coração.

– Um jovem... – repetiu. – Não me lembro. Não prestei atenção.

Tiuri se perguntou se suas palavras soavam convincentes ou se o senhor percebera seu sobressalto. Seus olhos claros eram tão penetrantes...

– Não se encontra muita gente pelo caminho – acrescentou.

– Mas esse jovem deve ter chamado sua atenção – disse o senhor.

– Está com a roupa em farrapos, ao que parece uma túnica que algum dia foi branca, e traz no dedo um anel valioso com uma pedra branca e brilhante.

Tiuri negou com a cabeça.

– Não, senhor – disse devagar. – Não vi esse jovem. Tenho certeza.

– Haveria essa possibilidade, não é verdade? O senhor vem da mesma direção que ele. Mas ele vem de mais longe, do leste.

– Sinto não poder ajudá-lo – disse Tiuri, dando ao fato a menor importância possível. – Que jovem é esse? – acrescentou, depois de pensar um pouco. – O senhor o conhece?

– Nunca o vi – respondeu o senhor, calando-se por um momento.

Tiuri também ficou em silêncio sem saber o que dizer mais. Olhou para o pátio silencioso e se perguntou se o senhor continuava a observá-lo. Do aposento junto à porta voltou a sair a voz do segundo sentinela:

– Venha ver! Xeque ao rei, estou lhe dizendo.

— Como é o seu nome, irmão? – perguntou o senhor.
— Tarmin – respondeu Tiuri.
— Sua voz parece jovem, irmão Tarmin – continuou a falar o senhor. – Quantos anos tem? Dezesseis, dezessete anos? Já fez os votos?
Inclinou-se na direção de Tiuri:
— Gostaria de ver melhor o seu rosto. Poderia tirar o capuz, por favor?
E, antes que Tiuri pudesse fazer ou dizer qualquer coisa, ele mesmo já o havia retirado.
— Ora vejam! – exclamou, franzindo as sobrancelhas espessas. – Cabelo escuro e olhos azul-acinzentados. E também tem a mesma idade, ao que parece.
Tiuri deu um passo para trás e disse o mais surpreso que pôde:
— O senhor não está pensando que sou o jovem que está procurando, não é?
— Sei que muitas pessoas se encaixam na descrição – respondeu o senhor –, mas de meus hóspedes o senhor é o único. Por isso lhe peço que me acompanhe por um momento.
— Mas por quê? – perguntou Tiuri, mantendo a atitude de surpresa. – Não sei o que quer de mim. Sou o irmão Tarmin do mosteiro Marrom e eu...
— Não tem nada a temer – interrompeu-o o senhor. – Desde que seja quem diz ser. Só precisa me acompanhar um momento para ver uns amigos meus que chegaram esta noite. Se o senhor não for quem procuram, não acontecerá nada.
— Mas ninguém está à minha procura! – exclamou Tiuri. – Não sei o que quer de mim.
— Não quero nada do senhor – respondeu secamente o senhor do castelo.
Pôs a mão no ombro de Tiuri e ordenou-lhe que o acompanhasse. Tiuri obedeceu. Se continuasse resistindo levantaria mais suspeitas e não havia como pensar em fugir com a porta fechada e a ponte levantada. Seu coração batia com força; tinha medo de saber quem

eram os amigos do senhor do castelo. Mas determinou-se a manter seu papel da melhor forma possível. Atravessaram o pátio e passaram pela segunda porta. O senhor não retirou a mão do ombro de Tiuri: era como se temesse que fosse fugir. No segundo pátio Tiuri viu algo que o fez diminuir um pouco o passo.

Dois escudeiros escovavam um cavalo negro que resistia a permitir que o fizessem. Ao redor, vários moradores do castelo faziam comentários como: "Que animal fogoso!" e "Que cavalo bonito!".

Tiuri reconheceu-o na hora. Era seu "Ajudante Negro", o corcel do Cavaleiro do Escudo Branco. Agora sabia como se chamava: Ardanwen ou Vento da Noite. Não precisava se perguntar como chegara até ali.

Quando o cavalo o viu, levantou a cabeça e relinchou com força.

— Parece cumprimentá-lo — disse o senhor. — Conhece este cavalo?

— Não — respondeu Tiuri. Lamentou ter de renegar o fiel animal, mas não tinha outra opção.

O senhor olhou-o de soslaio mas não disse nada. Continuaram andando, passando pela galeria e pelo refeitório, atravessaram uma porta e subiram alguns degraus, onde encontraram outra porta. O senhor do castelo a abriu, soltou Tiuri e ficou no vão para o jovem não poder ver o que havia atrás.

— Tenho um único hóspede que corresponde à descrição — disse o senhor. — Querem falar com ele?

Uma voz clara respondeu:

— Espere um momento... — e acrescentou — ... pode entrar.

O senhor se dirigiu para Tiuri:

— Entre — ordenou-lhe.

Tiuri obedeceu. Ouviu a porta fechar-se atrás de si. Entrou numa sala baixa com uma grande mesa sobre a qual havia restos de comida. Ao redor daquela mesa estavam as pessoas que esperava encontrar, algumas em pé, outras sentadas.

Eram os quatro Cavaleiros Cinza e seus escudeiros.

Todos usavam o elmo com as viseiras abaixadas.

— Diz que é o irmão Tarmin — soou a voz do senhor —, mas corresponde à descrição de vocês.

Tiuri deu uma olhada para trás: o senhor estava com as costas apoiadas na porta e olhava para os Cavaleiros Cinza com a testa franzida. Todos se haviam levantado. Tiuri viu que os olhos deles, brilhando sob as reentrâncias do elmo, estavam fixos nele.

— É a ele que procuram? — perguntou o senhor.

— Não sei — respondeu um dos cavaleiros. — Está com o anel?

"Tomara que não percebam meu medo", pensou Tiuri. Olhou surpreso para os cavaleiros e disse:

— O que querem de mim? Quem são vocês? Não os conheço.

— Está com o anel? — perguntou outro cavaleiro, em tom rude.

— Anel? Que anel? Do que está falando? — perguntou Tiuri, surpreso.

Os Cavaleiros Cinza ficaram em silêncio e seus escudeiros também. Todos olhavam para Tiuri imóveis.

— Então não é quem procuram? — perguntou o senhor.

— Não sabemos — disse o cavaleiro que falara primeiro. Tiuri reconheceu pela voz que era o cavaleiro da corneta de prata.

— Mas vamos averiguar isso — interveio o segundo.

— Sim — disse o primeiro, e perguntou a Tiuri: — Vem fugindo do leste, do Bosque do Rei?

— Venho do mosteiro Marrom — respondeu Tiuri.

— Está com o anel? — perguntou o segundo.

— Não sei nada de anel nenhum.

— Vamos descobrir se está dizendo a verdade — disse o primeiro Cavaleiro Cinza. — Pode tê-lo escondido embaixo do hábito.

— Não entendo por que estão me tratando assim — disse Tiuri, fingindo-se indignado. — Deviam levantar a viseira e me dizer quem são.

— Esse não é o comportamento de um irmão obediente — observou um terceiro cavaleiro.

— Revistem a roupa dele — ordenou o primeiro aos escudeiros. — Assim saberemos a verdade.

Os escudeiros se lançaram sobre Tiuri, que retrocedeu até se chocar com o senhor.

– Não admito que me tratem assim! – exclamou. – Não os conheço e não sei nada de anel nenhum.

Os escudeiros hesitaram um momento, mas os Cavaleiros Cinza disseram ao mesmo tempo:

– Revistem a roupa dele e vejam se está com o anel.

Tiuri não podia permitir aquilo. Lembrou-se da carta que levava junto ao peito, a carta que ninguém deveria ver. Se o revistassem, a encontrariam. Precisava fazer alguma coisa; talvez houvesse uma possibilidade de não descobrirem a carta.

Levantou a mão e puxou o cordão que trazia amarrado ao pescoço.

– Não precisam procurar – disse. – Estou com o anel. Aqui está.

2. Prisioneiro

Os escudeiros se afastaram ao ver os Cavaleiros Cinza aproximando-se de Tiuri e olhando o anel que ele tinha na palma da mão, ainda amarrado ao cordão.

– O anel! – exclamou um deles.

– É ele... – sussurrou outro.

O terceiro pegou o anel da mão de Tiuri com tamanha violência que o cordão se partiu.

– Esse anel é meu – disse Tiuri. – Devolva-me isto!

– Seu anel! – disse outro, com um tom de desprezo. – Devia se envergonhar! E como se atreve a aparecer diante de nós vestido dessa maneira!

– É ele quem procuramos – disse o primeiro cavaleiro ao senhor do castelo. – Vai ter o que merece. É nosso prisioneiro.

Tiuri olhou para o senhor:

– Deixe-me ir! – pediu. – Não conheço estes cavaleiros e não fiz nada para ser preso.

O senhor continuava apoiado na porta. Olhou duro para Tiuri mas ficou em silêncio.

– Sou seu hóspede! – exclamou Tiuri. – Como permite que estes cavaleiros me ofendam e me aprisionem, se nem sequer disseram seus nomes nem levantaram suas viseiras? Isto é uma violação da sagrada lei da hospitalidade. Quero que devolvam o anel e me deixem partir.

O senhor desviou o olhar e não disse nada.

– Prendam-no – disse um dos Cavaleiros Cinza.

– Diga-me então por que estou sendo preso – pediu Tiuri ao ser agarrado por várias mãos.

Mas os Cavaleiros Cinza não disseram nada. O senhor se afastou e abriu a porta. Tiuri foi conduzido por dois cavaleiros e dois escudeiros por um corredor e depois subiu por umas escadas. Durante todo esse tempo não disseram uma palavra, Tiuri também não, porque percebeu que de qualquer forma não ia adiantar nada.

Por fim chegaram a uma porta que dava acesso a um pequeno quarto. Tiuri foi empurrado para o seu interior e trancaram a porta atrás dele. Estava preso no castelo de Mistrinaut.

O quarto era octogonal, com uma só janela, que estava aberta. Tiuri foi até lá e olhou para fora. Percebeu que estava em um cômodo da torre; pôde ver o pátio deserto, muitos metros abaixo dele. Em frente viu outra torre e um muro sem janelas. Afastou-se com um suspiro: não havia como fugir.

Percorreu o quarto com o olhar. Havia alguns móveis pesados, uma mesa grande, outra pequena e duas cadeiras com almofadas. Havia um tapete no chão e uma toalha sobre a mesa grande. As paredes estavam forradas de tapeçarias e do teto pendia um lustre de cobre ricamente trabalhado. Era uma cela bem decorada, mas não deixava de ser uma prisão.

Sentou-se numa das cadeiras e refletiu.

Algo o intrigava. Por que os Cavaleiros Cinza perguntaram pelo anel e não pela carta? Não queriam que o senhor do castelo soubesse algo? Chegariam de um momento para outro para lhe tomar também a carta? Aquela ideia o fez levantar e caminhar agitado pelo aposento. Parou após uns minutos e escutou, carregado de tensão.

Ouviu passos fora do quarto e um som metálico, como o de uma lança sendo depositada no chão. Havia alguém de guarda na porta? Entraria alguém? Ouviu um murmúrio de vozes, mas não pôde entender o que diziam. Colou a orelha ao buraco da fechadura. Assim conseguiu captar algumas palavras.

"Está bem trancado…"

"… se ele fez isso, que lhe façam o mesmo…"

"Parece jovem demais para…"

"… não concordo… mal por toda parte… fuga… Mas agora…"

Não conseguiu compreender muito mais.

De repente a chave rangeu na fechadura.

Tiuri se afastou. A porta se abriu e um dos Cavaleiros Cinza, ainda com a viseira abaixada, olhou dentro do quarto. Não disse nada e desapareceu rapidamente fechando a porta atrás de si. Tiuri tornou a ouvir passos e murmúrios.

Apanhou a carta com dedos trêmulos e pensou: "Chegou a hora de lê-la e de destruí-la antes que caia nas mãos deles. Para que me prenderam, senão para isso?"

Rompeu um dos três lacres e assustou-se quando a chave tornou a ranger na fechadura. Levantou rapidamente a toalha da mesa e enfiou a carta embaixo. Quando o cavaleiro voltou a olhar para dentro, Tiuri estava sentado tranquilamente numa cadeira. Este cavaleiro era diferente do anterior: era o da voz rude e comportamento furioso; talvez fosse o que perguntara por ele no mosteiro. Entrou no quarto e submeteu o aposento a uma rápida inspeção, sem se dignar a olhar para Tiuri, que esperava com o coração batendo acelerado. Estava só verificando se a prisão era segura ou procurava algo mais?

Não, o cavaleiro se foi. "Preciso ter cuidado", pensou Tiuri. "Não podem ter a chance de ficar com a carta caso entrem de repente."

111

Infelizmente não havia trincos desse lado da porta. "Os quatro virão inspecionar?", perguntou-se. "Vão se revezar para fazer isso? De qualquer forma, acho que a carta deve desaparecer."

Os barulhos fora da cela continuavam. Toda a companhia cinza estaria reunida diante da porta? Tirou a carta de baixo da toalha e pensou febrilmente: "Tenho de ler a carta e destruí-la... Mas como? Aqui não tem fogo... Mas é possível, claro. Posso rasgá-la em mil pedaços e comê-la se necessário... Mas primeiro devo lê-la. Rápido!" Rompeu o segundo lacre. "Preciso saber a mensagem", pensou. "E se chegar alguém... Estarei perdido... Estou ouvindo alguma coisa. O terceiro vai entrar?"

Mas o terceiro cavaleiro não chegou. Tiuri olhou os móveis. E se arrastasse uma daquelas cadeiras pesadas até a porta? Assim ninguém poderia entrar de repente, e ele teria tempo para fazer a carta desaparecer. Começou a executar seu plano imediatamente. Não era fácil: a cadeira era muito pesada e ele não podia fazer barulho. Parava de vez em quando para escutar. Ainda se ouviam vozes, mas ninguém entrou. Por fim Tiuri colocou a cadeira no lugar adequado, pôs a mesa pequena em cima e verificou se era fácil movimentar o conjunto. Temia que aquilo não impedisse por muito tempo a entrada de alguém. Mas não podia perder mais tempo. Sentou-se diante da porta, no chão, e preparou-se para romper o terceiro lacre.

Antes que pudesse fazer isso a chave girou de novo na fechadura. A maçaneta se mexeu e alguém gritou surpreso:

– Não abre!

"Tarde demais", pensou Tiuri.

– Ei! – gritou a mesma voz. – Abra!

E disse para outro:

– Quer impedir a nossa entrada!

Golpearam e empurraram a porta. A cadeira tremeu. Num segundo estarão aqui dentro! Era impossível ler a carta, decorar o conteúdo e destruir o papel. Dessa vez, Tiuri a escondeu debaixo do tapete, rezando mentalmente para que não a encontrassem. Depois se levantou, pôs os pés no lugar em que estava a carta e esperou para ver o que aconteceria.

A porta cedeu. A mesinha caiu da cadeira com um grande estrondo. Um cavaleiro e dois escudeiros entraram no quarto.

– O que signi... – começou a dizer o primeiro, calando-se imediatamente como arrependido de ter falado. Era o cavaleiro da voz rouca (Tiuri chegou a reconhecer dois dos Cavaleiros Cinza. Apelidou-os de Cavaleiro da Voz Rouca e Cavaleiro da Corneta de Prata). O cavaleiro deu meia-volta e desapareceu. Os escudeiros ficaram com a mão na espada.

– O que é isso?! Garanto que não vou sair daqui – disse Tiuri. – Sei que não há como fugir. Se ao menos soubesse por que estou preso!

Os escudeiros não responderam.

Pouco tempo depois o cavaleiro voltou. Trazia um rolo de corda que atirou aos escudeiros. Depois tornou a colocar a cadeira junto da mesa grande, agarrou Tiuri e sentou-o com um empurrão. Com um movimento de cabeça fez sinal aos escudeiros para que se aproximassem. Os três amarraram Tiuri na cadeira, tudo no mais profundo silêncio. Tiuri não ofereceu resistência. Sabia que era inútil. Não era hora de fazer cara feia, nem de falar com aqueles silenciosos inimigos cinza.

Pouco depois estava novamente sozinho, impotente, amarrado. A carta estava fora de seu alcance, embaixo do tapete. Mas os cavaleiros não haviam perguntado por ela, não a haviam procurado. Quanto mais pensava nisso, mais se surpreendia. Tentou se mexer, mas era impossível. Seus inimigos haviam feito um bom trabalho. Ali estava, sem poder fazer nada, e o tempo passava...

"Não há tempo a perder", dissera o Cavaleiro do Escudo Branco.

Ali estava ele, olhando para o lugar do tapete em que escondera a carta, preso num castelo desconhecido, sem saber o que o esperava...

Tiuri jamais esqueceria aquele dia no quarto da torre e sempre se lembraria dele com um calafrio. Ficar sentado ali, sozinho, sem poder fazer nada, a não ser pensar e pensar... Estava de costas para a janela.

Pela mudança da luz via as horas passarem. Lá fora chovia de vez em quando, podia ouvir o barulho. Não entrou mais ninguém e as vozes do outro lado da porta também silenciaram. Um mesmo pensamento não saía de sua cabeça, girava em torno da carta, a carta... Além disso, começava a sentir dor nas extremidades por ficar sentado na mesma posição, e as cordas grossas cortavam seus pulsos e tornozelos.

Teve a impressão de que se passaram séculos. Finalmente perdeu toda a noção do tempo. Só podia ver uma parte do quarto e aquela parte ficaria gravada em sua memória. As tapeçarias, por exemplo.

Quando o dia avançou, a luz ficou escassa e fraca, e misteriosamente as tapeçarias pareceram ganhar vida. Pareciam-se com a tapeçaria do andar de baixo, a do refeitório, com cavaleiros e monstros, mas estes eram mais estranhos e cruéis. Quando Tiuri fechava os olhos de cansaço, via em sua imaginação excitada os cavaleiros e monstros executando uma dança selvagem nas paredes. Então abria de novo os olhos para ver que acabavam de parar.

E lá fora o murmúrio da chuva parecia falar de uma tristeza infinita e de uma indizível solidão...

3. O senhor do castelo e sua filha

Só bem mais tarde Tiuri voltou a ouvir de repente sons fora do quarto. A porta se abriu e entrou um homem. Não era um Cavaleiro Cinza, nem um de seus escudeiros, mas um dos criados do senhor do castelo, vestido de azul. Carregava uma bandeja com comida que depositou sobre a mesa.

Depois olhou para Tiuri e disse, meneando a cabeça:

— Vou soltar suas mãos por um instante. Do contrário, terei subido as escadas em vão.

Demorou um pouco para soltar as cordas, mas por fim conseguiu. Tiuri esfregou os punhos. O sangue podia circular melhor por seus braços e mãos, e aquilo doía tanto que lhe saltaram lágrimas dos olhos. Não queria que ninguém percebesse, então abaixou a cabeça e mordeu os lábios.

O criado afastou-se até a porta. Aparentemente precisava esperar Tiuri terminar de comer. Pouco depois, o jovem juntou forças para começar a comer. A refeição consistia em pão e água, mas para ele era o bastante porque estava com fome. Comeu em silêncio. Decidira não dizer nem perguntar mais nada e suportar o cativeiro com aparente orgulho e indiferença. Quando terminou, o criado disse, quase se desculpando:

— Agora tenho de voltar a amarrá-lo.

Tiuri permitiu que o fizesse sem dizer nada, mas notou que o criado o fazia com menos cuidado e deixava as cordas bem mais frouxas que o cavaleiro e seus escudeiros. Assim que ficou só, tentou ver se conseguia se soltar. Tinha esperanças de conseguir. Com as mãos livres, o resto seria fácil. No entanto, demorou uma eternidade para desfazer os nós, depois de muito puxar e se retorcer. Mas conseguiu!

Ficou sentado por alguns momentos, mexendo as pernas e os braços. Depois se levantou e caminhou silenciosamente de um lado para o outro do quarto até aliviar um pouco a rigidez. Olhou para fora. O dia estava chegando ao fim. Já não chovia, mas o pouco que podia ver tinha um aspecto triste e sombrio.

Tiuri estava solto, mas não livre. Apesar disso, sentiu-se melhor, mais tranquilo e animado. Ao menos já podia ler a carta antes de escurecer.

Mas pelo visto não seria possível!

Passos e vozes do outro lado da porta fizeram-no voltar correndo para a cadeira, enrolar-se nas cordas e sentar-se tão quieto como se ainda estivesse amarrado.

O senhor do castelo entrou. Olhou para Tiuri com a testa franzida e disse:

— Vejam só! Então tiveram de amarrá-lo.

Tiuri, com expressão altiva, manteve-se calado e esperou que o outro não tivesse a ideia de verificar as cordas.

O senhor se aproximou, pôs as mãos na cintura, observou-o com atenção e então lhe perguntou bruscamente:

— Como é o seu nome?

Tiuri respondeu ao seu olhar mas não disse nada.

— Isso! Não diga nada — exclamou o senhor, irritado. — Isso combina bem com você.

Tiuri hesitou em responder.

— *Eles* não disseram nada — falou finalmente. — Eles e o senhor me prenderam sem pronunciar uma acusação.

— Você deve saber por que está aqui, não? — disse o senhor, depois de vacilar um pouco. — Estava com o anel, não é verdade?

— O anel! — exclamou Tiuri, com um movimento involuntário que conteve imediatamente. — O que o senhor sabe do anel?

— A quem pertencia esse anel? — foi a resposta.

Tiuri tornou a hesitar antes de responder. Poderia dizer? "Tanto faz", pensou. "Acho que ele sabe. O que não entendo é por que estão falando sempre do anel e nunca da carta." E disse:

— Ao Cavaleiro Negro do Escudo Branco.

— O Cavaleiro Negro do Escudo Branco — repetiu o senhor, pausadamente. — Admite isso. E por que você o usava?

— Por que eu o usava?

— O anel, você mesmo admite, pertence ao Cavaleiro Negro do Escudo Branco. Então, por que estava com você?

— Porque o Cavaleiro do Escudo Branco morreu — disse Tiuri.

O senhor olhou para ele como se quisesse ler seus pensamentos.

— O senhor o conhecia? — perguntou Tiuri.

O senhor deu um passo em sua direção e se inclinou para ele. Pôs um dedo no peito de Tiuri e disse:

— Sim, o Cavaleiro Negro do Escudo Branco morreu. Você sabe como ele morreu?

— Sim — respondeu Tiuri.

— Foi assassinado.

— Sim — disse Tiuri. — Eu sei.

As palavras e o comportamento do senhor o surpreendiam. Não sabia muito bem o que pensar.

– Você sabe. Você sabe!

O senhor se endireitou, lançou-lhe outro olhar, virou-se e abandonou rapidamente o aposento.

Tiuri ficou olhando para a porta, mesmo depois de ele já ter desaparecido. O que significavam as palavras que acabara de dizer? Tinha a estranha sensação de que ambos, de alguma forma, se haviam interpretado mal.

E por que todo esse falatório por causa do anel? Qual era o problema com ele? Será que não queriam que Menaures o visse? Iam mantê-lo prisioneiro para que não pudesse cumprir sua missão? Mas, se fosse assim, teria sido mais fácil tirar-lhe a carta. Talvez pensassem que conhecia a mensagem, mas então teria sido melhor matá-lo. O Cavaleiro Negro do Escudo Branco também fora assassinado...

De repente Tiuri pensou que o senhor devia ter percebido que as cordas estavam soltas. Ele não podia deixar de ter visto. Mas não fizera nada...

Enquanto isso o jovem se ajoelhara para tirar a carta de baixo do tapete. Um barulho estranho chegou de repente aos seus ouvidos. Um passo, um rangido, um deslizar, um leve clique. Não vinha de trás da porta e muito menos da janela.

Então prendeu a respiração. Por um momento foi como se a tapeçaria que estivera observando por tanto tempo adquirisse vida de verdade.

De repente percebeu que era a própria tapeçaria a única coisa que se mexia. Levantou-se de um salto e foi até ela.

Ouviu um som estridente, a tapeçaria se mexeu com mais força e foi afastada para um lado. Atrás viu um buraco escuro na parede e nele uma nobre dama com o dedo sobre os lábios.

Tiuri olhou surpreso para ela. Era jovem, mais ou menos da sua idade, e usava tranças compridas e negras. Reconheceu nela uma das nobres que na noite anterior jantara na mesa do senhor.

– Quem é a senhorita? – sussurrou ele.

— Silêncio! – disse a garota em voz baixa. – Não podemos ser ouvidos. Espere um pouco!

Desapareceu pelo buraco que provavelmente dava acesso a uma escada secreta. Tiuri tornou a escutar o som estridente, aproximou-se e olhou na escuridão. A nobre reapareceu, desta vez com um grande pacote nas mãos.

— Aqui está – sussurrou –, pegue isto.

Tiuri obedeceu e depositou o pacote na mesa. A nobre desapareceu novamente mas voltou um segundo depois trazendo em cada mão algo que brilhava com a luz da tarde: uma espada e um punhal. Pôs as duas coisas sobre o pacote na mesa e disse, ainda sussurrando:

— É para você. Esconda debaixo do hábito. Rápido, antes que alguém venha!

Tiuri abriu o pacote e viu que continha uma cota de malha.

— Por que está me trazendo isto? – sussurrou ele. – E quem é a senhorita?

— Sou Lavínia, a filha do senhor do castelo. Não me deixam saber de nada, mas ouvi algumas coisas que disseram. Querem machucar você.

— Os Cavaleiros Cinza?

A garota assentiu.

— Sim, os Cavaleiros Cinza. Logo virão buscá-lo.

— Mas por quê? Quem são eles?

— Não sei, não sei. Estão bravos e amargurados. O que você lhes fez para estarem assim?

— Nada! Não sei nada sobre eles. Nunca os havia visto. Pelo menos até onde sei, porque nunca levantaram a viseira diante de mim.

A garota olhou ao redor.

— Peguei essas coisas da sala de armas do meu pai – disse. – Talvez possa se defender com elas. Vista a cota de malha. Arme-se.

— Por que está me ajudando? – perguntou Tiuri.

Ela não respondeu imediatamente.

— O que quer que você tenha feito – disse –, não suportaria vê-lo indefeso diante da vingança deles.

– Vingança?

– Escutei essa palavra. Vingadores dos Quatro Ventos, é assim que eles se chamam, segundo um dos moradores do castelo... Mas preciso ir. Meu pai não pode saber que estou aqui.

– Fico-lhe muito agradecido – disse Tiuri.

A garota pareceu assustar-se de repente.

– Ouça – sussurrou.

Tiuri ouviu o mesmo som que percebera havia pouco.

– Vem vindo alguém pela escada secreta – sussurrou Lavínia. – Só pode ser alguém da família. Possivelmente meu pai. Esconda essas coisas, rápido!

Ajudou Tiuri a esconder apressadamente a cota de malha e as armas sob a grande mesa. Enquanto isso podiam-se ouvir claramente passos na escada secreta. Um instante depois o senhor do castelo apareceu no buraco da porta secreta.

Ao ver sua filha, franziu a testa e disse nervoso:

– Lavínia! O que está fazendo aqui?

A garota olhou para ele entre assustada e desafiadora.

– Pai... – começou a dizer –, eu...

– Vá para o seu quarto – o senhor a interrompeu severamente. – Depois falarei com você. Vá!

A garota obedeceu imediatamente. O senhor olhou para Tiuri, que se pusera na frente da mesa esperando esconder na medida do possível o que havia embaixo. Ficaram um segundo encarando-se em silêncio.

– Bem – disse por fim o senhor. – Vim para lhe trazer algumas coisas...

Hesitou, tossiu e depois disse mal-humorado:

– Espere um instante!

Desapareceu no buraco escuro e voltou em seguida com um pacote grande que depositou aos pés de Tiuri.

– Aqui dentro – disse secamente – há uma cota de malha, um punhal e uma espada. Vista a cota de malha e arme-se.

Tiuri olhou surpreso para o senhor e para o pacote. Não esperava por aquilo! Então se deu conta do cômico da situação. Primeiro, o senhor expulsa sua filha irritado e em seguida lhe entrega o mesmo que ela. Não pôde evitar um sorriso. Se o senhor visse o que havia debaixo da mesa...

– Obrigado – disse. – Por que está me dando isto?

O senhor demorou um pouco para responder. Havia em seu rosto uma mistura de diferentes expressões: severidade, timidez e surpresa.

– Você não é *meu* prisioneiro – disse então. – *Eu* não o julgo. Mas era meu hóspede e, o que quer que tenha feito, quero que possa se defender se necessário.

– De quê?

– Silêncio! Você logo vai descobrir – respondeu o senhor. Desviou o olhar de Tiuri e deu uma olhada no quarto. Seus olhos se detiveram no que havia debaixo da mesa e ele fez um pequeno gesto de surpresa, mas não disse nada.

– Como vou me defender se nem sei do quê – disse Tiuri, com calma. – Como posso argumentar uma defesa se não sei por que me prenderam? Quem são esses cavaleiros que o senhor chama de amigos? O senhor acredita que fui preso injustamente?

– Não posso responder a nenhuma dessas perguntas – disse rapidamente o senhor. – Diga isso aos Cavaleiros Cinza ao comparecer mais tarde diante deles. Estou lhe dando a oportunidade de se defender não só com palavras mas também com fatos.

Fez menção de ir embora, mas Tiuri segurou-o pelo braço e disse:

– O senhor não acredita que eu tenha feito algo de ruim. Por isso lhe peço que me dê a possibilidade de fugir. Deixe-me escapar deste castelo do qual é o senhor.

O senhor retirou o braço.

– Ah, você é um covarde! – disse, irritado. – Quer fugir! Só uma consciência pesada faz fugir. Não volte a me pedir isso se não quiser que eu me arrependa de ter lhe trazido armas.

– Não sou nenhum covarde – começou a dizer Tiuri, calando-se depois. Não podia explicar que tinha um bom motivo para fugir.

– Silêncio! – disse o senhor, olhando para a porta. – Vou embora. Já está quase na hora.

Desapareceu rapidamente sem dizer mais nada. A porta secreta se fechou atrás dele sem fazer barulho. Tiuri foi até lá e tentou abri-la, mas não conseguiu. Por fim se afastou e correu os olhos pelo quarto, já praticamente escuro.

"Já está quase na hora", dissera o senhor de Mistrinaut.

Pelo visto teria de comparecer perante os misteriosos Cavaleiros Cinza. Nesse caso a leitura da carta teria de esperar.

"De que me adianta saber a mensagem, se o mais provável é que me matem?", pensou. "Eles são quatro. Eu estou sozinho."

Mas pensar nas armas lhe infundia coragem. Não estava completamente só: duas pessoas se dispuseram a fazer alguma coisa por ele. Tiuri iria se defender até o fim. Convenceria o senhor de que merecia sua ajuda.

Em seguida tirou o hábito e decidiu o que vestir. Pegou o punhal e a cota de malha de Lavínia, mas preferiu a espada que o senhor escolhera. Esta última era melhor; afiada e leve. E então ficou pronto. Vestiu novamente o hábito para esconder tudo na medida do possível. Pôs debaixo da mesa a cota de malha e as armas que sobraram. Tirou a carta de baixo do tapete e a escondeu de novo em seu peito. Depois se sentou e esperou que chegasse a "hora".

Não precisou esperar muito tempo. Do lado de fora soaram passos, a chave rangeu e a porta se abriu. Entraram dois escudeiros cinza, um com uma tocha na mão, o outro com uma lança. Ambos estavam com a viseira abaixada. Em silêncio, fizeram sinal a Tiuri para que os acompanhasse.

4. A luta com os Cavaleiros Cinza

Tiuri desceu as escadas, uma quantidade infinita de degraus, atravessando diferentes aposentos e corredores entre os dois escudeiros. Estava tudo em silêncio; o castelo parecia deserto.

Por fim chegaram a um pátio que Tiuri ainda não conhecia. Estava rodeado por uma colunata de onde pendiam tochas acesas aqui e acolá. No centro daquele pátio os quatro Cavaleiros Cinza, um ao lado do outro, esperavam por ele. Um pouco mais afastados, os outros dois escudeiros traziam tambores e baquetas e, ao sinal de um dos cavaleiros, começaram a tocar suavemente os tambores quando Tiuri entrou.

Tudo parecia irreal para Tiuri: o castelo silencioso, o pátio praticamente escuro sob uma chuva fina, os cavaleiros mudos, o toque lúgubre dos tambores.

Os escudeiros o levaram até perto dos Cavaleiros Cinza. Depois se postaram ao lado das portas de acesso ao pátio.

Tiuri parou e olhou para os quatro cavaleiros. Estavam completamente armados, com a viseira abaixada, o escudo no braço, a mão na empunhadura da espada.

– Obrigaram-me a vir até aqui – disse Tiuri. – O que querem de mim?

Tinha de falar bem alto para sobrepor sua voz ao toque do tambor.

Os Cavaleiros Cinza ficaram em silêncio.

– O que querem de mim? – repetiu Tiuri.

Os Cavaleiros Cinza permaneceram calados, mas os golpes de tambor soaram mais fortes...

– O que querem de mim? – gritou Tiuri pela terceira vez, mas não pôde ouvir nem sua própria voz, tão forte era o som dos tambores.

Os Cavaleiros Cinza continuavam imóveis olhando para ele.

Tiuri sentiu que a coragem o abandonava, que sua vontade se paralisava. Quis dizer mais alguma coisa, mas as palavras morreram em seus lábios. Era como se estivesse cravado no chão. E o toque dos tambores soava cada vez mais forte, mais sombrio e ensurdecedor, reverberando contra os muros altos e escuros ao redor.

Então, de repente, um dos cavaleiros tirou a espada e a segurou acima da cabeça. Os outros três fizeram o mesmo, e o primeiro deu um passo à frente, como o fantasma de um pesadelo.

Mas naquele momento Tiuri recuperou o ânimo de lutar. Retrocedeu, deu meia-volta e se afastou correndo tão rápido quanto lhe permitiam o hábito comprido e o que levava escondido embaixo dele. Correu pelo pátio com os cavaleiros atrás dele; seus passos retumbavam no chão molhado. Tiuri percebeu que um escudeiro saía ao seu encontro para detê-lo. Mas não tinha a intenção de fugir; sabia que não podia fazer isso. Sem parar de correr, desamarrou apressadamente o cordão da cintura e deixou cair o hábito. Então parou, virou-se e pegou sua espada.

Os Cavaleiros Cinza estavam perto; três deles também se detiveram, o quarto continuou correndo, com a arma preparada para desferir um golpe. Mas, quando estava prestes a fazê-lo, Tiuri desviou-se dele.

Isso pegou o cavaleiro de surpresa; ele atacou com tanta brutalidade que tropeçou.

O cavaleiro se ergueu rapidamente, ainda que com alguma dificuldade. Tiuri se preparou: a espada numa das mãos, o punhal na outra. Deixou o medo de lado e sentiu apenas uma enorme vontade de lutar. Os cavaleiros pararam por um momento; pareciam hesitar. Então outro se aproximou e atacou Tiuri. As espadas se bateram furiosas. Tiuri lutava como um possesso. Lutava por sua vida, pela carta, e, além disso, estava furioso pela forma como era tratado pelos cavaleiros. Repeliu seu adversário, mas viu que outro já estava preparado e pensou: "Só vão parar quando me derrubarem... quando me matarem!"

Mas os cavaleiros pareciam novamente hesitantes. Estavam uns perto dos outros e se olhavam. Tiuri de repente percebeu que o toque dos tambores cessara.

E gritou de novo:

– O que querem de mim? Prendam-me se necessário, mas me digam por quê.

Durante uns instantes o silêncio foi tão grande que se pôde ouvir o murmúrio da chuva. Então um dos cavaleiros sussurrou alguma coisa a seus companheiros.

— Os senhores são realmente cavaleiros? — perguntou Tiuri. — Ou são apenas covardes que se escondem atrás de uma viseira? Digam-me quem são!

Um dos cavaleiros dirigiu-se a ele e disse-lhe em voz alta:
— Quem é você?

Tiuri reconheceu pela voz o cavaleiro da trombeta de prata.
— Você não é o irmão Tarmin do mosteiro Marrom — acrescentou o cavaleiro.
— Não tenho por que dizer quem sou. Não os conheço, não lhes fiz nada e não tenho nada a ver com os senhores.
— Não, não nos conhece — disse o cavaleiro.
— Nós nos denominamos os Cavaleiros Cinza — interveio o da voz rouca. — Cinza é a cor do duelo, sabia? Os quatro Cavaleiros Cinza, os Vingadores dos Quatro Ventos. Estamos procurando o jovem que fugiu pelo bosque com um anel brilhante nas mãos.
— Por quê? — perguntou Tiuri, e imediatamente depois acrescentou: — Como se chamam? Não são Cavaleiros Vermelhos, não é?

Os cavaleiros se agitaram, como que surpresos com aquelas palavras. O último a falar deu um passo à frente, como se quisesse atacar de novo. Mas o cavaleiro da corneta de prata o deteve e disse:
— Você tem razão: deve saber quem somos, ainda que nunca nos tenha visto antes.

Levantou a viseira e os demais seguiram seu exemplo.

Tiuri não podia ver direito seus rostos na escuridão, mas achava que realmente não os conhecia. Os cavaleiros que haviam falado eram morenos e tinham barba, os outros dois pareciam mais jovens.
— Somos cavaleiros andantes — disse o cavaleiro da corneta. — Este é o cavaleiro Bendu e aqueles são os cavaleiros Arwaut e Ewain do Oeste. Eu sou Ristridin do Sul.

O Cavaleiro Ristridin do Sul!

Tiuri ouvira aquele nome muitas vezes; era um nome famoso, usado por um cavaleiro famoso... Qualquer que fosse o nome que esperara ouvir, este com certeza não era um deles.

– Mas quem é você? – perguntou o cavaleiro Bendu, impaciente. Era o mais moreno, o mais barbudo e o mais rude do quarteto.
Tiuri respondeu em voz alta e orgulhosa:
– Sou Tiuri, filho de Tiuri.
– Mas então... – resmungou o cavaleiro Bendu. Inclinou-se para a frente e perguntou: – Tiuri, filho de Tiuri, por que abandonou a capela na noite anterior à sua acolada?
Aquelas palavras também deixaram Tiuri muito surpreso.
– Por quê? – balbuciou, mas então dominou sua surpresa e respondeu com outra pergunta: – Que importância tem isso para o senhor, cavaleiro Bendu?
– Para mim, sim... – começou a dizer o cavaleiro Bendu, irritado.
O cavaleiro Ristridin interrompeu-o:
– Tiuri – disse, tranquilamente –, então é verdade que você abandonou a capela na noite anterior a ser nomeado cavaleiro, não é?
– Sim – respondeu Tiuri –, é verdade.
– Nunca acontecera algo assim, pelo menos até onde as pessoas se lembram. Um futuro cavaleiro que vai embora na noite de sua vigília. Isso é muito grave. Por que fez isso, Tiuri, filho de Tiuri? Você deve ter algum motivo.
– Eu tinha um motivo. Claro que tinha um motivo! Mas não posso lhes dizer qual.
– Pode nos contar então por que roubou um cavalo e o levou consigo? – perguntou o cavaleiro Bendu. – Pode nos contar por que fugiu entrando no bosque e se escondendo?
– E, sobretudo, pode nos contar por que o anel *dele* estava em seu dedo? – continuou a perguntar o cavaleiro Ewain. – E por que montava o cavalo Ardanwen, que não lhe pertencia e que até então só havia obedecido a um único dono?
Os Cavaleiros Cinza olhavam para Tiuri esperando por sua resposta.
– Sabe de quem era esse anel? – perguntou o cavaleiro Ristridin ao ver que ele demorava a responder. – Sabe quem era o dono do cavalo negro Ardanwen?

– Claro que sei – disse Tiuri. – O Cavaleiro Negro do Escudo Branco.

– Exatamente – disse o cavaleiro Bendu. – O Cavaleiro Negro do Escudo Branco.

Os cavaleiros voltaram a fazer silêncio, entreolharam-se e observaram Tiuri.

– Por que estão me perguntando tudo isto? – perguntou o jovem. – Por que me perseguem para capturar-me vivo ou morto? Qual é o problema com o anel? É meu...

– O anel é seu! – exclamou o cavaleiro Ewain. – Santo céu! Como pode dizer isso?

– Para mim... deram o anel para mim – respondeu Tiuri.

– Deram o anel para você? – soou em todos os tons possíveis, desde incredulidade até assombro e surpresa.

Tiuri vacilou por um momento antes de continuar. Não podia contar muita coisa. Até aquele momento a conversa havia sido muito diferente do que esperara:

– O Cavaleiro Negro me deu o anel – disse.

Naquele momento foi o cavaleiro Ristridin quem se aproximou inclinando-se em sua direção.

– Deu o anel para você? – repetiu. – Mas o que foi que aconteceu com o Cavaleiro Negro?

– Foi assassinado – disse Tiuri.

– Sim, assassinado! – exclamou o cavaleiro Bendu. – Não foi abatido, nem morto em combate, mas sim assassinado!

Calou-se tão de repente como se tivesse mordido a língua.

– Tiuri, filho de Tiuri – disse o cavaleiro Ristridin –, você esteve prestes a ser cavaleiro como seu famoso pai, mas fugiu e falhou em sua obrigação. Diz que não pode nos contar o motivo. Pode nos contar como o Cavaleiro Negro do Escudo Branco encontrou seu fim?

– Foi vítima de uma emboscada – respondeu Tiuri.

Então se interrompeu. Um pensamento claro iluminou instantaneamente seu cérebro...

– O senhor o conhecia! – exclamou. – O senhor era amigo dele!
– Fale – disse o cavaleiro Ristridin.

Tiuri demorou um pouco a se acostumar com aquela ideia inesperada. Sentiu que ele pensara precisamente que...

– O Cavaleiro Negro do Escudo Vermelho o desafiou – continuou a dizer –, mas era uma armadilha. Seus Cavaleiros Vermelhos o atacaram em grande número e foi assim que morreu. Ele nunca havia sido derrotado num duelo.

Os cavaleiros não disseram nada, mas Tiuri sentiu que sua atitude com relação a ele mudara. Continuou falando em voz mais baixa:

– Tive de tirar-lhe a máscara porque me disse que sempre se deve ir para a Morte com o rosto descoberto...

O silêncio era denso.

– Então você estava presente – disse por fim o cavaleiro Ewain.
– Sim. Mas cheguei tarde demais.
– Você disse que... os Cavaleiros Vermelhos o assassinaram? – perguntou o cavaleiro Bendu. – E o anel, o que aconteceu então com o anel?
– Ele o deu para mim – disse Tiuri.
– Por quê?

Tiuri não respondeu a essa pergunta.

– Ele me deu o anel – repetiu – e agora eu gostaria de recuperá-lo.

E como os Cavaleiros Cinza se mantivessem imóveis, continuou:

– E também quero saber por que me perguntaram tudo isto e por que me trataram assim.

– Sim, os senhores lhe devem uma resposta – disse de repente uma voz, e o senhor do castelo saiu da escuridão.

– Você, Rafox! – exclamou o cavaleiro Ristridin. E acrescentou: – Foi você quem lhe deu as armas!

– Claro – respondeu o Senhor de Mistrinaut, com calma. – E ainda bem que o fiz! Com que cara ficaria, senhor Ristridin, se com seus companheiros, em sua cega sede de vingança, tivessem abatido este jovem sem antes ouvir o que ele tinha a dizer? Como teria se sentido, cavaleiro Ristridin do Sul, defensor da paz e da justiça, se tivesse cometido uma injustiça, desonrando sua ordem de cavalaria e arruinando sua fama? Como teriam se sentido todos, você, cavaleiro Bendu, e cavaleiro Arwaut e cavaleiro Ewain? É claro que lhe dei armas, e estive sempre por perto, preparado para intervir. Porque desde o início coloquei em dúvida o que vocês pensavam.

– Então o senhor acredita nele – disse o cavaleiro Bendu, mostrando Tiuri com a cabeça.

– E você ainda não, cavaleiro Bendu? – foi a pergunta do senhor do castelo.

– O esperado seria que acreditássemos nele – disse o cavaleiro Bendu. – É jovem e corajoso, e parece ser honesto. Além disso, tem um nome famoso, é o filho de Tiuri, o Destemido. Mas a maioria de nós sabe que nem sempre se pode confiar nisso.

– Trata-se de confiar nele... ou no Cavaleiro do Escudo Vermelho – resmungou o cavaleiro Ewain. – Eu me inclino pelo segundo.

Tiuri olhava de um para o outro cada vez mais surpreso.

– Eu acredito nele – afirmou em voz alta e clara o cavaleiro Ristridin.

Mas Tiuri estava perdendo a paciência.

– Cavaleiros – disse –, ainda não responderam à minha pergunta.

Os Cavaleiros Cinza ficaram em silêncio. Ristridin tossiu.

– Fale, Ristridin – disse o senhor do castelo. – Deve isso a ele! Não é algo agradável para você, já que não acredita que tenha sido ele, mas pensou que sim e fez o que fez por causa disso. Muito bem, conte-lhe qual é o motivo de sua acusação!

Foi até um dos escudeiros e tomou-lhe a tocha das mãos. Depois iluminou o rosto de Tiuri.

O cavaleiro Ristridin vacilou por um instante.

– Tiuri – disse então –, eis a razão por que o procurávamos: acreditávamos que você havia assassinado o Cavaleiro Negro do Escudo Branco, que havia roubado o anel e fugira com seu cavalo. Mas Deus é testemunha de que agora considero falsa essa acusação.

5. A reconciliação

Então era isso! Tiuri retrocedeu como se tivesse levado uma bofetada. As últimas palavras do cavaleiro Ristridin não conseguiam suavizar aquela acusação tão terrível. Ele, Tiuri, o assassino do Cavaleiro Negro do Escudo Branco? Na realidade era mais ridículo que terrível. E foi a primeira coisa que disse quando recuperou a voz.

– É ridículo...! – sussurrou.

Naquele momento pôde entender melhor o comportamento dos Cavaleiros Cinza, apesar de continuar sem entender como haviam chegado àquela acusação.

– Bem – disse o senhor do castelo –, parece-me que é hora de entrar. Não temos por que ficar na chuva.

Aproximou-se de Tiuri, pôs a mão no ombro dele e levou-o consigo.

Tiuri deixou-se levar docilmente. Os Cavaleiros Cinza e seus escudeiros os seguiram. O interior do castelo ainda não estava vazio: Tiuri viu aparecer de vez em quando um rosto curioso olhando por algum canto. Pouco depois estava com toda a companhia na sala baixa onde vira pela primeira vez os Cavaleiros Cinza. A mesa estava posta e havia muitas velas acesas.

O senhor do castelo fez Tiuri sentar-se numa cadeira e encheu uma taça que pôs diante dele.

– Tome – disse brevemente, mas sem antipatia –, beba.

Mas Tiuri olhou para os quatro Cavaleiros Cinza que iam se sentando um a um à mesa e afastou a taça. Os cavaleiros tinham retirado os elmos e soltado as golas. Por fim podia vê-los direito. O senhor do castelo também encheu suas taças e disse:

– Deduzi, meus caros convidados, que desejariam comer alguma coisa depois do que aconteceu. Este é um jantar de reconciliação.

Os Cavaleiros Cinza não brindaram. Olharam para Tiuri como que esperando que dissesse alguma coisa.

O jovem olhou-os um por um. Viu Ristridin sentado bem diante dele; alto e magro, com um rosto curtido e ossudo. Seu cabelo e sua barba pretos começavam a ficar bem grisalhos, mas seus olhos azuis eram jovens e claros. A seu lado estava Bendu, grande e robusto, de cabelo e olhos escuros, com sobrancelhas espessas e ameaçadoras. O cavaleiro Arwaut, junto dele, se parecia um pouco com Bendu, também robusto e moreno, mas era jovem, não devia ter nem vinte e cinco anos e seus olhos eram mais claros e mais amistosos. O cavaleiro Ewain, que estava sentado do outro lado de Ristridin, também era jovem, de pele e olhos claros, e o cabelo muito loiro.

Quando Tiuri começou a falar, olhou sobretudo para Ristridin, que parecia ser o líder:

— Um jantar de reconciliação — disse, repetindo as palavras do senhor do castelo. — Trataram-me como um criminoso. De onde tiraram essa acusação? E agora todos acreditam que era falsa?

O cavaleiro Ristridin assentiu gravemente e Arwaut e Ewain disseram "sim" ao mesmo tempo.

Mas Bendu disse:

— Em que eu acredito não tem importância... Eu quero saber. É bem possível que você seja inocente, Tiuri, filho de Tiuri, mas não seria a primeira vez que a falsidade e a traição se escondem atrás de uma aparência inocente. E, antes de dizer "sim" como fizeram meus amigos, quero saber quem assassinou o Cavaleiro do Escudo Branco. Você diz que foram os Cavaleiros Vermelhos a mando do Cavaleiro Negro do Escudo Vermelho. Como sabe disso?

— Ele mesmo me contou — respondeu Tiuri.

— Quem?

— O Cavaleiro Negro do Escudo Branco.

— Então você o encontrou?

— Encontrei-o e estive junto dele quando morreu.

— E como foi?

Tiuri levantou-se. Estava em pé diante da mesa e olhou arrogante e um pouco bravo para Bendu:

— Cavaleiro Bendu — disse —, deixei a capela em que deveria velar na noite anterior a ser nomeado cavaleiro. Peguei um cavalo que não era meu e saí montado nele. Encontrei o Cavaleiro do Escudo Branco e estive junto dele quando morreu. Contou-me quem o assassinara e me deu seu anel. Pouco depois encontrei os Cavaleiros Vermelhos que tentaram assassinar-me também. Consegui escapar deles. Depois cavalguei pelo bosque em direção ao oeste montado no cavalo do Cavaleiro do Escudo Branco. Isso é tudo o que posso lhe contar. Mas juro que tenho a consciência limpa... e se fosse cavaleiro juraria por minha honra. Sua acusação é falsa e ridícula.

Bendu olhou para ele com a testa franzida:

– Bem – resmungou então –, agora já sabemos disso. Volte a se sentar.

Mas Tiuri continuou em pé apesar de sentir as pernas tremerem.

– Não vou me sentar – disse – até todos acreditarem em mim. Sinto muito não poder dar mais explicações, mas isso não é possível.

– Acreditamos em você – disse o cavaleiro Ristridin.

– Sim – disse Bendu, num tom mal-humorado –, acreditamos em você.

Tiuri fez menção de se sentar, mas de repente se lembrou de uma coisa:

– Devolvam-me o anel. O anel do Cavaleiro do Escudo Branco.

O cavaleiro Ristridin, lentamente, tirou o anel de uma bolsinha que trazia pendurada no cinto.

– Tome – disse. – Aqui está.

Tiuri pegou a joia e a apertou em sua mão. Depois se deixou cair na cadeira. Um cansaço mortal tomou conta dele de repente. O medo e a tensão do dia anterior haviam sido excessivos. Pegou sua taça com a mão trêmula e deu um grande gole. Era vinho, que lhe queimou a garganta e depois lhe deu um reconfortante calor. Voltou a olhar para os cavaleiros que o observavam e pareciam não estar completamente à vontade.

– Sabemos que os Cavaleiros Vermelhos eram inimigos do Cavaleiro do Escudo Branco – disse então o cavaleiro Ristridin –, da mesma forma que o senhor deles, o Cavaleiro do Escudo Vermelho.

Também sabemos do duelo. Mas ouvimos que havia acabado de um jeito muito diferente.

– Nunca houve um duelo – disse Tiuri.

– Você precisa saber o que nós ouvimos – continuou Ristridin.

– Fui à procura do Cavaleiro do Escudo Vermelho – contou Bendu. – O Cavaleiro do Escudo Branco fora assassinado e nós sabíamos quem era seu inimigo. Encontrei-o no Bosque do Rei, ao sul da casa de caça, na companhia de seis Cavaleiros Vermelhos. Pedi que levantasse a viseira e me contasse o que fizera a seu rival, o Cavaleiro do Escudo Branco. Tirou o elmo, mas por baixo usava uma máscara negra...

– Ele também? – resmungou Tiuri.

– Uma máscara negra. E disse: "Sinto muito, senhor cavaleiro, mas não posso tirar a máscara. Quanto ao Cavaleiro do Escudo Branco, desafiei-o para um duelo. Isso não é proibido, é? Mas, infelizmente, devo reconhecer que me derrotou. Levei a pior. É a segunda vez. Na terceira vencerei." Então eu lhe disse: "Mas o Cavaleiro do Escudo Branco está morto!" Olhou para mim, mas não pude ver através da máscara se estava ou não surpreso. "Morto?", disse depois de um instante. "Não posso dizer que esteja triste. O senhor sabe que era meu inimigo..."

"Foi assassinado!", eu lhe disse, "e eu gostaria de saber onde estavam seus Cavaleiros Vermelhos naquela noite e o que podem me contar a esse respeito." Então ele se irritou: "Estão aqui!", exclamou, "e estiveram o tempo todo comigo." "Consta-me que o senhor tem mais cavaleiros", disse eu. Ele me interrompeu: "Atreve-se a me dizer que eu ou meus cavaleiros temos algo a ver com isso?", exclamou. "Atreve-se a me dizer que desonrei minha ordem de cavalaria? O Cavaleiro do Escudo Branco era meu inimigo e o teria matado se tivesse tido essa oportunidade, mas numa luta honesta!" E seus Cavaleiros Vermelhos me rodearam com rostos ameaçadores. Mas eu lhes disse: "Um corajoso cavaleiro foi assassinado e, amigo ou inimigo, deve lamentar a forma como aconteceu. Quanto ao senhor, cavaleiro da máscara, não posso julgá-lo porque não o conheço. Mas não gosto da forma como traz seu rancor à terra de Dagonaut. Volte à terra de Eviellan, de onde vem, e lute em seu próprio território ou no reino de Unauwen."

Então ele riu e disse: "Essas mesmas palavras não serviriam para o Cavaleiro do Escudo Branco? Ele também era um estrangeiro em sua terra e não tinha nada a fazer ali. Mas eu vou partir. Só mais uma coisa: não suspeite apenas de meus Cavaleiros Vermelhos. Um homem como o Cavaleiro do Escudo Branco tem muitos inimigos. Sabia demais sobre vários assuntos. O perigo o espreitava por toda parte, inclusive nas formas mais inocentes. E eu não era o único que desejava sua morte. Só para terminar: era meu inimigo, mas sentia respeito e admiração por ele, pode escrever isso em sua lápide."

Bendu se calou um momento e concluiu:

– E o Cavaleiro do Escudo Vermelho se foi com seus cavaleiros e não pude impedi-lo porque só o cavaleiro Arwaut e meu escudeiro me acompanhavam. Mas não gostei dele! Não sabia quem era, mas desconfiava dele, se bem que naquele momento não acreditasse que tivesse assassinado seu inimigo à traição.

– Eu me encontrei com outro pequeno grupo de Cavaleiros Vermelhos – contou Ristridin –, mas eles também negaram veementemente saber alguma coisa sobre sua morte. Um deles me seguiu e me confessou poder contar mais coisas. E esta é, resumidamente, a história que ele me contou: seu senhor, o Cavaleiro do Escudo Vermelho, perdeu o duelo e se retirou, mas encarregou uma parte dos Cavaleiros Vermelhos de vigiarem o Cavaleiro do Escudo Branco. Foram esses cavaleiros que o encontraram morto, assassinado. Temiam ser incriminados e fugiram. O cavaleiro que me contou isso tinha algo mais a acrescentar ao relato. Por algum lugar vagava um jovem que estava havia muito tempo espiando o Cavaleiro do Escudo Branco, e que por alguma razão queria se apoderar do anel que ele tinha. Esse jovem estivera pelos arredores na noite fatídica; todos o haviam visto e até haviam tentado detê-lo, mas ele fugira... Depois, na estalagem

Yikarvara, ouvimos falar de um jovem que havia roubado um cavalo, que se comportara de forma estranha e que, de fato, tinha um anel no dedo. Conseguira fugir e levar consigo o cavalo Ardanwen.

– Mais tarde, na cidade, falava-se de um jovem que abandonara a capela – disse o cavaleiro Bendu. – Aquilo parecia muito estranho, mas seus amigos, seu pai e até o rei não acreditavam que fosse capaz de fazer nada de mal. Continuo achando algo inusitado e contra qualquer regra, e também pensei imediatamente que o filho de Tiuri podia ser a mesma pessoa que o ladrão de cavalos que fugira com o anel.

– Eu não quis acreditar nisso – disse Ristridin. – O filho de Tiuri merecia se tornar cavaleiro após superar seu período de prova, e aquilo não combinava com histórias sobre um ladrão e um assassino.

– De qualquer forma, concordávamos que o jovem fugitivo, fosse quem fosse, devia ser o assassino.

– Nossa história ficaria muito longa se lhe contássemos os motivos que foram se acrescentando – disse Ristridin. – Os verdadeiros assassinos e seus cúmplices conseguiram, com esperteza, rodear você de suspeitas...

Tiuri ouvira tudo com muita atenção. Sim, os Cavaleiros Vermelhos e seu senhor haviam sido bem espertos. Levaram outras pessoas a persegui-lo e ao mesmo tempo se livraram de suspeitas. Deviam continuar à espreita em algum lugar. Vira dois cavalgando em direção ao oeste, talvez estivessem esperando por ele em algum lugar...

– Agora já sabe por que suspeitávamos de você – disse Ristridin. – Espero que não continue bravo conosco. Você ainda é um jovem e não sabe o que sabemos... Que a traição, como diz Bendu, também pode se esconder atrás de uma aparência inocente.

– Não – disse Tiuri em voz baixa –, não estou bravo...

Nem sequer sabia se isso era verdade; seus sentimentos eram confusos. Olhou atentamente para o anel do Cavaleiro do Escudo Branco e colocou-o no dedo.

– Agora vamos comer e beber – disse o senhor do castelo.

Tiuri esvaziou sua taça mas não conseguiu comer nada. Refletiu sobre o que Ristridin e Bendu lhe haviam contado e percebeu que ainda desconhecia muitas coisas. Por exemplo, quem era o Cavaleiro Negro do Escudo Branco? Os Cavaleiros Cinza o conheciam; queriam vingar sua morte. Gostaria de lhes perguntar isso, mas não se atreveu. Os cavaleiros poderiam estranhar sua ignorância e voltar a desconfiar dele. Eles pareciam não saber nada da carta e Tiuri não podia dizer nada que lhes desse qualquer pista sobre sua missão. Por isso, guardou silêncio e recostou-se na cadeira. Estava muito cansado.

O senhor do castelo se levantou e se aproximou dele.

– Meu jovem – disse –, acho que seria uma boa ideia você se retirar. Amanhã, depois de um bom descanso, vocês podem continuar a conversar e a fazer perguntas. Venha comigo.

Tiuri se levantou como num sonho e o seguiu. Os cavaleiros também se levantaram e lhe desejaram boa noite. Depois o senhor o conduziu até uma outra parte do castelo, onde subiram uma série de escadas.

– Fiz você subir muito – disse o senhor do castelo, enquanto abria uma porta diante de Tiuri –, mas este é o quarto de meu filho; pensei que você gostaria de ficar nele. Ele não está aqui agora porque está servindo como escudeiro a um dos cavaleiros de Dagonaut. Quantos anos você tem?

– Dezesseis – respondeu Tiuri.

– Meu filho acaba de fazer catorze, mas espero que chegue a ser tão corajoso como você. Bom descanso.

Depois dessas palavras, Tiuri ficou sozinho.

O quarto era bem agradável. A cama, com lençóis muito brancos, estava arrumada. Duas velas estavam acesas; uma na mesa ao lado da cama e outra no lavatório, no qual havia duas jarras: uma com água fria e outra com água quente. Enquanto Tiuri olhava ao seu redor, a porta tornou a se abrir e a senhora do castelo entrou.

– Só vim ver se está tudo bem – disse. – Este é o quarto de nosso filho Sigirdiwarth.

Tiuri fez uma reverência e agradeceu. A senhora deu um sorriso e ele pensou que Lavínia se parecia muito com ela. Depois desejou-lhe bons sonhos e se retirou.

Tiuri tirou a roupa e se lavou. Deitou-se e no instante seguinte caiu num sono profundo.

6. O nome do Cavaleiro do Escudo Branco

Quando Tiuri acordou, levou um tempo até descobrir onde estava. Pouco a pouco lembrou-se de tudo o que acontecera no dia e na noite anteriores. Ficou deitado um pouco mais, aproveitando o conforto da cama e o quarto agradável. Mas logo depois se levantou e vestiu novamente seu hábito gasto. Deixou a cota de malha sobre uma cadeira, embora sua vontade fosse ficar com ela e também com as armas. Quando terminou de se vestir olhou para a única janela do quarto. Ficava no alto da parede, mas embaixo havia um pequeno banco. Subiu nele e olhou para fora. Suspirou admirado diante do que viu: estava numa das torres externas, que proporcionava uma linda vista da região oeste.

O tempo estava bom e a luz do sol resplandecia sobre os campos e prados úmidos. Agora o rio Azul estava azul de verdade, um azul-celeste brilhante, e junto dele o Primeiro Grande Caminho seguia como uma cintilante fita avermelhada em direção às montanhas. Tiuri podia ver claramente as montanhas, nas cores cinza, azul e lilás, e seus picos nevados contrastando com o céu sem nuvens. Era para lá que precisava ir.

Ele ficou um tempo contemplando a vista até que chamaram à porta. Virou-se e disse:

– Entre.

Era o cavaleiro Ristridin, que parou por um instante no vão da porta como que hesitando. Vestia novamente sua cota de malha e o manto cinza, mas tinha a cabeça descoberta.

– Bom dia – disse. – Pelo visto já está pronto.

– Bom dia, cavaleiro Ristridin – disse Tiuri, e ficou quieto, sem saber muito bem o que dizer a esse homem que o tratara com tanta crueldade e agora olhava para ele de forma tão amável.

Ristridin foi até ele e olhou-o com seriedade, a cabeça inclinada para trás. Era muito alto, mas Tiuri continuava em cima do banco e estava mais alto que ele.

– Tiuri, vim para lhe dizer uma coisa, ou melhor, para lhe pedir uma coisa. Vendo-o agora novamente, meu erro me parece ainda mais absurdo. Peço-lhe perdão pelo que fiz. Estava furioso e cego pela sede de vingança, mas isso não justifica... Perdoe-me!

– Claro que sim! – disse Tiuri apressadamente, enquanto descia do banco. Ficara vermelho. Quase chegava a sentir vergonha ao ver aquele famoso cavaleiro, muitos anos mais velho que ele, falar-lhe daquela forma.

O cavaleiro Ristridin estendeu-lhe a mão e Tiuri a apertou com força. Podia parecer estranho, mas gostava do líder dos Cavaleiros Cinza. Sim, até lhe custava reconhecer nele um dos cavaleiros que o haviam atacado.

Os dois ficaram em silêncio por um momento. Depois, Ristridin perguntou a Tiuri se ele queria tomar o café da manhã.

– Com muito prazer – disse o jovem, que de repente se sentiu faminto. – Que horas são?

– Sete e meia, mais ou menos – respondeu Ristridin. – Meus amigos já comeram. Bendu e Arwaut já saíram esperando encontrar algum rastro dos Cavaleiros Vermelhos.

– Os Cavaleiros Vermelhos? – perguntou Tiuri.

– Sim, vários moradores do castelo disseram que há três dias alguns guerreiros vestidos de vermelho passaram por aqui rumo ao oeste. Talvez ainda estejam pelos arredores. De qualquer modo, outras pessoas podem tê-los visto.

– Eu vi dois, há mais ou menos uma semana. Eles também iam pelo Grande Caminho em direção ao oeste.

Tiuri pensou que era bem provável haver dois ou três deles pelos arredores. Além disso, continuavam tendo seus motivos para capturá-lo...

O cavaleiro Ristridin pareceu dar voz a seus pensamentos quando disse:

– Depois de tudo o que fizeram para fazê-lo cair em desgraça, devem estar querendo saber se conseguiram.

– Também acho.

Ristridin colocara a mão na maçaneta da porta, mas parou e perguntou:

– O que vai fazer agora, Tiuri?

– Tomar o café da manhã – respondeu o jovem.

Mas o cavaleiro continuou olhando sério para ele.

– E depois?

– Vou continuar meu caminho... Eu... preciso seguir viagem.

– Para onde?

– Margeando o rio Azul.

O cavaleiro Ristridin inclinou-se para Tiuri.

– Você guarda um segredo – disse em voz baixa.

– Sim, cavaleiro – disse Tiuri.

– Não vou perguntar qual é – continuou Ristridin –, mas imagino que o Cavaleiro do Escudo Branco o encarregou de alguma coisa. Não precisa dizer nada; só estou dizendo o que penso. Você vai para o oeste e sua meta está do outro lado das montanhas, talvez no próprio reino de Unauwen. E os Cavaleiros Vermelhos não querem que você alcance sua meta, da mesma forma que não quiseram que o cavaleiro Edwinem alcançasse a dele.

O cavaleiro Edwinem! Então era esse o nome do Cavaleiro Negro do Escudo Branco...

Ristridin não esperou nenhuma resposta, só abriu a porta.

– Vamos – disse. – Vamos para o refeitório.

Foram para lá em silêncio. De vez em quando Tiuri olhava de soslaio para Ristridin. Ele descobrira grande parte de seu segredo. Mas talvez soubesse mais coisas que Tiuri. Ele conhecera o Cavaleiro do Escudo Branco, o cavaleiro Edwinem, como parecia tê-lo chamado... Tiuri queria muito perguntar, mas não teve oportunidade de fazê-lo porque o senhor do castelo e o cavaleiro Ewain foram ao encontro deles.

Desejaram-lhes bom dia e o senhor do castelo quis saber se Tiuri dormira bem.

– Continua usando o hábito – observou então. – Posso dar-lhe roupas mais apropriadas.

– Obrigado – disse Tiuri. – Mas talvez esta roupa chame menos atenção durante minha viagem.

– Por acaso necessita de um disfarce? – perguntou o senhor do castelo. – Lembre-se de que todos neste castelo sabem que você não é monge. De qualquer forma, será bom vestir uma cota de malha por baixo, ou não acha necessário?

– Ah, seria muito bom – respondeu Tiuri.

– Então vai seguir viagem? – prosseguiu o senhor do castelo. – Quando?

– O mais rápido possível – respondeu Tiuri. – Imediatamente.

– Não tenha tanta pressa – disse o senhor do castelo. – Ao menos espere a volta do cavaleiro Bendu e de seu primo. Talvez tragam notícias que possam ser úteis.

– Está com medo dos Cavaleiros Vermelhos? – perguntou o cavaleiro Ewain.

– Sim, cavaleiro – respondeu Tiuri. – E tenho motivos para isso.

– Não duvido – disse o jovem cavaleiro. – Talvez tenham ido mais para o oeste, para a passagem entre as montanhas, mas não creio. Não serão bem-vindos no país do meu rei.

– O senhor... é do reino de Unauwen? – surpreendeu-se Tiuri.

– Sim, sou cavaleiro do rei Unauwen.

– Então conhecia bem o Cavaleiro do... o cavaleiro Edwinem?

– Estive a serviço dele – respondeu Ewain – antes de ser nomeado cavaleiro. Fiz parte de sua comitiva quando foi enviado ao Bosque de Vórgota para transformá-lo em um lugar seguro... O cavaleiro Ristridin também esteve conosco.

– O Bosque de Vórgota? – repetiu Tiuri, que nunca ouvira aquele nome. – Não conheço muito o país do rei Unauwen – acrescentou.

– Você não é o único – disse Ewain. – É uma pena. Talvez isso mude agora que mais pessoas de nosso país vêm para o reino de Dagonaut. Fui enviado pelo rei Unauwen para levar uma mensagem de amizade ao seu rei.

Dirigiu-se a Ristridin e ao senhor do castelo e disse:

– Vocês são dos poucos que nos conhecem melhor. São nossos amigos e temos o mesmo inimigo.

– Que inimigo? – perguntou Tiuri. – Não está se referindo ao país de Eviellan, não é?

O país de Eviellan ficava ao sul e fazia fronteira tanto com o reino de Dagonaut quanto com o de Unauwen. Antigamente, dali partiam frequentes ataques ao reino de Dagonaut, mas eles diminuíram quando o país passou a ser governado por um dos filhos de Unauwen. Tiuri ouvira falar dos conflitos entre Eviellan e o reino de Unauwen, mas isso sempre lhe pareceu estranho porque Eviellan prosperara graças ao filho de Unauwen. Além disso, as desavenças entre Eviellan e o reino do oeste geralmente eram consideradas assuntos alheios aos habitantes de Dagonaut.

– Sim, o país de Eviellan – confirmou o cavaleiro Ewain.

– O Cavaleiro Negro do Escudo Vermelho é de lá – observou Ristridin. – Todos os cavaleiros do monarca de Eviellan usam escudos vermelhos ou negros. Quanto ao próprio monarca, é o filho mais novo do rei Unauwen e seu maior inimigo. Pelo menos... era.

– Corriam rumores de que iria fazer as pazes com seu pai – disse o cavaleiro Ewain –, para alegria de muitos, inclusive a minha. Mas já não sei se devo acreditar nisso...

Tiuri ouviu com muito interesse aquelas coisas até então desconhecidas. A carta teria algo a ver com a aparente inimizade entre o reino de Unauwen e Eviellan? O Cavaleiro do Escudo Branco fora um dos cavaleiros de Unauwen, mas Tiuri continuava sem saber nada além de seu nome. Os Cavaleiros Cinza certamente poderiam contar muitas coisas sobre ele. Tomara que o fizessem.

– O que vão fazer agora? – perguntou a Ristridin e a Ewain. – Vão procurar os Cavaleiros Vermelhos?

– Sim – respondeu Ristridin. – E o Cavaleiro do Escudo Vermelho. Não descansaremos até encontrá-los.

E assim chegaram ao grande salão.

– Tome o seu café, Tiuri – disse-lhe o senhor do castelo. – Pode continuar seu caminho quando quiser, mas deixe-me providenciar roupas melhores para você. E pode ficar com as armas que lhe dei... ou talvez prefira as da minha filha.

Tiuri agradeceu de todo o coração e acrescentou:

– O cavalo negro está aqui, meu fiel portador Ardanwen do Cavaleiro do Escudo Branco. Gostaria de voltar a montá-lo.

– Os ladrões o roubaram de você, não é? – disse Ristridin. – Nós o tomamos de volta.

– Eu sei. Estava escondido num buraco e presenciei tudo.

– Ah! – exclamou Ristridin, surpreso.

– Deseja mais alguma coisa? – perguntou o senhor do castelo.

– Não, obrigado – respondeu Tiuri. – Ou talvez sim... Um cordão para voltar a pendurar o anel no pescoço. Acho que será melhor que usá-lo no dedo.

– Tem razão – disse Ristridin. – Não entendo como os ladrões não o tiraram de você.

– Quiseram fazer isso – começou a dizer Tiuri –, mas...

Calou-se de repente. Não estava com muita vontade de falar do seu encontro com os ladrões.

Os cavaleiros e o senhor do castelo olharam para ele, curiosos:

– E...? – perguntou Ristridin.

– Deixaram que eu ficasse com ele – limitou-se a responder.

Os outros não perguntaram mais nada.

– É um anel valioso – disse Ewain. – São bem poucos os nossos cavaleiros que usam anéis como esse. O rei Unauwen os deu de presente a seus paladinos mais fiéis. Dizem que só há doze no mundo todo... Outros asseguram que são apenas sete.

Tiuri olhou para o anel com mais respeito que antes. Aquele era um motivo a mais para não usá-lo no dedo. Afinal, só o aceitara para que o ermitão Menaures soubesse quem o enviava. Depois o devolveria ao rei Unauwen.

Entrou sozinho no grande salão. Os outros já haviam tomado o café da manhã e todos tinham seus próprios afazeres. A sala não estava muito cheia: pelo jeito, cada um tomava o desjejum quando mais lhe convinha.

Na mesa elevada Lavínia estava sozinha. Tiuri cumprimentou-a com uma reverência e um sorriso. Quando se sentou em uma das mesas, um criado se aproximou com uma mensagem da jovem nobre perguntando se ele gostaria de se juntar a ela. Tiuri levantou-se imediatamente. Percebeu que o criado o seguia com o olhar. Devia estar surpreso, assim como todos os demais moradores do castelo, com o fato de alguém ser preso num dia e transformar-se num convidado distinto no dia seguinte.

– Tome café comigo – disse Lavínia. – É muito descortês de sua parte me deixar sozinha. Hoje tudo está tão estranho... Todos estão inquietos, como se fosse acontecer alguma coisa. Você está bem?

– Muito bem, obrigado – respondeu Tiuri, enquanto se sentava. – E como está a senhorita, nobre Lavínia? Quero agradecer-lhe mais uma vez pelo que fez ontem por mim.

– Ah! Não foi nada – disse a jovem. – Fico contente por tê-lo ao meu lado são e salvo. Só não entendo muito bem o que aconteceu. E meu pai ou me responde apenas com monossílabos ou não diz nada. Quem é você? O que faz? De onde vem? Para onde vai? E por que o prenderam?

– São muitas perguntas de uma vez – disse Tiuri, rindo, e acrescentou sério: – Não posso lhe dar muitas respostas.

– Eu já imaginava! Meu pai já me havia dito para não lhe perguntar nada. Mas uma coisa eu sei. Sei o seu nome. Tiuri, não é? Tiuri, o Destemido, é realmente o seu pai?
– Sim, nobre dama – respondeu Tiuri, com certo orgulho. – A senhorita o conhece?
– Não, mas ouvi falar muito dele. É um dos cavaleiros sobre os quais os trovadores cantam... Falam de Tiuri, o Destemido, do cavaleiro Edwinem, de Ristridin do Sul...
– Do cavaleiro Edwinem – interrompeu-a Tiuri. – Chegou a conhecê-lo?
– Não, também não. Só conheço o cavaleiro Ristridin; quando eu era pequena, ele me carregava de cavalinho e agora não quer nem me contar o que está acontecendo. Fiquei tão surpresa quando soube que era um dos Cavaleiros Cinza! Parecia tão bravo e tão triste... Nunca o tinha visto assim. Você me pergunta pelo cavaleiro Edwinem. Já o viu?
– Só uma vez – respondeu Tiuri.
– Meu pai o conheceu há muito tempo, quando estava no país de Unauwen. Certa vez um trovador esteve aqui e cantou uma música sobre ele que me pareceu muito bonita. Começava assim – e Lavínia cantou em voz baixa:

> Com o vento norte Edwinem cavalgava
> Vinha de seu país Foresterra,
> e o escudo branco pendia-lhe do braço.
> Assim cavalgava, e vinha de longe.
> Em Foresterra ficara seu coração,
> no bosque, junto ao mar,
> e com o vento Edwinem cavalgava
> afastando-se do seu lugar.
>
> Com o vento norte Edwinem cavalgava
> Às montanhas do sul deveria chegar,
> e, quando perto de uma torre passava,

os sinos assim repicavam:
"Lá vem Edwinem de Foresterra,
no bosque, junto ao mar,
cavalga com chuva do oeste,
e vem com ele o vento do norte."

"Salve, Edwinem, grande cavaleiro!
Em ti repousam nossos anseios.
Tua fama brilha mais que o arco-íris,
de Unauwen és o mensageiro.
Deixaste para trás Foresterra,
no bosque, junto ao mar,
e montado no Vento da Noite,
vieste com o vento norte
trazer a paz para este lugar."

Lavínia parou de cantar.
– Já não me lembro como continuava – disse. – Era muito longa, cheia de façanhas valorosas: uma história do país de Unauwen. É estranho, mas também ouvi o cavaleiro Ristridin falar de Edwinem... Por que o cavaleiro Ristridin estava tão bravo com você?

Calou-se um momento e acrescentou, rindo:
– Já estou querendo saber muito, não é? Posso ver isso em seu rosto. Meu pai diz que sou curiosa e que falo demais, mas – e então baixou a voz – também sei ficar em silêncio. Os segredos estão a salvo comigo.

– A senhorita acha que tenho um segredo? – perguntou Tiuri.
– Claro. Conte-me. O que é? Pode confiar em mim.
– Acredito na senhorita, nobre dama. Mas meu segredo não é só meu, e não posso contá-lo. Na verdade, seria melhor que ninguém soubesse que tenho um segredo.

Lavínia olhou para ele um pouco decepcionada. Depois abriu um sorriso sincero e disse:

– Entendi o recado. Fique tranquilo, não falarei do misterioso peregrino que foi nosso convidado. Está bem assim?

– Obrigado, Lavínia – disse Tiuri, sério.

Em seguida falaram de outras coisas, mas não por muito tempo, porque o senhor do castelo chegou, perguntando se Tiuri gostaria de acompanhá-lo. Ele se despediu de Lavínia e seguiu seu anfitrião até a sala de baixo, onde os Cavaleiros Cinza o esperavam.

– O cavaleiro Bendu e o cavaleiro Arwaut voltaram – informou o senhor do castelo. – Não encontraram os Cavaleiros Vermelhos, mas encontraram o rastro deles.

– Sim – disse Bendu –, eles estiveram por aqui. Várias pessoas os viram. Mas ou já se foram ou estão muito bem escondidos.

– Acreditamos que foram para o oeste – acrescentou Arwaut.

– Nós também queremos ir para o oeste – disse Bendu. – Margeando o rio Azul.

– Isso mesmo – disse Ristridin para Tiuri. – E, como você também precisa ir nessa direção, gostaríamos de saber se não quer viajar em nossa companhia, pelo menos durante uma parte do caminho.

– Eles viajam rápido – acrescentou o senhor do castelo. – Logicamente você montará o cavalo Ardanwen e eu me encarregarei do resto de seu equipamento.

Tiuri refletiu um pouco. A proposta o atraía muito. Viajaria rápido e a salvo, e além disso talvez pudesse descobrir mais coisas sobre o Cavaleiro Negro do Escudo Branco, Edwinem, senhor de Foresterra...

– Eu adoraria viajar um trecho com os senhores, cavaleiros – disse.

– Imagino que não podemos perguntar até onde nos acompanhará, nem qual é o seu destino – observou Bendu, um pouco ríspido.

Mas Ristridin disse:

– Pode viajar conosco o tempo que quiser. Nós também não sabemos até onde vamos. Seguiremos o Primeiro Grande Caminho e o rastro dos Cavaleiros Vermelhos. Talvez você vá mais longe que nós.

— Como assim? — perguntou Bendu, olhando ora para Ristridin, ora para Tiuri.

— Seguirei o rio Azul — disse Tiuri, e, depois de hesitar um momento, acrescentou: — Até sua nascente.

— Até onde vive Menaures? — perguntou o senhor do castelo.

— Sim — respondeu Tiuri. — Até Menaures.

— O ermitão Menaures — disse o senhor do castelo. — Seu caminho leva-o até lá!... Então é um bom caminho — acrescentou, enquanto olhava para Bendu, o único dos Cavaleiros Cinza que ainda parecia desconfiar de Tiuri. — Mande-lhe lembranças minhas — disse então para Tiuri. — Há muito não o vejo e isso não é muito bonito de minha parte, porque tenho muito o que agradecer a ele. Já é hora de voltar às montanhas. Dê-lhe lembranças minhas!

— Farei isso — prometeu Tiuri.

— Vamos nos preparar então — disse Ristridin. — Queremos partir o quanto antes.

— Eu também — disse Tiuri.

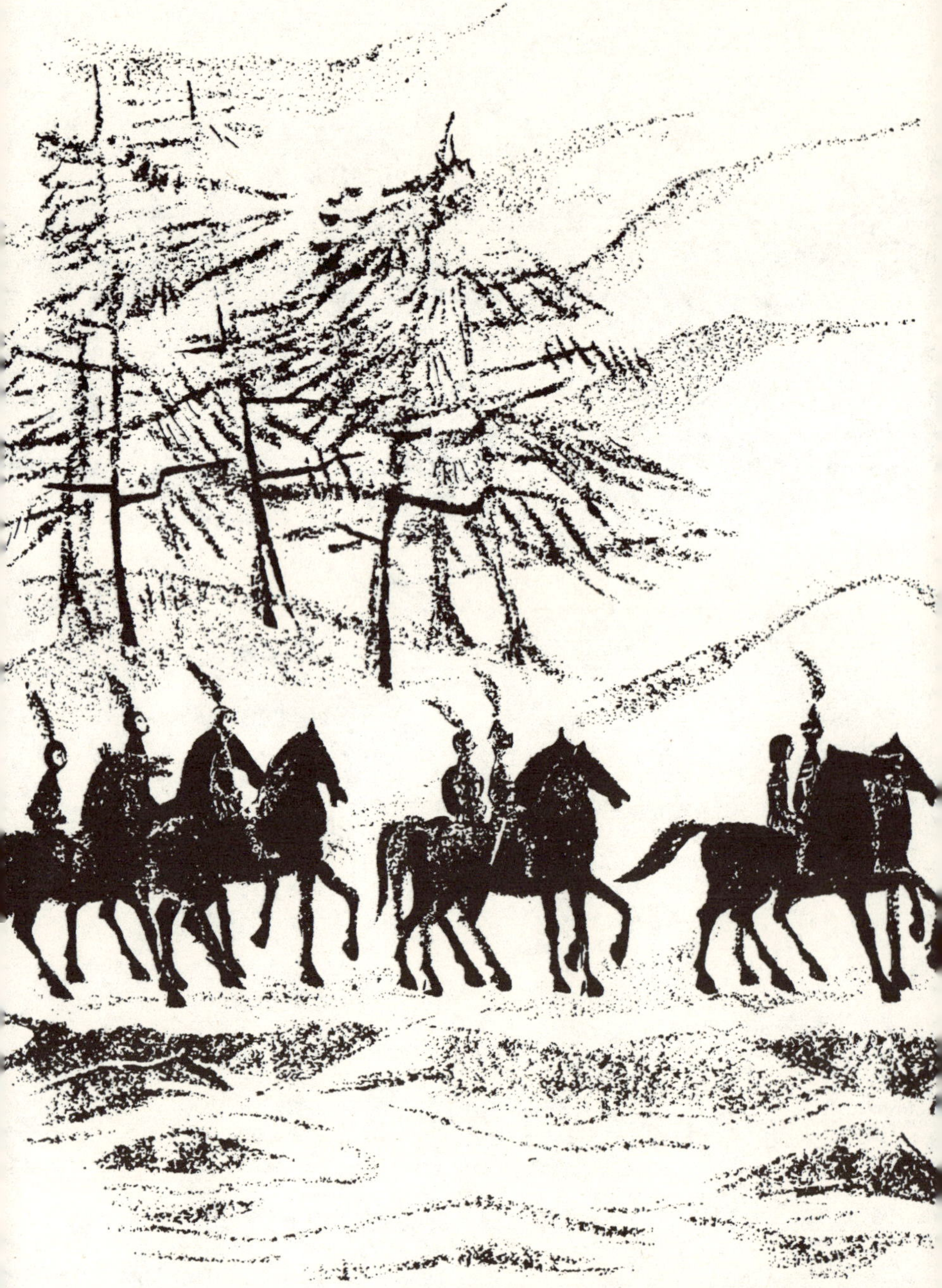

QUARTA PARTE

MARGEANDO O RIO AZUL

1. Outra vez a caminho

Meia hora depois, uma grande comitiva cruzava a ponte levadiça. Era formada por Tiuri, pelos quatro Cavaleiros Cinza, seus escudeiros e três pajens do senhor de Mistrinaut. Tiuri montava o cavalo negro Ardanwen, usava uma cota de malha e uma túnica azul como a dos escudeiros do senhor do castelo. Ainda levava o hábito, guardado no alforje. Havia se despedido cordialmente do senhor do castelo, de sua esposa e de Lavínia. Naquele momento, cavalgando junto ao cavaleiro Ristridin, começava a etapa seguinte do caminho que tinha de percorrer.

Os sentinelas o acompanharam com os olhos arregalados. Devem ter esquecido por uns momentos a partida de xadrez para se perguntar como alguém podia vir como monge, ser preso em seguida e ir embora como uma pessoa importante montando um cavalo exuberante, acompanhado dos misteriosos Cavaleiros Cinza.

O Primeiro Grande Caminho seguia o curso do rio Azul, às vezes serpenteando, mas sempre para o oeste. Tiuri dirigiu um último olhar para o castelo. Seu aspecto ainda era rústico, mas agora o jovem sabia que ali viviam amigos. Viu alguém acenando de uma das torres. Seria Lavínia? Devolveu o aceno e voltou-se para Ristridin:

– Cavaleiro Ristridin – disse –, é estranho, mas ainda não sei o nome de meu anfitrião. Como se chama o senhor de Mistrinaut?

– Seu nome soa bem diferente de outros – respondeu Ristridin. – Chama-se Sigirdiwarth Rafox de Azular Northa. Há muito tempo foi cavaleiro de um rei do norte. As guerras e as desavenças obrigaram-no a fugir de seu país. Depois de muito vagar, chegou até aqui. Naquele tempo, isso já faz quase vinte anos, o castelo de Mistrinaut era habitado por um senhor cruel que era o terror da comarca. Sigirdiwarth Rafox lutou contra ele e o derrotou. Dessa forma, livrou a região de um grande mal. O rei Dagonaut ficou-lhe muito agradecido, ofereceu-lhe o castelo e as terras vizinhas e permitiu que fosse chamado Senhor de Mistrinaut. O senhor Rafox vive aqui há muito tempo e transformou-se num dos nossos.

– Ele também conhecia o Cavaleiro do Escudo Branco..., o cavaleiro Edwinem? – perguntou Tiuri.

– Sim, conheceu-o há muito tempo no reino de Unauwen.

Tiuri hesitou um momento antes de fazer a pergunta seguinte:

– Cavaleiro Ristridin, poderia me contar mais coisas sobre o Cavaleiro Negro do Escudo Branco?

– O que você quer saber?

Tiuri se aproximou mais dele.

– Tudo – disse em voz baixa.

– Isso é mais do que posso contar – observou Ristridin, sorrindo.

– Não sei nada sobre ele – comentou Tiuri. – Só seu nome, e o ouvi pela primeira vez apenas quando o senhor o pronunciou.

O cavaleiro olhou fixamente para ele, mas não mostrou surpresa.

– Tinha muitos nomes – disse então. – Cavaleiro Edwinem, Senhor de Foresterra junto ao Mar, o Invencível, Paladino do rei Unauwen. Realizou muitas façanhas, sempre lutando contra o mal. Era uma pessoa boa e nobre. Será difícil encontrar alguém como ele.

– O senhor o conhecia bem?

– Era meu amigo – respondeu Ristridin, e ficou um momento em silêncio; depois acrescentou: – Veja, o cavaleiro Bendu está nos dizendo que devemos esporear os cavalos. Vamos percorrer um trecho a galope. Depois, quando descansarmos ou estivermos a pé, vou lhe contar como conheci o cavaleiro Edwinem e como lutamos ombro a ombro, apesar de ele ser cavaleiro de Unauwen e eu, do rei Dagonaut.

Os cavaleiros fizeram seus cavalos galopar pelo caminho. As pessoas que estavam às margens olhavam surpresas para eles: talvez se perguntassem para onde iriam com tanta pressa os quatro Cavaleiros Cinza e seus escudeiros e os quatro Cavaleiros Azuis de Mistrinaut. O cavalo de Tiuri era o mais rápido. O jovem às vezes tinha de refreá-lo para não ultrapassar os demais. Cavalgaram assim durante um tempo e só descansaram quando o sol indicou que era meio-dia. Então pararam, desarrearam os cavalos e os deixaram pastar. E eles se sentaram à beira do caminho para comer alguma coisa. Bendu e Ristridin foram os últimos a descansar: afastaram-se um pouco e ficaram um tempo conversando em voz baixa à margem do rio. Depois voltaram para junto da comitiva e Ristridin se sentou perto de Tiuri.

— É curioso como a maioria das pessoas deste reino sabe pouco sobre o reino de Unauwen — disse —, apesar de fazer fronteira com o nosso. Deve ser por causa da Grande Cordilheira. Ela é muito alta. Sou um cavaleiro andante e por isso viajei muito. No entanto, só estive uma vez no reino de Unauwen, embora o castelo dos meus antepassados não fique tão longe.

— O senhor vem do sul — observou Tiuri.

— Sim, pode-se ver pelo meu nome. Venho do castelo Ristridin, junto do rio Cinza, perto da fronteira.

— Do castelo Ristridin — repetiu Tiuri. — E como um cavaleiro andante possui castelo e terras?

— Preferi levar uma vida errante, por isso renunciei a minhas posses. Agora são governadas por Arturin, meu irmão mais novo, e eu viajo há anos e vou continuar a viajar apesar de estar ficando cada vez mais velho. Essa parece ser minha vocação. Mas quero contar-lhe como conheci o cavaleiro Edwinem.

"Você já deve ter ouvido falar do país de Eviellan. Fica no sul, na outra margem do rio Cinza. É um país difícil, com selvas impenetráveis e planícies inóspitas. Há castelos de pedra por toda parte, habitados por senhores que outrora viviam em guerra ou cruzavam as fronteiras para saquear. Muitas vezes fomos obrigados a lutar contra eles.

"Há sete anos o filho mais novo do rei Unauwen foi para Eviellan, conquistou-o e proclamou-se rei. Desde então governa com mão de ferro. Pôs fim às disputas e aos saques.

"Entretanto, continuava a haver muitos enfrentamentos devido à discórdia entre Eviellan e o reino de Unauwen. Os guerreiros viajavam por nosso Terceiro Grande Caminho, vindos tanto de Eviellan como do país de Unauwen. Frequentemente combatiam e de passagem destruíam nossos campos e incendiavam nossos sítios. Claro que nós, os habitantes do reino de Dagonaut, não podíamos permitir isso. Vários cavaleiros partiram para tentar convencer aqueles desordeiros a resolver seus conflitos em sua própria terra.

"E foi assim que, com uns poucos homens leais, perseguimos uma tropa de guerreiros de Eviellan pelo Terceiro Grande Caminho até o reino de Unauwen. Ali fugiram, internando-se em uma grande selva chamada Bosque de Vórgota. Também os persegui por lá, mas perdi seu rastro. Durante muito tempo percorri aquele bosque com meus escudeiros, até encontrarmos tropas hostis que nos atacaram. Defendemo-nos da melhor forma que conseguimos, mas sabíamos que levaríamos a pior porque éramos muito poucos e não conhecíamos o lugar.

"Mas, quando menos esperávamos, chegou um cavaleiro acompanhado de muitos outros montados em cavalos brancos. Seu corcel era negro e ele vestia uma cota de malha branco-prateada. Branco era também o escudo que trazia no braço. E, levantando sua espada, ele fez ressoar pelo bosque seu grito de guerra. E foi assim que Edwinem, o senhor de Foresterra, chegou para nos ajudar."

— E conseguiu vencer? – perguntou Tiuri.

— Não era à toa que o chamavam "Invencível" – respondeu Ristridin.

– E ele vestia cota de malha branca? Então ainda não usava a armadura negra?

– Os cavaleiros do rei Unauwen usam todas as cores, mas nunca se vestiram de negro... a não ser durante o pouco tempo em que o cavaleiro Edwinem usou esta cor. Quanto ao escudo branco, esse é o símbolo de todos os cavaleiros do rei Unauwen. As cores das armas do reino são o branco e o arco-íris multicolorido. O cavaleiro Edwinem foi enviado por Unauwen para expulsar as hordas inimigas do Bosque de Vórgota. Aquelas hordas vinham de Eviellan.

– E por que o reino de Eviellan é inimigo de Unauwen? – perguntou Tiuri. – O monarca de Eviellan é filho do rei, não é?

– Essa é uma longa história – disse Ristridin. – Talvez Ewain possa contá-la melhor para você. Como sabe, o reino de Unauwen é sua pátria. Ewain serviu na comitiva de Edwinem antes de ser cavaleiro.

– Foi seu escudeiro?

– Não. Muitos jovens gostariam de ter sido escudeiros de Edwinem, mas quem o acompanhava como escudeiro era, por estranho que pareça, um ancião magro e curtido.

Tiuri pensou no desconhecido que o obrigara a sair da capela. Então aquele era o escudeiro de Edwinem. E perguntou:

– Como se chamava?

– O escudeiro? Chamavam-no de Vokia – respondeu Ristridin, e em seguida se levantou. Era hora de seguir viagem.

– É estranho ver você sobre esse cavalo – disse quando Tiuri subiu em Ardanwen. – Edwinem nunca montava outro. Ele merece o nome que tem: Ardanwen significa Vento da Noite na antiga língua do reino de Unauwen. Poucas vezes vi um cavalo tão veloz.

Pouco depois retomaram o caminho. Agora Ristridin e seu escudeiro cavalgavam na frente, enquanto Tiuri ia ao lado de um dos escudeiros de Mistrinaut. Às vezes faziam uma pausa para perguntar em alguma aldeia ou em alguma casa isolada se alguém vira os Cavaleiros Vermelhos. Mas suas perguntas foram em vão.

– Nada – disse Bendu, chateado. – E a chuva inconveniente de ontem apagou todas as pegadas.

Ristridin olhou para a outra margem do rio.

– Também podem ter ido pelo outro lado – comentou.

– Tem razão – disse Bendu. – Assim que possível, vamos atravessar o rio para ver se ali encontramos alguma coisa.

Ao final da tarde, chegaram a uma parte vadeável do rio. Ristridin e Bendu foram para a outra margem, enquanto o resto da companhia esperava por eles. Voltaram depois de um bom tempo. Não haviam encontrado pegadas, mas um pastor lhes disse que duas noites antes vira passar alguns cavaleiros em direção ao oeste. Não conseguira ver se estavam vestidos de vermelho.

– Eram uns dez, segundo ele – disse Bendu. – Um pouco mais adiante há um bosque. Podem estar escondidos ali.

Retomaram a viagem. Quando diminuíram o passo para poupar os cavalos, Ristridin aproximou-se novamente de Tiuri para lhe contar como o cavaleiro Edwinem e ele mesmo haviam livrado o Bosque de Vórgota do mal. Durante muito tempo compartilharam perigos, amor e sofrimento, e tornaram-se grandes amigos.

– Lamentamos ter de nos despedir – disse Ristridin –, mas eu precisava voltar para meu país porque o rei Dagonaut estava à minha espera. Então Edwinem deu-me uma corneta de prata. É esta que sempre levo comigo. Isso foi há quatro anos.

– Voltou a vê-lo depois? – perguntou Tiuri.

– Muitas vezes.

– E o cavaleiro Bendu – continuou Tiuri – também era amigo dele?

– Ouvi mencionarem o meu nome? – disse de repente Bendu, que vinha atrás. Pouco depois cavalgava entre Ristridin e Tiuri.

– Claro que era amigo dele – disse. – O que você está contando para ele, Ristridin?

Voltou-se para Tiuri e acrescentou:

– Eu também poderia lhe contar algumas coisas se em troca ouvisse algo de você.

— O que quer saber? – perguntou Tiuri.
— Muitas coisas! Ainda não sei nada sobre você.
— Contei-lhe tudo o que podia – disse Tiuri.
— Não me diga! Pois saiba que foi muito pouco! – exclamou Bendu. – Sabe, por acaso, qual é o nome do Cavaleiro do Escudo Vermelho?
— Sinto muito, cavaleiro Bendu, não sei.
Bendu resmungou.
— Logo vamos chegar a uma aldeia – disse então para Ristridin –, mas acho melhor não pernoitarmos ali. Podemos continuar enquanto houver luz e depois dormir a céu aberto.
— Não será preciso – disse Ristridin. – Conheço uma estalagem que fica um pouco mais adiante e que tem um belo nome: estalagem O Pôr do Sol. Podemos chegar lá antes de escurecer.
— Excelente! Essa será nossa meta por hoje – disse Bendu. – Na aldeia voltaremos a perguntar pelos Cavaleiros Vermelhos e em seguida continuaremos a galope.
Acelerou o passo e os ultrapassou. Parecia querer continuar com suas perguntas.
Tiuri acompanhou-o com o olhar e pensou: "Acho que o cavaleiro Bendu ainda não confia em mim."

2. A estalagem O Pôr do Sol.
A história de Ewain

Quando chegaram à estalagem, o sol estava exatamente sobre as montanhas do oeste. Os quatro Cavaleiros Cinza baixaram a viseira antes de entrar.
— Queremos permanecer no anonimato – disse Bendu a Tiuri. – Ninguém precisa saber quem somos. Somos apenas vingadores, servidores da justiça.

O estalajadeiro ficou muito impressionado com seus hóspedes. Quando Ristridin perguntou se poderiam jantar sem a companhia de outras pessoas, respondeu que naquele momento não havia nenhum outro hóspede. Podiam ficar sossegados no refeitório, que era pequeno, tinha móveis simples, mas reservava uma surpresa. Todas as suas janelas ficavam do lado oeste e eram feitas com pequenos vitrais que, ao ser iluminados pelo sol poente, brilhavam com uma luz abundante e belíssima. A pousada devia seu nome a isso.

Bendu perguntou pelos Cavaleiros Vermelhos. O estalajadeiro não os vira.

– Mas – disse – talvez meu ajudante possa lhes contar alguma coisa; sempre está a par de todas as notícias.

Levantou a voz e gritou:

– Leor!

Uma porta se abriu no fundo do refeitório e um homem magro entrou. Ao ver os Cavaleiros Cinza, estremeceu. A um sinal do estalajadeiro, aproximou-se e permaneceu diante deles com a cabeça baixa. Seus olhos iam de um lado para o outro observando cada membro da companhia. Tiuri notou seu olhar agudo e não pôde deixar de pensar: "Nunca vi ninguém com um jeito tão antipático e suspeito." E se perguntou se os demais estavam pensando o mesmo.

– Leor – disse o estalajadeiro –, estes cavaleiros querem saber se por acaso passaram por aqui alguns cavaleiros vestidos de vermelho. Espere... agora me lembro de uma coisa. Você não me falou de algo assim? De cavaleiros, quero dizer...

– Cavaleiros? – disse o criado lentamente. – Cavaleiros? Não, nunca! Nunca vi um cavaleiro, nem vermelho nem negro. Acabo de ver alguns cinzas e azuis, mas eram esses mesmos senhores.

Deu um leve sorriso para a companhia e voltou a baixar rapidamente a cabeça, como se temesse ter falado demais. Mas Tiuri viu que seus olhos continuavam a espiar.

– Tem certeza de que não viu outros cavaleiros? – perguntou Ristridin.

— Sim — resmungou o criado. — Quero dizer, não vi nenhum.

— Olhe para mim — ordenou-lhe rispidamente Ristridin — e diga-me a verdade! Você viu Cavaleiros Vermelhos pelos arredores, esta noite talvez?

O criado olhou para ele entre temeroso e desafiante.

— Não — respondeu —, não vi. E se tivessem estado aqui eu ficaria sabendo.

— Está bem — disse Ristridin. — Pode ir. Poderia dar de comer aos nossos cavalos?

— Pode deixar — disse o estalajadeiro. — Vamos, Leor! Vá!

Dirigiu-se aos hóspedes e perguntou o que queriam jantar.

— Qualquer coisa — disse Bendu —, desde que esteja bem feito e seja suficiente para todos. E não queremos ser incomodados durante o jantar.

O estalajadeiro fez uma reverência e desapareceu. Tiuri foi com um dos escudeiros ao estábulo para ver se os cavalos estavam recebendo água e comida. O criado Leor já estava cuidando deles. Naquele momento parecia mais calmo que no refeitório.

— Bonitos cavalos — disse. — Podem andar um bom pedaço sem se cansar. Os senhores estão vindo do castelo de Mistrinaut, não é?

— Isso mesmo — respondeu o escudeiro.

— Quando saíram de lá?

— Esta manhã.

— Então cavalgaram rápido. Quem são os Cavaleiros Cinza e os Azuis?

— Não sabemos — responderam ao mesmo tempo Tiuri e o escudeiro.

— Somos apenas servos — acrescentou Tiuri, lembrando que se fazia passar por escudeiro de Mistrinaut.

— Ah, sim. Claro — disse Leor, enquanto esvaziava um saco de aveia em um dos cochos. — Os grandes senhores não nos contam tudo... Pensam que seus assuntos estão acima de nosso entendimento — e, voltando-se para os cavalos, observou: — Este animal negro é o mais bonito de todos, e no entanto quem cavalga nele não é um dos cavaleiros... não é verdade? – olhou para Tiuri mas não lhe perguntou nada.

O cavalo Ardanwen bateu com o casco no chão e sacudiu a crina.

– É um animal forte – comentou Leor, olhando novamente para Tiuri com uma risadinha muito significativa.

Tiuri gostava cada vez menos dele e ficou contente quando pôde deixar o estábulo.

No refeitório as velas já estavam acesas e a mesa posta. O estalajadeiro e Leor serviram o jantar pouco depois. Ristridin agradeceu e disse que chamaria se precisassem de algo mais. Em seguida todos se puseram à vontade tirando os elmos e as golas e desprendendo as armas. Bendu passou o ferrolho na porta de trás da casa.

– Pronto! – disse. – Agora estamos só entre nós.

Durante o jantar, Tiuri disse:

– Não sei se sou desconfiado, mas não acredito nesse tal Leor.

– Não? Bem, eu também não – disse Bendu. – Mas vamos vigiá-lo. Quer ele fale quer não, encontraremos os Cavaleiros Vermelhos.

O cavaleiro Ristridin olhou pensativo para Tiuri.

– Não podemos esquecer – disse – que Tiuri deve fingir que é um dos escudeiros do castelo de Mistrinaut.

Não disse por que estava avisando a todos sobre isso, mas Tiuri entendeu.

Tinha certeza de que os Cavaleiros Vermelhos queriam encontrá-lo e só ele sabia exatamente o motivo. Pensou, com um calafrio, que os Cavaleiros Cinza talvez nem precisassem procurar pelos outros cavaleiros: "Se eu continuar com eles, é bem provável que os outros venham ao nosso encontro", pensou. "Tentarão tirar a carta de mim novamente." Enquanto estivesse na companhia dos Cavaleiros Cinza, permaneceria relativamente a salvo, mesmo que os inimigos descobrissem quem era. E talvez não demorassem a fazê-lo. Usava roupas de escudeiro, é verdade, mas voltara a montar o cavalo de Edwinem, o Cavaleiro Negro do Escudo Branco.

Evitou expressar aqueles pensamentos em voz alta. Não ajudaria em nada. Em vez disso, dirigiu-se a Ewain:

– Cavaleiro Ewain – disse –, poderia me explicar por que o monarca de Eviellan é inimigo do rei Unauwen?

– É uma história longa – respondeu Ewain. – Mas vou lhe contar.

– Desde que não se esqueçam de que não podemos dormir muito tarde – disse Bendu. – Amanhã temos de nos levantar com o sol.

– Há melhor forma de descansar que estar em boa companhia tomando um vinho e ouvindo uma boa história? – perguntou Ristridin. E encarregou seu escudeiro de pedir mais duas garrafas de vinho ao dono da estalagem.

Assim, depois do jantar, encheram de novo os copos, afastaram as cadeiras e sentaram-se confortavelmente para ouvir a história que Ewain ia contar a Tiuri.

– Dizem – começou Ewain – que o país de onde venho é o mais bonito do mundo. Nosso rei, Unauwen, está governando há muito tempo e seu governo é sábio e justo. A paz reinou durante muitos séculos em nosso país. Só nos últimos anos conhecemos a guerra e a discórdia. Essa discórdia nasceu no próprio coração do reino.

"O rei Unauwen tem dois filhos. Seguindo a tradição, o mais velho é o príncipe herdeiro, e desde que completou dezoito anos ele passou a ocupar também o posto de vice-rei e lugar-tenente. Mas os dois príncipes nasceram no mesmo dia, e o menor nunca se conformou com o lugar que ocupa. Não lhe parecia justo que seu irmão, que era apenas alguns minutos mais velho que ele, fosse o sucessor do trono. Não bastasse isso, os dois príncipes têm a mesma aparência e são igualmente inteligentes. Por esse motivo, o mais novo considerou ainda menos aceitável a diferença de posição. Mas, embora idênticos, tinham temperamentos diferentes, e, à medida que cresciam, isso se tornou mais evidente. O príncipe herdeiro é parecido com o pai: pensa sempre no bem-estar do reino e no de seus futuros súditos. Seu irmão, no entanto, é ambicioso e anseia o poder.

"A diferença entre os dois irmãos tornou-se cada vez maior. O mais novo passou a odiar o mais velho e assim a inimizade surgiu entre os dois. O rei Unauwen fez o possível para voltar a uni-los e levar seu filho mais novo a aceitar seu destino. Mas só não cedeu numa coisa: jamais dividiria o reino, que devia continuar unido sob o governo daquele que estava destinado a isso.

"Contudo, o rei deu a seu filho menor o cargo de lugar-tenente do sul do reino, a província das Correntes Fluviais. No início tudo correu bem, mas pouco a pouco o príncipe começou a governar de forma mais autônoma. Na verdade, às vezes contrariava totalmente a vontade de seu pai. Por fim, fez algo que o rei Unauwen jamais teria feito: dirigiu-se para o sul e invadiu o país de Eviellan. Conquistou-o e o transformou numa província do reino de Unauwen. O rei revogou essa decisão e ordenou que seu filho se retirasse imediatamente de Eviellan. Como resposta, o príncipe se proclamou rei daquele país e acrescentou que, por ser igualmente rei como seu pai, já não lhe devia obediência.

"Esse fato causou um grande sofrimento ao rei, que por isso destituiu o filho do cargo de lugar-tenente.

"Mas o príncipe o enfrentou e recusou-se a aceitar sua destituição. Infelizmente, sua atitude tinha o apoio de muitos de seus partidários na província das Correntes Fluviais. Então, quando o príncipe herdeiro chegou com um exército para assumir o cargo de lugar-tenente, houve uma batalha. Uma batalha entre irmãos! Unauwen, representado por seu filho mais velho, foi o vencedor. Mas desde então algo desapareceu: já não há paz e amizade em todas as partes do reino.

"O príncipe mais jovem, monarca de Eviellan, enviou terríveis hordas de guerreiros ao país de seu pai para semear a intranquilidade. E, mesmo sem haver uma guerra propriamente dita, as lutas eram frequentes na fronteira e no sul de nosso país."

– Uma dessas hordas – disse Ristridin – se esconderá no Bosque de Vórgota. O rei Unauwen enviou o cavaleiro Edwinem para expulsá-la.

– Eu fui um dos guerreiros de sua comitiva – contou o cavaleiro Ewain. – Naquela época ainda não era cavaleiro. Ristridin deve ter lhe contado que conseguimos afugentar aquela horda hostil. Mas isso não bastou para eliminar todo o mal de nosso país. O príncipe herdeiro tentou firmar um acordo de paz algumas vezes mas não conseguiu. Dizem que ainda ama seu irmão. O monarca de Eviellan recusou qualquer tentativa de aproximação e por isso os cavaleiros de Unauwen viram-se obrigados a pegar seus escudos brancos e, com tristeza no coração, cingir suas espadas preparando-se para continuar lutando...

"Mas há pouco tempo inesperados rumores de boas novas começaram a correr por meu país. Dizia-se que o monarca de Eviellan resolvera mudar sua postura e viajaria à cidade de Unauwen para se reconciliar com o pai e o irmão. E de fato ele enviou mensageiros a seu pai, o rei, e este, por sua vez, enviou emissários a Eviellan. Esses emissários tinham a incumbência de negociar a paz e partiram guiados por bons desejos. Um deles era o cavaleiro Edwinem, o senhor de Foresterra..."

Ewain ficou em silêncio.

– E então? – perguntou Tiuri.

– Contei-lhe tudo o que sei – respondeu Ewain. – Quando saí de meu país para levar uma mensagem do meu rei ao rei Dagonaut, sentia-me alegre e cheio de esperança. Não podia suspeitar que pouco tempo depois trocaria meu escudo branco por um cinza e viajaria por este país como vingador.

Fez-se um momento de silêncio.

"É estranho", pensou Tiuri. "Todos nós estamos envolvidos nos assuntos de um país que não é o nosso, exceto Ewain, que vem de lá..."

Ia dizer algo, mas com um gesto Bendu pediu que se calasse. O cavaleiro levantou-se com cuidado e pé ante pé foi até a porta de trás do refeitório. Então puxou o ferrolho lentamente e abriu a porta de uma vez.

Um homem rolou para dentro da sala. Era Leor.

Bendu o agarrou obrigando-o a se levantar.

— Peguei você! — exclamou. — Por que estava nos escutando escondido?

— Largue-me! Ai! — reclamou o ajudante. — Não estava escutando escondido... Ai! Alguém me ajude! Solte-me!

Bendu o agarrou com mais força.

— Vamos, fale! Bisbilhoteiro — disse rispidamente. — Por que estava nos espiando? E quem o mandou fazer isso?

— Ninguém — respondeu Leor. — Só vim ver se estavam precisando de mais alguma coisa.

— É mentira! — exclamou Bendu, sacudindo o rapaz. — Vamos, responda!

— Ai! — queixou-se Leor. — Está me machucando. Estou dizendo que não sei de nada. Ai, ai, ai!

Gemia tão alto que o estalajadeiro chegou, atraído pelo escândalo.

— Senhores cavaleiros — disse desconcertado —, o que está acontecendo aqui?

— O senhor mandou seu ajudante nos espionar? — perguntou Bendu.

— Não, claro que não! — exclamou irritado o estalajadeiro. — O que quer de Leor?

— Solte-o! — Ristridin ordenou a Bendu. E dirigiu-se ao estalajadeiro:

— Seu criado se comportou de forma muito suspeita, Foram. Queremos apenas fazer-lhe algumas perguntas. O senhor não vai se opor, não é?

— Ah, não, cavaleiro Ristridin — respondeu o estalajadeiro, olhando surpreso para o cavaleiro ao vê-lo pela primeira vez sem o elmo.

Bendu finalmente soltou Leor, que esfregou os braços.

— Não fiz nada. Não sei de nada — resmungou.

— É melhor responder a estes senhores, Leor — afirmou com severidade o estalajadeiro. — Você me envergonha!

— E então — disse Ristridin — conte-nos o que sabe dos Cavaleiros Vermelhos, porque você os viu.

Bendu não disse nada, mas dirigiu ao criado um olhar tão furioso que o convenceu a falar.

– Sim... sim, eu vi alguns cavaleiros – disse a contragosto. – Anteontem à noite. Mas não eram vermelhos...

– Não eram vermelhos? – perguntou Bendu.

– Pelo menos não todos – disse Leor. Parecia ter esquecido a dor e uma espécie de sorriso apareceu em seu rosto. – O que falou comigo era negro, refiro-me à sua roupa, e também havia outros que não eram vermelhos. Não sei exatamente como eram. Estava escuro.

– Falaram com você? – perguntou Bendu. – O que disseram e quantos eram?

– Passaram ao longe. Não sei quantos eram. Talvez dez ou doze... Estava acordado e os vi pela janela. Meu quarto dá para a parte da frente. Detiveram-se um pouco depois da estalagem e levantei-me para ver. "Talvez queiram entrar", pensei. Então saí e eles me viram. Não queriam pernoitar, mas pediram que lhes trouxesse algumas cervejas. E foi o que fiz.

– E o que disseram? – perguntou Ristridin.

– Nada especial – respondeu Leor.

– Então por que tanto interesse em saber o que conversávamos? – perguntou Ristridin.

– Por que, senhor cavaleiro, tem tanto interesse em saber deles? – perguntou Leor. – Não é da minha conta, mas...

– Responda! – gritou Bendu, interrompendo-o.

– Os Cavaleiros Vermelhos cometeram um assassinato – disse Ristridin. – Somos cavaleiros do rei Dagonaut e temos de castigá-los.

– Ah! – exclamou Leor. De alguma forma parecia surpreso com aquelas palavras. – Não me leve a mal, senhor cavaleiro – continuou. – Perguntaram-me pelos senhores. Perguntaram-me se vira quatro Cavaleiros Cinza e seus escudeiros, que vinham do castelo de Mistrinaut. Bem, eu não os vira, e foi o que lhes disse. Perguntaram por... – então hesitou um momento e olhou para Tiuri – um jovem com um bonito anel no dedo. Até agora não vi nenhum jovem assim.

— E? – perguntou Ristridin. Estava de pé, alto e severo, de frente para Leor, que não pôde suportar seu olhar inquiridor.

— Pediram para ficar atento – continuou – e... para avisá-los se visse os Cavaleiros Cinza e o jovem.

— E como você os avisaria? – perguntou Ristridin. – Como poderia localizá-los? Onde estão agora?

— Não sei. Não sei mesmo. Disseram-me que voltariam aqui para me perguntar.

— Está dizendo a verdade?

— Sim, senhor cavaleiro, estou.

Nesse momento o estalajadeiro saiu em defesa do criado:

— Pode acreditar nele, cavaleiro Ristridin. É claro que ele não devia ter tentado ouvir o que os senhores diziam. É curioso demais. Mas não tinha como saber que esses Cavaleiros Vermelhos eram assassinos.

— Claro que não – disse Leor, em tom ofendido.

— É uma pena que não nos possa dizer onde estão – disse Ristridin. – Mas vamos encontrá-los de qualquer forma. Pode ir, Leor. Só uma coisa: se voltarem, avise-nos.

— Sim, senhor cavaleiro – disse Leor, submisso, e saiu.

— Posso fazer algo mais pelos senhores? – perguntou o estalajadeiro.

— Sim, Foram – respondeu Ristridin. – É melhor que não diga o meu nome enquanto eu vestir essa armadura cinza.

— Pode ficar tranquilo, senhor cavaleiro – garantiu o estalajadeiro. – Vou ficar de olho em Leor, embora não acredite que ele saiba mais do que contou.

— Está bem, Foram – disse Ristridin. – Vamos dormir. Amanhã cedo partiremos.

Quando o estalajadeiro saiu, os membros da companhia se sentaram para deliberar.

— Acho que esse Leor sabe mais do que contou – comentou Bendu.

— É possível – disse Ristridin, pensativo.

– E o estalajadeiro, é de confiança? – perguntou Arwaut.
– Se soubesse algo, com certeza me diria – respondeu Ristridin. – Eu o conheço. É um bom homem, apesar de não ser muito esperto.
– E agora, o que vamos fazer? – perguntou Ewain.
– Nada – respondeu Bendu secamente. – Vamos para a cama. Mas acho que deveríamos nos revezar e montar guarda para ninguém poder entrar ou sair da estalagem às escondidas.
– Acho que é melhor – disse Ristridin.

Dividiram a guarda: Ristridin pediu para fazer o primeiro turno junto com Tiuri. Ficariam no refeitório e de vez em quando fariam uma ronda ao redor da estalagem. Depois de duas horas acordariam outros dois.

Pouco tempo depois Tiuri ficou sozinho com Ristridin. O refeitório estava quase no escuro: havia apenas uma vela acesa.

– Quis ficar com você – disse o cavaleiro – porque assim teremos uma boa oportunidade para continuar conversando.

– Não tem medo que alguém nos espione e ouça nossa conversa? – perguntou Tiuri.

– Leor? Bem, o que tenho para contar não é nenhum segredo. Leor pode ouvir mesmo que seja um espião dos Cavaleiros Vermelhos.

– O senhor acha que os Cavaleiros Vermelhos estão por perto e vão voltar? – continuou Tiuri.

Ristridin encolheu os ombros.

– Tenho certeza de que estão por perto – respondeu.

Tiuri permaneceu um instante em silêncio.

– Acho que estão procurando por *mim* – disse então em voz baixa.
– E, se souberem que estou com vocês, provavelmente virão ao nosso encontro.

– Que venham, e quanto antes melhor. No que lhe diz respeito, enquanto estiver conosco, estará sob nossa proteção.

Levantou-se, foi até a porta e olhou para fora. Logo depois sentou-se novamente perto de Tiuri, mas deixou a porta aberta.

O tempo de guarda não demorou a passar porque Ristridin ainda tinha muito para contar a Tiuri sobre o cavaleiro Edwinem.

Tiuri ouviu com atenção. Aquele momento ficaria em sua memória. Mais tarde, relembraria várias vezes o silencioso refeitório, a luz oscilante da única vela, a escuridão atrás da porta aberta. Voltaria a ouvir o murmúrio do rio e a voz suave do cavaleiro Ristridin contando suas histórias. E, ao mesmo tempo, veria diante de si o cavaleiro Edwinem, ainda vivo, não abatido como no bosque, mas sim combativo e destemido cavalgando pelo mundo em seu cavalo negro, com o reflexo da luz em seu Escudo Branco...

3. O que Ristridin contou sobre o Cavaleiro do Escudo Branco

O Cavaleiro Ristridin falou sobre seu amigo, Edwinem de Foresterra. Contou uma história de aventuras e grandes façanhas, cujo final Tiuri já conhecia. Mas o jovem ficou sabendo de mais detalhes sobre a última aventura de Edwinem, apesar de a história de Ristridin estar incompleta. Ele não mencionou a carta para o rei Unauwen, que certamente era a causa da fuga e morte do cavaleiro Edwinem.

Eis o que Ristridin contou:
– Na última primavera – disse –, eu estava com meu irmão no castelo de Ristridin junto do rio Cinza. Bendu e Edwinem haviam prometido que viriam. Havíamos combinado de ir à Selva Virgem, que ainda não conhecíamos. Então vieram alguns mensageiros anunciando a chegada de cavaleiros de Unauwen. Fui ao encontro deles. Não eram muitos, mas a pequena comitiva tinha um aspecto muito bonito. Os cavaleiros estavam paramentados com seus escudos brancos e seus mantos multicores. E à frente, em seu cavalo negro, vinha Edwinem de Foresterra, que possuía terras muito boas no reino de Unauwen, mas era um cavaleiro andante como eu. Os demais também tinham nomes famosos, como Andomar de Ingewel, Argarath de Verredave, Marcian e Darowin. Estavam a caminho de Eviellan como emissários

do rei Unauwen. Vinham por nosso país a pedido do cavaleiro Edwinem, para avisar-me que não poderia juntar-se a nós na aventura à Selva Virgem. Seu rei o incumbira de uma missão importante. Como você já sabe, o monarca de Eviellan enviara mensagens a seu pai e seu irmão, manifestando seu desejo de firmar a paz. Por isso o rei Unauwen enviara a Eviellan seus melhores cavaleiros.

"Os cavaleiros ficaram uma noite e um dia como convidados no castelo de meu irmão. Estavam alegres e esperançosos... todos, menos um. Porque o cavaleiro Edwinem estava silencioso e pensativo.

"À tarde, nós dois fomos até a torre mais alta do castelo, de onde contemplamos as planícies de Eviellan, do outro lado do rio Cinza. Então lhe perguntei sobre o motivo de sua tristeza. No início ele não quis falar, mas por fim me disse, com um suspiro:

"– Não sei. Todos estão felizes e desejam a paz com Eviellan. Mas meu coração está apreensivo; tenho um estranho pressentimento. Às vezes fico bravo comigo mesmo e me pergunto se não me tornei desconfiado e receoso. Nunca me senti assim, nem nos momentos de perigo.

"Eu lhe disse que não havia nada a temer, mas me respondeu:

"– Sei disso tão bem quanto você, Ristridin. E no entanto não consigo me livrar dessa sensação.

"Depois virou o rosto para o oeste e disse:

"– Longe daqui, num bosque junto ao mar, está o meu castelo, Foresterra. Gosto muito dele, e quando estou longe meu coração se alegra ao pensar que voltarei a morar nele. Mas agora esse pensamento só me causa tristeza, e acho que nunca voltarei a vê-lo.

"Perguntei-lhe se temia uma traição.

"– Não diga essa palavra em voz alta – disse. – O monarca de Eviellan foi meu inimigo durante muito tempo. Lutei contra muitos de seus cavaleiros e nenhum deles nunca me derrotou. Mas nenhum deles foi desonesto comigo. Por isso não devo pensar em traição. Entretanto, e só digo isso para você, Ristridin, não acho que o monarca de Eviellan queira realmente a paz. Eu o conheço. É um homem mau.

"– Mas pode ter mudado – objetei.

"– Deus queira – disse Edwinem. – Espero que tenha mudado, Ristridin. Talvez, quando o vir, esqueça meus pressentimentos. O monarca de Eviellan possui um grande carisma: é tão parecido com seu irmão, o príncipe herdeiro, que quem o vê não pode acreditar em sua maldade. Exatamente por isso é tão perigoso – então sacudiu a cabeça e acrescentou, com um sorriso: – Não vou mais falar sobre isso, Ristridin. Não se preocupe comigo. Deixe-me seguir o meu caminho. E você faça o que se havia proposto: vá à Selva Virgem. Ninguém nunca esteve ali e é bom conhecer nosso próprio país.

"Na manhã seguinte, Edwinem e os outros cavaleiros se despediram e foram para Eviellan. Seu escudeiro, Vokia, ficou no castelo de Ristridin a pedido de seu senhor, que teve muita dificuldade em convencê-lo a fazer isso. A viagem seria muito cansativa para o ancião, que não se sentia bem. Os cavaleiros passariam lá, na volta, para buscá-lo.

"Quando se foram, o temor de Edwinem me contagiara. Por isso decidi não ir à Selva Virgem antes de ele voltar. Bendu chegou e também esperou porque não queria ir sem mim. Atravessamos o rio Cinza e entramos em Eviellan, mas não ouvimos nada excepcional. Ali também havia rumores de paz e reconciliação, mas descobrimos que o número de guerreiros de Eviellan aumentara muito e que reforçaram a guarda na fronteira com o reino de Unauwen.

"Enquanto isso o verão estava se aproximando. Logo chegaria o momento de partir para a cidade de Dagonaut para o grande encontro quadrienal. Já não podíamos ir à Selva Virgem.

"Então chegou o dia em que veria o cavaleiro Edwinem pela última vez. Foi um dia estranho: chovia e ao mesmo tempo o sol brilhava, e o velho Vokia andava de um lado para outro, agitado, murmurando algo sobre um sonho que tivera e reclamando da ausência de seu senhor. Na hora do pôr do sol, um cavaleiro desconhecido chamou à porta do castelo de Ristridin. Queria falar comigo mas se recusava a dizer seu nome. O guardião pensou que era um cavaleiro de Eviellan.

Fui até a porta seguido por Vokia, que estava convencido de que aquele visitante desconhecido tinha algo a ver com seu senhor. Ali estava o cavaleiro: negra era sua armadura, negro seu escudo e negro seu cavalo. Mas mesmo sem aquele cavalo eu saberia quem ele era, apesar de não ter levantado a viseira e de se comportar como se não me conhecesse. Deixei-o entrar, mas não o chamei pelo nome. Só depois, quando ficamos sozinhos, nos cumprimentamos mais calorosamente.

"– O que aconteceu, Edwinem, para você vir sozinho, vestido de preto como um cavaleiro de Eviellan? – perguntei.

"– Era a única forma de sair daquele país – respondeu. – Odeio andar vestido de preto, mas o branco está escondido por baixo e logo será visível de novo.

"Não podia ou não queria dizer o que estava acontecendo: sua chegada devia permanecer em segredo. Entendi que fugira por alguma razão e que tinha pressa. Se ele e seu cavalo não tivessem de descansar, não teria vindo. Queria partir novamente depois de algumas horas e cavalgar pelo Terceiro Grande Caminho até seu país. Quando lhe contei que havia mais tropas na fronteira, desistiu daquele plano.

"– Devem estar vigiando a fronteira – disse. – Dominaram quase todo o sul do reino de Unauwen. O Bosque de Vórgota continua a salvo, mas os guerreiros de Eviellan estão à espreita nos montes do Vento do Sul e neste momento serão muitos mais que há alguns meses. Não, irei para o país de Unauwen dando uma volta: primeiro irei para o norte e depois tomarei o Primeiro Grande Caminho.

"Perguntei-lhe se podia ajudá-lo, mas balançou a cabeça negativamente e disse:

"– Este é um assunto que só diz respeito ao meu país e ao meu rei. Mas não será sempre assim – depois sorriu e acrescentou: – Esta é a mais terrível de minhas aventuras! Estou fugindo, no mais profundo dos segredos, como se a morte estivesse em meus calcanhares, vestido de preto como um servo da noite. Mas talvez esta seja também minha missão mais importante. Deus queira que eu alcance meu objetivo.

"Não disse mais nada. Partiu algumas horas depois, mas já não estava sozinho: seu idoso escudeiro o acompanhava.

"Fiquei preocupado, com medo e cheio de dúvidas. No dia seguinte uma comitiva de cavaleiros vestidos de vermelho cruzou o rio e dirigiu-se para o norte. Meu irmão e eu os detivemos e lhes perguntamos o que faziam no reino de Dagonaut. Responderam que haviam sido enviados por seu monarca para prestar homenagem ao rei Dagonaut por ocasião da festa do solstício de verão. Não pudemos fazer outra coisa senão deixá-los seguir: as relações entre nosso país e Eviellan haviam sido boas nos últimos tempos. De volta ao castelo, conversei com Bendu e com meu irmão. Meu objetivo era seguir aqueles Cavaleiros Vermelhos e não perdê-los de vista. Bendu queria ir comigo e Arturin, meu irmão, ficaria em Ristridin para vigiar a fronteira. Preparamos tudo rapidamente, e Bendu e eu partimos naquele mesmo dia.

"Pelo caminho ouvimos que um cavaleiro desconhecido se juntara aos Cavaleiros Vermelhos: usava armadura negra e escudo vermelho.

"Ah, aquela viagem para o norte, numa caçada selvagem! Seguíamos os Cavaleiros Vermelhos enquanto eles perseguiam, pelo menos era isso que temíamos, o senhor de Foresterra. Numa aldeia ao lado do rio Verde tivemos notícias. Dois cavaleiros negros haviam lutado ali, um com escudo vermelho e outro com escudo branco. Então concluímos que Edwinem retirara o preto do escudo. O Cavaleiro do Escudo Branco derrotara seu adversário mas não o matara. Uma horda de Cavaleiros Vermelhos viera em seguida, obrigando o vencedor a fugir para o bosque. Depois todos desapareceram. Mais tarde, o ancião que acompanhava o cavaleiro vencedor havia voltado e partira a toda a velocidade para a capital.

"Depois de ouvir aquilo dividimos nosso grupo. Bendu foi para a cidade embrenhando-se pelo bosque. Mas eu não encontrei o rastro de nenhum cavaleiro, nem do Cavaleiro Negro do Escudo Branco. Por fim também fui para a cidade, onde cheguei justamente depois da nomeação dos novos cavaleiros. Todos falavam de um jovem que partira, é claro, mas naquele momento não dei importância. Pensava em Edwinem e nos Cavaleiros Vermelhos. Reencontrei Bendu, que não conseguira encontrar o escudeiro idoso. Fiquei sabendo que só alguns dos Cavaleiros Vermelhos haviam se apresentado ao rei Dagonaut e que na cidade nunca estivera nenhum Cavaleiro Negro. O rei prontamente autorizou-nos a investigar. O cavaleiro Ewain, que por acaso estava na cidade, uniu-se a nós, assim como Arwaut, o primo de Bendu.

"Mas logo nossa busca pelo cavaleiro Edwinem foi interrompida. Nesse mesmo dia soubemos que o Cavaleiro Negro do Escudo Branco fora assassinado e encontrado no bosque, não muito longe da estalagem Yikarvara, onde se alojara por pouco tempo.

"Ele, o mais corajoso dos cavaleiros de Unauwen, um dos seus paladinos mais nobres e fiéis, o Invencível, havia sido derrotado, não num duelo honesto, mas numa traição covarde. Seu pressentimento se transformara em realidade: nunca voltaria a ver seu país nem sua amada Foresterra junto ao mar..."

Essas foram algumas das coisas que o cavaleiro Ristridin contou a Tiuri enquanto faziam a guarda. Dentro e fora da estalagem havia silêncio. Ninguém os interrompeu.

4. Os Cavaleiros Vermelhos

Tiuri cavalgava novamente com os Cavaleiros Cinza ao longo do rio Azul, mas desta vez já não perseguiam os Cavaleiros Vermelhos, mas estavam à procura do cavaleiro Edwinem do Escudo Branco. Tiuri o via cavalgando ao longe, sobre o cavalo negro Ardanwen, mas não conseguia alcançá-lo, e aquilo o deixava muito triste.

— Está muito à frente de nós – disse o cavaleiro que cavalgava com ele. No início pensou que era o cavaleiro Ristridin, mas depois percebeu que o senhor de Mistrinaut ocupara seu lugar. – Ristridin foi para a Selva Virgem – disse. – Não podia continuar conosco.

Então Tiuri viu Leor à beira do caminho, com uma adaga na mão e um sorriso falso no rosto. Assustou-se e ao mesmo tempo ouviu Bendu gritar:

— Lá estão os Cavaleiros Vermelhos! Estão nos atacando! É culpa sua, Tiuri: você os atraiu até aqui.

Então Bendu se pôs a seu lado e sacudiu-o, irritado.

Tiuri acordou. O escudeiro de Ristridin estava inclinado sobre ele, sacudindo-o.

— Não se assuste! – disse, rindo. – É hora de levantar.

— Ah... – disse Tiuri enquanto se sentava e esfregava os olhos.

Demorou a distinguir sonho de realidade.

Na noite anterior passara muito tempo com o cavaleiro Ristridin no refeitório. Nenhum dos dois percebera que o relógio de areia já marcara o final de sua guarda. Quando por fim Tiuri se deitou, ao contrário do que esperava, dormiu imediatamente. Mas naquele momento tinha a sensação de ter passado a noite cavalgando.

Levantou-se. Os escudeiros de Ristridin e de Bendu, com os quais dividia o quarto, já estavam quase prontos. Ainda não amanhecera e fazia bastante frio.

Pouco depois Tiuri estava no refeitório. Os Cavaleiros Cinza já se encontravam ali: Ristridin e Bendu falavam com um Leor pálido e resmungão.

— ... então não disseram quando voltariam – ouviu Bendu dizer.

— Não, senhor cavaleiro – respondeu Leor. – Tenho certeza de que não disseram. E talvez não voltem nunca, se descobrirem que os senhores estiveram aqui...

— E como podem ficar sabendo disso? – perguntou Ristridin.

O criado olhou-o, parecendo surpreso com aquela pergunta.

— Como? – disse. – Uma comitiva como a sua chama atenção. Todo o mundo ao longo do rio Azul deve estar falando dos senhores, é claro. E, se os Cavaleiros Vermelhos ficarem sabendo, irão embora. Pelo menos é o que acho.

— Está certo – disse Bendu, furioso. – Já é suficiente. Pode ir.

Depois disso, os cavaleiros discutiram os seus planos. Seguiriam para o oeste ou esperariam na estalagem?

– Acho que devemos continuar – disse Bendu. – Não confio de forma alguma nesse Leor. Se necessário, deixamos aqui um ou dois dos nossos.

Tiuri esperava que os outros cavaleiros concordassem com Bendu. De qualquer modo, ele precisava seguir adiante e seria mais agradável não viajar sozinho. Os Cavaleiros Vermelhos certamente não desistiriam de procurá-lo. Para eles o melhor era continuar.

– Cavaleiro Bendu – disse –, também acho que é melhor seguirem viagem...

– Não me diga! É isso o que você acha – disse Bendu. – Claro, é o melhor para você, não é? Assim pode viajar rapidamente e em boa companhia.

Tiuri não disse nada depois daquela resposta, pronunciada num tom não muito amável. O cavaleiro Bendu parecia não suportá-lo ou não confiar nele. De qualquer forma, Ristridin sabia por que achava que os cavaleiros deviam acompanhá-lo.

Durante o café da manhã não deixou de observar o líder dos Cavaleiros Cinza. Na verdade, era estranho que ele, Tiuri, levasse a carta do cavaleiro Edwinem... Ele, que não o conhecera e não tinha nada a ver com as corajosas façanhas dos cavaleiros andantes. Era muito mais lógico que a missão de Edwinem ficasse a cargo de Ristridin. E, sem dúvida, era o que teria ocorrido se Ristridin o tivesse encontrado. E agora, por uma assombrosa coincidência, quem levava a importante mensagem sobre o peito era ele, Tiuri. E se contasse isso a Ristridin? Mas jurara ao cavaleiro Edwinem que não falaria sobre isso com ninguém... ainda que ele, logicamente, não pensasse em seu amigo Ristridin.

Tiuri deu um suspiro. Sabia que não diria nada. Ristridin também não perguntara nada, apesar de possivelmente suspeitar de muitas coisas. O cavaleiro Edwinem o incumbira da missão. Devia cumpri-la, mesmo que outro parecesse mais capacitado para realizá-la.

De repente Tiuri recebeu uma cotovelada nas costelas.

– Ei! Com o que está sonhando? – disse o cavaleiro Arwaut. – Está pronto? Vamos prosseguir viagem.

A paisagem tornou-se acidentada. Deviam estar bem perto das montanhas, apesar de não poder vê-las com clareza naquela manhã cheia de neblina.

Tiuri cavalgava ao lado de Ilmar, o escudeiro de Ristridin, um rapaz afável da mesma idade que ele, que falou muito de seu mestre durante o caminho. Estava a serviço dele havia pouco tempo, mas já o admirava muito.

Avançaram rapidamente apesar das paradas ocasionais para perguntar pelos Cavaleiros Vermelhos ou para procurar seu rastro. Mais tarde as nuvens ficaram menos densas e apareceu um sol pálido. O caminho tornou-se pedregoso e havia grandes pedras pelas margens. O rio, agora muito estreito, também estava cheio de pedras, ao redor das quais a água branca salpicava.

À tarde cavalgaram com penhascos de um lado do caminho e um pinheiral escuro do outro lado do rio. "Um belo esconderijo para os Cavaleiros Vermelhos", pensou Tiuri. Continuava prestando atenção em tudo, alerta e tenso. O caminho era tranquilo e não encontraram ninguém. Às vezes ouviam ecos de cascos. Todos permaneciam em silêncio e pareciam em alerta.

Então, ao final da tarde, aconteceu.

De repente ouviu-se uma gritaria no bosque, à direita.

– Estão ali – disse Bendu, detendo seu cavalo e levando a mão à espada. Os outros também pararam e pegaram suas armas.

– Vejam! – exclamou Arwaut. – Ali, sentado numa árvore! Acho que é um homem de vermelho.

– E alguém está se mexendo entre as árvores – disse Ewain.

Bendu esporeou seu cavalo e entrou no rio, que não era profundo e podia ser atravessado, apesar da forte correnteza. Arwaut e seus escudeiros o seguiram. Várias flechas saíram do bosque na direção deles, mas ninguém foi atingido.

Naquele mesmo instante alguém saltou de uma pedra do lado esquerdo do caminho, caindo exatamente sobre Tiuri. Aquele ataque o pegou de surpresa. Alguma coisa pesada atingiu suas costas e duas mãos agarraram seu pescoço. Ardanwen relinchava e corcoveava, enquanto Tiuri tentava se livrar do agressor. Ele ouviu outros gritos e teve a impressão de que mais homens saltavam das pedras. Então caiu ao chão, com o agressor sobre si. Nunca conseguiria dizer exatamente o que aconteceu naqueles segundos de confusão, que pareceram horas. Naquele instante só uma coisa estava clara: tinha de matar seu agressor e proteger a carta. Lutou com ele durante um tempo. Nenhum dos dois conseguiu pegar uma arma. Ao redor deles havia barulho de cascos, gritos e o estalar das armas. Por fim, Tiuri dominou seu adversário e ficou com o corpo meio levantado, segurando-o contra o chão. Então viu seu rosto pela primeira vez... era um rosto cruel e malévolo, e de sua boca saiu um grito. Tiuri pressentiu o perigo e ficou de pé rapidamente enquanto pegava a espada. De repente foi agarrado por trás. Mas desta vez estava prevenido e, quando sentiu novamente as mãos em volta de seu pescoço, jogou-se para trás pegando de surpresa seu segundo agressor, que ficou estendido no chão, na mesma posição em que caíra, e não voltou a se mexer. Mas em seguida o primeiro se levantou e lançou-se sobre ele. Nesse instante veio mais outro que fez a mesma coisa. Um dos cavaleiros tentava agarrar suas mãos, enquanto o outro puxava sua roupa. Tiuri se defendia com todas as forças. A carta! Eles queriam a carta! Ouviu a corneta de Ristridin e gritou:

– Socorro!

Nesse momento sentiu uma dor aguda no braço esquerdo. Um dos agressores o apunhalara. Tudo ficou escuro diante dos seus olhos, mas Tiuri continuou se defendendo. Teve a impressão de que chegavam mais homens. Ouviu vozes e relinchos. Mas não parou de lutar, mesmo sabendo que não poderia resistir por muito mais tempo. Mas ainda não tinham a carta... ainda não. De repente sentiu que seus agressores o soltavam e depois perdeu os sentidos.

Voltou a si quando alguém o agarrou novamente com força. Ergueu-se, dando um grito e levando a mão ao lugar em que guardava a carta.

– Calma, calma – disse o cavaleiro Ristridin. – Sou eu. Fique deitado.

Tiuri deixou-se cair de costas. Para sua grande alegria e indescritível alívio, percebeu que a carta continuava em seu lugar. Fechou os olhos com um suspiro. Notou que já não havia barulho de luta; só vozes à distância. Abriu novamente os olhos e viu o rosto preocupado de Ristridin inclinando-se sobre ele.

– Como você está? – perguntou o cavaleiro. – Está ferido, mas acho que não é grave.

– Ah, não é nada – murmurou Tiuri, enquanto se levantava com certa dificuldade e olhava ao redor com um pouco de enjoo.

A luta parecia ter terminado. Dois Cavaleiros Vermelhos jaziam perto dele: estavam mortos. Um pouco mais longe havia outra pessoa imóvel. Não estava vestido de vermelho, mas não pertencia à companhia cinza. Ilmar cuidava de alguns cavalos que estavam agitados. Mais adiante, não se via mais ninguém.

– Onde estão os outros? – perguntou.

– Perseguindo os Cavaleiros Vermelhos – respondeu Ristridin. – Fugiram pelo bosque.

Com rapidez e habilidade, examinou a ferida de Tiuri.

– Não está tão ruim – disse. – Espere um pouco.

Pegou sua bolsa e tirou bandagens. Ilmar chegou com uma vasilha cheia de água. Depois de lavar e enfaixar o braço de Tiuri, Ristridin disse:

– Pronto! Agora vamos procurar um lugar melhor para você. Aqui está muito desconfortável.

Sem esperar resposta, levantou Tiuri como se fosse uma criança e depositou-o à beira do caminho, onde podia se apoiar contra uma rocha. Depois o fez beber uns goles de uma garrafa de vinho aromatizado que levava consigo.

– E agora fique sentado por algum tempo, sem se mexer – disse. – Logo se sentirá melhor.

O cavalo Ardanwen se aproximou, abaixou a cabeça em direção a Tiuri e o cheirou.

– Este animal salvou sua vida – contou-lhe Ristridin. – Um dos cavaleiros quis atacar você com um machado, mas Ardanwen deu-lhe um coice e aí o temos, morto.

Tiuri acariciou o focinho do fiel animal.

– O que aconteceu? – perguntou. – Tudo está confuso para mim.

– Em determinado momento você foi atacado por muitos deles – respondeu Ristridin. – Você já estava lutando contra dois mas chegaram mais. Conseguimos salvá-lo bem a tempo e, se Ardanwen não estivesse aqui, possivelmente teríamos chegado tarde demais...

Olhou para a outra margem protegendo os olhos com a mão. Começava a anoitecer, mas no bosque a escuridão já era total.

– Vou deixá-lo sozinho um pouco – disse. – Aqui está minha corneta. Toque-a se sentir que algum perigo o ameaça.

Desapareceu imediatamente, acompanhado de seu escudeiro. Tiuri apoiou-se na rocha e olhou a corneta sobre os joelhos. Estava cansado e sua ferida ardia um pouco, mas agradecia por tudo ter acabado tão bem. Apesar de que... ainda não sabia o que acontecera ao resto da companhia. Estariam lutando naquele momento com os Cavaleiros Vermelhos? Olhou ao seu redor. Os mortos não tinham um aspecto agradável e o jovem desviou o olhar para o bosque. Mas não conseguia distinguir nada. Tirou a carta e a observou. Então ouviu passos e tornou a escondê-la rapidamente.

Eram Ilmar e Ristridin.

– Queríamos verificar se havia mais alguém escondido entre as rochas – disse o primeiro – mas não descobrimos ninguém.

Voltou-se para o escudeiro:

– Antes de qualquer coisa vamos cuidar dos mortos – disse. – Podemos enterrá-los um pouco mais adiante ou cobri-los com pedras.

– Posso ajudar? – perguntou Tiuri.

– Não, fique sentado – disse o cavaleiro. – Você já fez bastante. Espere, vou cobri-lo com uma manta. Assim poderá dormir um pouco.

Um segundo mais tarde Tiuri estava acomodado com duas mantas e uma sela de montaria como travesseiro. Não queria dormir. Estava agitado demais para isso. Pouco depois Ristridin sentou-se ao seu lado enquanto Ilmar apanhava lenha e acendia uma fogueira. Havia anoitecido quase que completamente.

– Você não deveria ir com os outros? – perguntou Tiuri. – Temo que haja muitos cavaleiros mais.

– Não eram mais que vinte – disse Ristridin. – Cinco deles estão mortos. Não, vou ficar aqui com você. De todos nós, você é o que mais corre perigo. Tinha razão quando disse que os cavaleiros viriam à sua procura. Desta vez fugiram de nós, mas prefiro não deixá-lo sozinho.

– Obrigado – disse Tiuri em voz baixa. – Mas os outros... são suficientes para enfrentar os cavaleiros?

– Claro que sim! – disse Ristridin, sorrindo. – Já se viram em situações muito piores. A única pergunta é se conseguirão alcançá-los. Quando os cavaleiros viram que não podiam pegar você, fugiram correndo como lebres.

– Foi tudo tão rápido. Um deles saltou sobre mim. Não sei o que aconteceu.

– Os que estavam no bosque só gritaram para desviar nossa atenção – contou Ristridin. – E no início conseguiram. Alguns de nós já haviam atravessado o rio quando o resto do grupo saltou das rochas. E em seguida pegaram você. Só tentavam impedir que viéssemos em sua ajuda. Quando não conseguiram, cruzaram o rio e entraram de novo no bosque. Eu me pergunto como sabiam que você era o homem que procuravam.

– Ardanwen – respondeu Tiuri.

– Porque você montava o cavalo do cavaleiro Edwinem? Sim, pode ser.

– Leor não parava de olhar para Ardanwen – disse Tiuri –, e falou dele. Acho que de alguma forma conseguiu avisar os cavaleiros.

– É bem possível – afirmou Ristridin. – Eles devem ter seus espiões. Levantou-se.

– Temos de esperar os outros voltarem – disse. – Enquanto isso, podemos comer alguma coisa. O que você acha?

Mais de uma hora se passou antes que o som de vozes e cascos anunciasse a chegada dos outros. Tiuri, que apesar de tudo adormecera, acordou imediatamente. Lá vinham eles. Contou-os rapidamente: estavam os nove e traziam mais alguém com eles, um homem com as mãos amarradas às costas.

Ristridin foi ao encontro deles.

– E então? – perguntou, cheio de expectativa.

– Matamos seis e prendemos um – disse Bendu, saltando do cavalo e passando as rédeas para Ilmar.

– Os outros escaparam.

Foi até Tiuri.

– Como está? – perguntou bruscamente.

– Tem uma ferida superficial no braço – respondeu Ristridin. – Nada grave.

– Espero que tenha sorte com isso – disse Bendu para Tiuri. – Temia que fosse mais sério. Esses cavaleiros estavam mesmo atrás de você. Ainda bem que você não viajava sozinho.

Sua voz soava tão rouca como sempre, mas Tiuri percebeu que o tom já não era o mesmo. "O cavaleiro Bendu finalmente se convenceu de que sou confiável", pensou Tiuri.

– Como vocês estão? – perguntou Ristridin.

– Ah, está tudo sob controle – respondeu Bendu. – Arwaut tem um corte na cabeça e o escudeiro de Ewain está com o braço um pouco machucado, mas não é nada.

Ristridin olhou para o prisioneiro. Era um homem gorducho mas musculoso, de expressão furiosa. Não estava vestido de vermelho, mas uma cota de malha cinza cobria sua roupa puída.

— Também estava com eles? – perguntou.
— Sim – respondeu Bendu. – Não havia só Cavaleiros Vermelhos. Vi dois soldados de Eviellan com armadura preta, um deles está morto, e alguns patifes como esse. Gostaria de ter capturado um Cavaleiro Vermelho para interrogá-lo, porque este aqui afirma não saber de nada.
— Vamos voltar a interrogá-lo depois – disse Ristridin.
Havia muita coisa para fazer e pouco tempo. Os cavalos foram desaparelhados e secos, os ferimentos de Arwaut e do escudeiro receberam curativos e preparou-se o jantar. Enquanto isso Bendu contou o que havia acontecido.
Os Cavaleiros Vermelhos quiseram evitar um enfrentamento. Quando foram alcançados iniciou-se a luta. Uma parte deles aproveitou para fugir. Quando a noite chegou, a busca ficou impossível e por isso ele e seus companheiros haviam voltado.
— Mas vamos pegá-los também – concluiu.
Depois do jantar interrogaram o prisioneiro. No começo estava rebelde, mas o olhar inquiridor dos Cavaleiros Cinza logo soltou sua língua.
— De onde você é? – perguntou Ristridin. – É de Eviellan?
— Não – respondeu o homem, com rispidez. – Sou dali, do bosque.
— Como se juntou aos Cavaleiros Vermelhos? Por que nos atacaram?
— Não sei.
— Responda!
— Não sei, é verdade – sustentou o homem. – Isso não é assunto meu. Simplesmente fiz o que me mandaram.
— Ora vejam! Então você é um dos que lutam para ganhar dinheiro e fazem o mal por encomenda.
— Tenho de sobreviver, não? Não entendo de bem e mal. Estava a serviço dos Cavaleiros Vermelhos, sim, e me pagavam para isso. Mas não muito, os canalhas.
— Quem era seu chefe?
— Do que está falando?

– Quem dava as ordens?
– Não sei.
– Sabe muito bem!
– Não, não sei. Era o chefe, o chefe dos Cavaleiros Vermelhos.
– Como se chama?
– Não sei. Nós só o chamávamos de chefe.
– Quem é esse "nós"?
– Todos nós.
– Havia mais gente do bosque entre eles?
– Sim, meu compadre Oedan, e Asgar, mas ele morreu.
– Como se juntaram aos Cavaleiros Vermelhos?
– Quando passaram por aqui perguntaram se queríamos trabalhar para eles. Deram-nos armas e uma cota de malha. E então fomos com eles.
– Está certo. E o que fazia antes?
– Não interessa.
– Responda.
– Está bem. De tudo. Cortávamos lenha.
– E com certeza roubavam – disse Bendu, irritado. – Sem dúvida o trabalho de vocês não era honesto.

O homem resmungou algo inaudível.
– Quem era seu chefe? – perguntou Ristridin pela segunda vez.
– Mas eu já disse. O chefe.
– Não era o Cavaleiro Negro do Escudo Vermelho?
– Cavaleiro? – disse o homem, realmente surpreso. – Nunca o vi.

E nisso ficou.

Não tinha muito para contar. Os Cavaleiros Vermelhos não lhe haviam dito o que estavam fazendo no reino de Dagonaut. A maioria deles, contou, vinha realmente de Eviellan, mas os conhecia havia pouco tempo, não mais que uma semana. Portanto ele começara a servi-los depois do assassinato do cavaleiro Edwinem. Vira cinco no bosque; depois se juntaram outros. Aquilo acontecera nas terras do castelo de Mistrinaut. Nunca vira o Cavaleiro do Escudo Vermelho, mas tinha a impressão de que o chefe recebera as ordens de outro. Também contou que os Cavaleiros Vermelhos tinham vários espiões. Leor, o criado da estalagem O Pôr do Sol era um deles. Através dele (ainda que intermediado por outras pessoas) ficaram sabendo que a comitiva dos Cavaleiros Cinza se aproximava com o jovem que estavam procurando havia muito tempo: um jovem que deveria estar montado num cavalo preto. Ele não sabia por que tinham de capturá-lo, mas contou que o chefe ficara muito irritado ao saber que os Cavaleiros Cinza o acompanhavam. Não sabia o que mais planejavam seus chefes.

– Você será castigado por isto – disse Ristridin duramente. – Atacar sem motivo viajantes no caminho é bandoleirismo. Vamos entregá-lo ao senhor que governa estas terras e ele lhe dará o tratamento que merece.

– Quem é o senhor destas terras? – perguntou Arwaut.

– O cavaleiro do castelo de Westenaut – respondeu Ristridin. – Acho melhor alguns de nós irem até lá para entregar o prisioneiro e pedir reforços, com mais guerreiros e cavalos.

– Mas isso não é necessário – opinou Bendu. – Nós damos conta desse punhado de cavaleiros.

– É claro que sim – disse Ristridin. – Mas talvez se dividam e se escondam por aí. Por isso todos dos arredores precisam saber disso e se precaver. Além disso, pode haver mais cúmplices e espiões, não necessariamente vestidos de vermelho... Não devem ter nenhuma possibilidade de escapar.

– Sim, visto dessa forma, você tem razão – disse Bendu.

– Já devem ser dez ou dez e meia – prosseguiu Ristridin. – Os cavalos precisam descansar pelo menos por uma hora. Depois, três de nós poderiam ir até o castelo de Westenaut com o prisioneiro. Fica a mais ou menos cinco horas daqui; chegariam lá às quatro.

– Conheço o caminho – disse Ewain. – Pernoitei ali quando me dirigia à cidade de Dagonaut.

Decidiram que ele iria acompanhado pelo escudeiro de Arwaut e por um pajem de Mistrinaut. Encontrariam o resto da companhia no dia seguinte, onde o Primeiro Grande Caminho se separa do rio Azul.

– Nós partiremos amanhã cedo – disse Ristridin –, assim chegaremos por volta do meio-dia. Vamos esperar por vocês.

Tiuri observou em silêncio os seus companheiros de viagem. Perguntava-se o que fariam depois. Sairiam à procura dos Cavaleiros Vermelhos, é claro. Nesse caso, não poderia permanecer mais tempo com eles: devia continuar margeando o rio Azul. De repente sua missão voltava a lhe parecer muito dura, mas isso era porque não se sentia bem.

Não conversaram sobre mais nada. A guarda foi dividida entre os que não estavam feridos e os que iriam para o castelo de Westenaut; depois o acampamento ficou em silêncio.

5. A despedida dos Cavaleiros Cinza

Quando Tiuri acordou na manhã seguinte, estava se sentindo bem melhor. Ainda era cedo, a maioria continuava dormindo. Arwaut estava ao seu lado. A bandagem branca caíra de sua testa. Ilmar estava colocando uma frigideira no fogo, mas não havia sinal nem de Ristridin nem de Bendu. Tiuri tornou a fechar os olhos: o melhor que podia fazer era dormir mais um pouco. Mas não conseguiu, tinha a mente muito alerta e muitas coisas em que pensar.

Em seguida se sentou. Então percebeu como as montanhas estavam perto, sim, estavam ao seu lado. Era uma manhã bonita, fria e coberta de orvalho, com um vento cortante e um sol que fazia brilhar os picos nevados. Levantou-se, foi até o rio e lavou-se com a água gelada. Enquanto fazia isso, Ristridin e Bendu retornaram de sua busca pelo bosque.

– Bom dia, já está recuperado? – perguntou Bendu, sorrindo para Tiuri pela primeira vez.

– Logo mais vou fazer de novo o papel de curandeiro e examinar seus ferimentos – disse Ristridin. – Trago um bom unguento comigo. Arwaut e Marvain, o escudeiro de Ewain, também terão de confiar nele.

Pouco mais tarde, durante o café da manhã, Tiuri disse:
– Quais são seus planos agora, cavaleiros?
– Continuaremos cavalgando até o ponto em que o Grande Caminho se separa do rio Azul – respondeu Ristridin. – Ali vamos nos encontrar com Ewain, que virá com os reforços de Westenaut.
– E depois? – perguntou Tiuri. – Acho que é hora de me despedir. Os senhores vão procurar e prender os Cavaleiros Vermelhos. Eu devo seguir viagem, margeando o rio Azul.
– Então quer continuar sozinho! – exclamou Bendu.
– Não posso ficar com os senhores para sempre. Estou muito agradecido por termos viajado todo este tempo juntos. Se ontem eu não estivesse com os senhores, agora não estaria aqui. Mas tenho de prosseguir o quanto antes...

Fez uma pausa e continuou:
– Já devem ter adivinhado que meu destino está além da nascente do rio Azul. Preciso cruzar as montanhas em direção ao reino de Unauwen. Essa é a minha missão.

Houve um momento de silêncio.
– Para o oeste – disse por fim Arwaut. – Mas por que não vai pelo Grande Caminho?
– Há mais trilhas pelas montanhas – disse Ristridin –, embora não sejam muito conhecidas. O ermitão Menaures conhece muito bem a cordilheira. Certamente sabe de alguma trilha que poderá ser mais íngreme e difícil, mas muito mais curta. E, principalmente, uma que o inimigo desconheça.
– E o inimigo não irá atrás de você – disse Bendu. – Para isso estamos aqui, não? Ajustaremos contas com os Cavaleiros Vermelhos aqui mesmo para que possa seguir viagem são e salvo.

— Isso é verdade – disse Ristridin. – Mas preciso dizer, Tiuri, que lamento ter de me despedir de você.

— Eu também lamento – disse Tiuri –, mas acho que não pode ser de outro jeito. Além disso, o senhor mesmo diz que já não preciso temer os Cavaleiros Vermelhos.

— Disso me encarrego eu – disse Bendu energicamente.

Mas Ristridin acrescentou:

— Não subestime seus inimigos, Tiuri. Não quero assustá-lo e concordo com sua decisão, mas deve pensar que os Cavaleiros Vermelhos talvez tenham muitos espiões. Eles chamam atenção, mas seus comparsas podem observá-lo sem que você perceba, sob a aparência de pessoas inocentes… um camponês, um viajante ou o que for. Por isso deve viajar sempre em segredo, para estar bem longe quando eles se derem conta.

Tiuri sentiu que a coragem o abandonava. Tinha de admitir que hesitava em se despedir e continuar sozinho. Mas também sabia que era inevitável. Afinal, ele tinha sua missão e os Cavaleiros Cinza, a deles.

Conversaram um pouco mais e decidiram que viajariam juntos até o lugar em que encontrariam Ewain e seus acompanhantes. Depois surgiu outra questão:

— O que acontecerá com Ardanwen? – perguntou Tiuri. – É possível cruzar as montanhas a cavalo?

Ristridin fez que não com a cabeça:

— Impossível – disse. – E menos ainda pelas trilhas por onde irá. Pelo caminho talvez, apesar de também se tornar difícil de transitar.

— Então tenho de deixar Ardanwen para trás – disse Tiuri, com um suspiro.

— Nós vamos cuidar dele – prometeu Ristridin. – Pode ficar no castelo de Ministraut até você voltar para buscá-lo.

— Ele não me pertence! – exclamou Tiuri. – Era do cavaleiro Edwinem.

— Mas ele aceitou você como dono – disse Ristridin. – Não lhe contei que ele jamais deixara alguém montá-lo, exceto o cavaleiro

Edwinem? Só admitia outro cavaleiro se Edwinem mandava. Acho que a partir de agora você deve ser seu dono. Mas isso fica para depois. Seja como for, pode estar certo de que ele estará à sua espera.

– Estou pensando uma coisa! – disse Ilmar, que estava há algum tempo pensativo, com a testa franzida. – Seria bom se um de nós trocasse de roupa com Tiuri... eu mesmo posso fazer isso. E montasse Ardanwen, isto é, se ele concordar. Assim, se os cavaleiros estiverem espiando, virão atrás de mim, e Tiuri poderá continuar seu caminho sem chamar atenção.

– É uma oferta muito gentil – disse Tiuri –, mas não quero que faça isso. Não quero que ninguém se arrisque por mim.

– Eu acho uma boa ideia – disse Ristridin –, e Ilmar deve fazer isso. Se houver perigo, o que pode acontecer? Nesta viagem todos estamos assumindo riscos. Creio que a proposta de Ilmar é própria de um futuro cavaleiro, e você, Tiuri, deve dar-lhe a oportunidade de ajudá-lo.

Ilmar irradiava satisfação diante daquelas palavras, e Tiuri disse, hesitante:

– Está bem, concordo.

Ilmar levantou-se de um salto.

– Agora precisa dizer para Ardanwen aceitar que eu o monte – disse. – Vamos trocar de roupa agora mesmo, atrás daquele penhasco, para que nenhum espião nos veja.

– Muito bem – disse Ristridin.

O Primeiro Grande Caminho acompanhava o rio Azul até a desembocadura de um pequeno afluente chamado "Pequena Corrente Azul". Depois se desviava em direção ao sul e subia margeando o afluente, entrando nas montanhas.

A comitiva chegou ali por volta do meio-dia e encontrou Ewain e os dois escudeiros à espera. Ewain contou que os guerreiros do cavaleiro de Westenaut estavam descansando e chegariam antes do anoitecer. Depois, um dos escudeiros foi enviado de volta a Mistrinaut para avisar seu senhor, na eventualidade de os Cavaleiros Vermelhos fugirem naquela direção.

Por um momento Ewain confundiu Ilmar com Tiuri: a troca parecia ter dado certo. Já não havia motivo para atrasar a despedida.

– Mas antes vamos comer juntos – disse Ristridin. – Como está seu braço, Tiuri?

– Ah, já não me incomoda nada – respondeu Tiuri, sem dizer toda a verdade.

Os Cavaleiros Cinza haviam feito seus planos pelo caminho. Dividiriam a companhia. Ristridin, Ewain e seus escudeiros seguiriam um trecho pelo Grande Caminho para despistar os eventuais espiões. Os demais atravessariam o rio Azul e voltariam a entrar no bosque. No final da tarde, os dois grupos se reencontrariam no ponto de partida.

Tiuri acompanharia o segundo grupo por algum tempo e depois seguiria seu caminho.

A refeição foi rápida. Tiuri despediu-se de Ardanwen, que pareceu entender que seu novo dono sentiria falta dele; relinchou suavemente e seguiu-o com o olhar triste. Depois Tiuri deu a mão a cada um dos membros da comitiva e agradeceu-lhes pela ajuda.

– Que o céu abençoe seus passos – disse Ewain. – Talvez voltemos a nos ver no reino de Unauwen.

– Desejo-lhe uma boa viagem – disse Ilmar, que já montara Ardanwen com a ajuda de Tiuri –, e você terá; estou certo disso.

– Adeus! – disse Ristridin. – Em breve você vai me ouvir. Na primeira curva do caminho tocarei duas vezes minha corneta como uma saudação. Até a próxima!

Distanciaram-se sem olhar para trás; Tiuri montava o cavalo de Ilmar. Desmontou pouco tempo depois, numa parte protegida do bosque, e despediu-se novamente de Bendu e de seus acompanhantes.

– Espero que encontre os Cavaleiros Vermelhos, cavaleiro Bendu – disse.

– A morte de Edwinem será vingada – disse Bendu. – E espero que você cumpra sua missão como se deve. Tenho certeza de que conseguirá. Talvez eu volte a vê-lo como cavaleiro porque, na realidade, já deveria sê-lo. Vá, o terreno está seguro.

Pouco depois, Tiuri ficou sozinho. O barulho de cascos desapareceu e ele se sentiu desolado e desprotegido. Mas continuou a avançar em bom ritmo, permanecendo no bosque todo o tempo que pôde. Depois seguiu uma trilha pedregosa que ia pela margem direita do rio Azul, subindo e descendo, às vezes perto do rio, às vezes um trecho por cima dele. Os penhascos, tanto à direita como à esquerda, ficavam cada vez mais altos, mas à esquerda ele tinha uma bonita vista da Pequena Corrente Azul e do Primeiro Grande Caminho.

Depois de uma hora parou por alguns instantes. Então ouviu o toque de uma corneta, a corneta de prata do cavaleiro Ristridin, que o saudava.

Um pouco mais adiante voltou a ver uma parte do Grande Caminho. Aquelas pequenas figuras não seriam eles? Já estavam bem longe!

A corneta soou mais uma vez e os ecos repetiram suas notas prateadas.

"Adeus, Cavaleiros Cinza!", pensou Tiuri. "Adeus, Ristridin do Sul! Até a vista!"

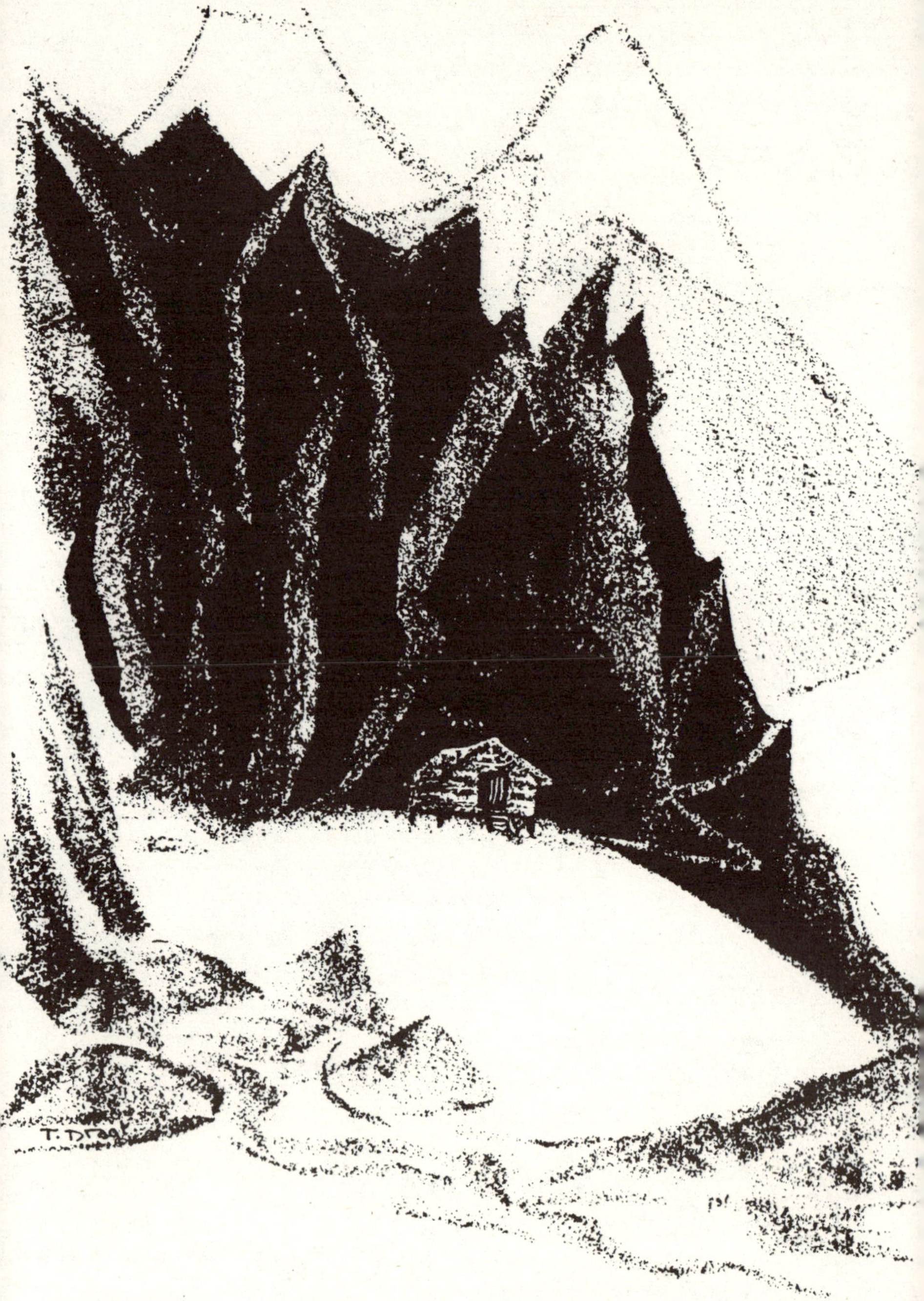
T. Drag

QUINTA PARTE

NAS MONTANHAS

1. Um companheiro de viagem

O som da corneta de Ristridin desapareceu e Tiuri continuou a andar. Pensou que estava iniciando a última parte do caminho que o Cavaleiro do Escudo Branco lhe ensinara... Depois de atravessar as montanhas teria de encontrá-lo por si mesmo. Era o décimo segundo dia de sua viagem. Quanto tempo mais precisaria viajar para cumprir sua missão e entregar a carta ao rei Unauwen, do país a oeste da Grande Cordilheira?

Precisava se acostumar a ficar novamente sozinho depois de ter viajado na companhia dos Cavaleiros Cinza. Mas agora estava muito mais bem equipado que em sua solitária viagem pelo bosque: tinha armas, provisões e até moedas de ouro e prata. Além disso, os perigos pareciam ter desaparecido. Os Cavaleiros Vermelhos haviam sido afugentados e seriam capturados pelos Cavaleiros Cinza. Parecia improvável que o encontrassem. Por isso a trilha que margeava o rio Azul, embora às vezes se tornasse pequena e sinuosa, não se parecia tão pesada quanto os caminhos por onde viajara no início.

Depois de algumas horas, a trilha se separava do curso do rio e seguia para a direita. Tiuri viu que podia continuar pela margem oposta do rio. Ali, abaixo de um pequeno crucifixo pendurado na parede rochosa, ele encontrou as seguintes palavras talhadas na pedra, com letras irregulares:

> Peregrino que se dirige para as alturas,
> que o amor de Deus o acompanhe.
> Reze por nós, que permanecemos nos vales.

Tiuri ajoelhou-se por uns segundos.

"Quantos peregrinos terão passado por aqui antes de mim", pensou enquanto continuava o seu caminho. Voltou a se sentir um peregrino, um peregrino com uma missão importante mas misteriosa.

Suas reflexões foram interrompidas de repente. Ouviu passos atrás de si. Ainda podiam vir de longe, mas se ouviam perfeitamente no solo pedregoso. Olhou para trás. Não viu ninguém.

"Bem", disse para si mesmo, "deve haver mais pessoas perambulando por estas montanhas." Mesmo assim acelerou a marcha. Continuou ouvindo os passos: sim, e até pareciam estar se aproximando.

Depois de um tempo parou para descansar. Ouviu que os passos atrás de si também se interromperam e em seguida continuaram ainda mais rápidos. Tiuri pensou um pouco e tirou da bolsa o velho hábito que recebera dos monges do mosteiro Marrom. Vestiu-o sobre a cota de malha cinza e amarrou o cordão na cintura. Dessa forma seria visto como um peregrino em busca do ermitão Menaures. Naquela região alguém assim chamaria menos atenção que um escudeiro vestindo uma cota de malha.

Não descansou por muito tempo. Pouco depois olhou outra vez para trás e por fim viu surgir um homem numa curva da trilha. Ele parecia muito cansado e acenou com a mão. Tiuri o cumprimentou mas não reduziu o passo. Então ouviu o homem gritar:

– Ei, viajante! Peregrino!

Tiuri fingiu não ter ouvido nada, mas o homem gritava tanto, e com tanta insistência, que resolveu parar. O homem se aproximou, ofegando.

— Saudações..., peregrino — disse, aos tropeços. — Ufa! Que subida! Espere um instante.

Agachou-se à beira do caminho, mergulhou as mãos na água do rio e molhou o rosto.

— Bem — disse depois, erguendo-se e olhando para Tiuri. — Fico contente em vê-lo, peregrino.

Tiuri não podia dizer o mesmo. O homem não o agradou à primeira vista. Mas aquela sensação era, naturalmente, injustificada: talvez se tratasse de um inocente viajante. Era um homem forte e moreno; a primeira coisa que lhe chamou a atenção foram seus duros olhos cinza-claros sob sobrancelhas espessas que se uniam em cima do nariz. Tinha um sorriso amável nos lábios.

— Fico contente em vê-lo — repetiu. — Não me sinto muito à vontade na montanha, como pode ver, e gosto de ter companhia. Certamente vai ver o ermitão Menaures, não?

— Sim, é isso — respondeu Tiuri.

O homem se levantou e disse:

— Eu vou mais além, do outro lado das montanhas, e ouvi que o ermitão conhece os caminhos. Será que eu poderia viajar com o senhor?

— Bem — disse Tiuri, devagar —, não posso lhe dizer que não, porque este caminho não me pertence. Mas sinceramente prefiro viajar sozinho e quero andar rápido.

— Ah, não me leve a mal. Não quero incomodá-lo. Nem pensar, caro peregrino. Tem razão, a pessoa viaja mais rápido quando está sozinha, e, afinal, não estamos neste mundo para nos ajudar uns aos outros.

Virou-se e começou a descer lentamente a trilha.

Então Tiuri envergonhou-se por sua falta de gentileza.

— Ei, bom homem! — gritou, enquanto ia atrás dele. — Volte! Não era essa minha intenção. Volte, por favor.

O homem deu mais alguns passos e depois se deteve.

— Realmente não quero incomodá-lo — repetiu.

– Esqueça minhas palavras – disse Tiuri, ruborizado. – É claro que pode viajar comigo.

O outro não se fez de rogado:

– Bem, se o senhor está pedindo...

– Sim, estou lhe pedindo. Sinto muito por ter sido tão desagradável.

– Bem, eu entendo – disse o homem, andando a seu lado. – Os peregrinos gostam de refletir... não é o que dizem? E de meditar sobre coisas elevadas. Prometo não lhe causar nenhum problema.

Olhou para Tiuri com um sorriso, mas seus olhos não sorriam, o observavam, incisivos e perscrutadores.

"Bobagens", pensou o jovem, irritado. Continuava envergonhado por seu comportamento e sua própria desconfiança o deixava com raiva de si mesmo. De repente odiou a carta que o fazia ver qualquer pessoa como inimiga. O cavaleiro Ristridin o advertira a respeito dos espiões sob a aparência de pessoas inocentes. Devia por isso negar um pedido de ajuda e recusar qualquer companhia?

Então se deu conta de que seu inesperado companheiro de viagem estava falando com ele.

– Desculpe-me, o que estava dizendo? – perguntou.

– Dizia-lhe como me chamo – respondeu o homem. – Meu nome é Jaro. Jaro, filho de Janos. Venho daquele vale de lá.

Tiuri sabia que também devia se apresentar, mas não podia dizer seu nome, e menos ainda o nome de Tarmin, que provavelmente já chegara aos ouvidos do inimigo. Então deu o nome de uns dos monges do mosteiro Marrom.

– Meu nome é Martin.

– Ah, irmão Martin – repetiu Jaro. – Ou o senhor não é monge?

– Ainda não fiz os votos – respondeu Tiuri.

– Ah, claro.

Ficaram em silêncio durante um tempo. Tiuri caminhou um pouco mais devagar que no início, mas logo percebeu que Jaro o seguia com facilidade. Então acelerou um pouco o passo, mas pediu que Jaro o avisasse se estivesse andando muito rápido.

— Não, está bem — disse Jaro. — Não sou tão velho... é só que nunca venho à montanha; não gosto. Vou visitar meu filho que mora do outro lado das montanhas. Ele partiu há cinco anos. Disse "até logo" e subiu. Não o vejo desde então. Cinco anos é muito tempo. Agora por fim me pus a caminho para visitá-lo. Não queria esperar até ficar muito velho e rígido para subir e descer um caminho como este. Talvez fique com ele. Não tenho nenhuma alma para me deter aqui. Minha mulher faleceu e também não tenho familiares... Há trilhas pela montanha, não? Espero que o ermitão possa me indicar alguma. Tantas pessoas morreram ao cair das alturas ou se precipitar por um barranco.

Jaro continuou falando, e Tiuri concordava de vez em quando, ou dava uma resposta curta.

— Nossa! — disse Jaro por fim. — Estou falando demais. Deveria ter me avisado, peregrino. Não quero incomodá-lo.

— Não me incomoda, de jeito nenhum — disse Tiuri, com um sorriso que não era verdadeiro.

Mesmo procurando se convencer de que não tinha motivo para isso, a verdade é que não gostava de seu companheiro de viagem.

Pelo final da tarde, chegaram a um lugar onde havia uma entrada na parede rochosa. Jaro propôs que passassem a noite ali. Tiuri aceitou.

Jaro acendeu uma fogueira falando animadamente e não teve outro remédio senão compartilhar suas provisões com Tiuri.

— Bem — disse, depois de terem jantado —, e agora vamos dormir, não é? Amanhã ainda temos muito para subir. Ainda falta muito para chegar à cabana do ermitão?

— Acho que podemos chegar lá amanhã antes do anoitecer — respondeu Tiuri. Ouvira Ristridin e o senhor Rafox dizerem que a cabana de Menaures ficava a mais ou menos um dia e meio de viagem a partir da Pequena Corrente Azul.

— Não é tão longe — suspirou Jaro, deitando-se e enrolando-se em seu manto. — Bom descanso, peregrino. Lembre-se de mim em suas orações.

Tiuri não dormiu nada bem. Primeiro esperou até a respiração de Jaro ficar lenta e regular, mas mesmo assim não conseguiu relaxar. Além disso, seu braço, no qual quase não pensara durante todo o dia, estava doendo novamente. Ficou se revirando agitado até perceber que Jaro se mexia. Então voltou a ficar quieto, tentando inutilmente atravessar a escuridão com os olhos. Jaro estaria acordado? Estaria olhando para ele com seus olhos duros e perscrutadores? Jaro mexeu-se de novo e suspirou, mas não disse nada. Tiuri olhou para o alto, para as muitas estrelas e a bonita meia-lua.

"Onde estarei na lua cheia?", perguntou-se.

Por fim caiu num sono leve, acordando de vez em quando para escutar e apalpar a carta que levava sobre o peito. Não aconteceu nada, mas na manhã seguinte Tiuri se levantou cansado e sonolento.

Jaro, ao contrário, estava animado e falante. Elogiou a bonita manhã, o bom tempo, a bela paisagem. Para Tiuri era um custo suportá-lo.

"Queria que ficasse de boca fechada", pensou, irritado. "Seria tão bom se não risse com tanta frequência... seus olhos nunca riem."

Quando se puseram a caminho, sua irritação desapareceu. O tempo estava realmente bonito, assim como a vista. Até Jaro parecia não ser tão ruim.

Num dado momento, o rio desapareceu num estreito desfiladeiro em que não havia nenhuma trilha.

— E agora? — perguntou Jaro. — Não podemos cruzar pela água, não é? E tenho a impressão de que o rio termina numa cachoeira... Vamos ter de subir contra a corrente?

Tiuri lhe dissera que o caminho para a cabana do ermitão seguia sempre o curso do rio Azul.

— Não — disse o jovem. — Olhe, ali há uma trilha que sobe pelo lado esquerdo da parede rochosa; acho que podemos ir por ela. Deve seguir pela beira do desfiladeiro, bem por cima do rio. Está vendo essa saliência?

— Sim — respondeu Jaro. — Não me parece uma trilha agradável, assim tão estreita e ao lado do precipício.

– No alto da montanha vamos encontrar trilhas ainda mais difíceis – disse Tiuri. – Ou nem sequer isso.

Escalaram. Tiuri tinha razão; a trilha subia bem vertical no início e depois os conduzia, lentamente mas em contínua ascensão, pelo lado do precipício. Olharam para baixo.

– Como o rio está fundo! – comentou Jaro.

– Acho que vamos sair acima da cachoeira – disse Tiuri. – E depois podemos continuar a margear o rio.

Andaram um tempo em silêncio. Tiuri ia à frente já que a trilha se tornara tão estreita que não podiam caminhar lado a lado. Jaro o seguia ofegando e bufando. No entanto, era um bom caminhante, porque, quando pararam um pouco, Tiuri não notou nele nenhum cansaço. Depois retomaram a subida. A trilha ficou mais estreita ainda e o murmúrio da água tornou-se mais forte. Tiuri, que continuava indo à frente, começou a andar mais devagar para não tropeçar na grande quantidade de pedras soltas que havia no chão. Lançou um olhar para o precipício que era perigosamente profundo, embora fosse tão estreito que se podia pular sobre ele.

Jaro pareceu tropeçar de repente: chocou-se contra ele e o agarrou. Tiuri cambaleou, mas conseguiu ficar em pé. Então Jaro o soltou de repente e gritou. Ouviu-se um som horrível e algumas pedras rolaram. Tudo aconteceu num segundo. Tiuri virou-se e viu Jaro desaparecendo no precipício. Horrorizado, sentiu seu coração dar um salto e por um momento ficou como que cravado no lugar. Depois jogou-se no chão e olhou pela beirada.

Para seu grande alívio, olhou diretamente para o rosto de Jaro. Ele conseguira agarrar um galho que saía pela parede rochosa, não muito longe da beira do precipício, e estava dependurado nele, segurando com ambas as mãos. Mas sua situação era bem delicada. Tiuri nunca vira tanta angústia nos olhos de alguém. Jaro moveu os lábios mas não emitiu nenhum som.

– Segure-se – disse o jovem. – Segure-se. Vou ajudá-lo.

Jogou-se um pouco para a frente, estendeu as mãos e agarrou as de Jaro.

– Vou levantar você – disse, ofegante.
– Você não vai aguentar – gaguejou Jaro. – Sou muito pesado.
– Não – respondeu Tiuri –, vai dar tudo certo. Tem de dar certo.
– Não – gemeu Jaro –, não tenho coragem de me soltar.

Tiuri pensou que daquele jeito não daria certo. Jaro era realmente pesado, e ele mal conseguia se manter firme na trilha estreita e irregular.

– Se você ajudar... – disse. – Tente encontrar um apoio com o pé.

Jaro tentou, mas seus pés escorregavam na parede.

– Não – disse com dificuldade. – Não tenho onde colocar o pé. É o fim.

Tiuri tornou a esticar as mãos e agarrou Jaro pelos pulsos. Este continuava agarrado ao galho, apesar de ser evidente que não aguentaria muito mais naquela posição.

"Uma corda", pensou Tiuri, ansioso. "Quem dera tivesse uma corda! Ah, espere..." Soltou o cordão que trazia na cintura, mas enquanto o fazia percebeu que ainda assim não seria fácil. A corda era curta e parecia velha... "E se ela se partir?"

– Estou caindo – disse Jaro.

– Não – disse Tiuri –, agarre-se, aguente... um pouco. Vou encontrar algo...

Calou-se por um momento.

– Já sei! – acrescentou.

De repente vira algo. Na parede do outro lado do precipício havia um patamar, um patamar largo a pouco mais de um metro e meio da borda. Se conseguisse chegar até ele...

– Aguente – repetiu. – Vou ajudá-lo.

Precisava saltar o abismo, mas para isso precisava vencer a si mesmo. Tirou o hábito porque podia atrapalhá-lo e saltou. Depois deixou-se cair no patamar. Ficou de costas para a parede e olhou para Jaro do outro lado, bem na frente dele.

– Aguente um pouco mais. Já estou chegando.

Evitou olhar para baixo, e deixou-se cair para a frente, com os braços esticados até suas mãos tocarem a parede oposta. Seu corpo se transformara numa ponte sobre o precipício. Deslocou-se até Jaro com cuidado.

– Pronto, Jaro. Levante os pés e coloque-os sobre meus ombros, assim poderá tomar impulso e subir.

Jaro virou a cabeça e dirigiu-lhe um olhar selvagem. Tiuri aproximou-se um pouco mais e repetiu o que dissera.

– Você vai aguentar? – sussurrou Jaro.

– Sim – disse Tiuri simplesmente. – Desde que você não seja muito brusco. Agora!

– Agora – repetiu Jaro. Agitou as pernas; o galho onde estava pendurado estalou assustadoramente. Então Tiuri sentiu um pé sobre seu ombro e um pouco depois o outro sobre seu braço, que deslizou um pouco mas voltou para o lugar. Precisou apertar os dentes porque foi justamente em seu braço machucado. Parecia um sonho angustiante, mas funcionou. Jaro tinha um apoio e com muito esforço movimentou as pernas e conseguiu subir.

– Agora você tem de me puxar – disse Tiuri, contendo a dor.

Mas Jaro se deixara cair ofegante na trilha e parecia não escutá-lo.

Com cuidado, com muito cuidado, Tiuri voltou à sua posição sobre o patamar com a ajuda de uma das pernas. Nem ele mesmo entendia como, mas conseguiu se levantar e pular o precipício. Aterrissou perto de Jaro que ainda parecia dominado pela tensão. Deixou-se cair ao seu lado, tremendo.

Assim ficaram por um tempo, em silêncio um ao lado do outro.

Tiuri foi o primeiro a se recuperar. Ainda um pouco inseguro, levantou-se e voltou a vestir o hábito. Jaro teria percebido a cota de malha? Não, não parecia ter notado nada.

– Vamos – disse, enquanto amarrava o cordão na cintura. – Podemos continuar?

Jaro abaixou a cabeça.

– Espere um pouco – disse de forma quase inaudível.

Tiuri também gostaria de ficar sentado mais um pouco, mas uma voz interior lhe dizia que era melhor retomar o caminho.

— Vamos — tornou a dizer. — Depois poderemos descansar, quando estivermos longe deste precipício.

Jaro levantou a cabeça e olhou-o com aqueles olhos particulares e penetrantes. Tinha no rosto uma expressão que Tiuri não conseguiu entender.

— Você salvou minha vida — disse em voz baixa.

Tiuri não respondeu.

— Vamos — repetiu. — Precisamos andar bem devagar e com muito cuidado.

Jaro fez menção de se levantar.

— Você salvou minha vida — tornou a dizer um pouco mais alto.

— Ora, você queria que o deixasse cair? — respondeu Tiuri, fingindo indiferença. — Também poderia ter sido o contrário...

Calou-se de repente assustado com o olhar de Jaro, que se levantara. Ele se limitou a dizer:

— Então vamos.

Depois virou-se e começou a andar lentamente.

Tiuri o seguiu, surpreso. Não podia esquecer o último olhar de Jaro. O que vira nele? Medo, assombro, agradecimento...? Não, era sobretudo uma coisa: raiva. Ou estava enganado? Por que Jaro estaria bravo com ele?

2. O ermitão

A trilha levou-os até o alto da cachoeira e continuou margeando o rio Azul, que agora era uma torrente impetuosa cheia de corredeiras. Descansaram um pouco e prosseguiram seu caminho por um lugar muito mais agradável. A trilha serpenteava por colinas e vales, por pinheirais e prados.

Falaram pouco. O calor começava a incomodá-los e estavam cansados. O braço de Tiuri doía e a cota de malha e o hábito também o incomodavam. Não era a melhor roupa para subir montanhas. Ao longo do dia ele percebeu que, desde sua queda no precipício, o comportamento de Jaro não era o mesmo. "Não precisava me agradecer, mas ser tão pouco educado... Talvez seja efeito do susto. Mas agora me incomoda menos que antes. Acho que agora é mais ele."

À tarde, Tiuri viu à sua frente uma choupana num declive. Atrás dela subia uma parede alta e escura, e mais além se elevavam os picos nevados.

– Veja – disse a Jaro –, será a cabana de Menaures?

Jaro resmungou algo ininteligível. Mas Tiuri animou-se com aquela visão, como um cavalo que se sente perto do estábulo. Continuaram caminhando. Às vezes, uma curva não os deixava ver a choupana. Então ouviram uma música... uma melodia clara e leve que combinava com os pinheiros caprichosos, com o sol e com a relva cheirosa dos declives da montanha.

Num pequeno prado situado acima da trilha à sua frente, um garoto tocava flauta. Uma ovelha branca e preta pastava ao seu lado. O jovem continuou a tocar quando se aproximaram, mas seus olhos os observaram, curiosos.

– Boa tarde! – cumprimentou Tiuri.

O garoto parou de tocar, sorriu e disse:

– Boa tarde.

– Estamos perto da nascente? – perguntou Tiuri.

– Depois da curva já conseguirá vê-la – respondeu o garoto, indicando sua direção. – Com certeza vêm falar com Menaures.

– Sim – respondeu Tiuri.

– De onde estão vindo?

– Do leste.

– É claro. Eu os vi chegando...

Tornou a olhá-los com curiosidade.

Tiuri gostou dele. "Um garoto moreno", pensou. Usava pouca roupa, seu rosto, braços e pernas nus estavam queimados de sol, tinha o cabelo castanho, liso e curto, e os olhos castanhos e brilhantes.

O garoto levou novamente a flauta aos lábios e disse:

– Vou avisar Menaures que vocês estão indo para lá.

Tocou algumas notas alegres, mas, quando Jaro e Tiuri recomeçaram a caminhar, deu um salto, começou a subir e desapareceu.

A nascente brotava entre algumas pedras num pequeno planalto. Um pouco acima, sobre uma colina cheia de relva, estava a choupana. Havia sido construída com vigas de madeira e o teto era de pedras chatas e cinzentas. Estava apoiada em algumas pontas não muito altas, e uma pequena escada de madeira levava até a porta, que estava aberta. Tiuri e Jaro ficaram um momento junto à nascente e Tiuri sentiu-se extasiado diante daquele pequeno manancial, a origem do maior rio de Dagonaut. Quando se dirigiam para a choupana, o garoto moreno chegou saltando em direção contrária; pelo visto fora por um caminho mais curto. Chegou na frente deles, mas, antes que ele subisse a escada, uma voz profunda saiu do interior:

– Já sei, Piak. Há um jovem que quer falar comigo. Deixe-o entrar.

O garoto moreno deu um passo para trás e com um gesto indicou aos viajantes que entrassem. No vão da porta apareceu um homem magro e idoso, envolto numa túnica de um tecido cinza e áspero. Seu cabelo e barba longos e crespos eram brancos como a neve, seu rosto era amável, tranquilo e sábio.

– Ora vejam! São dois – disse. – Aproximem-se e sejam bem-vindos.

Tiuri e Jaro cumprimentaram-no respeitosamente e subiram a instável escada.

– Entrem – convidou o ermitão. – Sentem-se, viajantes.

A cabana tinha apenas um quarto, pobremente decorado.

O ermitão sentou-se à mesa num tamborete e indicou um banco do outro lado.

– Sentem-se – repetiu.

Jaro e Tiuri obedeceram. Sentaram-se um ao lado do outro diante do ermitão, que os olhava atentamente.

"Deve ser muito idoso", pensou Tiuri, observando seus profundos olhos escuros. "E sábio. Deve ser tão sábio quanto idoso, ou talvez mais." Teve a impressão de que o ermitão, depois daquele breve olhar perscrutador, compreendera tudo, por isso não era necessário dizer mais nada.

Ao seu lado, Jaro se mexia, inquieto.

– E o que os traz por aqui? – perguntou o ermitão. – O que estão procurando? Querem algo de mim? Só posso ajudá-los a procurar; terão de encontrar por vocês mesmos.

– Está falando em código – disse Jaro, visivelmente incomodado. – No que me diz respeito... procuro um caminho.

– Para onde?

– Para cruzar as montanhas.

– Ah, sim! – exclamou Menaures. – Quer ir para o oeste.

– Sim, sábio homem, e disseram-me que conhece os caminhos.

– Conheço os caminhos, sim. Mas já não posso percorrê-los, estou muito velho.

– Entendo – disse Jaro, depois de um momento de silêncio. – Mas não poderia indicar-me algum?

O ermitão negou com a cabeça.

– Não – disse lentamente. – Os caminhos secretos das montanhas não podem ser revelados a estranhos.

Voltou a haver silêncio.

– É uma pena – disse Jaro entre dentes.

No entanto, Tiuri teve a impressão de que Jaro não ficara muito decepcionado. Ele mesmo ficara um pouco assustado com o que Menaures acabara de dizer. "Mas", pensou, "talvez mude de opinião quando eu lhe mostrar o anel do cavaleiro Edwinem."

– Talvez possa encontrar um guia – disse o ermitão, olhando para Jaro.

– Ah, sim! Está bem. O senhor foi muito amável, santo homem – respondeu Jaro.

– Não sou nenhum santo homem, viajante – disse o ermitão. – Chame-me de Menaures. Como é o seu nome?

– Jaro.

– E você, quem é, meu filho? – perguntou para Tiuri.
– Eu... eu sou Martin.
– E o que o trouxe até aqui?
– Eu também quero lhe pedir algo. Mas...
Tiuri olhou para Jaro.
– Ah! Já estou indo – disse o homem, levantando-se precipitadamente.
– Obrigado, Jaro – disse o ermitão amavelmente. – Depois continuamos a conversa e verei o que posso fazer por você.
– Obrigado, Menaures – disse Jaro. Fez uma reverência sem jeito e deixou o lugar.
O ermitão se levantou e fechou a porta atrás de si. Depois se dirigiu a Tiuri:
– Fale, Martin. Agora ninguém pode nos ouvir.
Tiuri também ficou de pé e disse:
– Não me chamo Martin, mas sim Tiuri, apesar de meu nome não ter importância. Preciso ir para o oeste atravessando as montanhas. Fui enviado pelo cavaleiro Edwinem do Escudo Branco. Veja, este é seu anel; disse que eu deveria mostrá-lo ao senhor.
O ermitão se aproximou dele e pegou o anel com cuidado.
– O cavaleiro Edwinem – disse em voz baixa. – Paladino de Unauwen, Portador do Escudo Branco... Onde ele está?
– Está morto.
O ermitão olhou para Tiuri. Não havia desconcerto em seu olhar, só uma profunda seriedade. Depois abaixou a cabeça e observou o anel.
– Então ele tombou – disse –, morto em sua inesgotável luta contra o mal. Esta é uma triste notícia, mas, apesar de tudo, teria sido mais triste se houvesse tombado de outra forma.
– Ah, mas não tombou em batalha – afirmou Tiuri. – Foi assassinado. Assassinado traiçoeiramente!
– Isso é menos grave para ele do que para os que o mataram. Mas me conte, meu filho...

Pegou Tiuri pelo braço e este não pôde evitar um gesto de dor.
— Ah, você está ferido — disse Menaures.
— Não é nada — murmurou Tiuri.
— Sente-se e fale, meu filho.
— Mas o senhor não sabe de tudo? Não se surpreendeu ao me ver, não se sobressaltou sequer ao ouvir que o cavaleiro Edwinem estava morto.
— Não sei de nada — respondeu o ermitão. — Suspeito de muita coisa. Ah, o cavaleiro Edwinem parece ter estado aqui pela primeira vez há tão pouco tempo. Na época, tinha a sua idade. Acabara de ser nomeado cavaleiro e sonhava realizar grandes façanhas. Seu sonho se realizou, talvez não para sua alegria, infelizmente, embora ele não pudesse suspeitar disso. Os filhos de Unauwen ainda eram jovens, mas eu já temia que um deles se transformasse numa ameaça para seu pai e seu irmão. Sim, parece que foi ontem que o jovem Edwinem esteve aqui, apesar de você ainda nem ter nascido na época. E agora está na minha frente para retomar sua missão... Ou não é isso?

Então pela primeira vez Tiuri falou sobre o que o Cavaleiro do Escudo Branco lhe pedira. Contou como o conhecera, e como ele lhe entregara uma carta para o rei Unauwen do país a oeste da Grande Cordilheira.

O ermitão escutou com toda atenção e disse:
— Você traz notícias que me preocupam. O monarca de Eviellan e seus seguidores são perversos. Mas não perca a esperança; no fim o mal será derrotado. Sua missão é levar a carta; eu me encarregarei de fazer você cruzar as montanhas com rapidez e segurança.
— Mas... o senhor já não pode me mostrar o caminho, não é?
— Não, agora estou muito velho. Mas lhe ofereço um guia em quem pode confiar como em você mesmo. Chama-se Piak, você já o viu lá fora.
— Esse garoto moreno?
— Ele mesmo — respondeu o ermitão, sorrindo.
— Quantos anos ele tem?

– Acho que é mais novo que você. Deve ter catorze anos. Mas nasceu e se criou nas montanhas, e descende de homens que têm a escalada no sangue. É o melhor guia que poderia ter. Precisam partir amanhã de manhã, quando o sol nascer.

– Está bem, Menaures, obrigado – disse Tiuri.

Depois acrescentou:

– Mas o que vai acontecer agora com Jaro? Ele também deseja cruzar as montanhas e não posso lhe dizer que não quero que venha comigo.

Contou-lhe como conhecera Jaro e como haviam chegado à nascente.

– De fato – disse o ermitão, pensativo –, talvez tenha mentido e não tenha nenhum filho do outro lado das montanhas. Talvez seja um espião. Sabe de uma coisa? Eu pressentia que alguém viria hoje para me ver... Pensei que seria um jovem, e assim foi. No entanto, ele não estava em meu pressentimento; por isso, acho que não precisa de mim. Mas posso estar enganado; também é possível que esteja dizendo a verdade. Nesse caso, você não pode proibi-lo de acompanhá-los porque nunca conseguiria cruzar as montanhas sozinho.

Olhou para Tiuri e acrescentou:

– Cabe a você decidir o que fazer.

– Então não posso fazer outra coisa senão deixá-lo vir conosco.

– Eu também acho. Pense que serão três. Fique atento, reveze com Piak para montar guarda à noite, e nunca deixe Jaro ficar atrás de você... De qualquer forma, acho que você não precisa ter tanto medo dele.

Levantou-se e pediu:

– Tire o hábito e mostre-me seu ferimento... Olhe só! Você também está vestindo uma cota de malha. É melhor deixá-la aqui; será muito pesada e incômoda quando estiver lá em cima. Há algumas roupas nesta arca.

Enquanto falava, desenrolou a bandagem do braço de Tiuri; o ferimento voltara a abrir e a encharcara de sangue. Menaures umedeceu o local com o conteúdo de uma garrafa que cheirava a resina e pinho. Ardia um pouco, mas depois aliviava. Depois voltou a enfaixar o ferimento. Enquanto fazia isso quis saber de suas outras aventuras.

Tiuri contou-lhe tudo e transmitiu-lhe as lembranças do abade Hyronimus e do senhor do castelo de Mistrinaut.

– Sigirdiwarth Rafox – disse Menaures. – Sim, faz muito tempo que esteve aqui. Pelo que me consta, governa bem seu território.

– O senhor o conhece há muito tempo?

– Veio aqui há vinte anos trazendo apenas sua espada, que queria usar por uma boa causa. Então eu o aconselhei a descer até Mistrinaut, margeando o rio Azul, porque ali havia uma batalha na qual deveria combater.

O ermitão abriu a arca e disse:

– Procure alguma roupa e vista-a. Aqui está o anel que o cavaleiro Edwinem lhe deu.

– Ah! Mas não é meu. Ele só me pediu que o mostrasse ao senhor.

– Guarde-o e devolva-o ao rei Unauwen. Foi ele que o entregou a Edwinem.

– Farei isso – disse Tiuri, pendurando o cordão com o anel no pescoço. Ele gostou de poder continuar com a joia; quase passara a considerá-la um talismã e lembrança da promessa que fizera ao cavaleiro Edwinem.

– Vou conversar um pouco com Piak – disse o ermitão.

Saiu e fechou a porta.

Tiuri enfiou a cota de malha na arca e em seu lugar vestiu um desbotado gibão azul. Ficou com o hábito e vestiu-o por cima. Depois foi até a porta e olhou para fora. Emocionou-se com a vista. Podia ver uma grande extensão a oeste, no reino de Dagonaut. Viu o rio Azul serpenteando e pensou poder distinguir as torres de Mistrinaut. Mais perto viu colinas, campos, aldeias, casas espalhadas e o bosque escuro. A sombra da montanha cobria tudo.

Jaro estava sentado numa das pedras próximas da nascente; tinha o rosto coberto com as mãos, como se estivesse triste ou pensando muito em alguma coisa. Perto da cabana, Menaures conversava em voz baixa com Piak, que abriu um sorriso ao ver Tiuri na escada. Tiuri foi na direção deles.

— Este é Piak — disse Menaures. — Ele levará você e Jaro para o outro lado das montanhas.

— Já sei que você é o Martin — disse o garoto. — Estou à sua disposição. Vamos partir amanhã de manhã.

— Piak, vá preparar tudo — disse o ermitão, e em seguida chamou: — Jaro!

Jaro se levantou e aproximou-se devagar.

— Pode atravessar as montanhas — disse-lhe o ermitão. — Meu jovem amigo e ajudante, Piak, será o guia de vocês.

— Veja só! — exclamou, surpreso.

— Sim, Martin também quer ir para o oeste. Então irão vocês três. Piak conhece os caminhos.

— Isso é... isso é excelente — disse Jaro. — Obrigado.

— Agora vocês precisam jantar. Amanhã sairão cedo, então é melhor deitar logo.

Jaro continuou calado durante o jantar; Piak tinha muito para contar e perguntar. Pelo visto, vinha de uma aldeia de montanha próxima dali. Era órfão e Menaures se encarregara de criá-lo nos últimos anos. Ele, por sua vez, ajudava o ermitão com pequenos trabalhos: cortar lenha, cozinhar e coisas assim. Tiuri perguntou a Menaures se podia abrir mão de seu ajudante.

— Claro — respondeu ele. — Piak também não está sempre aqui. Como poderia ser um bom escalador?

Piak nunca saíra das montanhas e perguntou aos viajantes como era aquele lugar onde tudo era plano. Não gostaria de morar ali, disse.

— No entanto, bem que gostaria de descer alguma vez — acrescentou — para ver de perto o país do rei Dagonaut. De longe é muito bonito. E Menaures me contou muitas coisas sobre ele.

— Bem, algum dia você poderá ir até lá, não é? — disse Tiuri.

— Sim, talvez. O ano passado ainda não podia; era muito novo.

– Quantos anos você tem? – perguntou Jaro. Era a primeira coisa que falava.
– Nasci em meados do verão – respondeu Piak –, faz quinze... – dirigiu um olhar a Menaures –... não, faz catorze anos.
– Nossa – disse Jaro. – É muito novo para ser nosso guia.
– É jovem – disse Menaures –, mas nem tanto. Se quisesse, poderia descer para ver de perto o que já conhece de longe. E então, Piak, você perceberia que tudo tem um aspecto bem diferente.
– Nunca esteve no país do rei Unauwen? – perguntou Tiuri.
Piak negou com a cabeça:
– Nunca fui além de Filamen. É uma aldeia do outro lado das montanhas. Claro que vi o reino de Unauwen, de longe; na verdade parece mais bonito que o de Dagonaut. Ao longe se pode ver uma cidade...
– A cidade de Unauwen?
– Acho que não.
– Não, a cidade de Unauwen está longe – disse o ermitão. – O que se vê é Dangria, a cidade do Leste.
– Tem torres – disse Piak –, muitas torres e muralhas. Quando o tempo está bom são bem visíveis. Bem que eu gostaria de ver de perto uma cidade assim... E também acho que já vi o rio Arco-Íris.
– E a cidade de Unauwen, não? – perguntou Tiuri.
– Não pode ser vista das montanhas – disse Menaures. – Fica a oeste do país, junto do rio Branco, perto do mar.
– Você já esteve alguma vez numa cidade? – perguntou Piak para Tiuri.
– Sim – respondeu –, na cidade de Dagonaut. Também fica longe daqui, junto do rio Azul, e perto dela há um grande bosque.
Piak perguntou como era essa cidade e Tiuri descreveu as portas e as muralhas, as casas e as ruelas, e a grande praça onde ficava o palácio do rei. Nessa praça, contou, monta-se um mercado e às vezes também se celebram torneios. Isso foi o que mais despertou o interesse de Piak. Menaures lhe contara algumas vezes histórias de cavalaria, e ele

nunca se cansava de escutá-las. Interrogou Tiuri. Já assistira a algum torneio? O que sabia sobre os cavaleiros de Dagonaut? Como eram, quais eram seus nomes e suas armas, e que façanhas corajosas haviam realizado?

Tiuri poderia contar-lhe muitas coisas, mas achou melhor não dizer nada para não correr o risco de revelar sua verdadeira identidade. Então disse a Piak que já vira um ou outro cavaleiro de longe, e fez o possível para não demonstrar que convivera com eles e estivera prestes a ser um deles.

– Piak, você não vai parar de fazer perguntas? – disse por fim Menaures, com um sorriso. – Assim nosso hóspede não tem tempo nem para mastigar o pão.

Depois do jantar, Jaro e Tiuri ajudaram Piak a empacotar as coisas necessárias para a viagem. O trajeto não seria longo, mas eles precisariam de várias coisas: corda, mantas e provisões. O ermitão sentou-se tranquilamente num canto, observando-os.

– Bem – disse Piak depois de um tempo –, já é suficiente; não podemos carregar muito peso.

– Já é muito – opinou Jaro. – Temos de levar estas mantas? Já temos nossos mantos e abrigos, e é verão.

– Lá em cima faz frio – disse Piak –, especialmente à noite. Talvez passemos por campos de gelo. Esperem...

Procurou na arca e tirou um par de peles de ovelha.

– Peguem – disse, lançando uma para Tiuri e outra para Jaro. Depois examinou visualmente seus futuros companheiros de viagem.

– Você pode tirar ou guardar esse hábito – disse para Tiuri. – E deixe-me ver seus sapatos. Será melhor calçar estas botas. Podemos pegar as suas emprestadas, Menaures?

– Mas você vai descalço – disse Tiuri.

– Estou acostumado. E tenho botas para quando chegarmos ao pico. Bem, acho que estamos prontos.

– Claro que sim – disse Menaures. – Ponha tudo num canto e coloque palha e mantas no chão. Assim poderão se deitar.

Pouco depois deitaram-se lado a lado, Piak entre Tiuri e Jaro, e deram boa-noite. O ermitão saiu, deixando a porta encostada.

Piak dormiu em seguida e Jaro também estava muito quieto, mas Tiuri não conseguia pegar no sono. Levantou-se sem fazer barulho e saiu.

O ermitão estava sentado num dos degraus e olhava pensativo para o oeste. O sol desaparecera atrás da parede montanhosa, mas a escuridão ainda não era total. No oeste, um par de estrelas brilhava no céu azul-esverdeado. Tiuri sentou-se a seu lado e olhou em silêncio. Depois de um tempo, dirigiu o olhar para o rosto do ermitão.

– Sim, meu filho? – disse ele em voz baixa, sem se mexer.

Tiuri ficara curioso a respeito de algo, mas preferiu perguntar-lhe outra coisa:

– Menaures, o senhor conhece o país de Unauwen?

– Sim – respondeu o ermitão –, muito bem até, porque nasci ali. Também conheço o seu país. Vaguei muito pelo mundo antes de me retirar para este lugar.

– Conhece o rei Unauwen e seus filhos?

– Sim, conheço.

– Qual é a distância até a cidade de Unauwen, Menaures?

– São necessários uns cinco dias para cruzar as montanhas. Depois, é possível chegar a Dangria em um dia. Dali há um bom caminho que leva diretamente à cidade de Unauwen, passando pelo rio Arco-Íris, cruzando o bosque de Ingewel e as Colinas Lunares. Não terá problemas para chegar. De Dandria, levará uns oito ou nove dias.

Então Tiuri perguntou o que mais desejava saber, apesar de ser um segredo:

– *O senhor sabe... sabe o que diz a carta?* – sussurrou.

– Não – respondeu o ermitão. – Sei tão pouco quanto você.

– Talvez tenha sido uma pergunta absurda, mas como o senhor sabia e suspeitava de tantas coisas...

– Apesar de viver longe, conheço o mundo que existe ao pé das montanhas. Às vezes ouço as notícias dos peregrinos que vêm por aqui e fico sabendo de mais coisas através de minhas meditações silenciosas... Quanto à carta, não tem por que adivinhar seu conteúdo. Sua missão é entregá-la.

– Sim... – disse Tiuri em voz baixa.

Ambos tornaram a ficar em silêncio. Pouco a pouco ia escurecendo; nas profundezas do vale algumas luzes se acenderam. Tiuri ficou um tempo sentado, pensando em muitas coisas e ouvindo o canto dos grilos na relva e o suave murmúrio da nascente. Depois se levantou e desejou boa noite ao ermitão.

– Bom descanso – disse Menaures.

Tiuri dormiu assim que se deitou e seu sono foi profundo e tranquilo.

3. A despedida de Jaro

Na manhã seguinte, os viajantes e seu guia estavam prontos para partir. O sol acabara de sair e o céu sobre o reino de Dagonaut se tingia de rosa e dourado.

– Como isso é bonito! – disse Tiuri para Piak, apontando para o oeste. – E você pode ver todo dia.

– Sim. Muitas vezes nem presto atenção – respondeu Piak, um tanto surpreso.

O ermitão deu a mão a cada um deles e os abençoou.

– Boa viagem – disse.

Então pegaram seus fardos e bolsas e puseram-se a caminho; Piak ia à frente, Jaro o seguia e Tiuri era o último. Atrás da cabana havia uma trilha íngreme; começaram a subir por ela. Para surpresa de Tiuri, Piak caminhava muito devagar, mais devagar do que Jaro e ele no dia anterior. Após quinze minutos de subida pararam um pouco e olharam para a cabana abaixo deles. O ermitão estava na encosta e acenava. Devolveram-lhe o aceno.

– Por que você anda tão devagar? – perguntou Tiuri a Piak quando retomaram a marcha.

– Devagar? – perguntou Piak, com surpresa. – Assim é que se deve andar; do contrário, não se aguentam horas e horas de subida.

De fato tinha razão. Iam devagar, mas num ritmo constante, e podiam avançar muito mais sem necessidade de descansar. Mesmo assim, Tiuri começou a ficar cansado depois de algumas horas e o suor escorria-lhe pelo rosto. Jaro também caminhava ofegando. Piak parecia incansável: subia no mesmo ritmo, tranquilo, como se andasse por uma superfície plana, e de vez em quando cantava em voz baixa. Mas em determinado momento parou e propôs que descansassem um pouco.

– Olhem – disse –, podem ver a choupana mais uma vez.

Haviam parado sobre uma parede rochosa e tinham de descer um trecho antes de subir ao pico seguinte.

– Ufa! – queixou-se Tiuri, jogando a bolsa no chão. – Estou com calor.

– Daqui a pouco sentirá mais – disse Piak, sem nenhum sinal de cansaço ou de calor. – Aqui ainda há árvores, porém mais para cima é um deserto. E se subir mais encontrará neve e gelo.

– Ai, neve, é disso que estou precisando! – disse Tiuri.

– Ah, vai sentir frio também – prometeu Piak, alegre. – Podemos continuar?

– Não descansamos nem um minuto – reclamou Jaro.

– Depois vamos descansar com calma – disse Piak. – Quando comermos. Ou está realmente cansado?

– Bem – resmungou Jaro –, não exatamente cansado. Por mim podemos continuar. Este caminho é bom. Continua assim?

– Não – respondeu Piak. – Esta trilha leva até uns abrigos na montanha. Depois já não há trilha, pelo menos não para quem não conheça. Mas a viagem não será difícil, de verdade, e o tempo está bom.

Jaro abriu a boca para dizer mais alguma coisa, mas desistiu e se calou.

Prosseguiram por um vale muito frondoso pelo qual corria um pequeno riacho. Tiuri e Jaro saciaram ali sua sede, apesar de Piak avisar que não deviam beber muito. Depois continuaram a subir. Quando o sol estava no sul, já haviam alcançado o segundo pico. Ali em volta era muito mais aberto e árido, mas ainda havia uma trilha. Sentaram-se numa pequena área plana à sombra de uma grande rocha e tiraram as provisões.

— Esperem — disse Piak —, sei que por aqui crescem umas frutas silvestres muito gostosas. Vou apanhar algumas.

Deu um salto e se distanciou.

— Esse garoto parece não se cansar nunca — comentou Jaro. — Obviamente está acostumado a escalar.

— É verdade — disse Tiuri, preguiçoso.

Jaro pegou um pedaço de pão. Não o comeu, mas ficou ausente, esmigalhando-o com os dedos. Com a testa franzida, olhava para a trilha pela qual haviam subido. Tiuri teve a impressão de que algo o contrariava mas não sabia o que dizer, então ficou em silêncio.

Em algum lugar atrás de uma colina, Piak cantarolava; depois deve ter se distanciado porque o som foi se extinguindo até desaparecer.

— Muito bem — disse Jaro, tão alto e tão de repente que Tiuri se assustou.

Pegou sua bolsa de viagem, levantou-se e olhou para Tiuri.

— Vou embora — disse.

Tiuri olhou-o surpreso.

— Você vai embora? — repetiu.

— Sim, vou voltar — disse Jaro, indicando o leste. — Ainda consigo encontrar o caminho sozinho.

— Mas por quê? — perguntou Tiuri, erguendo-se de uma só vez.

— Você ainda não entendeu?

— Você queria atravessar as montanhas.

— E você ainda acredita nisso? Acreditou quando eu lhe disse? — perguntou Jaro, olhando-o fixamente.

— Bem, não tinha motivos para não acreditar — começou Tiuri, e depois se calou um pouco. — Não será por isso, não é? — continuou. — Refiro-me a você não acreditar que não me importo que você venha comigo, não?

Voltou a se calar em busca de palavras. O que dissera não era verdade; duvidara de Jaro. Preferia não tê-lo ao seu lado.

– Você não confia em mim – disse Jaro, com um sorriso nervoso.

– Confio... – começou a dizer Tiuri, mas interrompeu-se e continuou: – Jaro, não tenho nada contra você. Gostaria de explicar mas não posso; e, se você é de confiança ou não, não é o que importa. Pode vir tranquilamente conosco.

– Ora, cale-se! – disse Jaro. Desviou os olhos e tornou a olhar para o caminho. – Você tinha razão ao desconfiar de mim – acrescentou, sem olhar para Tiuri.

– Por que está dizendo isso? – perguntou Tiuri após um momento de silêncio.

Jaro olhou fixamente para ele.

– Será que você não entende? – perguntou pela segunda vez. – Por acaso preciso lhe explicar? Entendi perfeitamente que você não queria a minha companhia, embora não me importasse com isso; eu teria ido atrás de você. Não entendi por que em seguida você me pediu para ser seu companheiro de viagem... Perguntei-me se você era um louco muito gentil, ou se, pelo contrário, era muito esperto: é melhor ter um inimigo como companheiro, vigiado, do que se arrastando atrás de você, não é verdade? – tornou a olhar para Tiuri e acrescentou: – Loucura ou inteligência, não importa, você me venceu. Vou voltar. E você já não tem por que ter medo de mim.

– Mas por quê? – sussurrou Tiuri.

– Será que você não entende? – perguntou Jaro pela terceira vez.

Tiuri achava que o entendia, mas queria saber mais e ter certeza.

– Fale sem rodeios, Jaro – estimulou-o.

– Está certo, maldito – disse Jaro, com os olhos brilhando –, se é isso o que você quer, está certo. Não tenho nada a procurar do outro lado das montanhas. Fui enviado para matá-lo e para fazer com que essa carta, a carta que leva com você, nunca fosse entregue ao rei Unauwem. Mas já não posso fazer isso. Você salvou minha vida. Se você realmente não confiava em mim, aquilo foi uma loucura que eu jamais cometeria. No entanto, graças a essa loucura, você me tornou tão inofensivo como se tivesse me deixado cair pelo precipício. Não posso matá-lo. Não quero fazer isso.

Fez-se silêncio novamente. Jaro abaixou a cabeça como que envergonhado.

– Obrigado – disse Tiuri por fim.

Jaro começou a rir.

– Mais uma loucura! – exclamou. – Agradecer-me por não tê-lo assassinado.

– Não – disse Tiuri –, não é isso. Estou agradecendo por..., por... sim, porque...

Calou-se. Agradecer era, realmente, uma loucura. E apesar disso sentia certa gratidão por Jaro, talvez por ter conseguido vencer sua maldade.

Jaro interrompeu seus pensamentos:

– E é isso – disse. – E não pense que sou melhor do que realmente sou. Ali no precipício, havia planejado empurrá-lo, mas tropecei e fui eu quem caiu... Parece a moral de uma fábula, não é? Pensei que era o fim, mas você... – interrompeu-se. – Bem, é isso – disse com calma. – Matei outras pessoas mas não posso matar você. Vá em paz. Talvez alcance seu objetivo, mas isso não me diz respeito.

– Então haviam enviado você para me assassinar. Quem? Você é um dos Cavaleiros Vermelhos? Foi enviado pelo Cavaleiro Negro do Escudo Vermelho?

– Sou um dos Cavaleiros Vermelhos e o Cavaleiro Negro do Escudo Vermelho é meu senhor.

– Quem é ele?

– Isso não lhe interessa – respondeu Jaro. – Graças a você deixei de cumprir uma ordem dele pela primeira vez. Contente-se com isso.

– Mas... vai voltar para junto dele?

– Ainda não sei o que vou fazer – respondeu Jaro rudemente. – Mas isso é assunto só meu. Nunca mais voltaremos a nos ver.

– Não gosto da ideia de você voltar para ele.

— Por favor! Você não pretende me dar uma lição, não é? Talvez não possa voltar, ele não gosta dos servidores que falham em sua incumbência. Mas, repito, isso é assunto meu.

— Não — disse Tiuri em voz baixa —, de jeito nenhum, Jaro. Talvez nunca nos vejamos de novo, mas, por assim dizer, nós devemos a vida um ao outro e, portanto, também tudo o que viermos a fazer no futuro.

Jaro refletiu por um momento.

— É possível — disse. — Falando assim, talvez nossos assuntos estejam ligados. Mas cada um seguirá seu caminho, embora o meu seja agora diferente do que sempre imaginei.

Depois pareceu arrepender-se do que dissera.

— Vou embora — disse. — Boa viagem.

Sem esperar resposta, virou-se e se foi.

— Adeus — disse Tiuri.

Jaro andou um trecho, mas logo parou, hesitou e voltou.

— Não é honesto eu ir embora assim — disse. — Acho que devo contar-lhe algo.

— O quê? — perguntou Tiuri.

— Devo-lhe a vida e não posso deixar você acreditar que comigo desaparecem todos os perigos. Não fui o único enviado para segui-lo.

— Você não é o único? — repetiu Tiuri.

— Não. Vimos sua comitiva se separando. Eu devia segui-lo e outro foi atrás do grupo que pegou o caminho do oeste... dos Cavaleiros Cinza, um escudeiro e um jovem montado num cavalo negro. No início pensamos que este último era o nosso homem, mas quando vimos você margear sozinho o rio Azul começamos a duvidar e por isso eu o segui. Bem, em seguida soube que você era nosso homem.

— Como? — interrompeu-o Tiuri.

— Reconheci você. Eu era um dos Cavaleiros Vermelhos que o seguiu pelo Bosque do Rei.

— E também estava...? — Tiuri se calou de repente.

"Você também estava com os que assassinaram o cavaleiro Edwinem?", gostaria de perguntar, mas achou melhor não dizer nada.

Jaro pareceu ler a pergunta em seus olhos. Desviou o olhar e disse:

– Você sabe que sou um homem mau, não é?

Depois prosseguiu com sua história:

– O outro enviado logo perceberá que está perseguindo as pessoas erradas. Mas não voltará, tenho certeza. Continuará tentando encontrá-lo, porque essa é sua missão e seu desejo. Talvez viaje atrás de você. Talvez também tente cruzar as montanhas antes de você e esperá-lo do outro lado. Sim, não descansará até encontrá-lo. Ele não é como eu. Se o tivesse resgatado do precipício, ele teria empurrado você sem hesitar. É o melhor espião e a pior pessoa que conheço... É astuto e experiente, e não se detém diante de nada nem de ninguém.

– Quem é? – sussurrou Tiuri.

– Nenhum de nós sabe seu verdadeiro nome, mas é conhecido como Slupor. Tenha cuidado com ele!

– Como ele é?

Jaro encolheu os ombros.

– Às vezes é como um Cavaleiro Vermelho – respondeu –, às vezes é como um soldado normal. A maioria das vezes está espionando; e nesse caso pode encontrá-lo sob qualquer aparência. Como é? Não é alto nem baixo, nem velho nem jovem, nem loiro nem moreno... Só os olhos podem delatá-lo; são falsos como os de uma serpente. Todos temos medo dele... Sim, às vezes não acreditamos que podemos nos tornar tão maus como ele – calou-se por um momento e disse com um sorriso: – Bem, agora não só desobedeci às ordens do meu senhor, como também dificultei seu cumprimento. Isso é tudo. Adeus.

Tiuri estendeu-lhe a mão.

– Obrigado – disse com seriedade. – E, se não sabe o que fazer, fale com Menaures. Com certeza ele o aconselhará e o ajudará. Talvez saiba mais do que você pensa. Adeus.

4. Piak

Tiuri seguiu Jaro com o olhar até ele desaparecer. Depois se sentou para refletir sobre o que ouvira.

– Já podemos comer – disse Piak, que aparecera de repente. – Aqui está.

Segurou um punhado de frutas silvestres diante de Tiuri.

Tiuri olhou para ele um tanto confuso. Por um momento havia se esquecido do garoto moreno.

– Ah, obrigado – disse.

Piak pôs as frutinhas sobre uma pedra chata e acocorou-se ao lado.

– Então ele foi embora – disse com calma.

– Sim – confirmou Tiuri. – Mas como você sabe?

– Vi que ele estava indo – respondeu Piak, colocando uma fruta na boca.

– Ah! – exclamou Tiuri. Perguntava-se se Piak escutara alguma coisa da conversa.

O garoto cuspiu uma semente, apanhou uma segunda fruta e olhou-a com atenção. Depois dirigiu seus olhos claros para Tiuri.

– Quem é você? – perguntou em voz baixa.

– Quem sou eu? – perguntou Tiuri, surpreso.

– Você é um cavaleiro com uma missão?

– Que ideia!

– Ah! Logo suspeitei que você não era um viajante normal. Vi sua cota de malha na arca de Menaures e... – Piak esperou um pouco e comeu a segunda fruta. – Bem – continuou a dizer –, ouvi tudo o que disseram... Não fiz de propósito. Mas aqui às vezes se ouvem vozes que estão a quilômetros de distância... É por causa do eco. No começo pensei em me afastar, mas depois pensei no que Menaures me dissera, e achei melhor saber de tudo.

– Quem diria! – exclamou Tiuri, sem saber se devia ficar surpreso, bravo ou apreensivo.

– Sim – continuou Piak –, agora pelo menos sei com o que preciso ter cuidado... por exemplo com esse tal de Slupor... Agora ele já não vai nos pegar. Não nas montanhas, no que depender de mim. Antes disso cairá por um precipício sem fim.

— Ah, é? Mas agora você precisa me contar o que...

Piak não o deixou falar. Levantou-se de um salto, pegou os fardos e disse:

— Venha comigo!

— O que está acontecendo? – perguntou Tiuri, um pouco assustado.

— Vamos nos sentar em outro lugar. Os ecos.

Um minuto depois estavam em outro lugar.

Piak retomou a história:

— Não entendi tudo o que esse tal de Jaro lhe disse, mas alguma coisa sim – disse em voz baixa. – Você leva uma carta para o rei Unauwen e Jaro ou seu senhor não querem que o rei a receba. E enviaram um tal de Slupor atrás de você. Poderíamos dizer que ele é uma víbora astuta. Você não diz nada – continuou, depois de um momento em silêncio. – Não se atreve, é claro. Com certeza está pensando o mesmo que um tio meu que sempre diz: "Confie só em você mesmo." Você tem razão. Mas agora eu já sei, e acho melhor estar a par de tudo. Assim você sabe como é e eu não tenho de fingir que não sei de nada.

Tiuri olhou para ele e começou a rir.

— Você tem razão – disse. – E agora eu também sei mais uma coisa: que devemos ter cuidado ao falar nas montanhas porque o eco pode nos delatar.

Piak também riu. Depois seu rosto ficou sério e ele acrescentou:

— Você não precisa temer que eu o delate. Pode confiar em mim. Sabe de uma coisa? Eu também tenho uma missão. Menaures encarregou-me de realizá-la: "Você tem de ser seu guia", me disse, "tem de lhe mostrar um caminho curto que seja o mais seguro possível. Tem de prestar atenção para ninguém segui-los. Tem de permanecer acordado quando ele dormir e ficar junto dele quando estiver acordado..." Bem, essa é minha missão. Por isso fiquei pelos arredores e escutei o que diziam. E como tenho a missão de ser o guia de alguém que tem uma missão, essa sua missão na realidade também é um pouco minha.

Tiuri olhou para ele e começou a se alegrar. "Piak", pensou, "não será apenas um guia e um companheiro de viagem; será também um amigo."

Estendeu-lhe a mão e disse:

– Confio totalmente em você. Vamos apertar as mãos. Tenho uma missão, é verdade, mas não posso revelá-la a ninguém. Há inimigos que querem evitar que eu a leve a termo; agora já não tenho dúvidas disso. Mais adiante eu talvez lhe conte mais coisas. Só lhe peço uma coisa: não deixe ninguém descobrir o que você sabe.

– Nem precisava falar – disse Piak, apertando fortemente sua mão.
– Como sou burro! – exclamou pouco depois. – Deixei as frutinhas para trás. Vou buscá-las. Por causa dessas frutas silvestres eu descobri o seu segredo; como castigo, vamos comer todas para não poderem contar nada.

– Isso tudo é tão bonito! – exclamou Tiuri quando retomaram a caminhada. Era como se naquele momento visse tudo muito melhor, quando já não o atormentavam nem o cansaço, nem a dor, a preocupação ou o desânimo...: as poderosas paredes rochosas, os escassos e caprichosos pinheiros, o panorama que mudava constantemente, as correntes de água espumante e saltitante, as nuvens como véus nos picos das montanhas.

– Você gosta? – perguntou Piak. – É só o que conheço, então não posso comparar, mas acho que não gostaria de viver em outro lugar senão nas montanhas. Adoro escalar, escalar e ver até onde chego. Meu pai era igual e em minha terra diziam que ele era louco. Um dia caiu por um precipício, e dizem que eu vou ter o mesmo fim. Bobagem! Um vizinho de meu pai nunca quis dar um passo fora da cidade, e também morreu ao cair de uma escada. Nesse caso, é melhor cair por um precipício, não acha? Pelo menos você conheceu coisas.

Tiuri concordava com ele.

Piak continuou falando de seu pai:

– Dizem que sou parecido com ele. Também se chamava Piak. Seu pai está vivo?

– Sim. Eu também tenho o mesmo nome que ele.
– Então ele se chama Martin.
– Não – disse Tiuri em voz baixa –, chama-se Tiuri, e esse também é o meu nome.
– Ah! – exclamou Piak, fitando-o com os olhos bem abertos.
– Mas na frente dos outros não deve chamar-me assim – acrescentou Tiuri.
– Não, não, claro que não – disse Piak. Deu a impressão de que queria perguntar mais alguma coisa, mas ficou calado.

Ao pôr do sol chegaram ao lugar que Piak estabelecera como meta para aquele dia: os dois abrigos que mencionara. Ambos estavam vazios e não eram mais usados, mas seriam uma boa guarida para a noite. Quando o sol desapareceu, Tiuri sentiu que começava a fazer frio e alegrou-se por poder usar as peles de ovelha. Instalaram-se numa das cabanas e comeram alguma coisa. Não acenderam nenhuma fogueira para que ninguém pudesse vê-los ao longe.

Depois Piak tirou uma garrafa e disse:
– Menaures me deu isto. Preciso colocar em seu ferimento.

Tiuri deixou-o fazer o curativo com um sorriso.
– Não entendo muito disto – disse Piak –, mas acho que está com um bom aspecto. Menaures disse para passar isso se voltasse a doer, e que também não devia deixar você sentir frio.
– Está bom mesmo – concordou Tiuri. – Já não me incomoda nem um pouco.

Enrolaram-se nas mantas para dormir.
– Amanhã – informou Piak –, vamos caminhar por uma trilha pela qual ninguém poderá nos seguir.
– Como sabe? – perguntou Tiuri, bocejando.
– Ninguém a conhece; nem meu pai nunca chegou a descobri-la. Menaures mostrou-a a mim e ele a encontrou por acaso... Bem, na verdade foi descoberta por outra pessoa, alguém que vinha do outro lado para visitar o ermitão.
– É mesmo? – disse Tiuri, sonolento. – E como foi?

– Ah, isso foi há muito tempo, eu nem sequer tinha nascido. Um jovem cavaleiro do rei Unauwen embrenhou-se nas montanhas. Perdeu-se e foi atingido por uma tempestade de neve. Então soprou sua corneta, Menaures o ouviu e foi à sua procura. Encontrou-o nessa trilha desconhecida. O cavaleiro já cruzara o desfiladeiro e não estava longe de sua meta. Menaures disse que foi um milagre, porque ele desconhecia completamente o caminho na montanha. Era um jovem corajoso. Depois transformou-se num famoso cavaleiro. Chamava-se Edwinem.

Tiuri despertou de repente.

– Edwinem? – repetiu.

– Ouviu falar dele?

– Sim.

– Você o conhece?

Tiuri demorou para responder.

– Sim – disse por fim –, eu o vi uma vez.

– Verdade? Falou com ele?

– Hummm... sim.

Percebeu que Piak se levantava um pouco.

– Conte, Tiuri – pediu.

– Está bem – concordou o jovem, depois de hesitar um pouco.

– Mas antes quero que conheça uma canção sobre os cavaleiros do rei Dagonaut que fala de uma grande batalha no leste. Ouça – Piak cantou em voz baixa:

> Ouçam agora esta canção,
> pois nela vou contar
> uma história de beleza e coragem
> que no leste se passou.
> Nosso rei Dagonaut
> partiu com seus companheiros
> e o inimigo o viu chegar
> junto com seus paladinos.

O rei vestido de púrpura,
a cabeça coroada de ouro,
montava altivo seu corcel branco
como se estivesse em seu trono dourado.
Quem ia à sua direita
com escudo dourado e azul?
Era Tiuri, o cavaleiro,
homem de confiança do rei...

— O cavaleiro Tiuri — disse Piak, interrompendo-se —, Tiuri, o Destemido. É seu pai?

— Por que diz isso? — começou a dizer Tiuri, mas logo respondeu. — Sim, é meu pai.

— Então você é cavaleiro — sussurrou Piak, animado.

— Não, eu não. Sou... fui apenas escudeiro.

— Bem, mas logo se transformará em cavaleiro, não é? Primeiro pajem, depois escudeiro... É assim que acontece, não é? Conte, conte!

— Fui o pajem da minha mãe e o escudeiro de meu pai.

Sorriu na escuridão ao se lembrar daqueles anos felizes em Tehuri. Pela primeira vez em muitos dias se perguntava como estariam seus pais. Estariam esperando por ele na cidade de Dagonaut ou teriam voltado para seu castelo?

— Quando completei treze anos, passei a ser o escudeiro do cavaleiro Fartumar — continuou.

— O cavaleiro Fartumar — repetiu Piak, com respeito. — A canção também fala dele:

Quem ia à sua esquerda
com escudo branco e reluzente?
Era o cavaleiro Fartumar,
com sua trompa convocando toda a gente...

– Depois passei a servir ao rei Dagonaut – contou Tiuri. – Isso é uma coisa que todos os que querem ser cavaleiros devem fazer.

– E quando vão nomeá-lo cavaleiro?

– Já poderia ter sido nomeado. Mas agora já não sei se isso vai acontecer. Eu infringi as regras e o rei é severo.

Contou a Piak sobre a noite de vigília na capela, sobre a voz pedindo que abrisse a porta, sobre o desconhecido que lhe entregou a carta para o Cavaleiro Negro do Escudo Branco... Contou que encontrara o cavaleiro moribundo e aceitara a missão: levar a carta ao rei Unauwen.

– Ah! – exclamou Piak, com um suspiro. – Pois, para mim, você é um cavaleiro com uma missão. Você não podia fazer outra coisa senão o que fez, não é?

– Não, não podia fazer outra coisa.

– E o Cavaleiro Negro do Escudo Branco, quem era?

– O cavaleiro Edwinem, senhor de Foresterra. Mas só soube disso depois.

– Fico contente por você ter me contado isso – disse Piak. – Talvez queira me contar mais coisas: tudo o que passou antes de chegar aqui. Eu gostaria de ser seu escudeiro.

– Não sou cavaleiro.

– Claro que é!

– Preferiria que fosse meu companheiro, meu amigo.

– É mesmo? Então somos amigos.

Ficaram um tempo em silêncio.

– Bem – disse então Piak –, gostaria de escutar mais coisas, mas estou com sono. Vou sonhar um pouco com o que me contou, está bem? Boa noite.

– Boa noite – disse Tiuri.

Depois o abrigo ficou em silêncio.

5. Neblina e neve

Na manhã seguinte os dois acordaram ao mesmo tempo. Piak levantou-se primeiro, foi até a porta e olhou para fora.
– Neblina! – exclamou. – Eu já imaginava.
Tiuri também se levantou. O mundo externo desaparecera; tudo estava envolto numa neblina espessa e cinzenta.
– Senti o cheiro quando acordei – disse Piak.
– E agora? – perguntou Tiuri, tremendo de frio.
– Talvez se disperse depois. É cedo. O sol ainda está baixo. De qualquer forma podemos avançar um pouco mais, até a Ponta Verde. Seria capaz de fazer esse caminho de olhos fechados.
Tiuri não respondeu. Perguntava-se como alguém poderia encontrar o caminho naquele mundo cheio de névoa.
– Vamos tomar café tranquilamente – disse Piak. – E podemos fazer uma fogueira; ninguém a verá.
Tiuri achou uma boa ideia. Pouco depois estavam perto de uma fogueira viva e faiscante, deleitando-se com um bom café da manhã. Depois de comer, tornaram a sair. Parecia haver um pouco mais de claridade, mas a neblina continuava espessa.
– O que acha? – perguntou Tiuri. – Esperamos um pouco ou partimos?
– O que você quer fazer?
– Não sei. Eu não teria a menor chance de encontrar o caminho, mas você anda por aqui como se estivesse em casa, então pode decidir melhor.
– Se esperarmos, talvez fiquemos aqui a manhã inteira – disse Piak.
– Vamos embora, primeiro até a Ponta Verde. Depois decidimos.
Apagaram o fogo, pegaram seus fardos e puseram-se a caminho. Piak ia na frente, seguido de perto por Tiuri. Piak calçara as botas e levava na mão um pedaço de pau que cortara de uma árvore.
Enquanto subiam devagar, Tiuri pensou que estava totalmente nas mãos de Piak. Não podia ver nada além de dois passos, e não lhe res-

tava outro remédio senão seguir às cegas. Falaram pouco, e, quando diziam alguma coisa, Tiuri tinha a impressão de que o som de suas vozes estava estranhamente abafado. A neblina parecia envolver todos os sons, inclusive o de seus passos e o murmúrio da água que se ouvia de vez em quando. Às vezes Piak o avisava sobre uma subida forte ou uma descida repentina, uma rachadura ou algum fio de água que precisavam saltar. Tiuri perdeu toda a noção de tempo e espaço: não sabia a velocidade em que iam nem a distância que haviam percorrido.

Então Piak se deteve e disse:

— Espere aqui. Vou olhar mais à frente. Fique onde está, por favor.

Antes de Tiuri poder dizer qualquer coisa, já se fora.

Tiuri sentou-se e tentou pela enésima vez atravessar a neblina com os olhos. Tinha a sensação de estar sozinho no mundo. A espera parecia interminável e começou a pensar onde Piak se metera. Talvez tivesse se perdido. Como iria encontrá-lo? Mas então um som baixinho o tranquilizou: "Ei, ei."

Pouco depois o jovem surgiu da neblina.

— Vamos — disse, todo animado —, vamos prosseguir. Acho que o tempo está melhorando.

Tiuri não conseguia ver melhora alguma.

— Onde esteve? — perguntou.

— Fui ver onde estávamos exatamente — respondeu Piak. — Um pouco mais adiante há uma grande rocha que reconheci. Estamos perto da Ponta Verde.

— Você se perdeu?

— Não — respondeu Piak —, é que não sabia ao certo o ponto em que estávamos e não queria passar da Ponta Verde. Com esta neblina é difícil saber o quanto se avança — acrescentou, desculpando-se.

— Entendo. Não teria sido melhor ter esperado no abrigo?

— Acho que não. Você precisa atravessar as montanhas o quanto antes, não é? E podemos chegar até a Ponta Verde. Depois a paisagem tem de melhorar, mas, de qualquer modo, acho que a neblina vai se dispersar logo.

– Eu não vejo nada.
– Não percebe que está soprando um pouco de vento? E no leste está clareando. Veja.

Continuaram caminhando passo a passo. Piak parou perto de uma grande rocha.

– Aqui estava Menaures quando ouviu a corneta de Edwinem – contou.

– Menaures costumava entrar nas montanhas com frequência? – perguntou Tiuri.

– Antes sim. Meu pai fez muitas excursões com ele. Mas muitas vezes também ia sozinho; então se sentava numa colina durante horas para observar e pensar. Olhe ali!

Tiuri olhou na direção que Piak lhe indicava. O véu de névoa se rasgara de repente e revelava um pico. A visão desapareceu em seguida, mas Piak disse, satisfeito:

– Talvez depois o sol apareça.

Decidiram esperar junto à rocha até a visibilidade melhorar. Segundo Piak, ali estariam protegidos, ao passo que a Ponta Verde estava mais exposta ao frio e ao vento. Conversaram durante algum tempo e comeram um pouco de pão. A neblina começou a se desfazer e os jovens viam cada vez mais partes dos arredores. Era um espetáculo prodigioso e mutável. Piak tinha razão; meia hora depois o sol apareceu, pequeno e pálido. Então se levantaram.

Logo depois chegaram à Ponta Verde. Tiuri conseguiu identificar duas trilhas que saíam dali, mas Piak disse que não pegariam nenhuma das duas.

– Uma delas se interrompe – contou. – A outra vai na direção correta, mas vamos seguir um caminho que nenhum perseguidor conseguirá encontrar.

Foi até à beira da saliência e olhou para baixo. Tiuri o seguiu e olhou para o fundo do precipício. Não conseguiu adivinhar sua profundidade porque ali ainda havia neblina.

– Temos de descer por aqui? – perguntou, incrédulo.

– Sim. É mais fácil do que parece.

– Assim espero – disse Tiuri, dando um passo para trás e olhando ao seu redor. Viu que haviam subido um bom pedaço; ali já não crescia nenhuma árvore e tudo era árido.

Chamou-lhe a atenção um bonito pico em forma de cone que se formara no oeste, junto a um campo de neve ou gelo que parecia estender suas garras para o vale mais abaixo.

– Ali está a passagem – indicou Piak. – Vamos passar por aquela geleira e do outro lado do pico você poderá ver o reino de Unauwen.

– Não parece estar tão longe – comentou Tiuri.

– Podemos chegar à passagem amanhã de manhã.

Desenrolou a corda e amarrou-se numa das extremidades, amarrando Tiuri na outra.

– Pronto – disse –, lá vamos nós.

Então se agachou e arrancou alguma coisa do chão.

– Veja. Tome – disse, oferecendo duas flores a Tiuri: uma como uma estrela, branca e verde-acinzentado; a outra como uma campainha azul.

– Quem diria? Aqui ainda crescem flores – disse Tiuri, surpreso.

– Sim, guarde-as no cinto, se quiser; suas mãos precisam estar livres.

Começaram a descida devagar e com cuidado. De fato era mais fácil do que parecia, embora precisassem ter cuidado porque as rochas estavam úmidas, escorregadias e cobertas de pedras soltas. Agora era Tiuri quem ia à frente, apesar de ser Piak quem lhe dizia com frequência onde devia pôr os pés. Passado um tempo acostumou-se à descida e começou a andar mais rápido e com maior segurança. Pouco depois pisou numa pedra solta e caiu um bom pedaço. Um puxão da corda o segurou.

– Você está bem? – gritou Piak. – Machucou-se?

– Não, acho que não.

Piak não demorou a chegar onde ele estava e o ajudou a se levantar.

– Não precisa – disse Tiuri –, não foi nada.

– Se escorregar de novo, jogue-se no chão – aconselhou-o Piak. – Agarre-se o máximo que puder ao chão. Cair não é grave desde que a queda não seja de muita altura.

– Sim – disse Tiuri, um pouco envergonhado. Percebia que Piak, que era mais jovem que ele e o considerava um cavaleiro valente, era seu mestre nas montanhas e um guia no qual podia confiar. – Não quer ir na frente? – perguntou.

– Não, isso funciona assim – explicou Piak. – Um guia deve ir na frente ao subir, mas atrás ao descer.

Mais tarde Tiuri entendeu por que era assim. Piak, como guia, era o responsável pela vida de ambos: se ele, Tiuri, caía, Piak devia perceber e segurá-lo.

Ouviu o murmúrio da água e pouco tempo depois já haviam chegado ao fundo do precipício. Atravessaram um riacho, caminharam um pouco ao longo da outra margem e começaram a subir outra vez. Enquanto isso o sol começava a brilhar e o vento soprava com mais força.

– O tempo está melhorando – disse Tiuri quando pararam para descansar pela segunda vez.

Piak franziu a testa e olhou por um tempo para o céu.

– Que horas serão? – perguntou. – Três, ou quase quatro? Daqui até a geleira há mais ou menos uma hora de caminhada e precisamos de mais uma hora para atravessá-la. Temos de deixar as Sete Rochas para trás antes do anoitecer. Assim amanhã de manhã poderemos chegar à passagem e ver o país de Unauwen à tarde. Vamos embora.

Tiuri se levantou e o seguiu, mesmo querendo descansar mais tempo. Sabia que Piak devia ter bons motivos para continuar avançando. Subiram um bom trecho pelo lado oposto do precipício e depois tiveram de subir e descer, mais subir que descer, por um terreno cada vez mais difícil. Não se via nenhuma trilha, mas Piak andava sem vacilar e, quando o terreno permitia, ia até mais rápido que no início. À medida que avançavam, o vento tornou-se ainda mais forte. O ar ficou mais frio e o sol se escondeu. Depois de uma hora, mais ou menos, chegaram à geleira: um extenso campo de gelo cortado por pequenos veios de água e fendas traiçoeiras.

– Por sorte ainda não nevou – disse Piak quando entraram na geleira. – Mas tenho a impressão de que alguma coisa mudou desde a última vez que estive aqui. Pelo visto há mais fendas.

Soltou a corda, enrolou-a com cuidado e depois guiou o amigo pela superfície de gelo. Não andava em linha reta, parecia seguir um caminho determinado que Tiuri não conseguia ver.

O vento soprava com toda a força e fazia um frio glacial.

– Que pena, Tiuri – disse Piak. – Quando o sol brilha, pode-se passear por aqui quase sem roupa.

Aquele passeio tinha algo de especial para Tiuri. A superfície de gelo sob aquela luz fria e cinza não se comparava a nada que vira antes. Passaram por algumas coisas prodigiosas: grandes pedras que oscilavam sobre finas colunas de gelo. Pareciam cogumelos gigantescos.

– Mesas glaciais – disse Piak. – Os espíritos das montanhas sentam-se nelas quando descem dos picos. Às vezes atiram esses blocos de gelo uns nos outros. Pode-se escutar de muito longe como se fossem trovões.

– Isso é verdade? – perguntou Tiuri, olhando ao seu redor, como esperando que um gigantesco espírito da montanha aparecesse para lhe atirar uma pedra.

– Nunca os vi. Mas já os escutei à distância.

Às vezes tinham de saltar fendas e riachos, mas, quando chegaram mais ou menos à metade do caminho, encontraram um regato bem largo. Escavara um leito muito profundo e suas margens eram escorregadias. Portanto não havia outra opção senão margeá-lo com a esperança de conseguir atravessá-lo mais adiante.

– Que azar – disse Piak, um pouco contrariado.

Tiveram de caminhar um bom trecho até poder saltar, e depois foram obrigados a voltar porque o caminho sobre a geleira era mais seguro. E enquanto isso o vento ficou mais frio e o céu mais cinza.

Ambos estavam gelados quando atravessaram a geleira, e haviam demorado muito mais que uma hora.

Piak voltou a olhar para o céu.

– Posso apostar que vamos ter neve! – disse. – Precisamos nos apressar.

– Até onde você quer chegar hoje? – perguntou Tiuri quando pararam para se amarrar de novo à corda.

– Quero passar as Sete Rochas – respondeu Piak. – É o trecho mais difícil do caminho. Só espero que não escureça muito cedo.

Seu desejo não se realizou. Anoiteceu com uma rapidez angustiante e em seguida os primeiros flocos de neve começaram a cair. O vento piorava e sua única sorte foi já terem percorrido a maior parte do caminho. A ventania dificultava a visão, e o terreno, tornando-se escorregadio, ficou mais difícil do que já era.

– Primeiro neblina, agora neve – resmungou Piak. – As montanhas poderiam ter recebido você um pouco melhor.

Naquele momento encontravam-se numa pequena saliência com uma alta parede rochosa à sua direita e um precipício à esquerda.

– Onde estão as Sete Rochas? – perguntou Tiuri.

– Agora estamos sob a quarta rocha – respondeu Piak. – Vamos!

Continuaram subindo com a luz crepuscular. Tiuri batia os dentes de frio e já não sentia as mãos e os pés. O pior era que o braço voltara a doer; começara a senti-lo na geleira e ia piorando a cada passo. Mas não disse nada e continuou se esforçando em silêncio.

Piak parou de repente.

– Isto não está bom – disse. – É perigoso continuar. Mais para a frente fica mais estreito e empinado, e logo será noite.

– E então o que fazemos?

– Precisamos voltar. Não podemos ficar aqui; está frio e é desprotegido. Há uma gruta não muito profunda no começo da terceira rocha; podemos nos abrigar ali. Não é muito agradável, mas por uma noite dá para aguentar.

Começaram o caminho de volta. A descida mostrou-se mais difícil que a subida e, além disso, iam contra o vento que quase os cegava. Avançavam muito devagar e não se atreviam a ir mais depressa porque já estava escuro. E, mesmo que quisessem, não conseguiriam andar mais rápido. Alternavam-se à frente e com frequência paravam para se ajudar. Ficaram em silêncio até que Piak disse, ofegante:

— Acho que já chegamos. Você se lembra deste lugar?

— Não vejo quase nada — respondeu Tiuri. — E é tudo tão parecido.

Continuaram a descida. "Eu não aguento mais", pensou Tiuri. "Vou desmoronar já, já." Pouco depois perguntou:

— Esta não é a terceira pedra?

— Sim! — exclamou Piak. — Já chegamos, ou quase.

Encontraram a gruta bem a tempo. Era muito pouco profunda e mal e mal conseguiam ficar sentados um ao lado do outro, protegidos do vento mas não do frio. Abriram seus fardos de viagem e se enrolaram em suas mantas, tremendo.

— Bem — disse Piak —, aqui estamos. Mas não podemos dormir; ficaríamos congelados. Temos de andar de vez quando, sacudir os pés... enfim, continuar nos mexendo. Como está se sentindo, Tiuri?

— Ah! Muito bem. Pelo menos nessas circunstâncias.

— Seu braço está doendo?

— Um pouco.

— Ou seja, um pouco bastante — disse Piak. — Agasalhe-se o máximo que puder. Vista o hábito sobre a pele de ovelha e enrole a manta no braço. Agora não podemos fazer nada. Temos de passar a noite do jeito que der. De qualquer forma, vamos jantar bem. Isso sempre ajuda. É pena não termos nada para fazer uma fogueira — acrescentou depois de um tempo. — De qualquer modo, acho que nunca conseguiríamos acendê-la, e menos ainda mantê-la acesa com este tempo. Você deve estar pensando que eu o coloquei numa enrascada...

— Ora, não poderíamos ter previsto este tempo, não é? — disse Tiuri, aos gritos, para poder ser ouvido com o barulho da tempestade.

— Não, isto só me aconteceu uma vez nesta época do ano; e naquela ocasião eu havia subido mais alto. Você pode não acreditar, mas esta manhã não percebi que o tempo ficaria desse jeito. Depois sim, temi que nevasse; por isso tinha tanta pressa. Devia ter procurado um abrigo para a noite logo depois de termos passado a geleira.

— Você não podia adivinhar que o tempo ficaria tão ruim, não é verdade?

— Não, não esperava por isso. Sinto muito.

— Não precisa se desculpar — respondeu Tiuri. — Fez o que achava melhor.

Batia os dentes.

— Vamos — disse Piak —, temos de fazer alguma coisa. Venha, vamos brincar de bater mão — e, acompanhando as palavras com o gesto, começou a cantar tão alto quanto podia:

> Era noite, era noite
> Era meia-noite...
> Quando ouvi trovejar.
> Eram sete anõezinhos
> Dançando lá no alto.

O vento bramia ao redor das paredes rochosas, e à distância se ouvia o estrondo das pedras rolando. Os jovens comeram um pouco e depois se encolheram e ficaram bem juntos lutando contra o sono.

A noite era longa. Às vezes se levantavam e andavam com cuidado na pequena saliência fora da cova, mas o frio logo os obrigava a voltar e procurar abrigo. Sentavam-se e tentavam bater os pés ou esfregar as mãos um do outro.

Entretiveram-se contando histórias.

Tiuri contou suas aventuras no bosque e no castelo de Mistrinaut e, quando acabou, contou-lhe coisas do castelo de Tehuri, da cidade de Dagonaut e dos cavaleiros do rei. Citou todos os seus nomes e descreveu seus escudos e brasões.

Piak falou de sua aldeia natal, das montanhas e do ermitão, e cantou todas as canções que sabia. À medida que a noite passava, foram ficando muito cansados de tanto falar alto e então se calaram durante muito tempo. De vez em quando o sono os vencia e adormeciam, mas então um deles acordava sobressaltado e sacudia o outro.

Mas no decorrer da noite o vento foi se acalmando e parou de nevar. E finalmente – finalmente! – chegou o pálido amanhecer.

6. Vista do reino de Unauwen

– Eu comeria um bom prato de sopa de feijão branco – disse Piak enquanto mordiscava o pão duro. – Mas, como isso não é possível, pedirei que hoje faça muito sol.

Tiuri admirava o incansável bom humor e a resistência de seu companheiro de viagem. Quando olhava para ele via que a noite também lhe deixara marcas. O rosto moreno de Piak estava pálido e seus lábios azuis. Tiuri se perguntava como conseguiria completar a parte mais difícil da viagem, segundo Piak. Já não nevava, mas o caminho por onde deviam seguir não parecia muito alentador, coberto de neve como estava. O sol continuava baixo e quase não se sentia seu calor. Tinha a sensação de que precisaria de no mínimo uma hora de fogo vivo para se esquentar. Apesar disso, pouco depois estava pronto para partir.

– Como está seu braço? – perguntou Piak.

– Ah, está muito melhor – respondeu Tiuri. Exagerava um pouco, mas a dor realmente diminuíra.

– Bem, então vamos. Precisamos caminhar devagar. Deve estar escorregadio.

Subiram pela segunda vez o caminho junto às rochas. Piak tinha razão: escorregava. Também continuava a fazer frio e seus membros rígidos não eram de grande ajuda nos momentos difíceis da escalada. O que no dia anterior não puderam ver bem aparecia agora como uma constante advertência: barrancos profundos e desfiladeiros nos quais não se divisava o fundo. Tudo ao redor era branco, preto e cinza: brancos a neve e o gelo, pretas as rochas, cinza o céu e as ladeiras na distância. Escalaram em silêncio durante muito tempo, sem forças para falar. E quando, passadas algumas horas, o sol saiu, Piak disse:

— Esta é a sétima rocha. Temos de atravessá-la. Ontem à noite eu gostaria de ter chegado do outro lado. Ali há um bom abrigo.

A escalada da sétima rocha era a mais difícil de todas. Quando finalmente chegaram ao topo, tudo girava diante dos olhos de Tiuri, que ofegava buscando ar. Piak não se encontrava muito melhor. Apesar disso, continuaram um pouco mais e desceram um trecho pelo lado oposto, que estava mais protegido. Sentaram-se e descansaram um pouco. Tiuri percebeu que já não sentia tanto frio. Passou-se um tempo antes de poder contemplar o entorno. Exatamente em frente deles havia um pico coberto de neve. Sobre ele o céu era azul e claro. Tiveram de descer mais um trecho antes de chegar à encosta, mas Piak lhe disse que quando terminassem de subi-la chegariam à passagem e poderiam ver o reino de Unauwen. Tiuri olhou para o pico que estava à direita da passagem, o pico em forma de cone que já lhe chamara a atenção.

— Estive ali em cima — disse Piak. — Não gostaria de ir até lá — acrescentou com uma careta.

Então se levantou.

— Vamos descansar no meu esconderijo? — propôs. — Estaremos melhor que aqui.

Sob a sétima rocha havia uma gruta que era muito maior e mais profunda que aquela onde haviam se abrigado durante a noite. Tiveram de passar por cima de muitas pedras grandes e pequenas antes de entrar.

— Talvez tenha sido melhor assim — murmurou Piak.

— O quê?

— Não termos chegado a este lugar. Estas pedras não estavam aqui na última vez. É bem possível que tenham caído esta noite. Não gostaria que uma delas tivesse caído na minha cabeça. E você? Mas agora você vai ver uma coisa.

Piak entrou na gruta na frente de Tiuri e desapareceu no fundo. Depois de um instante retornou com uma braçada de galhos.

– O que me diz disso? – disse em tom de triunfo. – São minhas provisões. Trouxe-as de Filamen até aqui no mês passado. Não estão muito úmidas.

– Excelente! – exclamou Tiuri.

– E agora vamos acender uma fogueira. Já não tenho tanto frio como esta manhã, mas antes de continuar gostaria de morrer de calor. E quero comer pão tostado e fazer uns biscoitos nas brasas.

Desfrutaram de tudo isso, e, quando decidiram prosseguir, ambos tinham um estado físico e uma disposição muito melhores. O sol colaborou brilhando mais e dessa forma a última grande escalada foi mais suportável. Quando chegaram no alto estavam até sentindo calor. Mas naquele momento não pensavam no frio ou no calor. Estavam avistando o reino de Unauwen.

Tiuri suspirou. Ali, diante dele, estava a meta de sua viagem. Na verdade não via mais que uma cadeia de picos envoltos em brumas; podia apenas imaginar o país plano que havia por trás. Ainda estava longe; só haviam percorrido a metade da distância das montanhas.

– Não está muito limpo – disse Piak. – Mais adiante se vê melhor apesar de estar mais baixo. Mas olhe ao seu redor.

Tiuri admirou o lugar tão bonito em que se encontravam. Ao seu redor havia encostas e picos cobertos de neve reluzindo sob um sol brilhante.

– Vamos – disse Piak –, não quero voltar a ficar gelado, e isso é o que acontecerá se ficarmos aqui mais tempo. Além disso, temos de recuperar o tempo perdido.

A descida decepcionou Tiuri. Na passagem tivera a impressão de que as dificuldades haviam ficado para trás, mas o terreno continuava muito duro e árido. No entanto, fazia muito menos frio, já que não se sentia o vento do leste. Depois de um tempo as ladeiras ocultaram o pouco que ainda podiam ver do reino de Unauwen.

O dia se foi, e quando o sol transformou os picos do oeste em chamas alaranjadas procuraram um lugar para dormir e o encontraram num vale pouco profundo perto de um riacho. Ambos estavam cansados demais para comer, mas Piak teve tempo de tratar do braço de Tiuri com o líquido da garrafa de Menaures. Depois se deitaram e dormiram como duas pedras.

A manhã fria e clara chegou. Mais tarde começou a fazer calor. Piak mostrou para Tiuri um pequeno pico achatado e disse:

– O que acha de escalar um pouco para ver a paisagem? Não precisamos nos desviar muito. Vamos passar perto.

Tiuri não quis recusar a proposta e, quando chegou ao pico, não se arrependeu da breve escalada, porque aquele pico oferecia uma vista clara do país do oeste, e com aquele tempo limpo conseguiam ver bem longe. Viu campos, prados e selvas, e Dangria, como uma cidade de fábula, e um pouco mais além viu pequenos pontos que deviam ser aldeias e uma coisa que brilhava, que talvez fosse o rio Arco-Íris. Tiuri achou-o um país muito bonito e de repente pensou que gostaria de se transformar num cavaleiro andante para poder ver sempre coisas novas e alcançar regiões distantes e desconhecidas.

– Quanto faltará para chegar ao pé das montanhas? – perguntou-se em voz alta.

– Daqui podemos descer rapidamente – disse Piak. – Dois dias e meio, talvez. Nunca passei de Filamen e amanhã à noite estaremos lá.

"Então daqui a dois dias e meio terei de me despedir de Piak", pensou Tiuri. Não gostava da ideia. Sentiria saudade dele. Sim, sentiria mais falta dele que do cavaleiro Ristridin e de sua comitiva. Com Piak podia ser mais ele mesmo; Piak se tornara seu amigo. Com seu bom humor, ele afastava todas as suas preocupações inúteis e todos os seus temores antecipados.

– Está tudo bem? – perguntou Piak, ao seu lado.

– Sim, por que não estaria?
– Você está com uma cara séria. Com certeza não quer passar a noite em Filamen.
– Por quê? Ah, sim... não, melhor não.
– Tem razão. Temos de viajar sem deixar pistas. Mas estou me lembrando de uma coisa. No alto de Filamen mora um tio meu com sua mulher. Chamam-se Taki e Ilia. Manterão nossa visita em segredo se eu lhes pedir. E nos darão de comer. Ninguém cozinha tão bem como minha tia.
– Isso parece tentador – disse Tiuri, rindo.
– Sim, e podemos fazer isso com toda tranquilidade. Não contarão nada; além disso, vivem totalmente isolados. Menaures também os conhece; antes ia algumas vezes até lá. Bem, o que acha?
– Vamos lá.
– Precisamos nos apressar. Talvez possamos chegar antes de escurecer.

A descida seguinte foi muito rápida. Piak ia na frente a maior parte do tempo para marcar o ritmo. Não descia, simplesmente se deixava cair e ia passando de uma pedra para outra. Tiuri o seguia, apesar de sentir uma pontada de dor no braço a cada passo. À tarde a paisagem tornou-se mais agradável e acolhedora, e então ouviram pela primeira vez o tilintar das sinetas.

– São as ovelhas do tio Taki – disse Piak.

Pouco depois viram os animais pastando num pequeno prado. Ao perceberem os jovens, aproximaram-se deles e lhes deram lambidas por onde conseguiam.

– Ei, ei – disse Piak –, não nos comam, por favor.

Um homem se aproximou vindo do outro lado do prado.

– Vejam só, vejam só! – exclamou. – É Piak!

Era o tio de Piak. O jovem cumprimentou-o efusivamente e apresentou-o a Tiuri:

– Este é meu amigo Martin. Estamos indo até sua casa, tio.

Taki era um homem forte e ainda jovem; seu rosto amistoso era moreno como o de Piak, mas o cabelo estava tão queimado de sol que parecia de palha. Olhou atentamente para os jovens e disse:

– Devem estar bem cansados. Pegaram tempo ruim lá em cima?
– Pode apostar que sim – respondeu Piak. – Não percebeu nada?
– Não. Mas vimos um céu ameaçador sobre as montanhas do leste e ouvimos o estrondo de pedras caindo.

Taki espantou as ovelhas e continuou:

– Mas depois me contarão tudo. Antes vamos descer, rapazes. Sabem de uma coisa? Vou na frente para pedir que Ilia vá colocando comida no fogo.

Piak aplaudiu a ideia, mas segurou o tio por um momento e disse-lhe em voz baixa:

– Só mais uma coisa, tio Taki. Nossa visita deve permanecer em segredo. Não posso lhe dizer o porquê, mas ninguém deve saber que estamos aqui.

Taki não demonstrou nenhuma surpresa.

– Está certo. Não temos outras visitas e moramos afastados. Então é fácil cumprir seu pedido. Até já.

Desceu correndo por uma trilha estreita que saía do prado.

Piak e Tiuri seguiram-no mais devagar.

– Temos de caminhar mais uma hora – disse Piak.

Taki se distanciava cada vez mais deles e pouco depois desapareceu num pinheiral.

Era quase noite quando chegaram à casa de Taki, uma pequena choupana com um alpendre do lado. Das janelas saía luz e no vão da porta surgiu a figura de uma mulher. Um cachorro foi ao encontro deles latindo e pulou sobre Piak, abanando o rabo.

– Olá, campeão! Como vai você?

– Entrem, meninos! – chamou a mulher. – Entrem e sejam bem-vindos.

7. Taki e Ilia. A descida continua

A tia de Piak era pequena e morena, com um rosto amável e corado. Beijou Piak nas bochechas e cumprimentou Tiuri carinhosamente.

A choupana tinha um único cômodo pequeno e simples, mas Tiuri achou que nunca vira um quarto tão agradável. Sobre uma mesa reluzente havia duas velas acesas, além de bandejas de madeira com pão, queijo, fruta e canecas verdes cheias de leite. O fogo ardia na lareira, e sobre ela um grande caldeirão com água fervendo fazia barulho.

Nesse momento Taki entrou pelo outro lado, pela porta que unia o alpendre à choupana.

– Deixem os fardos no chão. Tirem as botas e acompanhem-me até o alpendre. Vocês vão ter de aguentar um pouco a fome.

Tirou o caldeirão do fogo e foi na frente deles.

No alpendre havia uma tina com água pela metade. Taki despejou o conteúdo do caldeirão.

– Muito bem, agora está morna. Tirem a roupa e entrem na água. Não há nada melhor que um bom banho.

Os garotos concordaram imediatamente. Taki deixou-os sozinhos e fechou a porta atrás de si, mas Ilia apareceu um pouco depois por um cantinho, olhando para o outro lado, e estendeu-lhes uma toalha.

– Deem-me a roupa de vocês. Vou escová-la e colocá-la para tomar ar. Aqui têm algo para vestir enquanto isso.

Depois do banho Piak voltou a enfaixar o ferimento de Tiuri.

– Está sarando – disse –, e ainda bem, porque a garrafa de Menaures já está vazia.

Pouco depois, Tiuri e Piak entraram novamente no quarto, com o cabelo molhado e as bochechas vermelhas. Um vestia uma camisa comprida azul e o outro uma calça comprida vermelha remendada, ambos de Taki. Ilia mexia a panela que estava no fogo. Taki estava sentado à mesa e convidou-os a se sentar.

– Podem ir começando – disse Ilia. – Mas deixem espaço para a sopa.

– Tia Ilia – disse Piak, encantado. – É uma autêntica sopa de feijão branco! Mas não vamos começar a comer enquanto não se sentar conosco.

– É uma comida simples. Não sabia que iam chegar.

– Bem, acho que é mais que suficiente – comentou Taki. – Não conseguirão acabar com tudo.

Piak e Tiuri concordaram com suas palavras e depois elogiaram muito a comida. O cachorro, debaixo da mesa, comia tudo o que lhe davam. Durante a conversa, Taki perguntou pela viagem e quis que Piak lhe contasse como estavam os amigos em comum que moravam do outro lado das montanhas. Piak, por sua vez, perguntou como estavam ele e sua mulher, e se tinham notícias de Filamen.

Tiuri foi o único que, mais do que falar, escutou.

– Não perguntei nada para você, Martin – disse Taki num dado momento –, mas não pense que sou mal-educado. Ouvi que sua passagem aqui é segredo e por isso pensei que não deve gostar de perguntas.

– Obrigado – disse Tiuri, com um sorriso.

– Sim, é um segredo – acrescentou Piak. – Menaures está a par e me incumbiu de ser seu guia. Talvez possamos lhe contar tudo mais para frente.

– Ainda bem que não sou curioso – disse Taki. – Mas Ilia é. Com certeza deve estar morrendo de curiosidade.

– Isso não é verdade! – exclamou Ilia. – Não sou curiosa com as coisas que não me dizem respeito.

– Pois vocês nem imaginam a quantidade de coisas que existem neste mundo que lhe dizem respeito! – brincou Taki. – Ora, eu não sabia que você era tão importante.

Todos riram, até Ilia.

Tiuri pensava que, agora que a passagem ficara para trás, já se encontravam no reino de Unauwen. Perguntou se era isso mesmo.

– Sim, é isso mesmo – respondeu Taki –, embora algumas pessoas digam que a Grande Cordilheira não pertence a nenhum soberano. Mas eu considero que Unauwen é meu rei.

– Você já esteve em Dandria, não é? – perguntou Piak.

– Muitas vezes antes de me casar. É uma bonita cidade mas eu não gostaria de morar lá.

– Por que não? – perguntou Tiuri.

– Muito sufocante para mim. Prefiro uma pequena cabana nas montanhas que fique bem no alto, com ar fresco. Mas Dangria é bonita, apesar de não ser nada, comparada com a cidade de Unauwen. Pensam ir até lá?

– A Dangria? Sim – respondeu Tiuri. – Fica longe daqui?

– Bem, amanhã à noite vocês conseguem chegar à altura de Filamen, e leva pouco mais de um dia para ir dali até o pé das montanhas. Escutem, estou pensando uma coisa. Ali mora um homem para o qual trabalhei, se chama Ardoc. É rico e tem muitos cavalos e carroças. Talvez possam ir com ele até Dangria se falarem em meu nome. Ele vai sempre à cidade para vender a colheita no mercado. Com certeza, não se incomodará. É uma pessoa simpática apesar de às vezes parecer meio rude. Mas para isso vocês precisam sair cedo; normalmente ele parte antes do nascer do sol para chegar em Dangria à tarde.

– Obrigado – disse Piak. – Podemos tentar, não acha, Martin? Onde mora exatamente esse Ardoc, tio Taki?

– Amanhã eu explico. Talvez vá com vocês um pedaço. O caminho mudou um pouco desde o deslizamento de terras que houve o mês passado aqui.

– Ah, é? – perguntou Piak. – Onde? Como foi?

E Taki teve de lhe contar tudo.

Foram dormir imediatamente depois do jantar. Os jovens não aceitaram dormir na cama do casal, e Taki improvisou uma cama no chão para eles. Depois deram-se boa-noite e dormiram muito bem naquela casa acolhedora.

Começaram a manhã seguinte com um abundante café da manhã. Ilia preparou também um bom pedaço de pão para o caminho.

– Está fresquinho. Foi feito ontem. Deixem aqui o pão velho, assim faço mingau para Taki.

Despediram-se dela muito agradecidos e se foram. Taki e seu cachorro foram com eles um bom pedaço, descendo abruptamente entre seixos e pedras pelo leito de um riacho seco, e no final por uma linda trilha que passava entre prados cheios de flores. Despediu-se deles no início da tarde, depois de lhes dizer como encontrar as terras de Ardoc. Os jovens agradeceram-lhe por tudo e prometeram passar por ali na volta.

— Espero que possamos ir com Ardoc — disse Piak quando retomaram o caminho. — Nunca andei numa carroça.

Tiuri parou de repente e olhou para ele.

— O que foi? — perguntou Piak.

— Você iria só atravessar as montanhas comigo, não é? Não tem de voltar para a casa de Menaures?

— Não posso mais acompanhá-lo? Menaures me disse: "Se quiser acompanhá-lo um pouco mais, vá." Bem, irei com você se não se incomodar.

— Sim, me incomodo.

— Por quê? Prefere viajar sozinho?

Tiuri adoraria que Piak ficasse com ele, mas respondeu:

— Pode ser perigoso. Não, não quero que venha comigo.

— Ah! É por isso. Não me importo. Vamos, deixe-me ir com você até a cidade de Unauwen.

— Não, é melhor que eu vá sozinho, de verdade.

Piak olhou decepcionado para ele.

— Está falando sério? — perguntou. — Deve estar achando que vou lhe causar mais problemas do que ajudar.

— Não, não é isso. Agradeço sua gentileza mas, na verdade, é...

— É melhor que eu não vá — interrompeu-o Piak. — Isso você já disse. Tem medo de ser perigoso, mas isso eu já sei. Menaures também sabia e achou bom eu acompanhá-lo se quisesse. E eu adoraria. Ou você tem algum outro motivo para não querer que eu vá com você?

— Não. Mas o motivo que mencionei me parece suficientemente sério.

— Esse motivo eu pulo como se não fosse nada — disse Piak, dando um salto. — Sei tudo sobre o perigo dos Cavaleiros Vermelhos e do espião Slupor. Bem, dois podem ficar mais atentos que um sozinho. Você quer ir rápido... eu também andarei rápido. Vamos, deixe-me ir com você; assim serei seu escudeiro e lhe obedecerei em tudo.

Tiuri hesitou. Devia aceitar a oferta de Piak?

– Se demorar muito para se decidir, eu vou embora – ameaçou Piak. – Mas então vou segui-lo escondido, como um espião.

Tiuri começou a rir.

– Está certo. Prefiro um companheiro de viagem a um perseguidor.

– Oba! – exclamou Piak. E começou a correr, mas pouco depois parou e esperou que Tiuri o alcançasse. Depois fez uma profunda reverência: – Sou seu servo – disse solenemente.

– Deixe de bobagem. Somos companheiros de viagem e iguais.

– Amigos.

Caminharam um trecho muito contentes.

– Diga-me uma coisa – disse Piak –, quando você for cavaleiro, poderei ser seu escudeiro?

– Eu ainda não sou.

– Mas e se chegar a ser? Ou um garoto como eu não pode ser escudeiro?

– Claro que pode.

– Então, posso ser?

– Se você insiste – disse Tiuri, rindo –, com certeza é possível. Farei de tudo para ser nomeado cavaleiro. Ainda que seja só para lhe dar esse gosto.

– Muito gentil da sua parte.

A descida transcorreu rapidamente e sem dificuldades. Passaram Filamen e no final do dia haviam-no deixado bem para trás.

Na manhã seguinte Piak disse:

– Bem, já não posso ser seu guia porque nunca passei daqui. Agora você é quem tem de decidir que caminho seguir.

– Vamos encontrá-lo juntos.

Aquilo não lhes custou muito trabalho porque Taki lhes descrevera exatamente o caminho que precisavam seguir. Na tarde daquele dia deixaram a cordilheira para trás e chegaram aos contrafortes. De vez em quando viam aldeias e encontravam pessoas que os cumprimentavam, sem demonstrar surpresa nem curiosidade. Estavam de volta ao mundo habitado.

Piak de vez em quando olhava para trás.

– Adeus, montanhas – disse uma vez.

– Está arrependido por ter vindo? Ainda pode voltar.

– Como pode pensar isso? – respondeu Piak, quase bravo.

Continuaram andando um bom tempo depois do pôr do sol. Era uma noite clara e queriam estar com Ardoc na manhã seguinte. Já era tarde quando encontraram um lugar num palheiro para dormir.

– Muito bem – disse Piak –, até aqui chegamos. Amanhã começa algo novo para mim, a parte seguinte da viagem por um país plano. Verei cidades e rios largos, imagine só! Você conhece tudo isso.

– Não tenha tanta certeza. Eu também não conheço este país, tal como acontece com as outras pessoas que vivem do lado leste das montanhas.

Ambos permaneceram em silêncio perguntando-se que aventuras os aguardariam naquele país estranho. E assim adormeceram.

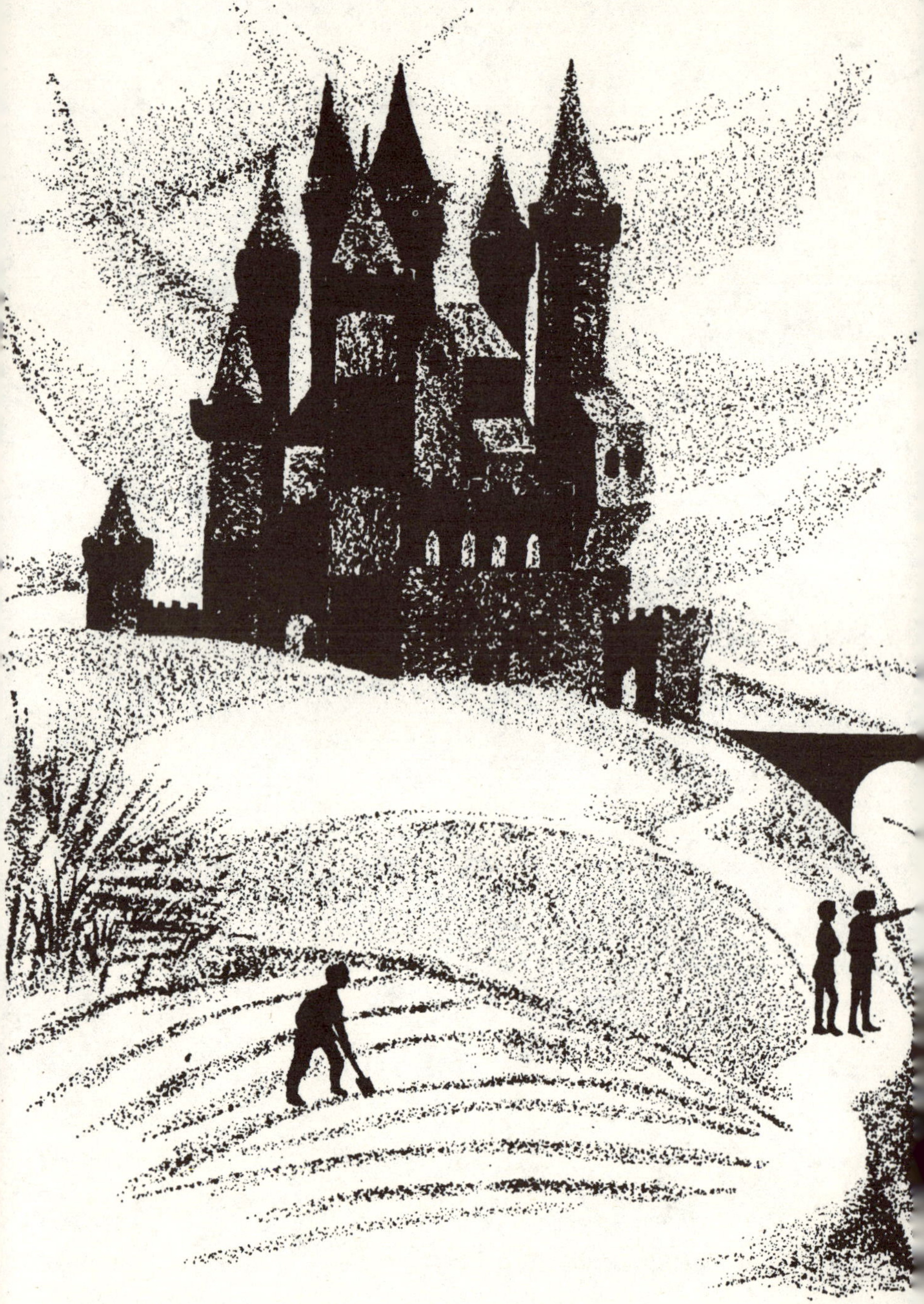

SEXTA PARTE

A LESTE DO RIO ARCO-ÍRIS

1. Para Dangria com Ardoc

No amanhecer cinzento, Tiuri e Piak margearam um riacho. Nas encostas da outra margem, havia vinhedos.

– Aquelas podem ser as terras de Ardoc – disse Tiuri.

Um pouco mais além havia uma grande casa de pedra rodeada por alpendres e estábulos de madeira. Os jovens atravessaram a ponte que levava até lá e pararam para observar. Já havia pessoas acordadas; via-se luz por algumas janelas e ouviam-se palavras, relinchos e outros sons. Enquanto estavam sobre a ponte, um homem alto saiu com um grande martelo na mão direita e uma caixa debaixo do braço esquerdo. Ele os viu, mas não disse nada nem se aproximou deles. Deixou a caixa no chão, remexeu em seu interior e começou a consertar uma das janelas da casa.

Piak e Tiuri foram até ele.

– Bom dia – disseram.

O homem, que estava martelando com muito barulho, parou por um momento e perguntou:

– O que estavam dizendo?

– Bom dia – repetiram os jovens.

– Obrigado, igualmente – disse o homem, e continuou martelando com força, o que tornava impossível dizer algo inteligível. Pouco depois deixou o martelo na caixa, olhou para eles e disse: – Vocês estão na estrada muito cedo. Quem são? Nunca os vi por aqui.

– Viemos das montanhas – disse Piak.

– Ah, com certeza da parte alta das montanhas. Isso é muito comum.

O homem ajeitou as calças e fitou-os atentamente, sob suas espessas sobrancelhas. Era um tipo chamativo, com o cabelo e a barba cinza-amarelados, despenteados e compridos.

– Esta é a casa de Ardoc? – perguntou Tiuri.

– Acertaram. Esta é a casa de Ardoc à sombra da Grande Cordilheira. Vieram até aqui para perguntar isso?

– Gostaríamos de falar com ele – disse Tiuri.

– Então querem falar com Ardoc. Por acaso pensam que esse senhor estará acordado assim tão cedo?

– Se não estava, já deve ter acordado com essas marteladas – disse Piak.

O homem começou a rir.

– Tem razão – disse. – Mas você acha que se pode falar com ele a essa hora?

– É isso o que queremos saber – respondeu Tiuri.

– Por que querem falar com ele?

– Fomos recomendados por Taki – respondeu Tiuri. – Ele nos deu o seu nome e nos disse onde o encontraríamos.

– Meu Deus, Taki. Como está esse desmiolado? Queria se casar e voltar a morar na montanha, em vez de ficar aqui e ganhar um bom salário.

– Está casado – disse Piak – e está muito bem na montanha.

– Que bom! Um na montanha, outro na planície; cada um tem seu lugar... salvo os viajantes, que não encontram paz em nenhum lugar, e jovens que são atraídos pela aventura. Eu também gosto de viajar, apesar de já não me distanciar muito de casa. Mas não faz mal, minhas obrigações estão aqui. Preciso administrar bem minhas terras e me ocupar dos que dependem de mim.

– O senhor é Ardoc? – perguntou Piak.

– Sim, sou eu. Ou estavam pensando que era um dorminhoco e deixava os outros fazerem o trabalho? Sempre sou o primeiro a levantar. Bem, contem-me o que os trouxe até aqui.

Os jovens lhe contaram.

– Estão com sorte – disse Ardoc. – Hoje mesmo tenho de ir até Dangria. Já estão carregando a carroça. O problema é que já está tão cheia com tudo o que deve ser vendido no mercado, que não cabe nem uma agulha. Mas não se preocupem. Também tenho cavalos que precisam ser montados de vez em quando. Eu mesmo vou a cavalo; meu ajudante Dieric dirige a carroça. Podem vir como acompanhantes, cada um num cavalo. Hoje em dia costumo levar mais pessoas comigo. É mais seguro. E depois, no mercado, podem ajudar a descarregar a carroça. O que acham? Estão de acordo? Sabem andar a cavalo?

– Não – disse Piak, com desgosto.

– Eu já andei algumas vezes – disse Tiuri.

– Certamente num pônei de montanha com as pernas arrastando. Mas não tem importância, vou lhes dar um par de animais mansos. Bem, querem vir?

Os jovens responderam afirmativamente, apesar de Piak parecer preocupado com a ideia de ter de montar um cavalo. Ardoc perguntou se haviam tomado café da manhã. Apesar de já terem tomado, não recusaram o convite para comer mais alguma coisa.

Pouco depois prepararam-se para a viagem. O ajudante dirigia com cuidado uma grande carroça vermelha puxada por dois cavalos. Depois, com o rosto afogueado, deu algumas voltas pelo terreno.

Ardoc lhe dava indicações em voz alta e não prestou atenção em Tiuri, que enquanto isso subia num dos cavalos. Tiuri já estava montado quando Ardoc o viu.

– Não! – gritou o fazendeiro para um dos seus empregados. – Zefilwen não; é muito bravo para alguém inexperiente. Eu não disse para lhe dar o cavalo marrom?

– Mas já está montado – disse o criado.

– Desça daí – ia dizendo Ardoc. Depois se calou e observou Tiuri galopando em direção a Piak. – Hummm, deixe-o.

Puseram-se a caminho. Piak se agarrava à sela e olhava desconfiado para as orelhas de seu cavalo. Pouco depois disse:

– Não é ruim, mas também não posso dizer que esteja confortável. Prefiro caminhar.

Ardoc, que ia na frente, segurou o cavalo e esperou até chegarem ao seu lado.

– De onde você vem, Martin? – perguntou a Tiuri.

– De uma pequena aldeia do outro lado das montanhas – respondeu o jovem.

– Ora veja! Você monta como um verdadeiro cavaleiro. Você já fez isso outras vezes.

– É, uma vez ou outra.

– Uma vez ou outra! E em que tipo de cavalo? Zefilwen é um animal formidável, mas não é manso.

"Montei Ardanwen", pensou, "Ardanwen ou Vento da Noite, com o qual Zefilwen não pode ser comparado." Mas acrescentou:

– Ah, vários cavalos, grandes e pequenos.

– Ah! – exclamou Ardoc, sem dizer mais nada.

– Quanto falta para Dangria? – perguntou Piak.

– Quero chegar esta tarde – respondeu Ardoc. – Daqui a pouco, quando você estiver mais acostumado a cavalgar, vamos um pouco mais rápido.

– Ainda não se vê a cidade – disse Piak, olhando para o oeste. – De cima, sim. Mas aqui é tudo plano.

– Você chama isso de plano – disse Ardoc, rindo. – Eu vejo colinas. E nas montanhas sempre há alguma pedra, um pico ou uma colina que atrapalha a vista. Não gosta do caminho?

– Sim – disse Piak. Girou a cabeça e deu uma olhada para a poderosa cordilheira.
– Prefere voltar? – perguntou Tiuri.
– Não, não. De jeito nenhum.
– Qual é o motivo da sua viagem? – perguntou Ardoc.
– Queremos ver o reino de Unauwen – respondeu Tiuri.
– Bem, então precisam viajar muito e ir bem longe... ao menos se querem conhecê-lo por inteiro. Devem ir a oeste do rio Arco-Íris; ali está o coração do reino de Unauwen.
– Mas o rei governa aqui também, não? – perguntou Tiuri.
– Claro. Mas a leste do rio Arco-Íris as coisas já não são o que eram. Desde a disputa entre Unauwen e Eviellan, por aqui passam cada vez menos cavaleiros do rei; claro que é porque precisam deles no sul para defender as fronteiras. Mas, enfim, vocês não têm nem ideia do que seja isto.
– Então nos conte – disse Tiuri.
– Ah, não. Devem descobrir por si mesmos e formar sua própria opinião. De qualquer modo, este caminho é menos seguro do que era. Sim, às vezes há ladrões rondando por ele.
Os jovens olharam para a aljava que Ardoc levava nas costas e entenderam o porquê.
– Bem, não é tão má ideia verem como é tudo isto – disse o fazendeiro, depois de um tempo. – Mais gente devia vir do outro lado das montanhas. Falamos o mesmo idioma, apesar de que só agora vocês o estão ouvindo como deve ser...
– Como assim? – perguntou Tiuri.
– Bem, você não percebe a diferença entre a sua pronúncia e a minha, apesar de nos entendermos facilmente? Nosso idioma soa mais bonito e é como deve ser.
– Quem disse isso? – perguntou Piak, indignado.
– Eu estou dizendo e é a verdade. Não sabem que vocês, do reino de Dagonaut, herdaram nossa língua? Há séculos e séculos os cavaleiros de nosso rei foram ao seu país cruzando as montanhas e fundaram

aldeias e construíram castelos. Ensinaram às pessoas dali o que não sabiam e também lhes deram sua língua, a língua do reino de Unauwen. Sim, dizem até que fundaram a cidade de Dagonaut e que seus reis e cavaleiros descendem deles.

– Nunca tinha ouvido essa história – disse Tiuri.
– Pois já era hora de ouvi-la. E é verdade, acredite ou não.
– Conte-nos mais coisas sobre o reino de Unauwen – pediu-lhe Piak.

Ardoc pensou um pouco e fez que não com a cabeça:
– Não – disse devagar –, não farei isso. Vocês devem conhecê-lo e descobri-lo por si mesmos. Vejam, o sol está subindo e entramos na sombra das montanhas. Vamos acelerar o passo.

Esporearam os cavalos, menos Piak, que ainda não se sentia muito seguro. De qualquer forma, seu cavalo seguiu os outros e começou a correr enquanto o jovem se agarrava às rédeas. Piak conseguiu se manter sobre a sela e pouco depois começou até a se sentir orgulhoso.

– É, no final vou acabar aprendendo a montar bem – disse.

Do "mirante" de Piak nas montanhas, Dangria parecia uma delicada cidade de contos de fada. De perto era muito diferente. Suas muralhas inclinadas eram poderosas e impressionantes, com os baluartes sobressalentes feitos de grandes blocos de pedras amontoadas. Aqui e acolá algumas torres se destacavam das paredes, algumas grandes e pesadas, outras esguias e pontiagudas com cata-ventos de cobre nos telhados.

– Esta é a Cidade do Leste – disse Ardoc.

Piak estava muito desapontado com o que via.

– Isto é Dangria? Achei que fosse diferente.
– Está decepcionado? – perguntou Tiuri.
– Claro. Todos estes muros altos. Se tivesse que viver aqui me sentiria enclausurado. Você a acha bonita?
– Bem... Não chegaria a dizer que é bonita. Mas parece uma verdadeira cidade.

— A cidade de Dagonaut também é cercada de muralhas?
— Já lhe contei isso, não? É diferente, maior, mas se parece muito com esta.
— Conhece a cidade de Dagonaut? — perguntou Ardoc para Tiuri.
— Estive lá uma vez.
— Unauwen é parecida com esta? — perguntou Piak para Ardoc.
— A cidade do rei Unauwen não se parece com nenhuma outra — respondeu Ardoc.
— Quantas cidades há aqui?
— Além da cidade de Unauwen, há três neste país: a cidade do Leste, que se chama Dangria, a cidade do Oeste ou o Porto de Mar, e a cidade do Sul, que está entre os grandes rios. A última é a residência do príncipe herdeiro.

Iam se aproximando de uma grande porta no lado oriental da muralha. Duas pombas sobrevoaram suas cabeças por cima dos muros e aterrissaram numa das torres da cidade.

— Essas aí não têm por que se sentir enclausuradas — disse Piak.
— Há muitas pombas em Dangria — disse Ardoc. — Às vezes também chegam pombos-correio de regiões distantes. O prefeito recebe muitas mensagens dessa forma.

Franziu a testa e parecia prestes a acrescentar alguma coisa, mas não disse nada.

— Já esteve muitas vezes em Dangria? — perguntou Tiuri.
— Venho todos os meses — respondeu o fazendeiro —, e com mais frequência dependendo da época.

Enquanto isso haviam chegado à porta. Estava aberta, mas na passagem havia uma barreira com alguns sentinelas armados. Quando viram Ardoc e sua companhia, levantaram a cancela imediatamente e seu chefe cumprimentou-os cordialmente.

— Boa tarde, Ardoc. Quem são seus acompanhantes?
— Já conhece meu ajudante Dieric, e estes dois são jovens das montanhas.

— Jovens? – repetiu o sentinela da porta. – Como se chamam?

— Piak, filho de Piak, e Martin, filho de Martin.

— Vêm do outro lado das montanhas? – quis saber o guarda. – O que vêm fazer por aqui?

— Querem visitar nosso país – disse Ardoc.

— Que bom! – disse o chefe dos sentinelas. – Já não vêm muitos estrangeiros por aqui, pelo menos não do Leste. Devem ir até o prefeito; com certeza vai dar-lhes as boas-vindas e mostrar-lhes tudo.

— Acho que o prefeito deve ter mais ocupações que ser guia de viajantes – ponderou Ardoc.

— Ah, ele tem tempo para todos – disse o chefe. – Quanto tempo pensam ficar, rapazes?

— Ainda não sabemos – respondeu Tiuri.

— Não tenham pressa – aconselhou-os o chefe. – Aqui é muito bom.

E, dirigindo-se para Ardoc, perguntou:

— Onde vai passar a noite?

— No Cisne Branco, como sempre.

— E os garotos também?

— Isso você deve perguntar a eles, bom homem.

— Ainda não sabemos – disse Tiuri. – Não conhecemos nada aqui.

— Nesse caso, fiquem com Ardoc, ele sabe onde se come e se bebe bem. Não tomarei mais seu tempo. Saudações.

Atravessaram a passagem e entraram na cidade. Os olhos de Piak pareciam querer sair de órbita ao olhar as fileiras de casas, as ruas largas e as estreitas, os muros e as torres. Até se esqueceu de se segurar com força.

— Bem – disse –, seja como for, uma cidade é alguma coisa especial.

Chegaram à praça do mercado e pararam na entrada.

— Meu Deus! – exclamou Piak. – Isso é muito divertido!

A praça estava cheia de bancas e toldos coloridos, com comerciantes e compradores. O sol brilhava sobre aquele espetáculo de cores e ruídos. Pombas brancas cortavam o céu, pousavam no chão e tornavam a voar.

– Isto é muito bonito – disse Piak.

Não pôde ficar muito tempo admirando porque havia tarefas a fazer: descarregar a carroça de Ardoc e cuidar dos cavalos. A própria carroça foi transformada numa espécie de banca onde a mercadoria era exposta de forma tentadora. Os cavalos foram guardados num estábulo perto da praça. Os jovens ajudaram em tudo e depois Ardoc lhes disse:

– Pronto. Já está bom. Vocês estão onde queriam e estão livres para ir e ficar onde acharem melhor.

Os jovens agradeceram-lhe por haver permitido que viajassem com ele.

– Não precisam agradecer. Não foi incômodo algum. Tenho um monte de coisas para fazer, por isso vamos nos despedir. Esta noite podem me encontrar no Cisne Branco. Posso reservar lugar para vocês dormirem.

– Obrigado – disse Tiuri. – Ainda não sabemos o que vamos fazer.

– Ah, é barato – disse Ardoc, rindo.

– É melhor não reservar nada – disse Tiuri. – Não sabemos se vamos dormir lá ou não.

Agradeceram novamente e se despediram dele. Depois caminharam juntos pela praça do mercado. No centro havia uma fonte e ali se sentaram para comer.

– O que vamos fazer? – perguntou Piak.

– Podemos descansar aqui um pouco – disse Tiuri –, e depois continuar.

– Então não vamos passar a noite aqui?

– Não, ainda temos parte do dia pela frente, e, quanto mais rápido viajarmos, será melhor.

– É verdade – disse Piak. Um pouco depois acrescentou: – Não podemos dar uma volta por aqui? Assim veremos alguma coisa.

– Está certo – disse Tiuri, levantando-se.

– Além disso, não estou com vontade de ficar sentado – sussurrou-lhe Piak. – Tenho a sensação de ter ficado a manhã inteira sentado... e de que jeito! Num cavalo! Esse Ardoc é bem simpático, não acha?

– Sim. E sensato também.

– É mesmo – disse Piak, com aprovação. – Na hora percebeu que você andava bem a cavalo. Será que eu vou aprender algum dia?

– Claro que sim. Se fizer isso com mais frequência.

Passearam lentamente pela praça e olharam o que estava à venda.

– Cuidado! – exclamou de repente uma voz atrás.

Viraram-se e viram um ancião de aspecto descuidado.

– Vejo que são estrangeiros – disse ele. – Tenham cuidado! Há ladrões por aqui. Carreguem a bolsa na mão. Dangria já não é o que era.

Cuspiu com tristeza no chão e desapareceu entre a multidão.

– O que me diz disso? – comentou Piak, um pouco surpreso.

Num dos lados da praça havia um edifício muito grande construído com pedra amarelada. A parte que dava para a praça tinha um muro inclinado, e atrás dele se levantava uma torre alta. O muro era liso, sem adornos, apenas algumas pequenas janelas e um grande arco com uma porta de madeira recoberta de metal, ao qual se chegava por uma larga escadaria de mármore branco.

– Isto é um castelo? – perguntou Piak, depois de olhar boquiaberto para o edifício solene.

– Isto é a Prefeitura e a casa do prefeito – disse alguém por trás.

Era o mesmo ancião que há pouco os prevenira contra os ladrões.

– O prefeito – continuou a falar – mandou construir essa escada o ano passado. É muito cara e muito bonita. Não gostaria de subir por ela, não.

Olhou o edifício com ar de reprovação, bufou e cuspiu no chão com desprezo.

– Ah, não! – repetiu. Depois se virou e se foi.

– O que me diz disso? – perguntou Piak pela segunda vez.

Tiuri não respondeu, mas acompanhou o ancião com o olhar até ele desaparecer atrás de uma barraca.

– Parece que ele não gosta da escada – disse então rindo.

Mas de repente soube, em seu íntimo, que não desejava ficar mais tempo em Dangria.

– Venha – disse –, vamos embora? Do lado oeste deve haver outra saída.

Continuaram andando pela praça e passaram junto à banca de Ardoc. O fazendeiro não estava, mas Dieric, o ajudante, estava vendendo e parecia estar fazendo um bom negócio. Quando os viu, cumprimentou-os muito alegre e eles pararam um pouco para conversar. Justamente quando iam lhe desejar um bom dia, um homem com elmo aproximou-se deles. Era um dos sentinelas da porta.

– Aha! – exclamou. – Estava procurando por vocês, rapazes. Achei que os encontraria aqui. O prefeito gostaria de falar com vocês.

– O prefeito? – perguntou Tiuri, surpreso.

– Sim. Soube que há estrangeiros na cidade, e, ainda por cima, jovens como vocês. Por isso deseja que sejam seus convidados por algum tempo.

– Ora, ora – disse Dieric. – Quanta honra!

– Nosso prefeito é tão hospitaleiro como toda a cidade – disse o sentinela. – E todos sabem que gosta dos jovens. Podem vir comigo? – perguntou aos jovens.

– Vamos – disse Tiuri. – Mas devo dizer que nosso tempo é limitado.

– O do prefeito também – disse o sentinela, parecendo um pouco ofendido. – Acho que mais que o de vocês.

– Não nos leve a mal – disse Tiuri. – Apreciamos muito esse gesto de amizade.

Pensou que preferia não ir. Isso representaria um atraso. Mas como deixar de atender ao desejo de um governante da cidade?

Assim, ambos seguiram o sentinela em direção ao grande e bonito edifício que haviam acabado de ver. Subiram a escadaria de mármore e cruzaram o arco.

2. O prefeito de Dangria.
O truque de Piak

Entraram numa grande sala com chão de ladrilhos vermelhos e brancos, rodeada por colunas multicores. Ao fundo havia uma linda escada de madeira entalhada.

– Uau! – exclamou Piak, observando tudo com os olhos arregalados.

De todas as colunas pendiam escudos e espadas cruzadas, e o teto estava recoberto de pedras coloridas.

– Uau! – repetiu Piak. – O prefeito deve ser rico.

– Esperem um momento aqui – disse o sentinela, e atravessando a sala subiu pela escada.

Naquele instante uns doze soldados desceram fazendo muito barulho. Passaram junto dos jovens levantando as lanças como um cumprimento e saíram. Outros dois soldados entraram por uma porta lateral e um deles disse:

– Boa tarde. O prefeito já vem vindo.

Subiram a escada mas ficaram no primeiro patamar.

– Ora, ora – sussurrou Piak. – O rei Dagonaut também tem um castelo como este? E tem tantos soldados como estes?

Começou a dar voltas pela sala, examinou as colunas e observou os escudos que pendiam delas.

Tiuri ia acompanhá-lo mas permaneceu onde estava porque alguém estava descendo de novo pela escada. Eram dois: um deles era um nobre de meia-idade, vestido com uma longa túnica vermelha debruada em couro. Trazia uma corrente de ouro no pescoço. O outro era um homem pálido vestido de preto.

"O primeiro deve ser o prefeito", pensou Tiuri.

Chamou em voz baixa:

– Piak.

Mas Piak desaparecera atrás das colunas do outro lado da sala e pareceu não escutá-lo.

O nobre aproximou-se de Tiuri e disse amistosamente:

– Seja bem-vindo à minha cidade.
Tiuri fez uma reverência e disse:
– Obrigado, senhor prefeito.
O prefeito estendeu-lhe a mão.
– Bem-vindo – repetiu. – Será meu convidado, jovem.
Olhou ao seu redor.
– Achei que eram dois – acrescentou.
– Sim, meu amigo Piak também está comigo. Está admirando a sala. Está completamente impressionado. Vou chamá-lo.
– Bem, deixe-o admirar tranquilo – disse o prefeito, com um sorriso. – Também os trouxe para isso. Vou mostrar-lhes muitas coisas mais.
E, dirigindo-se ao jovem que estava ao seu lado, disse:
– Meu escrivão vai se encarregar de providenciar um bom quarto aqui, na Prefeitura.
– É muita amabilidade sua. Estou realmente impressionado com essa recepção. Somos apenas simples viajantes. Gostaríamos de ver sua cidade, mas, infelizmente, não ficaremos muito tempo.
– Pelo menos uns dois dias, não? – disse o prefeito.
– Não – respondeu Tiuri –, infelizmente não é possível.
Naquele momento Piak se aproximava deles. Via-se que estava muito animado, mas Tiuri só entenderia isso muito mais tarde.
– Aqui está o seu amigo – disse o prefeito. – Bem-vindo, bem-vindo. Ouvi dizer que gosta de tudo isso.
Piak fez uma reverência desajeitada e disse:
– É muito bonito, senhor prefeito.
– Acompanhem-me até lá em cima. Dispõem de um pouco de tempo, não é? Venham, venham.
– Mas ainda temos de ir à banca de Ardoc – disse Piak, retrocedendo um passo. – Eu... deixei algumas das minhas coisas lá.
– Farei com que as tragam para cá – disse o prefeito. Levantou a mão e, a um gesto seu, dois soldados desceram do patamar.
– Bem, aceitamos gentilmente sua oferta – disse Tiuri. – Mas já lhe disse que não podemos ficar muito tempo.

– Estão com pressa? – perguntou o prefeito, aproximando-se bastante deles. – Gostaria de saber notícias do Leste.

Tiuri começou a ficar nervoso.

– Ah, mas somos garotos das montanhas – disse, sem dar a isso muita importância. – Não temos notícias para contar.

O prefeito, com um de seus dedos compridos, deu-lhe umas batidinhas no peito.

– Ora, vamos! Você não tem notícias do Leste? – perguntou quase sussurrando. – Precisa ficar aqui uns dois dias.

– Não posso – disse Tiuri.

– É claro que pode – disse o prefeito. – Precisa fazer isso. Tenho um amigo... ele ainda não chegou, mas quer falar com você.

A vaga sensação de inquietude transformou-se em desconfiança.

– Um amigo seu? – perguntou inquisitivo. – Não estou entendendo. Quem é esse seu amigo?

– Já vai conhecê-lo – respondeu o prefeito, sorrindo. – Venham comigo, meus caros.

Os soldados se posicionaram ao lado de Tiuri. Eles também sorriam, mas mantinham as mãos na empunhadura de suas espadas. E Tiuri viu, para seu horror, que entre as colunas apareciam mais homens armados. Não teve tempo de saber o que pensar e o que fazer porque um grito de Piak o fez olhar para trás assustado. Seu amigo voltara sem ninguém perceber e estava perto da porta de entrada com as mãos no peito.

– Adeus! – gritou. – Não se preocupe. Está comigo. E eu vou entregá-la. Vou entregá-la.

Virou-se imediatamente e saiu a toda a velocidade.

Depois tudo aconteceu muito rápido. O rosto amável do prefeito tornou-se cruel e encheu-se de fúria.

– Detenham-no! – ordenou. – Peguem-no, capturem-no!

Os soldados correram até a porta e também desapareceram lá fora. O prefeito os seguiu, mas parou junto à porta um momento e olhou para Tiuri. Depois ele também desapareceu e a porta se fechou.

Tiuri, por sua vez, correu para a porta e a abriu. Mas duas pontas de lança apareceram imediatamente e vozes imperiosas ordenaram-lhe que ficasse onde estava. Depois a porta se fechou diante do seu nariz. O jovem ouviu a confusão do outro lado, mas não conseguiu entender nada.

– Ai, Piak! – exclamou com voz trêmula.

Piak intuíra a traição e os fizera acreditar que estava com a carta. Seu truque funcionara no momento, mas o que aconteceria com ele? Tiuri devia dizer que a carta que o prefeito parecia procurar não estava com Piak, e sim com ele? Não, não podia fazer isso. Não podia expor a carta da qual provavelmente dependia o destino de um reino. Tinha de aproveitar a oportunidade que Piak lhe proporcionara.

Foi até uma das portas laterais da sala, mas ouviu vozes que vinham dali. O mais provável é que não pudesse sair; o edifício devia estar cercado. Então atravessou a sala correndo e subiu os degraus de dois em dois. Ao fazer isso, quase derrubou o escrivão do prefeito. A escada levou-o a uma sala com muitas portas. Abriu uma ao acaso e continuou correndo através de quartos e salas. Atrás de si ouvia passos e alguém que gritava:

– Agarrem-no! Ele deve ficar aqui!

Entrou na sala de armas, onde se deteve um momento para pegar um arco e uma aljava com flechas. Depois subiu a segunda escada. No andar seguinte parou para olhar para fora.

Ali estava a praça do mercado. Havia movimento entre as pessoas? Sim, e Tiuri pôde ver soldados andando. Quatro, seis... até vinte. Procuravam por Piak? Tomara que não se deixasse apanhar!

Ouviu barulho no andar de baixo. Continuou com passos rápidos, desta vez tentando fazer o menor ruído possível. Sabia o que o esperava.

Subiu outra escada, atravessou uma nova sala decorada com tanto luxo como as outras, atravessou corredores e quartos... Então chegou a um lugar com duas portas pesadas e com janelas altas e estreitas, e decidiu ficar ali.

"Preciso apressar-me", pensou. "Mais cedo ou mais tarde me encontrarão."

Deu uma olhada no lugar. Trancou com chave a porta por onde entrara e correu o ferrolho. A outra porta levava a um cômodo pequeno sem saída. Deixou-a aberta. Arrastou uma mesa até a primeira porta e pensou: "Bem, espero que demorem um pouco para me encontrar. E, quando chegar o momento, não conseguirão entrar tão facilmente."

Ajoelhou-se no chão de tal forma que podia ver a porta e as janelas, e deixou ao alcance da mão o arco e as flechas. Depois tirou a carta.

O momento chegara; Tiuri precisava lê-la e destruí-la para que o inimigo nunca chegasse a saber o que dizia.

3. A carta

Tiuri examinou a carta. Só um dos lacres ainda estava intacto. Lembrou-se da outra vez em que estivera atrás de uma porta fechada disposto a ler a carta. Mas naquele instante as circunstâncias eram diferentes.

Rompeu o último lacre e abriu-a. Estava tão agitado que as letras dançavam diante de seus olhos e não conseguia entender nada. Fechou-os por um momento. Depois voltou a abri-los e a ler. Leu letras e palavras: leu a carta do início ao fim, mas continuava sem entender o que dizia porque a mensagem estava escrita em código ou numa língua que ele não conhecia. Só reconhecia uma palavra até a metade do texto: "Unauwen". Por alguns instantes olhou decepcionado para as letras, porque o conteúdo da carta continuava sendo um mistério para ele.

Assustou-se com passos e vozes que se aproximavam. Precisava decorar a mensagem o mais rapidamente possível para poder destruir a carta. E isso não seria fácil sem conhecer seu sentido e sua importância.

Começou imediatamente, tentando ao mesmo tempo escutar o que acontecia do outro lado do cômodo. Ouviu alguém se aproximando da porta e depois se afastando. Então concentrou toda sua atenção na carta; repetiu as palavras sem emitir nenhum som. De vez em quando fechava os olhos e repetia as frases de cor.

Não sabia dizer quanto tempo se passou até achar que havia decorado a carta. Depois se perguntou se também deveria saber a ortografia. Talvez não conseguisse pronunciar as palavras corretamente; portanto seria melhor se soubesse também escrever a mensagem.

Depois assustou-se de novo com a confusão do lado de fora do quarto. Desta vez tentaram abrir a porta:

– Tem alguém aí? – perguntou uma voz.

Tiuri permaneceu calado.

– Ei, esta porta está trancada – ouviu a mesma voz dizer.

– Vá buscar a chave.

Tiuri dispunha de outro momento de tranquilidade e voltou a estudar a mensagem.

Passado um momento, uma chave rangeu na fechadura, mas a porta não se abriu, é claro.

– Quem está aí? – perguntaram. – Responda!

Tiuri não disse nada.

Houve murmúrios atrás da porta e em seguida passos que se afastaram rapidamente.

Tiuri repetiu a mensagem mais uma vez para confirmar que a sabia de cor. Depois foi até a lareira. Dentro dela havia um pouco de lenha. Pegou as pederneiras que encontrara no alforje de Ardanwen e que levara todo o tempo consigo. Bateu-as e fez fogo. Em seguida manteve o pergaminho sobre as chamas com mão firme. Segurou-o até o fogo quase atingir seus dedos. Depois de queimar a carta, juntou as cinzas, amassou-as entre os dedos e jogou-as pelo ar com um sopro. Já não restava outra coisa da carta senão uma série de palavras enigmáticas dentro de sua cabeça. Apagou o fogo e suspirou. Já resolvera esse problema, mas ele continuava preso.

– Abra a porta! – ordenou uma voz do outro lado. – Deixe-nos entrar, rápido!

Tiuri não disse uma só palavra, nem se mexeu.

– Pegue um machado e derrube-a – mandou outra voz.

Tiuri reconheceu a voz do prefeito.

Respirou profundamente e disse em voz alta:

– Tenho um arco e flechas. Matarei o primeiro que atravessar a soleira.

Nesse momento fez-se silêncio atrás da porta.

– Abra essa porta – repetiu o prefeito. – Adiante, covardes, vamos!

Houve cochichos e sussurros...

– Estão avisados – disse Tiuri. – Atirarei no primeiro que entrar.

Esticou o arco e colocou uma flecha, perguntando-se se atiraria quando chegasse o momento. "Sim, vou atirar", prometeu com seriedade a si mesmo. "Eles merecem."

– O que significa isto? – perguntou a voz do prefeito. – Qual é o motivo deste comportamento estúpido, para não dizer equivocado?

Tiuri não respondeu. "Não vou entrar nesse jogo", pensou.

– Não estou entendendo nada – gritou o prefeito. – Convidei-o como hóspede e você me trata assim. Saia e conserte as coisas.

Tiuri continuava calado.

– Por acaso não pode responder? – perguntou o prefeito, irritado. – O que pesa na sua consciência para se trancar? Você vai sair perdendo.

E então tornou a mudar de tom:

– Você não tem nada a temer. Ao menos se abrir a porta.

– E vai me deixar ir embora? – perguntou Tiuri, interrompendo seu silêncio.

– Não é isso que você merece – respondeu o prefeito, depois de um tempo. – Você se comportou de forma muito estranha. Mas não sou rancoroso. Vamos. Assim não podemos conversar.

– Não sou o único que se comportou de forma estranha. E também não me atrevo a confiar no senhor.

– Como ousa falar comigo desse modo! – exclamou o prefeito, outra vez irritado. – Estou lhe dizendo pela última vez: saia!

– Não. Não sem antes saber quem é o seu amigo. Esse amigo que quer falar comigo.

O prefeito não respondeu.

– Talvez se chame Slupor? – perguntou Tiuri.

O prefeito continuava sem responder, mas Tiuri ouviu-o resmungar alguma coisa. Depois ouviu novamente o barulho de passos que se distanciavam e desapareciam.

– Quebre a porta! – ordenou corajosamente. – Eu já fiz o que podia.

Permaneceu um tempo imóvel, com o arco e a flecha preparados, esperando para ver o que acontecia. Mas não aconteceu nada e o silêncio voltou a reinar do outro lado da porta.

"Não se atrevem", pensou.

Por fim se sentou, mas permaneceu tenso e alerta. Pouco a pouco, sua coragem começou a diminuir. Havia destruído a carta (e não tinha dúvida de que fizera a coisa certa), mas estava preso. Não precisavam pôr a porta abaixo; podiam deixá-lo tranquilamente ali, matá-lo de fome... Não! Levantou-se e foi até uma das janelas. Mal havia chegado quando algo passou assobiando ao lado de sua cabeça. Assustado, deu um salto para trás e então viu uma flecha cravada na parede oposta à janela.

Esperou um pouco e voltou com cuidado até a janela. Olhou para fora.

As janelas do quarto davam para uma viela. No telhado de uma das casas da frente havia alguns arqueiros. Um deles acabara de atirar. Tiuri se agachou rapidamente, mas não haviam mirado bem a flecha e ela não chegou a entrar no quarto.

"Assim não vão me pegar nunca", disse consigo mesmo.

Deu uma olhada no quarto: não faltavam lugares para se proteger. Foi até o quarto do lado. Era pequeno e só tinha uma janela que dava para a mesma viela. Ali se posicionou, esticou o arco, apontou e disparou.

A flecha roçou um dos atiradores, que ficou muito assustado.

"E agora vou acertar um deles", pensou Tiuri enquanto colocava uma segunda flecha. "Ainda não vou matar ninguém; só vou assustá-los." Colou-se ao muro lateral da janela e olhou.

Os arqueiros falavam uns com os outros, alterados, apontando as janelas.

"Acho que ainda não sabem que estou neste quarto", pensou Tiuri, quase se divertindo. Esperou o momento adequado e disparou mais uma vez.

Um grito o avisou de que acertara o alvo. Um dos arqueiros, com o braço ferido, deixou cair suas armas. Os outros dispararam mais algumas flechas, que não acertaram nem mesmo a moldura da janela. Então ajudaram o companheiro ferido a descer do telhado. Tiuri disparou outra flecha que os deixou ainda mais assustados.

Depois saiu da janela e voltou para o outro quarto. Contou suas flechas; só restavam quatro.

"Se vierem, vão me pegar de qualquer jeito", pensou, "mesmo que eu consiga matar o primeiro ou os dois primeiros." Perguntou-se o que aconteceria. Tentariam arrancar-lhe o segredo da carta usando de violência? O prefeito o entregaria para Slupor, que segundo Jaro era o melhor espião e a pior pessoa que existia? Iriam matá-lo imediatamente para impedir a mensagem de chegar a seu destino?

Teve de admitir que estava com medo. Começou até a desejar que acontecesse alguma coisa, que voltassem a se posicionar na porta ou que disparassem do outro lado... Qualquer coisa seria melhor que esperar sem fazer nada. Para se manter ocupado, repetiu mais uma vez em silêncio o conteúdo da carta, surpreso por saber de cor todas as palavras. Depois, cuidadosamente, olhou de novo para fora. Já não se via ninguém. Também não havia ninguém na viela.

Quanto tempo se passara desde que Piak e ele entraram na Prefeitura? Parecia que fazia horas, mas ainda estava claro. Pobre Piak! Onde estaria? Como podia ter pressentido o perigo antes dele? Se ainda conseguisse cumprir sua missão seria graças a Piak. Piak...

Deu um suspiro apreensivo e preocupado.

Olhou para fora mais uma vez. Não podia fugir pela janela; ficava muito no alto. E a corda estava na bolsa de Piak, no andar de baixo, na sala. Além disso, mesmo que estivesse com ela, de nada adiantaria, porque dois soldados montavam guarda na viela. Observou-os até vê-los desaparecer na esquina.

Então, de repente, teve uma ideia. Por que ficar ali se mais hora menos hora sairia perdendo? Sua única oportunidade era fazer alguma coisa. Só podia sair pela porta (pela porta e atravessando a Prefeitura). Parecia uma loucura, mas por que não tentar?

Colou a orelha na porta; lá fora tudo continuava em silêncio. Talvez não houvesse ninguém; o mais provável é que não esperassem que se atrevesse a sair. Bem, justamente por isso devia fazê-lo.

4. A fuga

Tiuri só temia uma coisa quando correu o ferrolho sem fazer ruído: que a porta também estivesse fechada pelo outro lado. Tentou abri-la com muito cuidado e, felizmente, a porta estava aberta. Olhou por uma fresta e viu um homem, um soldado um pouco afastado.

Continuou abrindo a porta e sussurrou:

– Vire-se e não diga uma palavra.

O soldado virou-se assustado e pegou sua espada.

Tiuri apontou para ele com uma flecha e repetiu:

– Não diga uma palavra. Deixe a espada no chão. Muito bem. Venha aqui. Coloque as mãos na cabeça.

O soldado obedeceu. Tiuri ouviu vozes em outra parte do edifício. Viu que os olhos do soldado se iluminavam e compreendeu que tinha de seguir em frente.

– Entre no quarto – ordenou. – Rápido!

Quando o soldado entrou no quarto, Tiuri fechou a porta e guardou a chave. Depois se afastou correndo. Não estava longe quando ouviu o soldado trancado gritar. De novo cruzou corredores e quartos o mais rápido que podia, olhando de vez em quando em busca de um bom esconderijo. Sabia que dificilmente chegaria lá embaixo sem ser interceptado.

Pronto! Ali havia um armário e não estava trancado com chave. Entrou nele, fechou a porta e esperou. Algumas pessoas passaram pelo quarto mas não olharam dentro do armário.

Pouco depois saiu e continuou sua corrida pelo grande edifício. Então ouviu barulho acima e abaixo dele, e teve a impressão de ter caído numa armadilha. Entrou num quarto com a intenção de se esconder por um tempo e com a esperança de poder fugir por uma janela. Era um cômodo pequeno onde não estivera antes. Havia uma escrivaninha e mapas nas paredes. Uma porta aberta levava a um outro lugar.

Assim que entrou, alguém saiu do outro cômodo. Era o jovem pálido e moreno que servia de escrivão ao prefeito.

Tiuri levantou o arco e sussurrou:

– Nem uma palavra ou disparo.

O escrivão olhou para ele, surpreso, com seus grandes olhos cinzentos. Abriu a boca mas não disse nada.

Alguém fora do quarto gritou:

– Deve estar por aqui! Procure neste andar!

Tiuri aproximou-se do escrivão e sussurrou:

– Se vierem aqui deve detê-los e dizer que não estou. Vá até a porta. Estou apontando para você.

O escrivão abriu a porta.

– Ei! – disse para alguém que Tiuri não conseguia ver. – Venha aqui, rápido! Acho que ele desceu pela escada. Peguem-no na sala.

Tiuri ouviu seus perseguidores se distanciarem. O escrivão tornou a fechar a porta e se aproximou de Tiuri.

– Fiz como deveria? – perguntou com calma, e chegou a dar até um pequeno sorriso. – E agora? Devem estar esperando por você lá embaixo. Não conseguirá descer as escadas.

– Então tentarei de outra forma – disse Tiuri. – Não, não se aproxime.

O escrivão se deteve, cruzou os braços e observou Tiuri com atenção.

– E agora? – insistiu. – Talvez seja melhor você me matar de uma vez. Se esperar, estará reduzindo suas possibilidades. Também pode jogar essas armas e sair por essa janela. Tem uma chance de escapar. Posso colaborar e manter a boca fechada até você desaparecer.

Tiuri hesitou.

– Vamos, aproveite a oportunidade – disse o escrivão. – Não confia em mim, é claro, mas não pode ficar aqui, ao menos não por muito tempo. Eu gostaria de viver um pouco mais e não me importa que você escape. Não sei o que o prefeito quer de você, e menos ainda por que você lança mão de tanta violência... mas com certeza é melhor eu me manter afastado desse segredo.

Alguém mexeu na maçaneta.

– Ei, aí dentro! – gritou uma voz brava. – Abra a porta!

– Entre no quarto ao lado – disse o escrivão para Tiuri enquanto se aproximava da porta.

Tiuri retrocedeu até ficar perto do vão da porta e manteve o arco pronto.

O escrivão girou a chave e falou pela segunda vez com alguém fora do quarto:

– O que é agora? – perguntou. – Vocês não podem parar de me incomodar?

– Por que trancou a porta com chave? – perguntou outro.

– Bem, esse jovem selvagem está rondando por aqui, não? Não quero ter o corpo atravessado por uma flecha.

– Que covarde! – exclamou o outro, com um misto de ironia e irritação. – Isso é bem próprio de você, almofadinha. Eu não me esconderia por muito tempo. O prefeito perguntou por você.

– Já vou. Já pegaram o rapaz?

– Não, mas vamos pegá-lo. Ainda deve estar no edifício. O prefeito está furioso. Mais tarde haverá uma reunião do conselho municipal, e ele não quer toda essa confusão por aqui. Acompanhe-me e nos ajude.

– Nem pensar. Não tenho nada a ver com esse tipo de trabalho. Não preciso e não quero usar armas. Só preciso fazer direito o meu trabalho de escrivão.

Fechou a porta e voltou-se para Tiuri:

– Ainda acha que vou prendê-lo? Existe algo estranho com você e não gosto nem um pouco disso.

Deu um suspiro e continuou:

– Pelo visto talvez tenha de deixar meu posto. Ou por acaso o prefeito não é um bom senhor a quem servir?

– O senhor deve saber disso melhor que eu – disse Tiuri, um tanto surpreso.

– Aqui algumas pessoas o odeiam, mas para mim sempre foi um bom senhor. Talvez isso não seja suficiente.

Tiuri foi até a janela.

– Quem é você? – perguntou o escrivão, seguindo-o.

– Não importa.

Pararam perto da janela um diante do outro; o primeiro intrigado, o segundo ainda alerta.

– O prefeito estava esperando por você – disse o escrivão. – Ordenou aos sentinelas da porta que lhe trouxessem todos os jovens entre catorze e dezoito anos que entrassem na cidade.

– Ah, sim? – perguntou Tiuri.

– Sim. Há pouco recebeu uma mensagem do leste ou do sudeste. Um pombo-correio a trouxe. Não me deixou ler a carta e também não pôde ser arquivada.

– De quem era a mensagem?

– Não sei. Você deve saber melhor que eu.

"Seria de Slupor?", pensou Tiuri. Slupor teria percorrido o Primeiro Grande Caminho e cruzado as montanhas? Será que ele enviara a mensagem ao prefeito, dizendo-lhe para retê-lo até sua chegada a Dangria? Era possível.

– Não conheço o prefeito – disse –, mas acho que seria melhor trabalhar para outro senhor, ao menos se é um súdito fiel ao rei Unauwen.

– O quê? – perguntou o escrivão, surpreso.

– Vou-me embora.

– Um momento. Verei se há alguém na rua.

Tirou parte do corpo pela janela e pouco depois disse:

– Vá. De vez em quando passam alguns soldados, mas se você se apressar pode conseguir. Já está começando a escurecer. Desejo-lhe mais sorte que a de seu amigo.

– Piak! – exclamou Tiuri. – Eles o prenderam?

– Sim, pegaram-no. Está aqui embaixo, no calabouço.

– Não! Tenho de ajudá-lo.

– Não espere mais – disse o escrivão, e voltou a olhar pela janela. – Acaba de passar um sentinela – continuou. – Você precisa sair agora. Só poderá ajudar seu amigo se estiver livre. E certamente ele não vai querer que você também seja capturado.

Ele tinha razão. Tiuri subiu ao parapeito da janela e olhou para baixo. Havia uma saliência e dali podia saltar para a rua.

– Está na parte de trás da Prefeitura – disse o escrivão. – Apresse-se.

– Obrigado – sussurrou Tiuri.

Pouco depois estava na rua. Afastou-se o mais rápido que pôde. Viu que dois soldados vinham pela esquina do edifício e apressou-se em entrar numa travessa. Ouviu-os gritar e se perguntou se o teriam visto. Correu por algumas ruas, mas reduziu o passo ao perceber que várias pessoas olhavam surpresas para ele.

Depois de um tempo foi dar na praça do mercado. Entrou num pórtico escuro e perguntou-se para onde ir naquela cidade que não conhecia, perseguido por inimigos.

– Venha comigo – sussurrou alguém que surgiu de repente diante dele.

Tiuri assustou-se, mas logo reconheceu o ancião que falara com Piak e com ele.

— Dê-me o braço e caminhe comigo. Não lhe falei que não devia subir por aquela escada? E vocês subiram mesmo assim, e qual é o resultado? Seu amigo está no calabouço e você fica dando voltas como se quisesse ser capturado.

Enquanto isso havia entrelaçado seu braço com o de Tiuri.

— Livre-se desse arco e dessas flechas — disse. — Chamam muita atenção.

Tiuri obedeceu sem discutir. Não sabia se estava agindo certo, mas não lhe ocorria nada melhor. Seu inesperado ajudante caminhou com ele pela praça, procurando os lugares mais cheios de gente. Haviam colocado luzes em algumas barracas, mas a maioria dos comerciantes já começara a recolher suas mercadorias. Ninguém prestou muita atenção em Tiuri e em seu acompanhante, mas o jovem não deixava de olhar ao redor, nervoso, preparado para fugir.

O ancião parou numa barraca de roupa.

— Escute — disse ao comerciante —, você tem um colete... um colete barato para o meu amigo?

— Se ele pagar... — respondeu o comerciante. — De você não posso esperar dinheiro.

— Ah! Claro que ele pode pagar — disse o ancião, olhando para Tiuri. — Já preveni você contra os ladrões, não?

Tiuri remexeu na bolsinha que levava no cinto e tirou algumas moedas.

— Não tire muitas — disse seu companheiro. — Aqui tem uma moeda de prata. Já é suficiente para um colete.

— Você precisa mudar de aparência — disse o comerciante, olhando para Tiuri. Então procurou na mercadoria. — Aqui tenho alguma coisa — disse. — Experimente.

— Também não é tão bonita para valer uma moeda de prata — reclamou o ancião. — Você está se aproveitando porque não temos tempo para pechinchar.

– Um fugitivo também não pode ser muito exigente – disse o comerciante, piscando um olho para Tiuri. – Ótimo, serviu em você – comentou então. – Assim você parece um autêntico morador de Dangria: usa pelo menos cinco cores na mesma peça de roupa. E além disso vou lhe dar um chapéu de presente. É um chapéu estranho, mas servirá.

Pouco depois Tiuri e seu ajudante abandonaram a praça do mercado e passaram por algumas ruas.

– Pronto – disse o ancião. – A primeira coisa que faremos será comer algo. Vamos ao Cisne Branco. É um lugar seguro.

Tiuri se deteve e disse:

– Não concordo, senhor. Sabem que vim com Ardoc, o fazendeiro, e também sabem que ele iria ao Cisne Branco.

– Ah! – exclamou o ancião. – Não sabia disso. Mas acho que já devem ter procurado você lá. Sabe de uma coisa? Eu vou na frente. Se já tiverem passado por lá, não há problema. Com certeza, não virão uma segunda vez. E, se vierem, o estalajadeiro vai escondê-lo em algum lugar. Mas primeiro vou averiguar. Siga-me devagar. Se não houver perigo haverá uma vela acesa na frente da janela e poderá entrar sem medo.

Explicou a Tiuri como encontrar a estalagem e se foi sem esperar resposta.

Tiuri ficou onde estava. Depois foi até a estalagem por ruas escuras, ainda surpreso pela ajuda repentina que recebera. Não lhe custou encontrá-la. Na frente da janela, sob o letreiro em forma de cisne, havia uma vela acesa.

5. No Cisne Branco

Tiuri abriu a porta e entrou. No salão não havia mais de dez pessoas. A maioria estava comendo. O ancião falava com o estalajadeiro no balcão. Ao ver Tiuri, aproximou-se dele, seguido pelo estalajadeiro, e lhe disse:

– Já pedi nosso jantar. Mas você vai ter de pagar pelos dois.

– É claro.

– Iruwen nunca carrega dinheiro consigo – comentou o estalajadeiro, rindo.

– Não – disse o ancião, que pelo visto se chamava Iruwen – e nem me faz falta.

Pouco depois Tiuri estava sentado diante dele num canto escuro da sala. O estalajadeiro levou-lhes o jantar.

– Bom apetite – disse Iruwen.

Tiuri olhou para ele. Iruwen era um ancião barbudo com um aspecto bastante pobre. Seus olhos eram realmente amáveis e sensatos.

– Quero agradecer – começou a dizer Tiuri.

– Ai, deixe disso! Ainda não fiz nada que tenha me custado trabalho e que portanto seja digno de agradecimento.

– Por que está me ajudando?

Mas Iruwen sacudiu a cabeça e disse:

– Primeiro vamos comer, depois conversamos.

Tiuri não quis começar a comer sem saber o que acontecera com Piak.

– Saiu correndo da Prefeitura – contou Iruwen. – Quase caiu pelas escadas, e os sentinelas ficaram tão surpresos que não conseguiram prendê-lo. Quando seu amigo chegou à praça saíram mais soldados e o prefeito o seguiu e gritou: "Peguem-no! Prendam-no!" Bem, armou-se uma bela confusão na praça. Seu amigo corria entre as barracas com os soldados atrás dele derrubando um monte de mercadoria. Não vi como os soldados o pegaram, mas depois os vi voltando com ele para a Prefeitura. Levaram-no ao calabouço que fica embaixo, e ali deve estar agora.

– Como estava Piak?

– Desarrumado: suas roupas estavam rasgadas. Mas não parecia assustado.

– Preciso libertá-lo! – exclamou Tiuri. – Tenho de fazer isso! Mas como?

– Já vamos pensar nisso depois de comer – disse Iruwen. – Você não está sozinho nesta cidade. Quero ajudá-lo e há mais pessoas que também querem. Mas por que o prefeito os prendeu?

Tiuri se livrou de responder à pergunta porque dois homens entraram por uma porta ao lado do balcão. Eram Ardoc e seu ajudante. O fazendeiro correu os olhos pelo lugar e disse: "Boa noite." Dirigiu um cumprimento especial a Iruwen e depois seu olhar recaiu sobre Tiuri.

– Ora vejam! – exclamou, um tanto surpreso. – Aí está Martin!

Aproximou-se da mesa. Seu ajudante o seguiu.

Tiuri se levantou e disse:

– Boa noite, senhor Ardoc.

– Não se levante. Bom apetite.

Pegou uma cadeira e sentou-se com eles.

O estalajadeiro se aproximou e perguntou o que os senhores desejavam pedir.

– Querem que lhes sirva o jantar aqui?

– Se não houver inconveniente para eles – respondeu Ardoc, piscando um olho para Tiuri e seu acompanhante.

– Claro que não – disse Iruwen.

– Obrigado – respondeu Ardoc. – Sente-se você também, Dieric – disse para seu ajudante.

O estalajadeiro tomou nota do pedido e saiu. Então Ardoc olhou para Tiuri.

– Onde está seu amigo? – perguntou.

Tiuri hesitou em responder.

– No calabouço sob a Prefeitura, não é? – continuou Ardoc. – Vocês pisaram em algum calo do prefeito, ou o ofenderam de alguma outra forma?

– Não fizemos nada – disse Tiuri.

– Não fizeram nada? Isso é muito pouco para ser preso. E além disso você afirma que nunca haviam estado em Dangria.

– E não estivemos. É a primeira vez que vemos o prefeito.

— Isso é verdade? — perguntou Ardoc. — Vamos esperar que também seja a última. E agora, o que vai acontecer com seu amigo? Que confusão!

Tiuri percebeu que o resto da sala olhava para ele com curiosidade. Não se sentia muito à vontade.

Ardoc percebeu porque disse:

— Ah, não tenha medo de que alguém daqui o delate. Está no Cisne Branco, embora provavelmente isso não signifique nada para você. Os homens do prefeito já passaram por aqui. E, se voltassem, o dono da estalagem encontraria um esconderijo para você. Não é verdade? — perguntou ao estalajadeiro, que trazia o jantar naquele momento.

— Sim, é claro — respondeu, e dirigiu-se para Tiuri: — Você não comeu nada. Deve estar preocupado.

— Sim — disse Tiuri. — Por causa de Piak.

— É seu amigo? — perguntou o estalajadeiro. — Bem, talvez Iruwen tenha alguma ideia. Ou Ardoc.

— Talvez — disse Ardoc. — Traga-nos um pouco de vinho. Vamos brindar por isso.

Quando o estalajadeiro saiu, inclinou-se para Tiuri e perguntou em voz baixa:

— Quem é você?

— Quem sou eu? — repetiu Tiuri. — Meu nome é Martin. Mas isso o senhor já sabe, não é?

— Que importância tem um nome? — comentou Iruwen.

— Talvez seu nome seja Martin — disse Ardoc —, mas você não é quem finge ser. Não é um garoto das montanhas como seu amigo Piak. Vem de outro lugar e frequentou outros círculos. Seu comportamento poderia ser o de um nobre... Monta a cavalo como um cavaleiro experiente... E o prefeito deve ter seus motivos para querer aprisioná-lo. Quem é você?

O estalajadeiro levou-lhes uma garrafa de vinho, e, quando se afastou, Tiuri respondeu:

– Não posso lhe dizer nada além do que já disse. Talvez o prefeito tenha um motivo para querer me deter, mas acho que não vai revelá-lo a ninguém. E eu também não o farei. Não posso nem devo dizer nada.

– Está certo – limitou-se a dizer Ardoc. Abriu a garrafa e encheu os copos.

– São estrangeiros – disse-lhe Iruwen –, mas não vieram até Dangria por nada. Têm uma missão.

– Exatamente – respondeu Ardoc. – Estrangeiros do leste não vêm por aqui com frequência. Mas o que eles têm a ver com nossos assuntos? Martin diz que nunca viu o prefeito antes.

– E é verdade – disse Tiuri. – Ele nos obrigou a ir vê-lo.

– Sim – confirmou o empregado de Ardoc. – Sei que os convidou.

– No início foi muito educado – continuou Tiuri –, disse que éramos seus convidados. Mas depois quis nos obrigar a permanecer na Prefeitura contra nossa vontade.

– E seu amigo conseguiu escapar – disse Ardoc. – Correu pela praça gritando alguma coisa. O que ele gritava, Dieric?

– Ela está comigo, está comigo! – respondeu o empregado. – Era isso que ele gritava.

– O que estava com ele? – perguntou Ardoc.

– Nada – respondeu Tiuri. – Piak deve ser libertado. Só queria me ajudar... – olhou para Ardoc e depois para Iruwen. – Os senhores já me ajudaram uma vez. Poderiam fazê-lo também agora? Talvez me aconselhar? Sou um estranho em Dangria. Tenho a impressão de que vocês não gostam muito do prefeito. Por quê?

– Agora é ele quem vai fazer as perguntas – disse Ardoc para Iruwen. – E ele mesmo não disse uma palavra.

Mas Iruwen confirmou:

– É verdade, não poucos na cidade veem no prefeito um inimigo. Eu mesmo sempre o vi assim. Com ele chegou também o mal a Dangria. Esqueceu-se de que é apenas o prefeito e que governa a cidade em nome do rei. Comporta-se como um monarca independente, que pode fazer o que quiser. Desde a disputa entre os dois príncipes já não costumam aparecer cavaleiros de escudo branco: têm de fazer guarda no sul. Mas há pessoas que sem sua vigilância não podem...

— Bom — interrompeu-o Ardoc —, Martin não tem a menor ideia sobre essas coisas.

— Claro que tenho — disse Tiuri. — Sei alguma coisa, sim. Sei um pouco sobre os filhos de Unauwen e a luta com Eviellan.

— Agora há uma trégua com Eviellan — disse Dieric.

— É o que dizem — assinalou Iruwen. — Vamos esperar que os cavaleiros de Unauwen voltem logo e que o prefeito seja destituído.

— Está exagerando, Iruwen — disse o homem que estava na mesa ao lado e que, pelo visto, acompanhara a conversa.

— Bem, alguns ainda não acreditam em mim — disse Iruwen, levantando-se e dando uma olhada pela sala. — Só estão irritados com o prefeito porque ele não é justo, ou porque os impostos são altos. Até aqui, no Cisne Branco, há gente que se recusa a ver o perigo.

— Perigo? — gritou o homem da mesa ao lado. — Perigo? Não gosto do prefeito e de seus amigos, mas não tenho medo deles.

— Iruwen às vezes fala como se o inimigo já estivesse à nossa porta — disse outro.

— O inimigo está entre nós — explicou Iruwen quase solenemente. — Tenham cuidado todos os que estão aqui! O que aconteceu hoje deve nos fazer pensar. Desde quando os estrangeiros, convidados, são tratados dessa forma?

Todos se viraram para Tiuri.

— Mas o que esses estrangeiros estão fazendo aqui? — perguntou alguém. — Sinceramente, não entendo muito bem.

Tiuri percebeu que todos esperavam uma explicação de sua parte. Levantou-se e disse:

— Eu também não entendo, sinceramente. Se não estão satisfeitos com seu prefeito, por que não fazem alguma coisa para mudá-lo?

— O que pode fazer um punhado de pessoas contra a maioria? — perguntou o homem da mesa ao lado.

– Não diga bobagens! – respondeu Iruwen. – Aqui há muita gente insatisfeita, e você sabe muito bem disso, Doalwen. Vocês são muito preguiçosos, muito covardes e muito indiferentes.

– Não admito que diga isso de mim! – exclamou Doalwen. – Está promovendo uma rebelião, Iruwen, e isso é perigoso. Eu escolheria outro prefeito, mas não quero rebelar-me para tirá-lo à força. O rei Unauwen não aprovaria isso.

– O rei Unauwen deseja justiça em seu reino – disse Iruwen. – E vai nos atender se a pedirmos.

– O rei tem outras coisas em que pensar – disse Doalwen.

– Talvez daqui a pouco se firme a paz com Eviellan – comentou o estalajadeiro, trazendo uma cadeira e sentando-se.

– Estamos divagando – disse Ardoc, e olhou para Tiuri.

Este, por sua vez, olhou ao seu redor e, depois de hesitar um momento, perguntou:

– Os senhores são súditos fiéis ao rei Unauwen e inimigos de Eviellan?

Todos olharam surpresos para ele e ficaram em silêncio.

– Sim – respondeu por fim Ardoc. – Mas por que pergunta isso? Queremos a paz. Nós também sofremos as consequências da disputa, apesar de estarmos longe de Eviellan. Mas, repito, por que pergunta isso?

– Acho que seu prefeito é amigo de Eviellan. Ou melhor, tenho certeza disso.

Aquelas palavras provocaram uma leve comoção. Só Iruwen disse:

– Eu não ficaria nem um pouco surpreso. Sempre acreditei e temi que fosse assim.

– Como sabe disso? – perguntou Ardoc.

– Falem em voz baixa, falem em voz baixa – advertiu o estalajadeiro. – É uma acusação muito grave e não deve ser alardeada aos quatro ventos antes de sabermos se é verdadeira.

– Infelizmente não posso contar muitas coisas – disse Tiuri. – A maior parte do que sei, e é pouco, é secreta. Mas o que lhes asseguro é que o prefeito tem algo a ver com Eviellan, e que prendeu a mim e a meu amigo por ordem dos espiões de Eviellan...

– Mas iam assinar a paz! – interrompeu-o Doalwen.

– Fique quieto! – ordenou Ardoc. – Deixe-o terminar de falar.

– Posso lhes dizer que no reino de Dagonaut fui perseguido e atacado por Cavaleiros Vermelhos – continou Tiuri.

– Cavaleiros Vermelhos de Eviellan – sussurrou Iruwen.

– Sim, Cavaleiros Vermelhos de Eviellan; servidores de um Cavaleiro Negro do Escudo Vermelho.

– Um cavaleiro do monarca de Eviellan – murmurou Ardoc.

– Mas o que faziam no reino do rei Dagonaut? – perguntou outro cliente. – Vocês estão em guerra com esse país do sul?

– Não, não tinham nada a fazer em nosso país. Estavam perseguindo um cavaleiro do rei Unauwen.

– Um cavaleiro do rei Unauwen? – perguntou Ardoc. – Quem? Não seria Andomar de Ingewel, não é?

– Um cavaleiro de escudo branco – respondeu Tiuri.

– Todos os cavaleiros do rei usam escudos brancos – disse o estalajadeiro.

– Um cavaleiro com escudo branco – repetiu Tiuri. Decidira não dizer quem era o cavaleiro e esconder que fora assassinado pelos Cavaleiros Vermelhos. Além disso, sua missão devia permanecer em segredo e faria isso até poder contar tudo ao rei Unauwen. – O prefeito recebeu mensagens do leste – continuou. – Por isso ordenou que todos os jovens entre catorze e dezoito anos fossem levados até ele... Foi o que seu escrivão me contou.

– Seu escrivão? – perguntou o estalajadeiro.

– Sim, ele me ajudou a fugir.

– Quem diria?! – admirou-se Doalwen. – Então está do nosso lado.

– Mas por que ia querer falar com todos esses jovens? – perguntou Ardoc.

Tiuri não disse nada.

– Você ainda não entendeu que é um segredo? – disse-lhe Iruwen.
– Procurava por um jovem ou dois... Claro que Martin sabe o porquê, mas não pode dizer.
– O que lhes contei é verdade – afirmou Tiuri. – Vocês precisam acreditar em mim e me ajudar. É verdade, há muita coisa em jogo.
– O que você quer que façamos? – perguntou Ardoc.
– Preciso sair desta cidade o mais rápido possível. Mas antes...
– E o que vai acontecer com o prefeito? – perguntaram Doalwen e outro cliente.
– Antes é preciso libertar meu amigo Piak – continuou Tiuri. – Não posso abandoná-lo.
– Mas como? – perguntou o estalajadeiro.
– Não podemos subornar os vigias? – perguntou um dos clientes.
– Você disse subornar? – exclamou Iruwen, com desprezo. – Suborno! A esse ponto chegamos em Dangria?
– E o que você acha que devemos fazer, então?
– Ir à Prefeitura, todos juntos, e *exigir* a liberdade do rapaz.
– Que absurdo! – disse Doalwen. – Lutar e derramar sangue, com certeza. A esse ponto chegamos em Dangria?
– Enviar um mensageiro ao rei Unauwen – disse outro.
– Não, isso levaria muito tempo... – começou a dizer Tiuri. Não podia contar que ele mesmo era um mensageiro que se dirigia ao rei e por isso tinha de se apressar. Mas seu coração não podia suportar a ideia de abandonar Piak. Quem sabe o que o prefeito e seus comparsas fariam com ele?!

Todos falavam ao mesmo tempo no salão. Mas por fim Ardoc conseguiu chamar a atenção de todos:

– Escutem-me. A ideia de Iruwen não me parece tão descabida. Não sou morador de Dangria, mas sei que ninguém pode ser preso sem motivo nem acusação.

– Isso mesmo – confirmou Iruwen. – É o que diz a lei.

– E o prefeito não tem motivo nem acusação, porque não pode dizer qual é o motivo. Não é isso, Martin? Você disse algo assim, não?

— Sim — respondeu Tiuri.

— Então iremos até ele e exigiremos que liberte o jovem. Não poderá se negar — continuou Ardoc —, a não ser que tenha uma acusação ou a invente.

— E se inventar uma? — perguntou o estalajadeiro. — Ficaremos na mesma.

— Como ele os aprisionou? — perguntou Ardoc para Tiuri. — Sem mais nem menos, sem motivo? Havia testemunhas?

— Os soldados do prefeito não vão testemunhar contra ele — assegurou Doalwen.

— Seu escrivão também estava presente — informou Tiuri. — Pode testemunhar que nenhum de nós disse ou fez nada que desse motivo para nos aprisionar.

— E seu amigo fugiu imediatamente? — perguntou Ardoc.

— Sim, quando percebeu que o prefeito tinha más intenções.

— Então o pedido é justificado — disse o estalajadeiro. — Logo mais haverá uma reunião do conselho municipal. Sempre são públicas. Podemos ir todos.

— O prefeito nunca se atreverá a ir contra a lei em público — disse Doalwen.

— Temos de pedir ao senhor Dirwin que venha também — acrescentou outro cliente. — É um homem influente e sua palavra será ouvida.

— O senhor Dirwin é o diretor da corporação dos ourives de prata — sussurrou Iruwen a Tiuri. — Antes era membro do conselho, mas se demitiu porque nunca concordava com o prefeito.

— De qualquer forma, o senhor Dirwin deve saber tudo o que este jovem contou — disse o mesmo cliente. — A questão dos espiões de Eviellan e todas essas coisas.

— Continuo sem entender — disse Doalwen. — Não iam firmar a paz?

— Era o que diziam — interveio Ardoc em voz baixa —, mas há quanto tempo partiu a delegação do rei? Depois não ouvimos mais nenhuma notícia. Sei que o cavaleiro Andomar ainda não voltou a Ingewel.

— Nem o cavaleiro Edwinem a Foresterra — acrescentou Iruwen.

– As coisas não andam tão rápido – disse Doalwen. – Eviellan fica longe.

– Mas também não chegou nenhuma notícia, nem boa nem ruim... nada.

Houve silêncio. Depois Tiuri se lembrou de que já ouvira antes o nome de Andomar. Como Edwinem de Foresterra, integrava a companhia enviada pelo rei Unauwen a Eviellan. Não tinha dúvidas de que algo não dera certo nas negociações de paz.

Ouviram-se badaladas ao longe.

– Escutem – avisou o estalajadeiro. – As badaladas das oito. Em meia hora começa a reunião na Prefeitura.

– Vamos – disse um dos clientes. – Vou falar com o senhor Dirwin. Espero estar com ele na Prefeitura dentro de meia hora.

– E eu falarei com todos que encontrar – disse Iruwen. – Vamos primeiro à praça do mercado, ainda encontraremos muita gente.

– Você vem comigo? – perguntou a Tiuri.

– Sim – respondeu. Olhou para as pessoas que estavam no salão e acrescentou: – Obrigado pela ajuda.

– Deixe isso para depois – disse Ardoc. – Venha, vamos lá.

6. A libertação de Piak

De tempos em tempos – contou Iruwen pelo caminho – o prefeito e o conselho que governa a cidade se reuniam no salão principal da Prefeitura. Todos podiam participar. Antes realizava-se uma reunião por semana, e todos os habitantes de Dangria podiam fazer propostas, perguntas ou apresentar reclamações. Ultimamente essas reuniões foram suspensas ou fechadas ao público por motivos não esclarecidos, e essa era uma das críticas ao prefeito.

Tiuri surpreendeu-se com a maneira como Iruwen congregava pessoas ao seu redor na praça do mercado. O ancião falou com entusiasmo. Repetiu as críticas ao governante da cidade, advertiu sobre os perigos que estavam à espreita e, para finalizar, disse que o prefeito privara dois jovens estrangeiros de sua liberdade.

– Um deles escapou e está aqui, ao meu lado. O outro continua no calabouço do porão. Sim, quando reformou a Prefeitura até transformá-la num palácio com nosso dinheiro, o prefeito fez com que ampliassem aquela prisão. Por quê? Achava necessário prender mais pessoas? Temia o inimigo? Tinha medo de nós, moradores pacíficos de Dangria, súditos fiéis do rei Unauwen? Ou a prisão destinava-se a estrangeiros inocentes? Muitas vezes um dirigente deve ser duro – continuou. – E às vezes, lamentavelmente, é necessário prender as pessoas. Mas ninguém pode ser privado de sua liberdade sem motivo, sem acusação. Esta é nossa lei e para nós deve ser sagrada. Quando ocorre uma injustiça deste tipo é preciso rebelar-se... temos de nos rebelar. Este jovem entrará novamente na Prefeitura para exigir a imediata libertação de seu amigo. E quem estiver a favor do direito e da justiça deve segui-lo e apoiar sua exigência.

A multidão rodeava Tiuri e Iruwen. A maioria aplaudia suas palavras, mas não faltaram os que tinham muitas coisas a denunciar e faziam todo tipo de perguntas. Os soldados do prefeito se aproximaram, perguntando pelo significado de todo aquele alvoroço.

Então Iruwen gritou:

– Vamos! Quem estiver do nosso lado que nos siga. Este jovem ousa subir de novo a escadaria da Prefeitura porque sua consciência está limpa e, portanto, nada tem a temer, ao menos enquanto ainda existir justiça em Dangria.

Alguns minutos depois Tiuri entrava pela segunda vez no grande salão. Ardoc e Iruwen o seguiam, acompanhados de muitos mais. Tiuri se perguntou se, de lá do porão, Piak estaria ouvindo toda aquela gente, e se poderia imaginar que era ele o motivo de estarem ali. Seu coração batia com força. Não tinha medo, mas pela primeira vez desde que recebera a missão agia tão abertamente em público.

Na sala, sobre um tablado próximo da escada, haviam colocado uma grande mesa onde estavam sentados uma dúzia de senhores com o prefeito no centro. Ao lado, numa mesa menor, estavam os escrivãos. Um deles era o escrivão do prefeito. Na escada e entre as colunas posicionavam-se soldados com lanças e archotes. Havia também outras pessoas, possivelmente espectadores; a maioria permanecia em pé, mas algumas estavam sentadas. Iruwen indicou um deles e disse em voz baixa que era o senhor Dirwin, o poderoso mestre dos ourives de prata.

Quando reconheceu Tiuri, o prefeito sentiu um calafrio. Entreolharam-se. O prefeito virou-se para o homem sentado à sua direita e sussurrou-lhe alguma coisa.

Nesse meio-tempo, as pessoas continuavam a entrar: Iruwen despertara a curiosidade de todos.

O homem sentado à direita do prefeito levantou-se e gritou:

– Silêncio! Fechem a sala!

Um rumor se levantou entre as pessoas.

– A reunião é pública – alguém gritou.

– A sala está cheia! – respondeu o mesmo homem sentado à direita do prefeito. – Não cabe mais ninguém. Fechem a porta!

Demorou algum tempo até conseguirem fechá-la e todo o mundo ficar tranquilo e em silêncio.

O prefeito recostou-se na cadeira e brincou nervosamente com um pergaminho à sua frente. Depois se levantou e disse:

– O prefeito e o conselho de Dangria estão reunidos. Quem desejar ouvir que ouça, quem quiser falar que fale.

Um dos soldados da escada deu três toques de trombeta.

– Declaro aberta a reunião – disse o prefeito, e se sentou.

O homem que estava à sua direita voltou a se levantar.

– Que o Primeiro Escrivão leia a ata da reunião anterior – disse.

O escrivão do prefeito levantou-se e fez uma reverência. Olhou ao redor e pousou o olhar em Tiuri. Então começou a ler. Lia mal e gaguejando como se estivesse com a cabeça em outro lugar. Pouco a pouco foi melhorando.

Tiuri olhou interrogativamente para Iruwen.

– Daqui a pouco – sussurrou. – Quando chegar a hora de perguntar.

Tiuri teve de esperar. O que o escrivão estava lendo não lhe interessava. Percorreu a sala com o olhar e percebeu que o prefeito estava visivelmente nervoso e evitava seu olhar.

Quando o escrivão terminou a leitura, o homem à direita do prefeito disse:

– O tema principal desta reunião será a melhoria da construção de nossa cidade. É um assunto que afeta a todos os senhores. Por isso lhes pedimos que somente façam perguntas e propostas sobre esse tema. Na próxima reunião poderão falar de assuntos gerais.

– Eles armaram isso! – sussurrou Iruwen.

Houve murmúrios.

– Silêncio! – ordenou o homem. – Quem não se calar será expulso da sala. Todos conhecem as normas.

– Sim, nós as conhecemos – gritou Iruwen. – E também conhecemos as leis, senhor Marmuc. Quem anseia por justiça pode pedi-la quando quiser.

– Silêncio – repetiu o senhor Marmuc, depois acrescentou com um sorriso: – Claro que se pode pedir justiça quando quiser. Mas esta noite vamos tratar da construção...

– Por que falar de coisas novas quando as velhas ainda não estão totalmente resolvidas? – perguntou Iruwen.

Então o prefeito tomou a palavra:

– Cale-se, Iruwen! – disse em tom severo. – Cada coisa a seu tempo.

– Senhor prefeito – respondeu Iruwen –, cada coisa a seu tempo, é verdade. O senhor certamente não aprovaria que tivesse sido cometida uma injustiça. E sem dúvida não gostaria de esperar pela próxima reunião para consertar essa injustiça. Os assuntos urgentes têm prioridade.

O prefeito empalideceu.

Algumas pessoas apoiaram Iruwen:

– Os assuntos urgentes têm prioridade!

– Silêncio! – gritou o prefeito, dando um murro na mesa. – Se não se calarem vou expulsá-los da sala.

Fez-se silêncio. Um homem alto, sentado perto de Tiuri, levantou-se de repente. Era o senhor Dirwin.

– Senhor prefeito – disse –, como pode ver, esta noite muita gente compareceu. Pelo visto aconteceu algo importante. Deixe que falem, como sempre se fez.

– Algo importante?! – gritou o prefeito, levantando-se também. – Um garoto impertinente que tive de prender. Desde quando as pessoas de Dangria se preocupam por algo assim? Somos adultos, senhor Dirwin, e sabemos que às vezes é preciso ser severo com os jovens.

– Senhor prefeito – disse Dirwin –, ninguém disse uma palavra sobre o garoto que mandou prender. O senhor foi o primeiro. Então me parece que dá importância ao fato.

O burburinho aumentou. Alguns riram. O prefeito parecia fora de si. Depois se recompôs.

– Claro que falava desse garoto – admitiu. – E vejo que o amigo dele está aqui. Não entendo como se atreve a vir. Esta tarde escondeu-se na Prefeitura e me ameaçou de morte. Feriu um dos meus soldados. Eu deveria acusá-lo, e não ele a mim.

Todos olharam para Tiuri, que deu um passo à frente. Ele e o prefeito voltaram a se encarar. Na sala reinava uma calma cheia de tensão.

– Pedi que você e seu amigo viessem à Prefeitura como convidados – começou o prefeito –, mas agradeceram-me a gentileza de forma muito estranha. Meus soldados podem comprovar que você, jovem, se trancou no andar superior desta Prefeitura negando-se a sair. Que atirou em meus arqueiros da janela...

– Mas então o senhor também deve contar que seus arqueiros atiraram em mim primeiro – disse Tiuri, com voz clara e forte. – E também deve contar por que me tranquei num de seus quartos. E que mandou prender meu amigo. Sim, também deve contar isso. Meu amigo não lhe fez nada. Nada. Só saiu correndo porque não queria ficar aqui. Por que pretendia reter-nos contra nossa vontade?

– Não pretendia retê-los contra sua vontade! – gritou o prefeito. – Por que faria isso? Nem sequer os conheço. Convidei-os por educação, mas vocês não queriam ficar. Vocês me ofenderam. Isso merece um castigo, sabia?

– Venho exigir a libertação de meu amigo. Ele não fez nada para estar preso. Talvez as pessoas aqui presentes não acreditem em mim se eu contar o que meu amigo disse e fez antes de o senhor mandar seus soldados para cima dele. Conte o senhor mesmo e diga de que o culpa.

O prefeito abriu a boca e tornou a fechá-la. Era óbvio que não sabia o que responder.

– Que outra pessoa conte então – continuou Tiuri. – Seu escrivão estava presente. Ele pode contar o que aconteceu.

Dirigiu-se ao escrivão, que ficou vermelho e amassou seu material para escrita com dedos trêmulos.

– Testemunhe em meu lugar – disse Tiuri. – O que fez meu amigo para ofender o prefeito?

– O senhor estava presente? – perguntou outro dos senhores da mesa. – Fale então. O que fez o garoto?

O prefeito se sentou.

O escrivão se levantou e disse:

– Nada.

– Como nada? – perguntou o senhor Marmuc.

– Isso mesmo, nada – respondeu o escrivão. – Não fez nada. Os dois entraram... Haviam preparado um quarto para eles, mas disseram que não podiam ficar muito tempo. O prefeito insistiu para ficarem: queria ouvir notícias do leste. Então o outro, refiro-me ao garoto que está no calabouço, começou a gritar que ele a entregaria... "Não se preocupe", disse. "Ela está comigo e vou entregá-la." Alguma coisa assim. Depois saiu correndo e fugiu. Isso é tudo.

– Isso é realmente tudo? – perguntou o senhor Marmuc ao prefeito, que não respondeu.

– O que tinha de ser entregue? – perguntou o senhor Dirwin, olhando primeiro para o escrivão, depois para o prefeito e finalmente para Tiuri.

– O senhor deve perguntar isso ao prefeito – disse o jovem.
– Não sei – respondeu o prefeito. – Não tenho a menor ideia.
– Tem sim! – exclamou Tiuri. – Apenas não se atreve a contar.
Olhou para a sala e continuou:
– Eu também não posso contar. Só sei de uma coisa: o prefeito não nos convidou por hospitalidade. Ordenou aos sentinelas do portão que levassem à sua presença qualquer jovem entre catorze e dezoito anos que entrasse em Dangria. Por quê? Devem perguntar isso a ele. Perguntem-lhe de quem são as mensagens trazidas por seus pombos-correios. Perguntem-lhe quem lhe pediu para privar os estrangeiros de sua liberdade. Perguntem-lhe a que senhor serve enquanto governa esta cidade em nome do rei Unauwen.

Calou-se por um momento temendo, de repente, ter falado mais do que devia. Depois continuou:

– Eu sou um estrangeiro nesta cidade e não tenho nada a ver com seus assuntos. Só peço a liberdade de meu amigo. Agora mesmo!

Percebeu que o prefeito havia sido derrotado: tinha um ar sombrio e não conseguia pronunciar uma palavra.

Começou uma grande confusão. "Liberte-o!", gritavam as pessoas.

Um dos membros do conselho se levantou e pediu silêncio.

– O senhor tem alguma acusação a fazer contra esse jovem ou contra o que está no calabouço? – perguntou ao prefeito.

– Não – respondeu ele em voz tão baixa que quase não se ouviu.
– Não. Mas tudo o que disse é mentira... tudo mentira – e depois acrescentou em voz um pouco mais alta: – Foi um mal-entendido, um lamentável mal-entendido.

Não pôde terminar de falar porque a gritaria voltou: "Liberte-o!"

Os senhores da mesa estavam nervosos e sussurravam entre si. Um deles se levantou e disse alguma coisa aos soldados. Depois pediu-se novamente silêncio, mas demorou um tempo até todos se calarem.

– Por hoje, a reunião está encerrada – disse o senhor Marmuc.
– Por quê? – perguntaram algumas vozes irritadas. – Acabamos de começar!

– A reunião está encerrada – repetiu o senhor Marmuc. – O garoto será libertado. Desocupem a sala e saiam.

Os soldados começaram a se movimentar para dar cumprimento àquelas palavras. Tiuri olhou ao redor, desde a agitada e barulhenta multidão até os homens pálidos da mesa. Viu Ardoc e Doalwen a certa distância, mas Iruwen desaparecera. Alguém bateu em seu ombro. Era o senhor Dirwin.

– Seu amigo já está vindo. Quero falar com vocês imediatamente.

Pouco tempo depois apareceu Piak acompanhado por dois soldados. O garoto pareceu surpreso diante de tanta gente, mas ao ver Tiuri seu rosto se iluminou. Tiuri foi na direção dele. Teve de afastar várias pessoas antes de chegar onde estava seu amigo.

– Você está livre! – exclamou, apertando as mãos de Piak. – Ah, Piak, eu...

Calou-se e sorriu.

– O que toda essa gente está fazendo aqui? – perguntou Piak, depois de corresponder efusivamente ao aperto de mão de Tiuri.

– Vieram pedir sua libertação – começou Tiuri, mas não pôde acrescentar mais nada pois uma parte da multidão gritava alegremente: "Viva, está livre!"

O prefeito e a maioria dos membros do conselho abandonaram seus lugares atrás da mesa e subiram a escada. Aquilo parecia uma fuga.

– Vamos lá para fora – disse Tiuri.

Não soube quanto tempo demoraram para conseguir chegar à praça. Havia gente por todo lado conversando animadamente sem prestar atenção nos soldados, que não paravam de gritar que fossem para suas casas. Depois de um tempo, os dois jovens conseguiram abandonar a praça sem ser vistos.

Numa das ruas que dava para a praça encontraram Dieric, o ajudante de Ardoc.

– Que bom que estão aqui! – disse. – Parece que todos ficaram loucos! Eu me perdi. Venham comigo ao Cisne Branco. Os outros também irão para lá.

No Cisne Branco, Tiuri encontrou-se novamente com a maioria das pessoas que o ajudaram. O estalajadeiro serviu vinho e convidou-os a beber pelo final feliz. Piak e Tiuri tinham muita coisa para contar um ao outro, mas deviam esperar até que estivessem a sós.

Piak disse que estava bem.

– Bom, estar num desses buracos escuros não é divertido, mas a gente consegue aguentar um pouco. Eu só não sabia que ia ficar tão pouco tempo.

Depois quis saber como Tiuri conseguira libertá-lo.

– Você deve agradecer isso a todas as pessoas que estão aqui – disse-lhe Tiuri. E com a ajuda de Iruwen, Ardoc e das outras pessoas que estavam no salão contou-lhe o que acontecera.

– Nossa! – exclamou Piak. – Que história! Vou acabar me sentindo uma pessoa importante.

Olhou para Tiuri.

– Tudo bem? – perguntou com um olhar muito significativo.

– Tudo bem – respondeu Tiuri. Estendeu novamente a mão e apertou a de Piak, e dessa forma lhe agradeceu em silêncio.

Então o senhor Dirwin entrou no salão e foi imediatamente até Tiuri.

– Boa noite, jovem. Imaginei que o encontraria aqui. Gostaria de falar com você. Há muitas coisas a respeito desse assunto que ainda não entendi.

– Ele não pode lhe contar muita coisa, senhor Dirwin – interveio Iruwen.

– Com certeza pode me contar mais do que sei até agora – disse o senhor Dirwin, alisando a barba. – Acabo de chegar da Prefeitura e falei com o conselho. Amanhã de manhã haverá uma reunião extraordinária. O prefeito terá de prestar contas de seu comportamento estranho – continuou, olhando para Tiuri. – Ouvi falar até de espiões de Eviellan. Gostaria de saber o que há de verdade nisso. Também quero saber exatamente por que o prefeito os aprisionou. Tenho a impressão de que há muito mais por trás do que você contou, jovem. Qual é o seu verdadeiro nome e o de seu amigo?

– Martin e Piak – disse Iruwen.

– Martin e Piak, vocês têm de comparecer amanhã à reunião.

– Por que, senhor Dirwin? – perguntou Tiuri, apesar de saber o motivo.

– Para contar exatamente o que aconteceu, é claro – respondeu o senhor Dirwin. – E também temos de saber por que aconteceu tudo isso. Pode contar-me tudo agora, mas amanhã terá de repetir sua explicação diante do conselho.

– Amanhã? – repetiu Tiuri. – Impossível! Não podemos ficar tanto tempo.

– Por que não? – perguntou o senhor Dirwin. – Isso é absurdo. Eu, e muitos como eu, acreditamos que vocês não foram tratados de forma correta. Por isso Piak foi libertado imediatamente. Mas não podem fugir de nós em seguida como se nada tivesse acontecido.

– Não estamos fugindo – disse Tiuri. – Mas não podemos ficar.

– Graças a vocês quase se produziu uma revolta na cidade – exclamou o senhor Dirwin, quase bravo. – Não me ocorre nenhuma razão que possa ser tão importante a ponto de impedir que fiquem. Você mesmo acusou o prefeito... Bem, não explicitamente, mas disse o suficiente para nos dar a entender que seria desejável fazer uma investigação. Pelo bem da cidade peço-lhe que fique. Não falo apenas como morador de Dangria, mas também como membro do conselho.

– Vai voltar a ser membro do conselho? – perguntou Iruwen.

– Sim, voltei a fazer parte dele quando terminou a reunião desta noite – respondeu o senhor Dirwin.

– Esta é uma boa notícia – disse Iruwen.

O senhor Dirwin dirigiu-se novamente para Tiuri:

– Muito bem, fale.

Tiuri repetiu tudo o que já dissera no salão do Cisne Branco.

O senhor Dirwin escutou tudo sem dizer uma palavra, mas não parecia muito satisfeito.

– É tudo muito vago – disse no final. – Mas, está bem, não vou mais incomodá-lo por enquanto. Tenho muitas coisas para fazer. Espero ouvir mais amanhã. Por isso, ordeno que fiquem.

– Há um quarto para vocês – disse o estalajadeiro. – Logo mais eu lhes mostro; assim podem se deitar quando quiserem.

– Bom descanso – disse o senhor Dirwin. – Até amanhã. Passarei para buscá-los por volta das oito. Está bem?

– Sim, senhor – respondeu Tiuri.

Não teve oportunidade de dizer mais nada porque o senhor Dirwin deu o assunto por encerrado. Despediu-se dos presentes e saiu. Tiuri suspirou. Não lhe ocorria nada mais que pudesse ter dito.

– Vamos dormir? – sussurrou-lhe Piak.

– Sim – respondeu Tiuri. – Não está com fome?

– Para ser sincero – disse Piak –, não comi nada desde esta tarde.

– Vou buscar alguma coisa para você – comentou o estalajadeiro. – Levo para vocês no quarto.

– Durmam bem – disse Ardoc aos jovens. – E não têm nada a temer. O senhor Dirwin é um homem sensato e sobretudo honesto. Podem confiar nele.

Os jovens desejaram boa noite a todos os clientes e seguiram o estalajadeiro até um quarto pequeno e limpo em que havia duas camas. Pouco depois Piak se reconfortava com um jantar tardio. Tiuri também comeu alguma coisa.

– Por fim estamos sozinhos – disse Piak, com a boca cheia.

– Agora posso lhe agradecer.

– Você já fez isso – respondeu Piak. – Ela ainda está com você?

Tiuri colocou a mão no peito. Sentiu o anel do cavaleiro Edwinem, mas não o pergaminho nem os lacres da carta que durante tanto tempo trouxera consigo.

– Eu a queimei – sussurrou. – Mas sei o conteúdo de cor.

– Ah, é? – perguntou Piak também sussurrando. Não perguntou qual era o conteúdo, embora soubesse que ele não se perdera graças a sua ajuda.

– Estava escrito em código – contou Tiuri. – Não sei o que significa. Ah, Piak, o prefeito teria conseguido pegá-la se não fosse por sua esperteza. Não sei como lhe agradecer.

– Não precisa dizer nada – interrompeu Piak, um tanto tímido.

Então Tiuri perguntou:

– Como você descobriu que a hospitalidade do prefeito era uma armadilha?

– Não descobri na hora. Tive uma sensação esquisita ao ver todos aqueles escudos. No final da sala havia um, vermelho como sangue. De repente lembrei que você me dissera que os cavaleiros de Eviellan usavam escudos vermelhos. Mas pensei que podia ser uma coincidência. Então fui até uma porta que estava aberta e ouvi uns homens conversando. Diziam que tinham de cercar a Prefeitura. Aquilo me pareceu muito estranho e fiquei escutando. Não ouvi muita coisa, mas foi o suficiente.

– O que disseram?

– Alguma coisa sobre um garoto entre catorze e dezoito anos, um garoto do leste, do outro lado das montanhas. E que não podia escapar. Desconfiei e por isso fiz o que fiz. E eles morderam a isca.

– E depois, o que aconteceu? O que fizeram depois de prenderem você?

– Deixar que me pegassem foi uma bobagem da minha parte. Levaram-me para aquele buraco embaixo da Prefeitura... Bem, não é propriamente um buraco... É bem grande mas não tão bonito quanto a parte de cima. É frio e escuro. Eles me jogaram no chão e o prefeito veio e disse: "Dê-me o que está com você." Fiz-me de bobo e perguntei: "O quê?" Ficou furioso, mas irritou-se ainda mais ao ver que eu não tinha nada, pelo menos nada que ele quisesse. Não, já disse que não precisa me agradecer. Por que fugi, senão para ajudá-lo? Além disso, as aventuras são divertidas se depois temos uma boa comida e tudo termina bem.

Tiuri riu. Depois voltou a ficar sério.

– E agora, o que faremos? – perguntou. – Estamos com pressa, mas amanhã precisamos testemunhar e dar explicações. E não podemos contar nada.

– Você não pode contar nada para o senhor Dirwin? – perguntou Piak.

– Já pensei nisso. Se ele insistir em nos manter aqui por mais tempo, não nos restará outro remédio. Mas prefiro não fazê-lo. Minha missão é secreta. É horrível, mas não posso nem devo confiar em ninguém. Pelo visto o prefeito desta cidade também está do lado do inimigo. Quem sabe se não há mais pessoas? Já ficamos muito conhecidos em Dangria.

– Isso é culpa minha. Teria sido melhor se você tivesse ido embora logo e tivesse me ajudado depois.

– Não. Jamais teria feito isso. A mensagem se salvou graças a você. Mas gostaria de ir embora já daqui.

Refletiu por um momento.

– Vou contar tudo ao senhor Dirwin – disse então. – Só para ele. Talvez possa falar com ele esta noite mesmo...

Alguém bateu à porta.

– Entre! – disse Tiuri.

Era Iruwen.

– Ainda não se deitaram? – perguntou enquanto trancava a porta a chave. – Bem que eu imaginava.

– Sente-se, por favor. Agradeço novamente sua ajuda. Sem o senhor, Piak nunca teria sido libertado.

– Sim – disse Piak –, muito obrigado.

– Está certo – respondeu o ancião, sorrindo.

Sentou-se e olhou ora para um, ora para outro.

– E agora querem sair da cidade o mais rápido possível – disse. – Bem, tenho um amigo que é sentinela de uma pequena porta no norte. Fica de guarda das dez às duas. Vocês podem ir embora agora mesmo.

Os jovens olharam para ele, surpresos.

— O senhor quer nos ajudar a fugir? — perguntou Tiuri.

— Claro. Sei que estão com pressa. E que, se ficarem, isso pode representar um grande atraso. Sei como são estas coisas: reuniões do conselho, perguntas, respostas, mais perguntas, esclarecimentos, testemunhos. Tudo é muito complicado e difícil. O senhor Dirwin é um bom homem, e fico contente por voltar a fazer parte do conselho, mas, como já disse, os assuntos urgentes têm prioridade.

— Ficamos muito felizes por querer voltar a nos ajudar — disse Piak. — Mas como sabe que nossos assuntos são urgentes?

— Estou com um pressentimento — respondeu Iruwen —, e, quando tenho um pressentimento sobre alguma coisa, costumo acertar. Desculpem por falar assim de mim mesmo. Vieram com um objetivo e algo me diz que é do interesse de todos. Então tenho de ajudá-los a alcançar esse objetivo.

— Obrigado — disse Tiuri. — Quando poderemos sair?

— Quando terminarem de jantar. Sairemos pelos fundos. Ninguém perceberá.

— Eu já estou pronto — disse Piak. — Não consigo comer mais nada.

— Ai! — exclamou Tiuri. — Preciso pagar as refeições e o quarto. Talvez o senhor possa dar o dinheiro ao dono da estalagem.

Procurou a bolsinha que levava presa ao cinto e se assustou. Não estava!

— Como você é tolo! — disse Iruwen. — Não tomou cuidado com os ladrões, não é?

— Sinto muito — respondeu Tiuri, desconcertado. — E agora?

— Não faz mal — disse Iruwen. — Eu dou um jeito. Pedirei o dinheiro emprestado em algum lugar.

— Que situação mais embaraçosa. Você tem dinheiro, Piak?

— Um centavo de cobre.

— Guarde-o para lhe dar sorte — disse Iruwen. — Vamos, não se preocupem com bobagem. Mas espero pegar esses ladrões. Com certeza foi durante a confusão. É, Dangria já não é o que era.

— Como era antes? — perguntou Piak enquanto se levantava.

— Como voltará a ser — respondeu Iruwen. — Espere até termos um novo prefeito e pelo retorno dos cavaleiros do rei. Vamos?

— O que dirá o senhor Dirwin? — disse Tiuri, pensando em voz alta.

— Provavelmente vai ficar bravo. Mas não por muito tempo. Tem trabalho demais. Ouvi dizer que tem muitos planos. Amanhã de manhã, por exemplo, partirá um mensageiro para ver o rei Unauwen.

— Um mensageiro vai partir para ver o rei? — perguntou Tiuri.

Iruwen olhou fixamente para ele.

— Sim, um mensageiro vai ver o rei — disse. — Você acha que não é preciso?

— Por quê? — perguntou Tiuri.

— Talvez já houvesse um mensageiro a caminho... Você mesmo, por exemplo.

— Sim — respondeu Tiuri em voz baixa. — Vamos ver o rei Unauwen.

— Bem, então saiam já. Amanhã falarei com o senhor Dirwin. Vocês podem adiantar um bom trecho esta noite.

Pouco depois caminhavam pelas ruas silenciosas em direção à porta onde o amigo de Iruwen estava de guarda. Pelo caminho encontraram alguns cavaleiros armados.

Iruwen avisou os garotos, que ficaram um pouco para trás. Então parou os cavaleiros e falou com eles. Pelo visto tinham ordens de reforçar a guarda em todas as portas da cidade.

— Ninguém pode sair da cidade — contaram. — Ordens do senhor Dirwin em nome do conselho.

Quando os cavaleiros se foram, Iruwen disse:

— Vamos, rápido! Eles vão acabar chegando à pequena porta. Precisamos estar ali antes da vinda dos reforços.

Chegaram à porta a tempo, mas tiveram de se despedir muito depressa. Piak e Tiuri agradeceram novamente ao ancião por sua ajuda e o sentinela deixou-os passar.

Assim abandonaram Dangria para prosseguir sua viagem para o oeste.

7. O imposto do rio Arco-Íris

Os amigos caminharam durante toda a noite. Queriam se afastar o mais possível de Dangria e recuperar o tempo perdido. Estava tudo quieto: não viram nem ouviram ninguém. De vez em quando falavam em voz baixa, mas durante a maior parte da noite ficaram calados.

Descansaram ao amanhecer, mas não durante muito tempo, apesar de estarem exaustos. Um pouco mais tarde tiveram a sorte de pegar carona na carroça de feno de um camponês que ia para o oeste. Acomodados no feno cheiroso, foram vencidos pelo sono e só acordaram quando o sol já ia alto no céu.

– Que bela dupla de dorminhocos, hein? – disse o camponês. – Mas, se querem ir para o rio Arco-Íris, precisam descer aqui. Eu agora vou para o outro lado.

Os jovens agradeceram e pouco depois continuaram andando por uma região de colinas onduladas e suaves. De vez em quando Tiuri olhava para trás. Ninguém os seguia. Já não podiam ver Dangria, mas só se sentiriam tranquilos quando chegassem do outro lado do rio Arco-Íris, onde, segundo Ardoc, estava o coração do reino de Unauwen.

Passaram por um pomar e ali se detiveram olhando famintos para as frutas maduras nas árvores.

– Vou roubar algumas maçãs – disse Piak. – Será que é errado fazer isso quando não se tem comida nem dinheiro para comprá-la, se tem fome e pressa, e além disso uma missão importante a cumprir?

– Vamos nos arriscar – disse Tiuri, com um sorriso.

Continuaram a caminhar comendo as maçãs.

À tarde o caminho os conduziu por uma cadeia de colinas, e, quando estavam no ponto mais alto, viram o rio Arco-Íris.

O rio era largo e brilhava sob o sol. Era atravessado por uma ponte de pedra, e muito perto, à esquerda, na margem oriental, havia um castelo imponente. Nas proximidades viram casas e fazendas rodeadas por campos de cultivo florescentes. Na outra margem do rio havia um povoado. O caminho continuava para o oeste a partir dele.

Os amigos foram em direção ao rio e entraram em outra região habitada. Havia muita gente trabalhando nos campos e o caminho também não era muito calmo. Olharam o castelo; quanto mais se aproximavam, mais imponente lhes parecia. A ponte parecia fazer parte dele: em sua entrada, havia uma porta de pedra do mesmo tipo que a do castelo.

– Há uma barreira – disse Piak.

Tiuri também a viu. Junto dela estava um sentinela com elmo, lança e um escudo com todas as cores do arco-íris.

Um homem a cavalo chegou por um caminho lateral e foi até a ponte na frente deles. Quando chegou à barreira, inclinou-se para o sentinela e disse-lhe alguma coisa. Ele retirou a barreira e deixou-o passar. Depois voltou a colocá-la no lugar.

– Podemos passar – disse Piak, aliviado.

Pouco depois os dois amigos estavam na entrada da ponte.

– Boa tarde – cumprimentou o sentinela. – Querem passar para a outra margem?

Os garotos responderam afirmativamente.

– É a primeira vez, não é? Precisam pagar três moedas de ouro cada um.

– O quê? – gritou Tiuri. – Não podemos simplesmente passar?

– Claro que não – respondeu o sentinela, surpreso. – Para atravessar o Arco-Íris é preciso pagar.

– Por quê? – perguntou Piak.

– Por quê?! – repetiu o sentinela. – Nunca ouvi essa pergunta desde que sou sentinela encarregado da cobrança do pedágio da ponte e uso o escudo com as cores do arco-íris. De onde vocês vêm que nem sequer sabem que é preciso pagar a taxa? Acham que podem atravessar essa ponte magnífica e chegar do outro lado assim sem mais nem menos?

— Mas — disse Tiuri — e se não pudermos pagar?

— Então não podem passar para o outro lado.

Tiuri olhou o rio. Era mais largo do que pensara e a correnteza parecia forte. Duvidava que pudesse chegar do outro lado nadando. Mas talvez pudesse conseguir um barco...

— Quem quiser cruzar o rio Arco-Íris, do jeito que for, terá que pagar a taxa — disse o sentinela, como se adivinhasse os pensamentos de Tiuri. — Têm de pagar o pedágio da ponte tanto a pé, de barco ou nadando. Mas não recomendo que atravessem a nado.

Tiuri olhou para ele.

— Precisamos ir para o outro lado — disse —, mas não temos nada além de um centavo de cobre. Qual é o motivo desse imposto?

— Você deve perguntar isso ao senhor que o cobra — respondeu o sentinela, mostrando o castelo. — É ele quem exige o imposto, com a autorização do rei Unauwen.

— Mas não podemos pagar! — exclamou Piak. — Isso me parece um costume muito esquisito. Então as pessoas pobres nunca podem ir ao centro do reino de Unauwen.

— Não é verdade! — disse o sentinela, irritado. — Qualquer pessoa, rica ou pobre, pode cruzar o rio. Seja como for, é preciso pagar o imposto, mas o senhor oferece a todos a oportunidade de ganhar o dinheiro. É possível trabalhar em seus campos, e para cada semana trabalhada recebe-se uma moeda de ouro. Depois de três semanas a pessoa já ganhou as moedas necessárias.

Tiuri e Piak olharam um para o outro.

— O que me dizem? Não têm por que ficar tristes. Vão até aquela fazenda e perguntem ao administrador o que há para fazer. Acho que podem começar amanhã mesmo.

— Não temos tempo para ficar três semanas trabalhando — disse Tiuri. — Estamos com pressa.

Naquele momento um segundo sentinela saiu por uma porta do castelo e foi na direção deles.
– Sei, pressa! – disse o primeiro sentinela. – É o que todos dizem.
– Mas é verdade – disse Piak.
– O que é verdade? – perguntou o segundo sentinela, que acabara de chegar.
O primeiro sentinela respondeu:
– Estes jovenzinhos não têm dinheiro para pagar o imposto e dizem que não têm tempo para ganhá-lo trabalhando.
O segundo sentinela olhou fixamente para os dois amigos.
– Está muito bom ganhar três moedas em três semanas – disse.
– Com certeza o senhor deste castelo não deve ter falta de trabalhadores – comentou Piak, com desdém.
O segundo sentinela olhou para ele, entre surpreso e zangado:
– O que você quer dizer com isso? Três moedas em três semanas é um bom pagamento.
– Não tanto se com essas moedas de ouro você tem de pagar o imposto – disse Piak.
– Bem, mas o trabalho destinava-se a isso, não? A passar para o outro lado.
– Quero ir para o outro lado – disse Piak. Virou-se para Tiuri e lhe perguntou: – Isso já lhe aconteceu alguma vez? Não poder simplesmente atravessar um rio?
– Nunca – respondeu Tiuri.
– Sei que vocês vêm de outra região – disse o segundo sentinela. – Do contrário já teria ficado bravo com vocês há algum tempo. E agora diga-me, jovem, alguma vez você viu um rio com uma ponte como esta? Tem sete arcos de pedras, erguidos apesar dessa correnteza tão forte. Você já viu uma ponte assim?
– Não – respondeu Tiuri –, isso não. Mas posso muito bem atravessar de barco até a outra margem. Não pode ser?
– Claro que sim – disse o primeiro sentinela. – Se pagar três moedas de ouro. Essa é a regra aqui. Assim é e assim será, você goste ou

não. Se não pode pagar e não quer trabalhar, não pode passar para o outro lado.

Mas o segundo sentinela disse:

– Se realmente têm pressa, podem falar com nosso senhor. Lembro-me que deixou uma mulher passar imediatamente porque seu filho, que estava do outro lado, estava muito doente. Se tem um motivo que justifique sua pressa deve falar com o responsável pelo pedágio da ponte e pedir-lhe que o deixe passar sem pagar. Só ele pode decidir isso.

Os jovens entreolharam-se hesitantes.

– O senhor da ponte está neste momento dando uma volta por suas propriedades – continuou o segundo sentinela. – Costuma regressar por volta das seis. Podem ir caminhando até a porta grande e esperá-lo ali.

– Obrigado – disse Tiuri.

Os jovens se despediram dos sentinelas, mas o primeiro os segurou por um momento:

– É melhor não fazerem bobagem. Isso poderia lhes custar mais de três semanas. Os infratores são punidos duramente.

– E agora? – sussurrou Piak enquanto se encaminhavam devagar para a porta grande.

– Não sei – disse Tiuri, suspirando.

"Pedimos ao senhor que nos deixe passar?" Para isso, teria de revelar seu segredo. Mas como saber se podia confiar no senhor? O simples fato de cobrar um imposto já não o tornava muito simpático.

A porta estava aberta e na entrada havia vários sentinelas. Os dois amigos pararam a uma certa distância. Não falaram, mas mesmo sem dizer nada entenderam que teriam de esperar a volta do senhor. Depois de vê-lo, talvez pudessem tomar uma decisão. "Na verdade, não devo fazer isso", pensou Tiuri. O cavaleiro Edwinem lhe dissera: "Não conte isto para ninguém." "Sim, Piak sabe, mas é como se eu mesmo soubesse..."

Piak agarrou-o pelo braço.

– Ali vem ele – disse sussurrando.

No leste já estava bem escuro e até o aspecto do céu mostrava que o tempo iria piorar. Destacando-se claramente contra o céu, montado num cavalo branco, aproximava-se um homem. Usava um manto comprido, preto por fora e azulado por dentro, que esvoaçava com a velocidade. Um instante depois passou ao lado deles levantando poeira; era um homem que inspirava respeito, com um rosto pálido e bonito mas severo, e cabelo preto ondulado. Entrou pela passagem sem olhar para eles, e os sentinelas o cumprimentaram como se realmente fosse seu senhor.

Os jovens se viraram e, como se tivessem combinado, afastaram-se do castelo.

– O que achou do senhor da ponte? – perguntou Tiuri um pouco depois.

– Só o vi por um instante – respondeu Piak –, mas me parece um grande senhor, um senhor poderoso. Não gostaria de discutir com ele.

– Severo e inacessível – resmungou Tiuri. Não, o senhor não lhe parecia alguém a quem se pudesse mentir, alguém disposto a abrir sua ponte sem um motivo justificado. O motivo que não se atreveria a lhe contar.

Passaram junto à barreira. Estava só o primeiro sentinela, que olhou para eles com ar de zombaria. Acabaram passeando por uma trilha que corria a certa altura da margem do rio. Uma descida curta e íngreme levava a uma enseada estreita, de areia amarelada, contra a qual se chocava a água. Depois de um tempo pararam e ficaram olhando para a outra margem com olhos nostálgicos. Olharam para a ponte que viam nesse momento em todo seu esplendor: sete arcos firmes sustentados por pilares sólidos e resistentes na água turbulenta.

– E agora, o que vamos fazer? – perguntou Piak em voz baixa.

– Estou pensando – respondeu Tiuri. – Não sei se não poderia chegar nadando até a outra margem. É verdade que o rio é largo e a correnteza forte, mas olhe, ali há uma ilhota, onde poderíamos descansar um pouco.

Piak protegeu os olhos com a mão e olhou para a ilhota, que não era mais que uma pedra.

— Talvez — disse, duvidando. — Eu não poderia. Para ser sincero, não sei nadar. Mas não deve deter-se por mim.

Naquele momento um soldado que fazia a ronda aproximou-se deles. Era o segundo sentinela.

— Ora vejam! — disse. — Estão observando a outra margem. Não estarão pensando em atravessar a nado, não é?

Os jovens olharam para ele mas não responderam.

— Tirem isso da cabeça — continuou o sentinela. — Até onde me lembro, três pessoas tentaram isso: uma delas se livrou de morrer afogada graças a um barco do senhor, e foi para a prisão por querer escapar do imposto. A segunda chegou à outra margem quando o rio devolveu seu cadáver dias depois. A terceira nunca mais foi vista.

— Não sabiam nadar? — perguntou Piak.

— Nadavam muito bem. Mas aqui a correnteza é muito traiçoeira. Sobretudo naquela ilhota. Não é possível ver daqui, mas está cheia de redemoinhos.

— Bem — disse Piak —, então não vamos nadar.

Tiuri mostrou a outra margem.

— Ali há um barco — disse. — Pode-se cruzar o rio de barco?

— Claro — afirmou o sentinela. — Há barcos que vão de um lado para o outro, barcos de pescadores, barcos que vão de norte a sul com mercadorias. Mas todos que querem passar deste lado para o outro precisam pagar o imposto. A primeira vez são três moedas de ouro, a segunda duas e a terceira uma.

— E depois? — perguntou Piak. — Já não é necessário pagar?

— Isso mesmo. Mas vocês são estrangeiros, então têm de pagar o imposto. Permitam-me que lhes dê um bom conselho. Não tentem fugir. Os servos do senhor da ponte já estão de olho em vocês. A guarda se intensifica quando alguém não pode ou não quer pagar. Olhem para a ponte.

Os dois amigos olharam e viram dois soldados passando de um lado para o outro.

– E também haverá gente de guarda na outra margem – acrescentou o bom conselheiro.

– Então vamos trabalhar na fazenda – disse Tiuri. Estava mentindo, é claro, mas o sentinela não precisava saber disso.

– Isso é muito sensato – disse o sentinela, satisfeito.

Um pouco mais além, um homem trabalhava no campo, sem tirar os olhos deles. Afundou a pá na terra e foi até lá.

– Olá, Ferman – disse o sentinela. – Já ganhou o pão de hoje?

– Com o suor do meu rosto – respondeu Ferman, secando a testa.

– Boa noite – disse aos dois amigos. – Olhando com desalento para a outra margem?

– Já lhes disse para não tentarem fazer nada – disse o sentinela.

– Tem razão, como sempre – comentou Ferman –, sábio Warmin, sentinela da ponte. – Apontou o norte e voltou-se para os garotos: – Se quiserem tentar um pouco mais adiante... é ruim. Ali há outro. E no sul também: o Pedágio da Serraria do Arco-Íris, e mais para lá ainda, rio acima, está o Pedágio de Vórgota.

– Não há nenhum lugar por onde se possa atravessar o rio Arco-Íris sem pagar?

– Não – disse Warmin, o sentinela. – Todo o rio é vigiado por senhores que administram o pedágio. E no rio de Prata também há um lugar em que se exige o imposto.

Piak fez cara de estranhamento, mas não disse o que pensava.

– Vamos – disse Warmin. – Vou voltar para o castelo. Daqui a pouco será hora de jantar. Vocês, garotos, podem ir falar com o administrador. Se forem agora, lhes dará algo para comer e abrigo como adiantamento por seu trabalho. Quer nos acompanhar, Ferman?

– Sim – respondeu, mas ficou onde estava e olhou para os dois amigos.

– Vamos – disse Warmin. Dirigiu-se para Tiuri e deu-lhe um último bom conselho: – Mesmo com um barco, ainda é perigoso navegar por um rio que você não conhece.

Despediu-se deles e foi embora. Ferman o seguiu.

— Bem — disse Piak —, já sabemos de mais uma coisa: não podemos nadar, não podemos navegar e não podemos atravessar a ponte. Também não podemos ir falar com o senhor da ponte. Alguém poderia emprestar-nos o dinheiro... Mas quem nos daria três moedas de ouro sem nos conhecer? Voltamos a Dangria e tentamos lá? Não, tivemos de sair correndo de lá... E agora?

— Fique quieto — disse Tiuri. Permaneceu em silêncio um momento e acrescentou: — É estranho, mas tenho a sensação de que existe outra forma de cruzar o rio, só não sei qual.

— Fique quieto — disse Piak por sua vez. — Vem vindo alguém ali. Acho que é esse tal de Ferman.

Era Ferman, de fato. Cumprimentou-os e ficou ao lado deles.

— O sol está prestes a desaparecer — comentou. Calou-se um momento e depois continuou a falar em tom misterioso: — Há neblina no oeste e chuva no leste. Será uma noite bem escura. Não será possível ver nem as estrelas nem a lua.

Os amigos olharam para ele, curiosos.

Ferman deu uma olhada para trás e disse-lhes sussurrando:

— Tenho um barco, um pequeno barco. Está um pouco mais adiante.

— O senhor quer dizer... — disse Tiuri. — Quer nos emprestar seu barco?

— Pode ser, mas não digam isso para ninguém. É proibido. Eu seria punido por isso. Não têm moedas de ouro, mas eu não peço tanto. Com o que poderiam me pagar?

— Com isto — respondeu Piak, mostrando a moeda de cobre. — É tudo o que temos.

Ferman fez que não com a cabeça e disse:

— Não é muito.

Então pegou a moeda da mão de Piak, resmungou algo ininteligível e a jogou no chão. Agachou-se para pegá-la e disse: "Coroa."

— O que significa isso? — perguntou Tiuri.

— Joguei a moeda para saber o que faria. Não podem pagar nada, mas vou ajudá-los assim mesmo. Se saísse coroa, ajudaria. E saiu! Então, se quiserem, podem ir com o meu barco.

Ferman devolveu o centavo a Piak.

— Vai nos emprestar seu barco? — sussurrou Piak, animado.

— Se quiserem, sim. Sabem remar?

— Sim — respondeu Tiuri.

— Então podem tentar atravessar, mas a responsabilidade é de vocês. Mais tarde, quando estiver escuro, vou lhes mostrar onde está. De qualquer forma, não poderiam ir antes.

— Muito obrigado — disse Tiuri.

— Não tem por que agradecer! — exclamou Ferman. — De nada. Se a moeda tivesse caído do outro lado não teria ajudado. Só mais uma coisa: não podem dizer a ninguém que o barco é meu. Já estive duas vezes na prisão e não quero voltar. Se forem pegos, também não vou ajudá-los. A responsabilidade é de vocês. Viram o barco por acaso e o pegaram. Entendido?

— Claro — responderam os jovens.

— Vou-me embora. Voltem aqui depois das badaladas da meia-noite sem que ninguém os veja. Venham pela margem no sentido da correnteza. Estarei esperando por vocês. E, se aceitam um bom conselho, vão agora àquela fazenda e peçam trabalho ao administrador. Quando tiverem feito isso, os guardas do senhor da ponte deixarão de prestar tanta atenção em vocês, e talvez também lhes deem algo para comer.

Os jovens disseram que fariam isso, agradeceram mais uma vez e se despediram.

— Até logo — disse Ferman.

8. A travessia do rio Arco-Íris

Tiuri e Piak foram à fazenda e ali lhes prometeram trabalho para a manhã seguinte. Também lhes deram pão e leite, e lhes mostraram um lugar para dormir, num alpendre que estava vazio.

Ali esperaram até o relógio dar meia-noite. Depois saíram às escondidas em direção ao rio. Ferman tinha razão: era uma noite escura.

Fazia frio e eles tremiam, mas não só pela temperatura. Chegaram sem contratempos ao rio e passaram pelo pequeno embarcadouro que havia rio abaixo. Seus olhos foram se acostumando pouco a pouco à escuridão, embora não fosse possível ver muita coisa, de qualquer forma. Estava muito silencioso; só ouviam a água do rio. Quase não se divisava a ponte, mas em algumas janelas do castelo ainda havia luz.

Assustaram-se quando Ferman surgiu de repente diante deles.

— Aqui estão vocês — disse em voz baixa. — Sigam-me. Está a alguns passos daqui.

Seguiram-no obedientes.

— É aqui — informou Ferman, detendo-se.

Os jovens viram vagamente um barco meio encalhado na areia.

— Os remos estão dentro — sussurrou Ferman. — Podem ir.

— É um barco muito pequeno — disse Piak, um tanto apreensivo. — Não pode virar?

— Qualquer barco pode virar — respondeu Ferman após um momento de silêncio. — E repito que a responsabilidade é de vocês. Podem amarrar o barco na outra margem; depois dou um jeito de recuperá-lo. Mas, para ser sincero, se fosse vocês eu não iria, nem hoje, nem amanhã. Seria melhor trabalhar três semanas. Mas a decisão é de vocês.

— Por que está nos emprestando seu barco? — perguntou Piak.

— Tirei cara ou coroa. Por quê? Acho que entendo por que alguém queira escapar do pagamento do pedágio. Eu também tentei fazer isso. Agora já não preciso porque já estive mais de três vezes do outro lado. Bem, o que vão fazer?

— Eu vou — disse Tiuri. — Mas não tem por que vir comigo se não quiser — disse a seu amigo.

— É claro que vou com você — disse Piak. — Ficarei com você enquanto isso não o incomodar.

— Mas... — começou a falar Tiuri.

— Não diga nada! — interrompeu-o Piak. — Vamos subir e começar? Você rema.

– Acho que o melhor será um remar e o outro vigiar – disse Ferman. – Apesar de não se ver muita coisa, de qualquer forma. Não posso dizer com o que devem ter cuidado. Remem com força. Depois de umas trinta remadas mais ou menos, fiquem atentos. Deverão estar perto da ilha que viram esta tarde. Ali a correnteza vai em todas as direções. Tenham cuidado para não se aproximar muito porque correriam o risco de encalhar numa das rochas submersas. Este não é um bom lugar para atravessar, mas um pouco mais adiante fica o posto de guarda do senhor da ponte e o risco de serem descobertos é grande. O mesmo acontece mais perto da ponte. Depois que passarem pela ilhota já não há mais nada a temer, a não ser o próprio rio. Bem, vão ou não?

– Vamos – disse Tiuri, decidido. Seu coração batia muito depressa. Sabia que o percurso não estava livre de perigos. Mas havia remado muitas vezes no rio Azul.

– Vamos – repetiu Piak como um eco.

– Boa viagem – disse Ferman, com um suspiro. – Vou ajudá-los a empurrar o barco; o resto fica por conta de vocês.

Pouco depois os jovens já estavam no barco: Tiuri nos remos e Piak diante dele. Tiuri não conseguia ver o rosto de Piak.

– Ainda está em tempo de descer – sussurrou-lhe Tiuri.

– Não.

– Psiu – fez Ferman enquanto empurrava o barco.

Tiuri começou a remar.

– Que a sorte os acompanhe – desejou Ferman. – Reme com força. Isso, assim. Não balancem.

Tiuri remou, no início com um pouco de dificuldade, mas melhor depois de umas poucas remadas. Percebeu que a correnteza era mesmo forte. Via vagamente a enseada e o rosto de Ferman, que os seguia com o olhar. Depois desapareceu na escuridão. O jovem concentrou toda sua atenção no barco que girava e oscilava.

– Piak, preste atenção na ilhota – disse – e avise-me assim que vir algo, está bem?

– Posso ajudar você a remar? – perguntou Piak, inclinando-se em sua direção.

– Não – respondeu Tiuri, ofegante. – Um de nós tem de vigiar. Está vendo alguma coisa na margem ou na ponte?

– Nada. No castelo ainda há luz. Mas certamente não podem nos ver. Eu não consigo ver quase nada. Nem uma pedra. E não vejo absolutamente nada do outro lado.

Tiuri olhou para trás. Piak tinha razão. Era como se flutuassem sobre uma imensa superfície de água sem começo nem fim. Ele soltou os remos um instante, mas o barco ficou sem rumo na hora, obrigando-o a voltar a pegá-los rapidamente. Então viu uma pequena luz na margem que haviam deixado para trás. Seria o sentinela de que lhes falara Ferman?

– Meus pés estão ficando molhados – disse Piak.

Tiuri também percebera isso. Havia água no fundo do barco. Será que já estava lá quando subiram? Ou o barco estava fazendo água?

– Espero que não afundemos – disse Piak. Percebia-se na sua voz que não estava muito à vontade.

– Psiu – disse Tiuri, soltando outra vez os remos. – Há uma luz ali. Talvez possam nos escutar.

– É claro que não. A água faz muito barulho.

– Veja se encontra alguma coisa para me ajudar a esvaziar.

– Para quê?

– Para tirar a água. Não há uma panela ou algo assim no barco? Piak se mexeu. O barco balançou.

– Cuidado! – sussurrou Tiuri.

A essa altura já tinham percebido que o barco não tinha nada de especial: era pequeno, velho e pelo visto fazia água. Tiuri deu uma olhada para trás. Ali parecia mais escuro ainda. Já estariam perto da ilha? Continuou remando. Gotas de água salpicavam-lhe o rosto e tinha gotas de suor na testa. Piak procurou no fundo do barco.

– Está entrando cada vez mais água – disse um pouco depois. – Aqui há alguma coisa. Uma caneca.

– Então tire a água – sugeriu Tiuri. – Mas mexa-se o menos possível.

O barco estava fazendo água, não havia a menor dúvida. Mas, se Piak continuasse esvaziando, conseguiriam chegar à outra margem. Ai! Ele se esquecera de vigiar. Tornou a olhar para trás. Não se via nada. Ou alguma coisa se destacava na noite escura? Uma onda bateu de repente contra o barco, fazendo-o oscilar.

– Cuidado! – sussurrou Piak, assustado.

– Fique atento. Já não podemos estar muito longe da ilhota.

Naquele momento estavam em outra corrente ou em vários tipos de corrente. Tiuri teve de fazer um grande esforço para conseguir manter o barco no que ele esperava ser o rumo correto.

– Estou escutando alguma coisa – disse Piak.

Sim, ouviam-se vozes indefinidas ao longe.

– Não podemos fazer nada – comentou Tiuri.

– Estou vendo alguma coisa! – exclamou Piak depois. – A ilhota, a ilhota! Está perto. Reme! Para este lado.

Tiuri remou com todas as suas forças. Piak esqueceu-se de tirar a água, mas Tiuri logo lembrou que devia fazê-lo.

– Estamos chegando – disse Tiuri, ofegante. Suas mãos doíam de tanto remar e seu ferimento recém-curado também voltara a incomodar. Era como se estivessem puxando o barco por todos os lados. Os sentinelas da ponte não haviam exagerado: a correnteza era traiçoeira.

Piak dividia sua atenção entre tirar a água e olhar na direção da ilhota.

– Estamos chegando – repetiu. Parecia ter dominado seu medo.

Mas de repente alguma coisa aconteceu: uma batida, um barulho. Tinham encalhado numa pedra. Tiuri fez uma tentativa desesperada de sair dali. Conseguiu.

– Vamos afundar! – exclamou Piak.

Tiuri não teve dificuldade em pensar no que aconteceria em seguida; sua cabeça estava funcionando muito rápido. O barco estava liberado, mas com a água entrando aos borbotões parecia que ia afundar a qualquer momento. Então bateram em outra coisa. O barco balançou assustadoramente. Ouviu-se o grito abafado de Piak e o barulho alto de alguma coisa batendo na água. Piak caíra pela borda.

Tiuri deixou os remos afundarem e durante um segundo sentiu-se paralisado. Piak podia se afogar...! Um segundo depois ele também estava na água, gritando, sem pensar que alguém pudesse ouvi-lo.

— Piak, Piak, Piak, onde você está?

Deu algumas braçadas, mergulhou, tocou o fundo. Onde estaria Piak naquela água agitada e escura? Então, graças a Deus, ouviu sua voz quase inaudível.

— Piak! — gritou mais uma vez. — Onde você está?

— Aqui — ouviu muito fraco.

Tiuri tateou ao redor e o sentiu.

— Mantenha-se boiando — arquejou. — Não, não se agarre em mim; assim não consigo nadar.

Uma onda passou por cima deles obrigando-os a se calar. Mas Tiuri mantinha bem agarrado um Piak que não parava de mexer os braços e as pernas, e continuou a segurá-lo. "O barco, onde está o barco?" Devia ter afundado. Tinham de conseguir chegar à ilha. Era sua única saída, desde que não fossem lançados contra a rocha.

— Tente manter a boca para cima — disse para Piak. — Eu vou arrastá-lo.

Não sabia se Piak entendera, mas ele parou de se mexer. Então Tiuri se encaminhou para a ilhota, puxando Piak. Foram momentos de tensão e medo, mas por fim sentiu terra firme sob os pés. Estavam na ilha.

Tiuri estava machucado e ofegava em busca de ar, mas Piak, ao seu lado, estava muito quieto. Tiuri se inclinou sobre ele.

— Piak — disse, sacudindo-o.

Piak gemeu, ergueu-se um pouco e tossiu.

— Detesto água! — disse de forma quase inaudível.

Tiuri teve vontade de cantar e dançar de alegria, mas não podia fazer outra coisa senão dar palmadas nas costas de seu amigo.

– Onde... onde estamos? – perguntou Piak, tentando se levantar.
– Na ilhota. Fique deitado, por favor.

Piak se sentou e perguntou:
– E o barco?
– Acho que afundou.
– Aquilo não era barco nem meio barco – disse Piak, batendo os dentes.
– Ainda bem que não nos afogamos. Você está bem?
– Achei que ia me afogar, mas com certeza isso não vai terminar tão rápido. Você me trouxe até aqui?
– Sim, o que mais podia fazer?
– Ensinar-me a nadar. Apesar de isso não me atrair muito. Não gosto de tanta água. O barco desapareceu completamente?

Tiuri se levantou e olhou na escuridão. Chegou até a entrar um pouco na água, mas não havia nem sinal do barco.

– Não comece a nadar agora, por favor. Se lhe acontecer alguma coisa, não poderei salvá-lo – disse Piak, com uma voz um pouco temerosa.

Tiuri voltou e se sentou ao seu lado.
– De qualquer forma, não teríamos conseguido – disse. – Quando encalhamos naquela rocha, o barco já estava arruinado.
– Ferman vai gostar disso. Acho ótimo. Ele precisava nos dar uma coisa que faz água?
– Ele disse que a responsabilidade era nossa.
– Sim, mas não nos disse que fazia água.
– Todo o mundo, inclusive ele, nos advertiu sobre a correnteza que há aqui.
– E agora? O que vamos fazer? – disse Piak. – Estou enjoado e continua escuro.
– Está se sentindo muito mal? – perguntou Tiuri, preocupado.
– Não. Estou bem. Só estou molhado e irritado, você não?

Tiuri suspirou. Estavam na metade do rio, sem barco. Ao amanhecer, seriam descobertos quase com certeza. Mas não podiam fugir.

Sim, ele podia tentar cobrir o resto da distância a nado, mas era perigoso e portanto imprudente. Além disso, teria de deixar Piak. Não tinha como levá-lo consigo.

— Você está querendo seguir a nado? — perguntou Piak, interrompendo seus pensamentos. — Está louco se fizer isso. Vai se afogar, e sua mensagem com você. Não estou falando por mim, de verdade; não me importa nem um pouco ficar aqui. O senhor da ponte pode me enfiar amanhã na prisão, já estou acostumado. Além disso, depois voltarei a ficar livre.

— Se eu ficar aqui, a mensagem também não chegará ao rei.

— É verdade — disse Piak, rindo.

Ficaram um tempo calados.

— E agora? O que fazer? — perguntou-se Tiuri pela enésima vez.

E então, de repente, obteve a resposta.

— Que idiota! — exclamou.

— Por que está me chamando de idiota? — perguntou Piak.

— Estou xingando a mim mesmo. Não entendo como isso não me ocorreu antes.

— O quê?

— O imposto, pagar o imposto. Não tenho ouro, mas tenho algo muito mais valioso.

— Ah, é? — disse Piak, surpreso. — E onde está?

— Pendurado no meu pescoço.

O anel do cavaleiro Edwinem, o anel com a pedra que brilhava no escuro. Tiuri nunca considerara aquele anel como seu, mas sim como algo que devia guardar, um objeto pelo qual sentia respeito. Talvez por isso não lhe ocorrera dar o anel como pagamento do imposto. Mas o cavaleiro Edwinem teria feito isso, sem dúvida. A mensagem para o rei era mais importante que qualquer anel. Tiuri tirou a joia e mostrou-a para Piak.

— Parece uma estrela — disse Piak em voz baixa.

— Deveria ter pensado na hora. Já perdemos tempo de novo. Foi uma distração imperdoável.

– Mas esse anel vale muito mais que três moedas de ouro, ou que as seis que temos de pagar.

– E talvez com multa – acrescentou Tiuri. – Acho que o valor deste anel é incalculável. Pensei deixá-lo só como garantia. Depois, na volta, talvez possa resgatá-lo. Terei prazer em trabalhar as semanas necessárias para isso.

– Será que o senhor da ponte vai concordar?

– Espero que sim. Eu... – disse, interrompendo-se de repente. Pensou nos Cavaleiros Cinza que, guiados pelo anel, o haviam seguido. E se o senhor da ponte o reconhecesse ao vê-lo? Edwinem fora um cavaleiro famoso, especialmente ali, no reino de Unauwen. E se o senhor da ponte lhe perguntasse onde conseguira o anel?

Tornou a se levantar. Então era melhor nadar? Sabia que era perigoso, sim, talvez irresponsável; com um braço que podia atrapalhá-lo na metade do percurso, e na escuridão ainda por cima. Mas se fizesse isso de dia o veriam imediatamente. O que era mais sensato?

– O que vai fazer? – a voz de Piak soou às suas costas.

Tiuri sentou-se ao seu lado e compartilhou seus pensamentos.

– Acho que o único remédio é pagar com o anel – acrescentou Piak. – Não confio em nadar. Mas é você quem decide.

– Só estou certo de uma coisa – disse Tiuri depois de pensar um pouco. Baixou a voz e continuou: – Como você se sente? Poderia se lembrar do que vou lhe dizer?

– Claro. Se for importante, sim.

Tiuri sussurrou-lhe umas quantas palavras no ouvido.

– O que você está falando? – perguntou Piak, surpreso.

– Estou lhe dizendo o que estava na carta. Vou lhe contar a mensagem palavra por palavra. Você também deve sabê-la.

– Sim? – sussurrou Piak.

– Já havia pensado antes em contá-la a você, porque, como você disse, minha missão se tornou sua também. Agora deve saber a mensagem para que, se me ocorrer alguma coisa, você possa retomar minha missão.

— Está bem... — suspirou Piak. Parecia impressionado, mas em seguida disse: — Bem, pelo menos assim terei algo para fazer até amanhecer. Diga. Só espero que jamais tenha de assumir sua missão.

Tiuri ia lhe dizendo o conteúdo da carta em voz baixa e deixava seu amigo repetir parágrafo por parágrafo.

— Você entende alguma coisa? — perguntou Piak depois de um tempo.

— Não. E você?

— Não, infelizmente não. Estará em código? Bem, comece outra vez e continue até eu sabê-la de cor.

— Lembre-se — disse Tiuri depois de um momento — que você nunca deve demonstrar que a conhece.

— É claro. Não está começando a clarear no leste? Tenho de me apressar porque quero decorar todas essas palavras antes do nascer do sol.

9. O senhor da ponte

— O rio Arco-Íris — resmungou Piak quando a noite deu lugar a um amanhecer cinzento. — Pois veja só! Quando penso no arco-íris imagino alguma coisa bonita, mas este rio é frio e desagradável e parece o mar.

Tiuri olhou ao seu redor esperando, contra toda a lógica, ver o barco. Mas isso não aconteceu. Viu que estavam mais próximos da margem direita que da esquerda. Olhou para a ponte. Passavam pessoas por ela. Seriam servos do senhor da ponte?

— Daqui a pouco vão nos ver — disse para Piak.

— Vamos garantir que o façam o quanto antes — ele disse. — Não gostaria de ficar muito tempo aqui — deu três espirros. — De qualquer forma, vai fazer tempo bom — acrescentou.

Assim estavam os dois amigos, um do lado do outro, tremendo sob a roupa molhada e esperando o dia nascer. Viram pessoas andando nos dois lados do rio; algumas apontavam para eles.

Então soou um toque de trombetas. Parecia vir de uma das torres do castelo.

"Será por nossa causa?", perguntou-se Tiuri.

– Olhe ali! – exclamou Piak depois de um tempo, apontando para o castelo. – Um barco.

Sob um dos arcos da ponte apareceu um barco indo rapidamente na direção deles. Era um barco bonito e estilizado, tripulado por remadores que moviam os remos compassadamente. Na popa um soldado levava um escudo com as cores do arco-íris. Os escudos dos remadores estavam pendurados no casco, compondo uma bonita decoração.

– Um barco do senhor da ponte – disse Piak, espirrando de novo.

Os amigos observaram-no tensos. Sim, estava se aproximando da rocha. Pouco depois chegavam até eles, e o soldado da popa disse:

– Venham até aqui e subam a bordo. Não podemos nos aproximar mais.

Os jovens obedeceram. Muitas mãos se estenderam para ajudá-los a subir no barco.

– Cuidado! – gritou um homem na popa, que devia ser o capitão.

– Remem a estibordo.

Quando o barco tornou a navegar a salvo, ele se dirigiu para os amigos. Tiuri e Piak reconheceram o sentinela que no dia anterior falara com eles na margem, Warmin.

– São prisioneiros do senhor da ponte – disse severamente. – Tentaram escapar do imposto e serão castigados por isso – e depois, num tom mais cordial, acrescentou: – Por que não seguiram meu conselho? Eu já temia isso, mas esperava que fossem mais sensatos. Com certeza pegaram emprestado aquele traste velho do Ferman, não é?

– Ah, não – mentiu Tiuri.

– Ah, não? – repetiu Warmin. – Fizeram esse trecho a nado no meio da noite? Então são mais habilidosos do que pensava.

Piak quis dizer alguma coisa, mas em vez disso espirrou.

– Se ficar resfriado é porque mereceu – disse Warmin, mas tirou o manto e colocou-o nos ombros de Piak, que não parava de tremer.

Depois mostrou aos amigos onde deviam se sentar e não se preocupou mais com eles.

O barco voltava para a ponte, mas contra a corrente não avançava tão rápido, por mais que os remadores se esforçassem. Tiuri via a ponte e o castelo cada vez mais perto e, para sua tristeza, seu coração começou a bater mais depressa.

Dirigiu-se para Warmin:

– Eu gostaria de falar imediatamente com o senhor da ponte.

– Com o senhor da ponte? – repetiu Warmin. – Você devia ter pensado nisso ontem. Agora é tarde demais para vir com arrependimentos e desculpas.

– Não estou preocupado com arrependimentos e desculpas – contestou Tiuri, um tanto irritado. – Lamento não ter conseguido cruzar o rio. Não lamento ter tentado.

– Muito bonito – disse Warmin, igualmente irritado.

– Eu preciso realmente falar com o senhor da ponte – insistiu Tiuri.

– Por quê?

– Só posso dizer a ele.

– Muito bem – resmungou Warmin. – Vamos ver.

Enquanto isso haviam se aproximado da ponte. Tiuri olhou para cima. Alguém estava apoiado na balaustrada e olhava para cima e para baixo. Era um homem com um chapéu de aba larga que quase lhe cobria todo o rosto. Quando o barco se aproximou mais, o homem se inclinou para a frente. Tiuri não podia tirar os olhos dele, embora não soubesse quem era. Ouviu-o rir com um riso de zombaria e triunfo, que continuou a ressoar em seus ouvidos quando passaram sob o primeiro arco da ponte. Olhou para Piak para saber se ele também percebera. Mas Piak estava todo encolhido olhando para a frente.

Quando saíram de baixo do arco, Tiuri viu que o castelo chegava até a margem da água. Ali havia um pequeno embarcadouro, de onde subia uma escada que desaparecia no interior do castelo. Enquanto amarravam o barco, Tiuri viu surgir um homem no alto da escada. Reconheceu nele o próprio senhor da ponte. Olhava para eles, imóvel.

Warmin desembarcou primeiro e cumprimentou seu senhor com a espada. Depois ordenou duramente que seus prisioneiros o seguissem. Não subiu pela escada, mas dirigiu-se para uma pequena porta no final do embarcadouro.

Tiuri se deteve e disse:

– Quero falar com o senhor da ponte.

Warmin também se deteve.

– Já vamos ver isso. Sigam-me.

– Quero falar com o senhor da ponte – repetiu Tiuri –, agora mesmo.

Tinha certeza de que o senhor que estava na escada o ouvira, apesar de não demonstrar.

Warmin hesitou um momento e subiu a escada. Falou com seu senhor. Tiuri viu que este negava com a cabeça. Warmin desceu enquanto o senhor da ponte deu meia-volta e entrou no castelo.

– Venham – disse Warmin secamente.

– Não posso falar com o senhor da ponte?

– Isso já não ficou claro para você? – foi a resposta.

– Mas tenho de falar com ele – insistiu Tiuri. – É muito importante.

– Pode ser, mas já não é tão fácil. Eu perguntei a ele e a resposta foi: "Não." Não há nada a fazer.

Não disse mais nada e levou os jovens através da porta até o interior do castelo. Atravessou com eles um corredor, desceu uma escada e depois entrou numa escura sala abobadada. Ali um homem gordo saiu ao encontro deles com um lampião aceso numa das mãos e um molho de chaves na outra.

– São prisioneiros, sonegadores do imposto – disse-lhe Warmin.

Tirou o manto dos ombros de Piak e fez menção de sair, mas Tiuri o deteve:

– Senhor, foi muito gentil conosco. Por isso lhe peço que interceda novamente por mim. Tenho de falar com o senhor da ponte o quanto antes. Posso lhe contar por que não quis pagar o imposto.

– E por que o fez? – perguntou Piak.

Haviam combinado na ilhota que Piak fingiria não saber de nada. Aquela lhes pareceu a melhor forma de esconder que Piak também sabia da mensagem.

– Isso eu só contarei ao senhor da ponte – disse Tiuri, conforme o combinado.

Warmin olhou para cada um deles.

– Hummm – disse. – Vamos ver.

Depois se virou e saiu.

– Acompanhem-me – disse o gordo. – Sou o carcereiro e seu vigia até serem libertados.

Abriu uma porta e os fez passar. Entraram numa cela sem janelas, totalmente vazia. Só havia um monte de palha num canto.

– Quanto tempo teremos de ficar aqui? – perguntou Piak.

– Podiam ter trabalhado três semanas lá fora, sob o sol – respondeu o carcereiro –, e ter ganhado o dinheiro do imposto. Agora ficarão três semanas no escuro sem fazer nada e quando saírem continuarão sem ter um centavo para pagar o imposto.

– Não há algum jeito de sair agora mesmo? – perguntou Piak.

– Não – respondeu o carcereiro, com ar de satisfação. – Vou vigiá-los e não os deixarei sair. A menos que alguém resolva pagar as três moedas de ouro por vocês... Essa é a fiança necessária para sair da prisão. E, se ainda quiserem atravessar a ponte, terão de pagar mais três moedas de ouro. Mas vocês não as tinham, não é?

Os garotos ficaram em silêncio.

– Bem – disse o carcereiro –, vou embora. Têm sorte de ficar juntos; assim pelo menos fazem companhia um ao outro, não é? E, se quiserem um bom conselho, tirem essa roupa molhada. É melhor ficar sem roupa que ficar com ela molhada. Essa palha está seca. Eu a trouxe ontem, quando acabava de ser ceifada.

Depois de dizer isso, trancou a porta com chave atrás de si. A cela ficou totalmente escura.

– Não sei o que é pior – lamentou Piak –, se o frio ou a escuridão.

– Tomara que não seja por muito tempo – disse Tiuri.

Seguiram o conselho do carcereiro, tiraram a roupa e se enfiaram entre a palha. Não conseguiam dormir: estavam tensos demais. Tiuri pôs o anel no dedo e levantou a mão. A luz fraca mas bem visível da pedra pareceu lhes dar alguma esperança.

Não sabiam quanto tempo se passara quando ouviram a chave ranger na fechadura. Tiuri tirou o anel rapidamente e escondeu-o na mão.

O carcereiro entrou e, erguendo o lampião, perguntou:

– Qual de vocês precisava falar com o senhor da ponte?

– Eu – respondeu Tiuri, levantando-se.

– Então venha comigo.

Tiuri se vestiu rapidamente.

– Seu amigo não teria de vir também?

– Não. Ele não – disse, piscando um olho para Piak disfarçadamente.

– Não vai me abandonar, não é? – perguntou este, fingindo sentir medo.

– Não. Só preciso perguntar uma coisa ao senhor da ponte. Boa sorte!

Seguiu o carcereiro pela sala abobadada e pelas escadas acima. Ali o esperava outro servo do senhor da ponte, que o conduziu até uma parte mais alta do castelo.

– É aqui – disse por fim enquanto abria uma porta. – Entre, o senhor está esperando por você.

Tiuri entrou. Piscou um pouco porque a sala em que acabava de entrar estava muito iluminada. Depois olhou ao redor. Encontrava-se numa sala ampla, com duas janelas pelas quais se via o rio. No outro extremo, numa grande mesa, havia um homem sentado: o senhor da ponte. Tiuri hesitou um momento e depois deu um passo em sua direção. A voz do senhor da ponte o deteve:

– Vá até a janela – ordenou – e olhe para fora.

Tiuri obedeceu. Parou diante de uma das janelas e olhou. Ao ver o rio entendeu por que se chamava assim: a água iluminada pelo sol refletia todas as cores do arco-íris. O céu se abrira e podia-se ver até muito longe. O jovem viu a ponte muito perto; começava justamente debaixo dele. Naquele momento, várias pessoas, um homem montado a cavalo e uma carroça a atravessavam.

Depois Tiuri voltou seu olhar para o senhor da ponte, que se levantara e se dirigia a ele.

– Viu a ponte? – perguntou. Sua voz era muito diferente do que Tiuri imaginara: era uma voz grave e sonora, que exigia ser atendida, querendo ou não. – Daqui parece menor – continuou o senhor da ponte –, mas pode-se apreciar melhor a largura de um rio quando se atravessa um caminho. Esta ponte foi construída há muito, muito tempo, e levantá-la custou muito tempo e esforço. Muito trabalho e dinheiro. Por isso todos os que atravessavam tinham de pagar, porque a ponte também fora construída para eles. Quem pagava o imposto passava a ser coproprietário da ponte, mesmo que fosse só de uma pedra. A ponte que agora une as duas margens tem milhares de proprietários.

– Mas – disse Tiuri em voz baixa – já não está completamente paga?

Levantou o olhar em direção ao senhor da ponte. Ele estava ao lado dele com os braços cruzados, as mãos escondidas nas amplas mangas da túnica. Observava a ponte com expressão séria e pensativa. Depois voltou-se para Tiuri. Seus olhos escuros pareciam mais melancólicos que severos.

– Você precisa estar disposto a pagar pelo que quer – disse.

Tiuri surpreendeu-se diante daquele homem, tão diferente do que ele pensara e temera.

O senhor da ponte voltou a olhar para fora.

– Esta ponte, como as demais, foi construída para unir o reino de Unauwen ao resto do mundo – continuou. – Antigamente o rio Arco-Íris era a fronteira do país. Muita gente vinha do leste desejando chegar deste lado do rio e disposta a pagar por isso. Também houve tempos difíceis, tempos de perigo, de invasões do norte, do leste e do sul. Então os senhores das pontes transformaram-se em sentinelas do rio, em defensores do coração do reino de Unauwen. Posteriormente, a terra que se estende até a Grande Cordilheira passou ao domínio de Unauwen, mas a tradição persistiu: quem cruzava o rio Arco-Íris devia pagar um imposto ao rei. O próprio rei designou os senhores das pontes. E continua sendo assim, mas quem o atravessa mais de três vezes já não tem de pagar. E, possivelmente, assim será durante muito tempo. Só espero que os senhores das pontes não tenhamos de voltar a ser os defensores, os senhores duros e implacáveis que os estrangeiros veem em nós.

Tiuri ficou em silêncio sem saber o que dizer.

O senhor tornou a fitá-lo e disse num tom mais prático:

– Bem, diga-me quem é você e por que quer falar comigo.

– Nobre senhor – começou Tiuri –, eu gostaria de cruzar o rio Arco-Íris, mas não tenho dinheiro para pagar nem tempo para trabalhar.

– Como você se chama? – interrompeu-o o senhor da ponte.

– Martin – respondeu Tiuri depois de hesitar por um momento.

– Percebo pelo seu sotaque que vem do outro lado das montanhas – disse o senhor da ponte. – Seu nome é mesmo Martin?

– Sim, senhor. Esse é o meu nome.

– Bem, Martin. Você tentou cruzar o rio Arco-Íris sem pagar. Há uma pena para isso. Todos são obrigados a cumprir esse castigo. Por que não veio me procurar ontem?

– Porque... – Tiuri apertou o anel que trazia na mão e então disse: – Senhor, eu não tinha moedas de ouro para pagar mas tenho outra coisa, uma joia que vale muito mais. Com ela poderia pagar o imposto e a fiança de meu amigo e a minha.

– Ora, quem diria? De que joia se trata? E por que só agora resolveu mostrá-la?

– Não gostaria de me desfazer dela, senhor. Não apenas por ser valiosa, mas também porque é muito importante para mim. Também não quero vendê-la. Quero deixá-la como garantia. Depois gostaria de resgatá-la e para isso trabalharei o tempo que o senhor quiser.

– Deixá-la como garantia?

– Sim, senhor. Posso fazer isso?

O senhor da ponte olhou para Tiuri com olhos penetrantes e não respondeu.

– Por que tem tanta pressa? – perguntou depois.

– É difícil explicar.

– Conte-me mesmo assim.

– Senhor, não posso lhe contar o motivo.

O senhor da ponte voltou a olhar para ele de forma penetrante. Tiuri esperou nervoso por sua resposta.

– Você e seu amigo me devem três moedas de ouro cada um – disse o senhor da ponte – e outras três moedas de ouro de fiança por pessoa. Se a joia valer doze moedas farei o que me pede. Deixe-me vê-la.

Estendeu a mão direita, com a palma para cima.

Tiuri depositou nela o anel. O senhor da ponte olhou a joia, fechou os dedos e tornou a olhar para o garoto. Antes que o senhor da ponte dissesse uma só palavra, Tiuri percebeu que ele conhecia o anel.

– Como conseguiu este anel? – perguntou incisivo o senhor da ponte. Abriu a mão e disse: – Este anel não é seu. Como o conseguiu?

– Senhor, vejo que reconhece o anel. Posso dizer que não é meu, apesar de que me foi dado...

– Que lhe foi dado? Que lhe foi dado? Quem? Só há doze anéis como este. Veja – estendeu a mão esquerda e mostrou para Tiuri o anel que usava.

– É igual a este! – sussurrou Tiuri, surpreso.

– Não é exatamente igual. Só há dois anéis idênticos entre si: os que o rei Unauwen entregou aos seus filhos. Deu cinco aos seus cavaleiros e os outros cinco aos senhores de pontes e rios.

Então Tiuri se lembrou do que lhe dissera o cavaleiro Ewain: "O rei Unauwen deu esses anéis aos seus paladinos mais fiéis."

– Como conseguiu este anel? – voltou a perguntar o senhor da ponte.

"Aos seus paladinos mais fiéis! O senhor da ponte era um deles!", pensou Tiuri, e em seguida respondeu:

– Ele me foi dado pelo cavaleiro Edwinem.

– Edwinem – repetiu o senhor da ponte. – Onde, quando e por que lhe deu seu anel? – calou-se por um momento e perguntou em voz baixa: – Está morto?

– Sim.

O senhor da ponte não demonstrou temor, dor nem surpresa, mas sua mão apertou tanto o anel que os nós de seus dedos ficaram brancos.

– Continue – ordenou secamente.

– Não posso lhe contar muita coisa. Foi assassinado pelos Cavaleiros Vermelhos e pelo Cavaleiro Negro do Escudo Vermelho, o senhor deles.

– Assassinado?

– Caiu numa armadilha.

– Onde?

– No bosque próximo à cidade de Dagonaut.

– No reino de Dagonaut? Não foi em Eviellan?

– Saiu de Eviellan e vinha para cá.

O senhor da ponte foi até a mesa e se sentou. Afastou o livro que abrira sobre ela e pôs o anel de Edwinem diante dele. Com um gesto, indicou a Tiuri que se aproximasse. Ele se deteve diante da mesa e contou-lhe quando e como fora assassinado o cavaleiro Edwinem. Mas omitiu tudo o que se referia à carta.

– Devo entender, pelo que me diz, que foi ele quem o enviou aqui – disse o senhor da ponte quando Tiuri se calou.

– Sim, senhor.

– Ele lhe deu o anel.

– Sim, senhor.

– E você vai falar com o rei.

– Sim, senhor.

– E isso é tudo o que você pode contar?
– Sim, senhor.
– E queria dar este anel, o anel do cavaleiro Edwinem, em pagamento.
– Sim, senhor. Como garantia.
– Não é seu. Como pode dar algo que não lhe pertence?
– O cavaleiro Edwinem também teria feito isso. Eu... eu estou viajando em lugar dele.
– Para ver o rei Unauwen.
– Sim, senhor.

O senhor da ponte pegou o anel e tornou a olhá-lo:
– Você traz notícias estarrecedoras. Um dos cavaleiros de Unauwem foi assassinado pelos cavaleiros de Eviellan. Uma morte como essa não pode ficar impune.

Deixou o anel e se levantou. Naquele momento, Tiuri o viu como o imaginara na tarde anterior: severo, implacável, um senhor que devia ser temido por seus inimigos.
– Alguns cavaleiros já se puseram a caminho para vingar sua morte – contou Tiuri. – Querem ser conhecidos como os Cavaleiros Cinza. Já abateram muitos Cavaleiros Vermelhos.
– Os Cavaleiros Cinza. Quem são?
– Seu capitão é o cavaleiro Ristridin.
– Ristridin do Sul? Conheço esse nome. Era amigo de Edwinem.
– E o cavaleiro Bendu e Arwaut e o cavaleiro Ewain deste país.
– Ewain está com eles? Isso é muito bom. Mas você, Martin, ou como quer que se chame, o que tem a ver com estes assuntos? O que me contou me surpreendeu, mas ainda não é o bastante.
– Não posso lhe contar mais nada. O que me resta para contar só pode ser dito ao seu rei.
– E por isso tem tanta pressa?
– Sim, senhor.
– É o primeiro mensageiro que me traz estas notícias. Por acaso sabe mais alguma coisa sobre a companhia que foi enviada a Eviellan? Sobre o cavaleiro Argarath e o cavaleiro Andomar de Ingewel?

– Não, senhor. Na verdade, conheci o cavaleiro Edwinem por acaso, ou talvez não. Não sei. Mas o cavaleiro Ristridin me contou que o cavaleiro Edwinem fugira de Eviellan por alguma razão.

Contou rapidamente ao senhor da ponte o que o cavaleiro Ristridin lhe dissera.

O senhor refletiu por um momento. Depois devolveu o anel para Tiuri.

– Aqui está o anel. Deve entregá-lo apenas ao rei. Pode atravessar a ponte. Mas quero que prometa que na volta virá pagar o que me deve. Afinal, ninguém pode atravessar o rio sem pagar o imposto.

– Eu prometo, senhor. E o meu amigo...

– Seu amigo?

– Sim. Ele precisa vir comigo.

– Tudo bem. Pode ir. Quando quer partir?

– Agora mesmo.

O senhor da ponte bateu num gongo que estava junto à mesa.

– Pode partir imediatamente, mensageiro do rei.

– Senhor, gostaria que não mencionasse essa palavra. Minha missão é secreta, ninguém deve saber de nada.

O senhor da ponte concordou em silêncio. A porta se abriu e entraram dois servos.

– Tirem o outro garoto da cela – disse o senhor da ponte ao primeiro deles – e tragam-no aqui.

O criado fez uma reverência e desapareceu.

O senhor da ponte dirigiu-se ao segundo criado:

– O que é?

– Senhor, um mensageiro do leste veio vê-lo.

Entregou uma carta ao senhor da ponte.

Este rompeu o lacre, leu-a e perguntou:

– Onde está o mensageiro?

– Está esperando na sala de baixo.

– Daqui a pouco estarei com ele – disse o senhor da ponte. Olhou para Tiuri e acrescentou: – Espere-me aqui. Volto agora mesmo.

Saiu da sala seguido pelo criado.

Quando ficou sozinho, Tiuri começou a andar de um lado para o outro da sala. Sentia-se aliviado por tudo ter ido bem e muito impaciente para seguir viagem. Tornou a olhar para fora e refletiu sobre o que o senhor da ponte lhe dissera. Depois voltou para a mesa. Queria que o senhor voltasse logo. E Piak, o fiel Piak. Seu olhar se deteve no livro que havia sobre a mesa e que, pelo visto, o senhor da ponte estivera lendo. Era um livro grande e grosso e estava aberto. Viu letras belamente traçadas e uma grande maiúscula dourada, decorada com motivos florais coloridos. Deu a volta na mesa para poder vê-lo melhor. Reconhecia as letras mas as palavras soavam-lhe estranhas, palavras numa língua que desconhecia. Quando as examinou com atenção, aquelas palavras começaram a parecer familiares, sim, vira algumas delas antes, na carta para o rei Unauwen. Aquele livro estaria escrito na mesma língua? Nesse caso, o senhor da ponte poderia entender a mensagem se a ouvisse. Quem dera pudesse lhe perguntar!

Então assustou-se com alguns passos fora da sala e, afastando-se da mesa, foi em direção à porta. Esta se abriu e Piak entrou, acompanhado por um criado.

— O senhor já vem — disse-lhes o servo, e os deixou sozinhos.

— Estou livre! — exclamou Piak. — Está tudo bem?

— Sim, já podemos ir embora.

Preparou-se para lhe contar o que acontecera, mas antes de começar o senhor da ponte entrou com a carta ainda na mão.

— Aqui está seu amigo. Seu nome é Piak, não é mesmo?

— Sim, senhor.

— Acaba de chegar um mensageiro de Dangria, enviado pelo senhor Dirwin em nome do conselho da cidade.

Os dois amigos engoliram em seco.

— Pelo visto isso não os surpreende — continuou o senhor da ponte. — Esta carta fala de dois jovens que organizaram uma rebelião na cidade e partiram contra a vontade do conselho.

— Não podemos ficar — disse Tiuri.

— O senhor Dirwin pede que os interrogue e os retenha aqui se necessário.

– Senhor, eu lhe contei tudo o que podia. Não tínhamos como esperar. Tivemos de seguir nosso caminho. Eu lhe contei mais do que devia, mas só ousei fazer isso porque o senhor usa um anel como o do cavaleiro Edwinem. Deixe-nos partir, por favor!
– Farei isso – disse o senhor da ponte, sorrindo pela primeira vez. – Arriscaram-se a confiar em mim e agora vou confiar em vocês. Só uma coisa: pensam ir a pé com a pressa que têm?
– Não temos nenhum outro meio de transporte – respondeu Tiuri.
– E também não têm dinheiro. Bem, vou dar um cavalo para cada um. Esta noite chegarão a Ingewel. Deixem os cavalos ali aos cuidados do dono da estalagem A Primeira Noite.
– Obrigado – disse Tiuri.
– O dono da estalagem talvez queira lhes dar cavalos de muda, se os tiver. Com eles poderão cavalgar até a pousada As Colinas Lunares. Quanto ao imposto, já lhes disse que espero a volta de vocês o mais depressa possível.
– Sim, senhor – disse Tiuri.
– É melhor vocês partirem, então.
Os jovens fizeram uma reverência, mas o senhor apertou as mãos deles e desejou-lhes muito amavelmente uma boa viagem.
Quando atravessavam a sala de baixo, um homem levantou-se de repente do banco em que estava sentado.
– Então estão aqui! – exclamou. Era Doalwen, o homem que haviam conhecido no Cisne Branco. Era ele o mensageiro de Dangria.
– Ora, ora, vocês nos causaram muitos problemas.
– Não – disse Piak. – Nós saímos rapidamente de lá.
– Justamente por isso – disse Doalwen. – Iruwen os ajudou, não é? Está sempre se metendo em coisas que não lhe dizem respeito. Quando o senhor Dirwin foi buscá-los de manhã, Iruwen lhe disse que já haviam ido à Prefeitura. Coisa que, é claro, não haviam feito. Entre uma coisa e outra, já se passara metade da manhã quando se deram conta de que vocês tinham fugido. Iruwen teve uma longa conversa

com o senhor Dirwin para convencê-lo de que vocês estavam certos. Vão voltar comigo para Dangria?

– Não – respondeu Tiuri. – Vamos seguir nosso caminho.

– Quem diria! – disse Doalwen, um tanto surpreso. – Bem, os grandes senhores que decidam. Além disso, a fuga de vocês caiu rapidamente no esquecimento. O próprio prefeito também tentou fugir. Que coisa! Mas conseguiram alcançá-lo e agora está a salvo em sua própria casa tão bonita junto à praça.

– Ora, veja só! – exclamou Piak. – Teria sido melhor se o tivessem colocado nos calabouços da Prefeitura.

Doalwen riu.

– É uma pena que tenhamos de nos despedir novamente. Agora tenho de voltar sozinho. Viram o mensageiro que ia ver o rei? Já deve ter passado por aqui. Saiu de Dangria ontem de manhã. Vocês o conhecem; é o escrivão do prefeito. Não é só um almofadinha; também sabe montar muito bem.

Os jovens gostariam de conversar mais com Doalwen, mas sabiam que tinham de se apressar. Então se despediram e saíram do castelo.

A barreira da ponte já fora retirada e Warmin os esperava com dois cavalos.

Tiuri conversou com ele:

– O senhor fez o possível para me levar rapidamente à presença do senhor da ponte. Obrigado, de todo o coração.

– De nada – disse o soldado, olhando para eles com curiosidade. – Vejo que tinham um bom motivo para querer passar sem demora.

Os amigos montaram nos cavalos. Desta vez Piak o fez como se não tivesse feito outra coisa na vida.

– Nos alforjes encontrarão coisas úteis. Boa viagem!

Os jovens atravessaram a porta e o rio. Os cascos dos cavalos soavam sobre o pavimento de pedra, toc, toc, enquanto a água do rio resplandecia de ambos os lados.

– No fim das contas, talvez o rio Arco-Íris seja mesmo o nome correto – disse Piak para Tiuri.

Era o início da última parte de sua viagem.

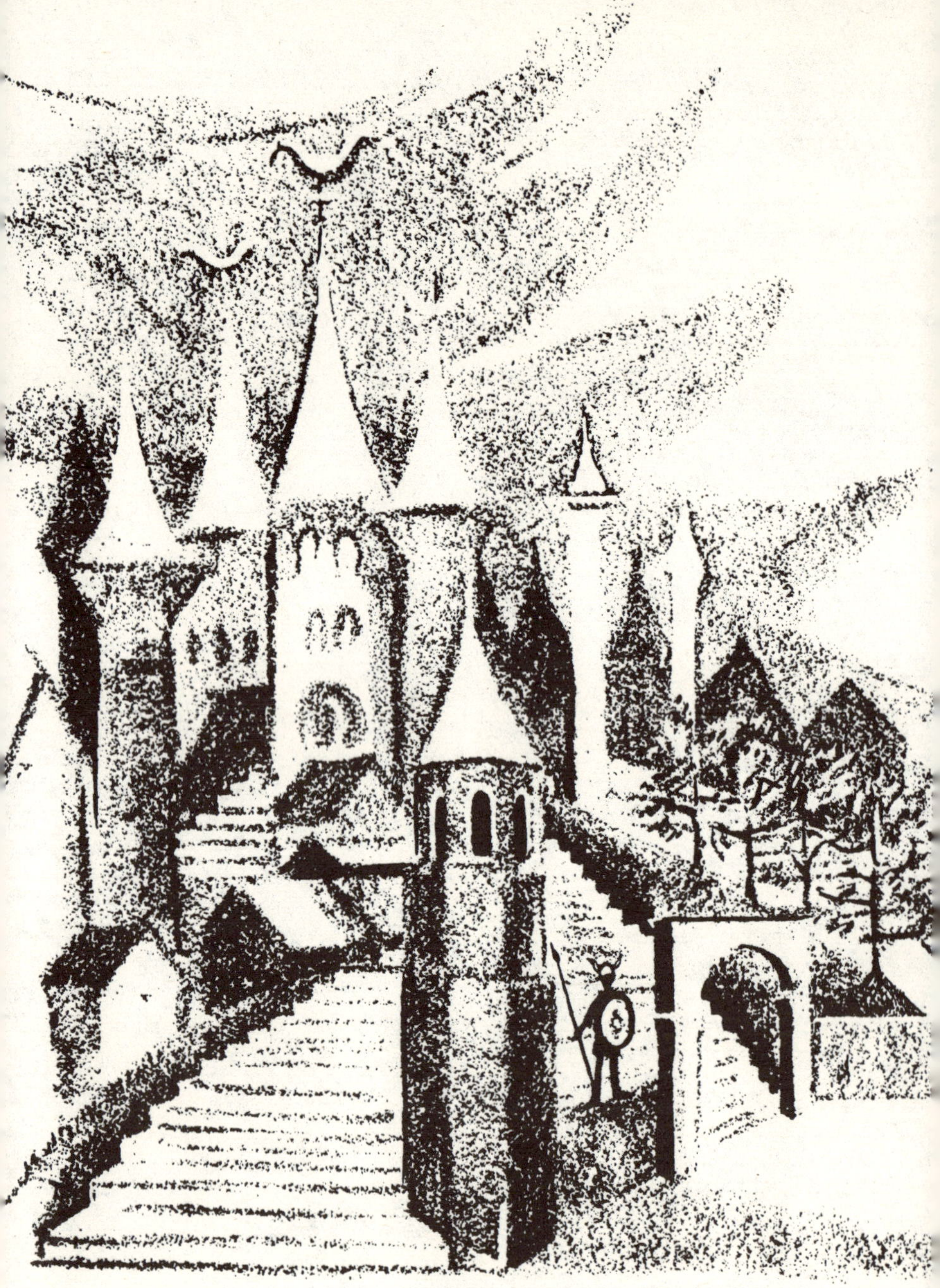

SÉTIMA PARTE

A OESTE DO RIO ARCO-ÍRIS

1. O Bosque de Ingewel

Uma estrada ampla e bem conservada saía do rio Arco-Íris e cruzava uma extensa planície de campos, cultivos e hortas. Os dois amigos cavalgaram depressa. Piak sentia-se bastante à vontade sobre o cavalo.

– Com um pouco de prática, você vai aprender a montar muito bem – previu Tiuri.

– Ufa! – exclamou Piak quando descansaram um pouco. – Estou todo duro. Quantas coisas me aconteceram! Montei num cavalo e naveguei num barco. Quase me afoguei, estive duas vezes na cadeia, apesar de que poderia ter passado sem isso, e conheci um monte de gente. E tudo o que vi! Uma cidade, um castelo, um rio enorme... Para você todas essas coisas são muito comuns, claro.

– Não tenha tanta certeza. É verdade que já tinha visto uma cidade, um castelo e um grande rio, mas eram diferentes desses.

– Estou curioso por tudo o que nos falta ver e viver – disse Piak, e olhou para o leste. – Ali há um bosque – acrescentou. – Será o Bosque de Ingewel?

– Acho que sim. Cavalgamos bem rápido.

Nos alforjes encontraram pão, uma garrafa de vinho e uma bolsinha com algumas moedas de prata.

– Que gentil! – exclamou Piak. – Gostei muito desse senhor da ponte. É estranho como algumas pessoas são diferentes de como as imaginamos.

– Sim – concordou Tiuri, pensativo –, foi assim com o senhor da ponte e antes com os Cavaleiros Cinza.

Estava animado e otimista, e não podia imaginar as dificuldades que ainda esperavam por ele.

Piak também se sentia assim, pois, quando voltaram a cavalgar, se pôs a cantar alegremente. Entoava uma música atrás da outra, mas no final passou a uma melodia sem letra, uma melodia que Tiuri não conhecia. Soava estranha: às vezes rápida, depois lenta, às vezes emocionante, às vezes suave e misteriosa. Piak a cantarolava uma e outra vez com constantes variações. Por fim pareceu encontrar uma melodia de que gostou. Então olhou para Tiuri e perguntou-lhe em voz baixa:

– Sabe o que estou cantarolando?

– Não.

– Uma música baseada nas palavras que só nós conhecemos. Não posso cantá-la em voz alta. Cante comigo, mas em silêncio.

Piak recomeçou a cantarolar e Tiuri percebeu que realmente podia cantar a mensagem da carta com essa música. Pouco depois, passou a cantarolar com ele e assim, cantando sem palavras, entraram no Bosque de Ingewel.

Aquele bosque não se parecia com nenhum dos que Tiuri já vira. A relva era mais verde, as árvores mais bonitas, as trepadeiras mais caprichosas que em qualquer outro lugar. Um musgo denso e macio cobria totalmente o caminho. Mas o mais curioso era que por toda parte cresciam flores: havia flores nos dois lados do caminho, nos troncos, e elas pendiam dos ramos em forma de guirlandas.

Uma ou duas horas depois viram três homens vestidos de verde e marrom deitados à beira do caminho. Tinham ao lado deles ramos de flores que aparentemente haviam cortado.

– Boa tarde, garotos – cumprimentou um deles. – Estão cavalgando muito rápido.

Os amigos pararam seus cavalos.

– Por quê? – perguntou Piak.

– O que acham deste bosque? – perguntou o homem.

– É o bosque mais bonito que já vi – respondeu Piak.

– Essa é a única resposta correta. Mas não convém ter pressa no Bosque de Ingewel. Não gostamos disso. Vamos, deitem-se ao nosso lado e ouçam o canto dos pássaros. E comam uma das minhas maçãs. Ou preferem uma ameixa ou uma cereja silvestre? Nenhuma fruta é tão saborosa como as frutas de Ingewel. O rei não quer saber de outras.

Os amigos desceram do cavalo; já era hora de descansarem um pouco. Seguindo o conselho daquele homem, deitaram-se na relva e comeram frutas.

– Ah! – exclamou Piak. – Isto é maravilhoso.

– São estrangeiros? – perguntou o outro.

– Sim – respondeu Piak.

– Queríamos visitar o seu país – acrescentou Tiuri.

Os homens consideraram muito louvável aquela atitude e lhes fizeram todo tipo de perguntas; de onde vinham e por onde haviam estado. Também lhes contaram coisas de seu país e sobretudo de Ingewel.

– Devem vir para a Festa das Flores – disse um deles. – Todos se enfeitam com flores e saem cantando e dançando pelo bosque. E à noite nos reunimos em Ingewel, o lago que dá nome a esta região. Vamos de barco até lá e atiramos flores uns nos outros até não se ver mais a água, pela quantidade de flores que fica boiando.

– Este ano não houve a Festa das Flores – contou outro, um tanto triste – porque o cavaleiro Andomar não estava. O cavaleiro Andomar é o senhor que governa esta região; não há outro como ele. Ele se foi no início do ano. O rei o enviou para uma viagem a Eviellan. Aquele é um país perigoso; nunca devem ir até lá.

– Mas vamos firmar a paz com Eviellan – disse o terceiro. – Por isso o rei mandou seus melhores cavaleiros para lá. E quem poderia ser melhor que nosso cavaleiro Andomar?

– Mas ele ainda não voltou – tornou a dizer o outro.

Os homens ficaram em silêncio e os garotos também.

Tiuri se perguntou se aquelas pessoas amáveis voltariam alguma vez a ver seu senhor, e se o cavaleiro Andomar poderia celebrar novamente a Festa das Flores.

Levantou-se e disse que precisavam continuar.

— Já? — perguntaram os homens. — Que pressa!

— Queremos chegar a uma estalagem antes de escurecer — disse Tiuri. — À estalagem A Primeira Noite.

— Podem dormir muito bem ao ar livre — disse um dos homens. — Mas A Primeira Noite também é boa. Fica no povoado, perto de Ingewel. Para chegar lá, basta seguir este caminho.

Os amigos se despediram dos homens e continuaram. Não conversaram muito durante o caminho.

Tiuri não parava de pensar no cavaleiro Andomar, a quem não conhecia, mas que fora companheiro de batalha do cavaleiro Edwinem. De repente se deu conta de que por trás da paz e da alegria daquela bela região havia medo e preocupação. E perguntou-se o que significaria para os habitantes daquele país a mensagem que ele, um estrangeiro, deveria transmitir.

Era quase noite quando chegaram à aldeia que também se chamava Ingewel e que se encontrava junto ao lago, perto do limite ocidental do bosque. O lago brilhava tranquilo e misterioso sob a luz do crepúsculo. Junto às margens cresciam ninfeias brancas e por isso parecia que era a Festa das Flores. Ao sul, algumas torres pontiagudas despontavam atrás das árvores. Depois os garotos ficaram sabendo que eram as do castelo do cavaleiro Andomar.

Encontraram rapidamente a estalagem. Era grande e a única do povoado. O estalajadeiro recebeu-os com muita simpatia. Encarregou-se dos cavalos e disse que podia lhes emprestar outros dois descansados para continuarem a viagem.

— Estão com sorte. Restam-me dois que estão bem descansados. Já não tenho o melhor cavalo; dei-o a um cavaleiro que apareceu esta tarde vindo do leste. Era um mensageiro a caminho da cidade de Unauwen.

"O mensageiro de Dangria", pensou Tiuri, e perguntou:
— Ah, é? E quando saiu daqui?
— Chegou às quatro. Comeu aqui e descansou um pouco. Saiu mais ou menos às sete, ou seja, faz pouco mais de uma hora.

Então perguntou aos garotos o que queriam comer.
— Qualquer coisa — disse Tiuri. — Mas antes preciso dizer-lhe o quanto podemos pagar. Não temos muito dinheiro.
— Não há problema. Vêm recomendados pelo senhor Ardian, o senhor da ponte do rio Arco-Íris, portanto seriam bem-vindos mesmo que não tivessem dinheiro para pagar. Também lhes darei um quarto para esta noite. Os viajantes que vêm da ponte sempre passam a primeira noite aqui. Por isso minha estalagem tem esse nome.

Os amigos jantaram com gosto. Não havia muitos hóspedes: apenas um viajante e alguns habitantes da aldeia. Após o jantar, a esposa do estalajadeiro mostrou-lhes onde ficava o quarto.
— Que maravilha! — suspirou Piak depois de se deixar cair sobre a colcha de retalhos da cama. — Acredita que estou cansado? Só agora percebo que passei o dia sentado numa sela. Agora posso ficar confortavelmente deitado de bruços e dormir.

Bocejou sonoramente, olhou para Tiuri e começou a rir.
— O que foi? — perguntou Tiuri.
— Esta cama é tão bonita e você está vestido desse jeito tão diferente... Esse colete que está usando é uma beleza; misturaram todas as cores.

Tiuri também riu.
— Era o colete mais barato do mercado de Dangria. Você também não está lá muito elegante.
— Lamento por não estar à altura desta cama tão bonita — disse Piak. — Mas não me importa. Continuarei deitado.

Tiuri tornou a ficar sério.
— Mas não por muito tempo — disse.

– Por quê? Quer que continuemos a viagem agora mesmo?

– Sim, quero chegar o quanto antes à cidade de Unauwen. Vão nos dar cavalos descansados, então...

– Você tem razão – suspirou Piak.

– Vou dizer ao estalajadeiro que queremos sair já – continuou Tiuri. – Também não precisa ser agora mesmo. Digamos que dentro de uma hora.

Voltou ao refeitório. O estalajadeiro prometeu que se encarregaria de deixar os cavalos prontos em uma hora. Não parecia se surpreender nem ficar curioso facilmente, porque não disse uma palavra sobre a aparência de seus jovens hóspedes, e também não fez uma só pergunta.

Quanto Tiuri voltou para junto de Piak, ele adormecera. Tiuri também se deitou, mas não dormiu. Era estranho, mas naquele lugar tranquilo e agradável tinha a sensação de que devia se apressar mais do que nunca e que não havia tempo a perder.

2. Uma noite angustiante nas Colinas Lunares

– Deixem os cavalos no estábulo da estalagem As Colinas Lunares – disse o estalajadeiro quando os amigos estavam prontos para partir.

– As Colinas Lunares? – perguntou Piak, que subira à sela com expressão de dor.

– Sim, têm esse nome porque ficam ainda mais bonitas quando a lua brilha. Já não há lua cheia, mas mesmo assim vão ter uma visão bem bonita delas.

– A que distância fica essa pousada? – perguntou Tiuri.

– A um dia de viagem, a umas onze ou doze horas. Nas Colinas Lunares podem cavalgar rápido, a noite está clara. Se precisarem ir mais longe, podem ficar com os cavalos, a não ser que consigam outros na estalagem. Em algum momento eu os pegarei de volta. Boa viagem!

Os jovens agradeceram, se despediram e partiram. Cavalgaram devagar pela aldeia silenciosa e depois um pouco mais rápido pelo bosque. Pouco tempo depois a aldeia ficou para trás. Em seguida entraram nas colinas que deviam ser tão bonitas sob a luz da lua.

Chegaram a uma paisagem surpreendente, uma paisagem de sonho: colinas suaves cobertas de relva, rochas cinzas, e aqui e ali um arbusto ou árvore desconhecida. O caminho era praticamente branco e todas as cores eram difusas, exceto o preto intenso das sombras. Talvez fosse pela luz da lua que brilhava claramente no céu cheio de pequenas nuvens transparentes. Estava muito silencioso, mas, quando pararam um pouco seus cavalos, ouviram um barulho: o monótono canto dos grilos na relva. Parecia uma região desabitada; não viram nenhuma casa e nenhum outro sinal de presença humana.

Os jovens cavalgaram durante um tempo em silêncio. Contribuíam assim para a paz que havia ao seu redor.

Pouco a pouco a paisagem começou a mudar. No início quase não perceberam, mas de repente descobriram que as colinas haviam ficado mais altas, o caminho mais estreito, os arbustos mais espessos e as árvores mais irregulares. Toda a paisagem parecia mais selvagem e desolada. E, ao mesmo tempo, alguma coisa mais parecia ter mudado. A paz parecia ameaçadora, a luz fantasmagórica; tudo em volta adquiriu um tom aterrorizante. Pelo menos era o que Tiuri achava, apesar de não dizer nada para Piak.

Mas Piak parecia achar o mesmo. Não deixava de olhar ao seu redor, e num dado momento começou a cantar em voz baixa como se tentasse afugentar um medo indefinido. Mas sua voz soou estranha e alta no silêncio da noite, foi se tornando insegura e se extinguiu.

Outro som chegou de repente aos seus ouvidos. Tiuri parou seu cavalo, puxando as rédeas.

– Você ouviu isso? – sussurrou.

– Sim. O que era?

– Não sei... Espere um pouco. Ouça, de novo.

Eram relinchos.

– Um cavalo – disse Tiuri em voz alta.
Em seguida viram surgir um cavalo por trás de uma cadeia de colinas. Atravessou o caminho e parou por um momento. Depois se distanciou dando saltos e desapareceu.
– Não estava montado – murmurou Tiuri. – Que estranho!
– Não podia ser um cavalo selvagem?
– Tinha sela e rédeas.
– É mesmo...
Ficaram olhando para o lugar em que haviam visto o cavalo.
"Precisamos ver se aconteceu alguma coisa", pensou Tiuri. "Mas por que tinha de ter acontecido algo?", argumentou. Aquele cavalo podia ter escapado, e pronto.
No entanto, cavalgou lentamente em direção ao lugar de onde o cavalo surgira. Piak o acompanhou.
À medida que se aproximavam, Tiuri teve a sensação cada vez mais forte de que havia algo maligno nos arredores; algo que se escondia nas sombras entre as colinas, ou que esperava imóvel atrás do mato.
– Foi aqui – sussurrou.
– Você vai ver o que há ali? – perguntou Piak também sussurando.
– Vou – disse Tiuri, decidido.
Desceu do cavalo e Piak o seguiu. Ficaram em um lado do caminho e olharam na direção de uma pequena depressão. Viram uma trilha que se perdia no matagal. Aguçaram os ouvidos, mas ouviram apenas o canto dos grilos e sua própria respiração.
Em seguida desceram com cuidado pela depressão.
Tiuri se deteve após dar uns passos.
– Fique aqui – sussurrou.
– Não, eu vou com você.
– Não faça isso. Se houver alguma coisa, ou seja, algum perigo, é melhor não irmos os dois. Já sabe por quê.
Tiuri avançou rapidamente sem esperar resposta e, vencendo o medo, embrenhou-se pelo matagal escuro. Um instante depois chegou inesperadamente a uma clareira. Ali havia uma figura humana estendida no chão.

Tiuri parou. Previra algo assim, mas hesitou por um instante antes de ir até lá e se ajoelhar ao seu lado. E então quase perdeu o fôlego.

O que viu foi o rosto do escrivão do prefeito de Dangria. Parecia adormecido, mas não havia dúvida de que estava morto; uma flecha atingira seu coração.

Um barulho às suas costas o fez se virar assustado. Era Piak, que o seguira apesar de tudo. Estava pálido e descomposto, seus lábios se mexiam mas nenhum som saía de sua boca.

– Foi assassinado – disse Tiuri.

Piak engoliu um suspiro trêmulo e repetiu:

– Assassinado!

Ambos ficaram em silêncio.

– Por quê? – murmurou Piak.

– Não sei – respondeu Tiuri, voltando a olhar para o rosto do jovem que o ajudara havia tão pouco tempo; do mensageiro enviado a Unauwen pelo conselho. Um mensageiro que se dirigia ao rei Unauwen.

Com mãos trêmulas pegou as do mensageiro e colocou-as uma sobre a outra.

– Rezemos por sua alma – disse num fio de voz.

Pouco depois os amigos se levantaram e se olharam.

– E agora, o que fazemos? – sussurrou Piak. – Vamos deixá-lo aí deitado?

– Não sei – começou a dizer Tiuri. Aquele acontecimento o deixara muito abalado. Tinha a estranha sensação de que isso tinha algo a ver com sua missão. O escrivão também se pusera a caminho com uma mensagem para o rei Unauwen. Olhou na bolsa de viagem que havia no chão. Não havia nenhuma carta em seu interior. Depois de hesitar um pouco, revistou a roupa do próprio morto mas ali também não encontrou nada.

– Por que está fazendo isso? – sussurrou Piak.

– Estava procurando a carta. Mas não está aqui.

Levantou-se e acrescentou:

— Não pode estar morto há muito tempo.
— Quem é?
— Você não o conhece. Ele é... era o escrivão do prefeito, o mensageiro enviado por Dangria ao rei Unauwen.
— O mensageiro — sussurrou Piak.
Tornaram a se olhar. Piak foi o primeiro a falar:
— Será... será que quem o matou ainda está por aqui? — sussurrou.
Tiuri não respondeu. Depois do que vira, a ideia de esse assassinato ter algo a ver com sua missão já não lhe parecia tão descabida. Afinal de contas o escrivão havia sido enviado ao rei para comunicar-lhe os acontecimentos em Dangria... e esses fatos tinham muito a ver com sua missão. Então teve um pensamento estarrecedor: esse assassinato podia ter sido um *engano*? Teria sido cometido por causa de outra carta, outra mensagem... a sua mensagem? Slupor seria o assassino?
Assustou-se porque Piak o agarrou e o arrastou até o matagal.
— O que foi?
— Acho que o vi — sussurrou Piak.
— Quem? Onde?
— Não foi ninguém. Só alguma coisa se mexendo. Ali, naquela árvore.
Piak indicou a direção oeste.
Tiuri olhou.
— Naquela colina, um pouco mais para lá. Está vendo aquela árvore?
— Sim — sussurrou Tiuri. A árvore estava imóvel, mas não havia alguma coisa se mexendo nos arbustos próximos?
Os amigos olharam tensos, mas não viram nada se mexer. Seria imaginação deles ou realmente havia alguém nos arredores? Tiuri podia apostar na última possibilidade. E, se fosse o assassino, estavam correndo um grande perigo. Poderia tê-los visto e devia estar armado com arco e flechas. Ele não tinha outras armas senão o punhal que levava no cinto.
— Venha — sussurrou.

Arrastaram-se pelo matagal até conseguirem chegar bem perto do caminho. Seus cavalos continuavam ali.

— O que vamos fazer? — tornou a perguntar Piak.

— Quieto! — sussurrou Tiuri. Olhou através dos arbustos para ver se avistava algum perigo. Mas tudo estava imóvel sob a branca luz da lua.

— Se estiver aqui, nossa vida corre perigo. De qualquer forma, acho que não está perto.

— Ele? O assassino?

— Sim.

— Não tem por que nos assaltar, não é?

— Temo que sim.

— Por quê?

Tiuri não disse nada. Tornou a olhar ao seu redor. Não deviam ficar ali.

— Você está pensando... está pensando... está pensando em Slupor? — sussurrou Piak em seu ouvido.

— Psiu! — ordenou Tiuri. De repente não tinha a menor vontade de escutar esse nome.

Permaneceram um tempo em silêncio, um ao lado do outro.

"Podemos continuar cavalgando", pensou Tiuri, "o mais rápido que pudermos até chegar a uma região habitada." Provavelmente ao fazer isso passariam na frente do assassino. "Ou podemos voltar para Ingewel. Mas também pode nos seguir até lá. Já sei o que vamos fazer!"

E disse:

— Precisamos ir embora daqui. Um de nós voltará e o outro seguirá viagem.

— Não! — sussurrou Piak. — Vamos permanecer juntos.

Mas Tiuri sabia que seu plano era melhor. Se alguém estivesse empenhado em agarrá-los só conseguiria seguir um dos dois, e assim o outro ficaria fora de seu alcance.

— Eu continuo — decidiu. — Você volta, vai até a estalagem e conta para eles sobre o assassinato. Consegue homens armados e os traz até aqui.

— E você?

— Já lhe disse, não? Eu continuo viagem.

— Mas, Tiuri, não pode fazer isso. Não sozinho. Eu vou com você.

— Não. Entenda isso. Não podemos ficar juntos. Temos de dividir o risco entre nós.

— E a você corresponde... Você tem de passar ao lado dele.

— Quieto! — Tiuri interrompeu seu amigo. — Você não entende. Deve partir já!

— Não. Não quero fazer isso assim.

— Se não quer ir, eu lhe ordeno — sussurrou Tiuri, nervoso. — Você prometeu que me obedeceria em tudo.

— Mas se for Slupor...

— Exatamente por isso temos de agir dessa maneira — respondeu Tiuri, e, quase bravo, continuou: — Piak, obedeça! Não deve pensar em você mesmo ou em mim.

Piak não disse nada.

— Vai me obedecer?

— Sim — sussurrou Piak, triste.

Tiuri foi até os cavalos. Piak seguiu-o mais devagar. Os cavalos estavam agitados, mas os garotos continuavam não vendo ninguém.

— Vamos lá — sussurrou Tiuri, estendendo a mão para Piak, que a apertou mas demorou a soltá-la.

— Escute! — exclamou Piak em voz baixa.

— Não ouço nada — respondeu Tiuri, retirando a mão.

Piak levou o dedo aos lábios.

Tiuri escutou. Então também ouviu, muito fraco, muito longe. Demorou um pouco a reconhecer o som.

Era barulho de cascos!

Ajoelhou-se e encostou a orelha no chão. Tornou a se levantar e apontou para o leste.

— Vêm de lá — sussurrou.

Percorreram com o olhar o caminho que haviam seguido mas não viram nada..., ainda.

– Tenho de partir já? – perguntou Piak.
– Não. Espere um pouco.

Tiuri tinha a sensação de já ter vivido aquilo e de repente pensou naquela noite, há muito tempo, a primeira noite de sua aventura. Naquela ocasião haviam sido os Cavaleiros Vermelhos. Quem seriam os cavaleiros que se aproximavam? Seriam amigos ou inimigos?

Segurou o cavalo pelas rédeas e fez sinais para Piak. Esconderam-se a uma certa distância do caminho, perto do lugar em que jazia o escrivão.

O barulho de cascos ficou mais nítido; os cavaleiros não demorariam a chegar até eles. Sim, estavam ali. Aproximaram-se como sombras velozes. Pareciam guerreiros com lanças ou piques. Passaram galopando por eles. Eram uns dez. Mas não estavam vestidos de vermelho.

Por um momento Tiuri pensou em detê-los, mas não o fez. Os cavaleiros ainda não tinham se distanciado muito quando um deles deu a ordem. Pararam e falaram entre si de forma ininteligível. Depois deram meia-volta e retrocederam.

Os amigos se abraçaram sem querer. Os cavaleiros estavam voltando. Alguns haviam desmontado e levavam seus cavalos pelas rédeas. Iam lentamente pelo caminho em direção a eles.

– Estão vendo? – soou bem clara a voz de um dos cavaleiros. – Não passaram daqui. Vejo pelas pegadas.

"Estão procurando por nós", pensou Tiuri. Tinha de agir rapidamente. Inclinou-se para Piak e sussurrou:

– Vá! Cavalgue até Ingewel. Depressa!

Piak arregalou os olhos e fez que não com a cabeça.

Tiuri o empurrou.

– Depressa! – sussurrou. – Pense na missão. Eu vou retê-los...

Ficou em silêncio. Os cavaleiros estavam tão perto que não se atreveu a dizer mais nada.

Por sorte Piak obedeceu. Foi até os cavalos que estavam atrás deles, pegou o seu pelas rédeas e começou a fugir.

Tiuri tornou a olhar para os cavaleiros.

– Bem, têm de estar por aqui – disse a mesma voz.

Uma voz que lhe parecia familiar. O homem ao qual a voz pertencia estava diante dele com o cavalo seguro pelas rédeas. Tiuri não chegava a distinguir os traços de seu rosto. O homem tornou a falar:

– Ei! – chamou. – Há alguém aí?

E depois acrescentou:

– Martin, Piak. Estou procurando Martin e Piak. Vocês estão por aqui?

Tiuri conteve a respiração. Ouviu os galhos estalando.

Olhou para trás mas já não havia rastro de Piak.

Naquele momento se aproximava outra pessoa montada a cavalo.

– Silêncio! – disse. – Estou ouvindo alguma coisa.

Todos se calaram. Tiuri escutou claramente o barulho feito por Piak e que eles também deviam estar ouvindo. Tinha de ajudá-lo a escapar.

Antes de os cavaleiros voltarem a se mover, disse com uma voz um tanto trêmula:

– Quem está aí?

– É você? Martin, Piak? – perguntou o homem que estava mais perto. Depois se enfiou entre os arbustos onde Tiuri estava escondido.

– Alto! – ordenou Tiuri. – Alto! Estou armado. Não dê mais nenhum passo!

Houve um murmúrio entre os cavaleiros.

O homem que se dirigira a ele, provavelmente o capitão, parou e disse, surpreso:

– Bom amigo, bom amigo, o que é isso agora? Não tem nada a temer.

– Quieto! – gritou Tiuri. – Tenho arco e flechas. Vou disparar. Não dê mais nenhum passo. Quieto, ninguém se mova.

Pegou seu punhal para dispor de uma arma, se fosse o caso.

O capitão dos cavaleiros começou a dizer alguma coisa, mas Tiuri o interrompeu e repetiu as mesmas palavras:

– Quieto! Atirarei no primeiro que se mexer. Estou dizendo que atirarei – falava alto e rápido, e repetia suas palavras várias vezes. Piak devia estar a salvo antes que eles descobrissem que não tinha arco nem flecha.

– Mas, amigo! – exclamou o capitão quando Tiuri por fim ficou quieto. – Não temos más intenções. Você é Martin ou Piak?

– Acho que só há um – disse outro cavaleiro.

– Estamos os dois aqui. Quem são vocês? O que querem de nós?

– Você não está nos reconhecendo? – perguntou o capitão. – Fomos enviados para alcançá-los...

– Quem? – perguntou Tiuri.

O outro se aproximou um passo mais.

– O senhor da ponte.

3. Slupor

Tiuri ficou muito surpreso com aquilo. Mas continuou desconfiando:

– O senhor da ponte? – repetiu. – Por quê? E como posso saber se é verdade?

– Sou Warmin! – exclamou o capitão dos cavaleiros. – Veja, estou me desarmando para você ver que venho em sinal de amizade – disse enquanto se desarmava.

Sim, sua voz parecia, realmente, a de Warmin.

– Viemos em nome do senhor da ponte – continuou o soldado –, para protegê-los do perigo. E pelo visto não sem motivo. Vou lhes contar uma coisa para se convencerem de que podem confiar em nós. Deixe que eu me aproxime.

– Está bem – disse Tiuri. E ainda com prudência acrescentou: – Mas sozinho.

Warmin, se é que era ele, ordenou a seus homens que ficassem onde estavam e se dirigiu para os arbustos.

— Onde estão? — perguntou.

— Estou aqui — respondeu Tiuri, dando um passo à frente. Olhou para ele. Sim, reconhecia o rosto rude, curtido, mas digno de confiança do sentinela da ponte.

Ele se inclinou em sua direção.

— Martin! — disse sussurrando, e continuou dizendo: — Isto é o que o senhor da ponte deseja transmitir a você: "*Pela joia que ambos conhecemos* peço-lhe que aceite a ajuda de meus servidores."

Tiuri levou sua mão ao peito e tocou o anel. Embainhou o punhal e disse:

— Obrigado, Warmin. Mas por que o senhor da ponte enviou vocês?

— Ouviu algo que o deixou preocupado. Se confia em nós, aceite nossa ajuda. E diga a seu amigo que também saia de onde está.

Warmin estendeu as mãos para lhe mostrar que estava desarmado.

— Não estamos usando escudo — acrescentou. — Só podemos usá-lo na região do rio Arco-Íris.

Tiuri esqueceu seus receios e apertou sua mão.

— Desculpe-me, mas aconteceu uma coisa que me fez temer a presença de inimigos.

— Mas você não tem nem arco nem flechas! — exclamou Warmin, surpreso.

— Não, estava blefando. Eu... fico contente por não ter precisado deles.

Suspirou depois que a tensão desaparecera.

Ambos foram rodeados pelos outros homens.

— Onde está seu amigo? — perguntou um deles.

— Não está aqui.

— Você está sozinho? — perguntou Warmin, novamente surpreso. — O que aconteceu?

— Espere um pouco — disse Tiuri. Levou as mãos à boca e gritou: — Piak! Piak!

— Então é ele que acabo de ver — murmurou um dos guardas.

— Piak! — tornou a gritar Tiuri. — Volte!

Seu amigo não podia estar longe e talvez ouvisse seu chamado. O silêncio que se seguiu começou a preocupá-lo. E se tivesse acontecido algo com ele?

— Piak! — gritou mais uma vez.

— Iuhu! — soou como resposta. — Já estou indo, já estou indo.

Piak apareceu surpreendentemente rápido. Deteve-se a certa distância deles e perguntou:

— É você mesmo, Tiuri?

— Muito bem, Piak. Não se deve confiar demais. Venha. Estamos entre amigos. Veio muito rápido — continuou a dizer quando Piak desceu do cavalo ao seu lado.

— Em nenhum momento me distanciei. Como ia deixá-lo aqui sozinho? Estava ali, atrás daquela pedra. E havia juntado um monte de pedras para a eventualidade de... de...

— Ora, ora — disse Warmin, rindo. — Escapamos de um grande perigo.

— Warmin! — exclamou Piak.

— Ele mesmo, para servi-lo — respondeu o soldado.

— Ufa! — suspirou Piak. — Que noite! Acho que tornei a vê-lo, Tiuri. Ao longe. Acho que fugiu em direção ao oeste.

— Quem? — perguntou Warmin.

— O... o... — Piak se calou de repente.

— O que aconteceu? — tornou a perguntar Warmin, olhando de um para o outro. — E que estranho! Ele o chamou de Tiuri. Achei que se chamava Martin.

Piak sobressaltou-se.

— É isso mesmo — respondeu Tiuri calmamente. — Quero dizer que meu nome aqui é Martin, mas também me chamo Tiuri.

Fez um gesto para Piak para lhe mostrar que não tinha importância. Realmente já não importava muito que soubessem seu nome.

— Está bem — disse Warmin.

— Encontramos alguém perto daqui — contou Tiuri. — Assassinado. Morto por uma flechada.

– Assassinado? – perguntou Warmin. – Quem?

– O mensageiro que ia ver o rei Unauwen – respondeu Tiuri. Foi em direção ao lugar em que se encontrava o cadáver. Os demais o seguiram.

Um instante depois Warmin olhava o rapaz morto.

– O mensageiro de Dangria! – exclamou, emocionado. – Por que aconteceu isto? E além disso aqui, neste país. Um ladrão?

– Acho que só lhe roubou a carta – disse Tiuri, e dirigiu-se para Piak: – Você tornou a vê-lo. Então talvez consigamos alcançá-lo.

– O assassino? – perguntou Warmin.

– Não pode estar longe – disse Piak. – Até um momento atrás não podíamos fazer nada. Estávamos em suas mãos.

– Agora começo a entender tudo – disse Warmin. – Mas não podemos perder tempo com conversa.

Correu até seu cavalo.

– Onde o viu? – perguntou para Piak, que indicou uma colina a sudoeste.

– Vamos atrás dele? – perguntou Warmin a Tiuri.

– Sim – respondeu Tiuri, subindo também em seu cavalo.

– Mas tenha cuidado, Ti... Martin – disse Piak a seu amigo.

– Fiquem juntos – ordenou Warmin aos seus homens. – E que os jovens fiquem no centro.

Puseram-se a caminho.

Mas Tiuri pensou: "Se o assassino for realmente Slupor, acho que não o encontraremos."

O resto da noite não foi angustiante, mas cheio de uma tensão febril. Encontraram um rastro de relva amassada e seguiram-no até desaparecer num riacho. Depois ficaram percorrendo as colinas durante muito tempo. Pareciam perseguir sombras porque não encontraram ninguém. A noite já estava muito avançada quando voltaram ao caminho, não longe de seu ponto de partida.

– Vocês não podem ter imaginado que o viram? – perguntou Warmin aos garotos.
– Pode ser, é claro – disse Tiuri –, mas não acredito.
– Com certeza não – afirmou Piak, decidido.
– Se for quem eu temo que seja, não se deixará encontrar facilmente – disse Tiuri.
– E quem é? – perguntou Warmin.
– Não posso dizer. Não sei quase nada dele.
– Que estranho – surpreendeu-se Warmin. – Às vezes se veste de marrom, com o cabelo comprido e claro, e chapéu de aba larga?
– De onde tirou isso? – perguntou Tiuri, assombrado.

De repente se lembrou de uma coisa: o homem apoiado na ponte, com aquele riso estranho...

– É, eu ainda não lhe contei isso – disse Warmin. – Mas o que vamos fazer agora? O morto não pode ficar aqui estendido. Temos de capturar o assassino; se não for agora, amanhã. A notícia deve chegar a Dangria e ao rei, e de qualquer forma a Ingewel; é o lugar mais próximo e ali encontraremos um mensageiro. Os guerreiros do cavaleiro Andomar podem nos ajudar a procurá-lo. Ele também pode ter fugido para Ingewel, não é mesmo?

– Tem razão – disse Tiuri. – Mas não podemos esperar. Precisamos prosseguir.

– Eu sei. Nós temos de acompanhá-lo até onde quiserem. Posso ordenar que três de meus homens se encarreguem do cadáver e se dirijam a Ingewel?

– Claro que sim.

Três dos homens partiram um instante depois. Em seguida Warmin voltou-se novamente para os amigos:

– Vou lhes contar por que o senhor da ponte nos enviou. O que vamos fazer: continuamos ou podemos descansar um pouco?

– Vamos descansar um pouco, por favor – pediu Piak, e Tiuri concordou.

Sentaram-se à beira do caminho e Warmin disse:

– O que tenho para lhes contar é breve. O mensageiro de Dangria, que em paz descanse, chegou ontem à noite à ponte.

– O senhor sabia que era um mensageiro? – perguntou Tiuri.

– Não tinha motivo algum para esconder isso. Precisava de um cavalo substituto para troca, e qualquer mensageiro pode conseguir cavalos descansados em qualquer lugar. Deram-lhe um cavalo e ele continuou imediatamente. Ainda queria percorrer um trecho antes de descansar. Bem, isso é tudo o que tenho sobre o mensageiro. É melhor que Imin lhes conte o resto. Ele estava de guarda na manhã passada.

Um dos homens tomou a palavra:

– Sim, esta manhã estive de guarda, quero dizer ontem de manhã. O primeiro a chegar à ponte foi um estrangeiro; acho que era estrangeiro pelo sotaque. Pagou o pedágio: três moedas de ouro porque era a primeira vez que atravessava o rio. Conversou um pouco comigo. Falamos de várias coisas: do tempo, dos cultivos do campo, e então me perguntou se por acaso um jovem cruzara a ponte havia pouco tempo. Talvez, disse, fossem dois, dois jovens. Um devia ter uns dezesseis anos, o cabelo escuro e os olhos claros. Sobre o outro não disse nada. Contei-lhe que dois jovens, referia-me a vocês, claro, não puderam pagar o pedágio da ponte e que, portanto, tinham de continuar na margem direita do rio. O estrangeiro pareceu satisfeito com isso. Bem, talvez eu esteja exagerando um pouco. Ele disse apenas: "Ora, ora", mas eu poderia jurar que estava rindo. Não consegui ver bem o rosto dele; tinha um chapéu de abas largas bem enfiado na cabeça.

– Não tem nem ideia de como era? – perguntou Tiuri.

– Não... Tinha o cabelo loiro que lhe escapava pelo chapéu, e a roupa era muito normal, marrom... e ele... Mas isso eu já lhes contarei. Bem, um pouco mais tarde descobrimos vocês na ilhota. Warmin recebeu a ordem de resgatá-los. Eu já me esquecera do estrangeiro; achei que seguira seu caminho. Mas, enquanto eu estava na ponte com outro sentinela vendo como eram resgatados da ilhota, apareceu de repente ao nosso lado. "Então são os jovens", disse. "Que sem-vergonhas! Como se atrevem a sonegar o imposto!" Perguntou-nos qual era o castigo para isso e pareceu ter gostado do que ouviu. Apoiou-se na ponte para olhar para vocês e voltou a rir. Achei aquele riso desagradável. Pensei que vocês tinham tido o que mereciam, mas não gostava daquele tipo. Nós, os sentinelas, voltamos à barreira porque havia mais gente para atravessar a ponte. Então Warmin se aproximou de nós por um momento.

– Sim – interrompeu-o Warmin. – Contei a Imin que você pedira permissão para ver o senhor da ponte.

– E aquele estrangeiro estava ali novamente – continuou Imin. – Disse que o lugar de vocês era na cadeia. Então eu lhe disse: "Parece que estava desejando isso. O senhor conhece esses jovens, não é?" Mas ele negou. "Bem", eu lhe disse, "estava procurando um jovem de cabelo escuro e olhos claros, não?" "Há muitos assim", disse ele. "Este eu não conheço. Estava procurando um amigo meu, que ia atravessar o rio comigo, mas com certeza se entreteve no caminho. Vem do leste, de Dangria."

– Quando disse isto – disse Warmin –, eu lhe contei sobre o mensageiro que passara por ali na noite anterior, que também tinha o cabelo escuro e os olhos claros. Talvez não devesse ter feito isso, mas não suspeitei de nada ruim. Quando o estrangeiro ouviu aquilo pareceu se assustar...

– Sim, se assustou – confirmou Imin. – Levantou a cabeça e olhou para nós. Vi seus olhos e também me assustei. Era como se estivesse olhando para uma serpente. E de repente ficou com pressa. Atravessou a ponte como se estivesse sendo seguido pelo diabo.

"Então era verdade", pensou Tiuri. "O estrangeiro era Slupor; só podia ser ele. No início o espião havia pensado, com razão, que o jovem que procurava estava preso. Mas quando ouviu falar de outro jovem que se dirigia para o oeste, um mensageiro com uma carta para o rei Unauwen, ficou em dúvida e o seguiu. O pobre escrivão fora assassinado por uma flecha que estava destinada a ele, Tiuri. Mas Slupor já devia saber que se confundira e que matara a pessoa errada. Roubara e lera a carta, e a esta altura obviamente já devia saber que aquela não era a carta que estava procurando..."

Warmin continuou:

– Depois, quando já haviam partido, falei com o senhor da ponte. Parecia preocupado por alguma coisa que lhe contara o segundo mensageiro de Dangria. Perguntou-me se vocês haviam partido sãos e salvos, e então disse, quase para si mesmo: "Não sei se devia ter permitido que partissem sozinhos." "Por quê, senhor?", perguntei. "Porque talvez estejam em perigo." Então lhe contei sobre o homem da ponte. Não era grande coisa, mas ele pareceu ter ficado assustado. "Warmin, você conseguiria alcançar esses jovens? Parta a cavalo e leve dez homens armados com você. Alcance-os, cavalgue com eles e proteja-os com sua vida se necessário. Talvez consiga alcançar também o mensageiro de Dangria. Não sei se estou me preocupando em demasia, mas pressinto o perigo, sobretudo para esses dois garotos." Foi isso o que disse e por isso viemos.

Warmin olhou para os dois amigos.

– Bem, podemos acompanhar vocês? Ou o senhor da ponte se preocupou demais e não têm nada a temer?

– Acho que sim – respondeu Tiuri.

– A morte do mensageiro de Dangria tem algo a ver?

– Sim. Já o vira antes. Ele me ajudou. E agora... agora ele está morto, e eu continuo vivo...

Warmin olhou interrogativo para ele.

– O que quer dizer?

– Bem – respondeu Tiuri –, não posso dizer.

Warmin encolheu os ombros.

– Meu senhor me recomendou que não fizesse perguntas – disse.

– Então vou me limitar a fazer o que me recomendaram e o ajudarei com meus homens e minhas armas.

– Obrigado. Podemos continuar?

Tiuri levantou-se e percebeu que suas pernas tremiam pelo cansaço. Apesar disso, um instante depois estava montado na sela.

Assim, rodeados pelos soldados do senhor da ponte, ele e Piak continuaram sua viagem.

Ao amanhecer encontraram algumas pessoas; eram pastores com suas ovelhas nos prados. Warmin falou com eles e contou-lhes sobre o assassinato, descreveu o aspecto do assassino e pediu-lhes que ficassem atentos.

No final da manhã chegaram a uma pequena aldeia; ali estava a pousada onde descansariam. Pouco depois estavam sentados no refeitório e o estalajadeiro servia-lhes a comida. Warmin lhe contou que viajavam em nome do senhor da ponte e perguntou se podiam ter cavalos descansados.

– Não para toda a companhia – disse o estalajadeiro. – Não tenho tantos.

Warmin olhou para Tiuri.

– O que você acha? Acho que o melhor é todos pararmos um pouco para nossos cavalos poderem descansar e prosseguir depois. Nós também precisamos de descanso.

– Está bem – assentiu Tiuri. – Mas não quero ficar aqui por muito tempo.

Warmin olhou-o com atenção.

– Você precisa descansar – disse. – E seu amigo também. Veja, já adormeceu.

De fato, Piak estava mergulhado num sono profundo; tinha a cabeça apoiada na mesa, perto de um prato que nem sequer havia terminado.

Naquele momento Tiuri também percebeu o quanto estava cansado, tão cansado que quase não conseguia comer. As conversas de seus acompanhantes chegavam-lhe vagas e distantes, e nem o fato de saber que Slupor talvez estivesse perto era capaz de despertá-lo. Warmin pôs a mão em seu ombro.

– Como está se sentindo? – perguntou, um pouco preocupado. – Há quanto tempo não descansa nem dorme?

Sim, há quanto tempo não fazia isso? A última coisa de que Tiuri se lembrava era de ter avançado quase sem descansar, dias desgastantes e noites em claro.

– Não sei – murmurou.

– Vão os dois agora mesmo para a cama! – ordenou Warmin. – Ou quer adormecer sobre o cavalo e cair dele?

Piak acordou com a voz alta e ergueu-se na cadeira, piscando.

Tiuri se levantou. Warmin tinha razão. Precisava descansar um pouco e reunir forças para a última parte de sua viagem.

– Quanto falta para chegar à cidade de Unauwen? – perguntou.

– Dois dias e meio de viagem – respondeu Warmin.

– E que horas são?

– Mais de meio-dia – respondeu o estalajadeiro.

– Tem cama para estes dois jovens? – perguntou-lhe Warmin.

– É claro. Venham comigo.

– Está bem – disse Tiuri. – Mas quero que me acordem às quatro – insistiu, e só acompanhou o estalajadeiro depois de Warmin prometer que o faria.

Pouco depois, Piak e Tiuri estavam deitados e dormiam profundamente.

Warmin cumpriu sua promessa e foi acordá-los às quatro.

– Por mim podem ficar na cama um pouco mais – disse. – E se passarmos a noite aqui e seguirmos amanhã?

– Não – respondeu Tiuri, reprimindo um bocejo. – Ainda faltam dois dias e meio, e quero chegar o mais rápido possível.

– Tenho notícias do assassino – disse Warmin.

– De Slupor? – gritou Piak.

– Ah, então o nome dele é Slupor. É a primeira vez que ouço isto.

– Que notícias são essas? – perguntou Tiuri.

– Já não têm o que temer. Será pego muito em breve. Venham ao refeitório. Pedi ao estalajadeiro que preparasse uma refeição forte.

Dito isso, saiu do dormitório.

— Bem — disse Tiuri. — Por que Warmin não poderia saber que nosso inimigo se chama Slupor?

— Como sou burro — recriminou-se Piak, dando um suspiro. — Ainda não estava bem acordado e por isso me escapou. Mas não importa que Warmin saiba. Para nós também não tem muita importância. Nem sequer conhecemos Slupor.

A notícia de Warmin tirou-lhes o sono e os amigos logo desceram ao refeitório. Warmin e outros três soldados já estavam esperando por eles. Enquanto comiam, Warmin contou que um estranho chegara à pousada fazia uma hora, montando um cavalo. Era um dos pastores que moravam na parte mais oriental das colinas.

— O pastor contou que estava sozinho com seu rebanho quando, de repente, chegou um homem. Este desceu do cavalo e perguntou-lhe se tinha algo para comer. O pastor reconheceu o assassino pela descrição que havíamos dado: vestido de marrom, cabelo claro e chapéu de aba larga. O assassino percebeu o medo em seu rosto e ameaçou matá-lo se gritasse pedindo ajuda. Mas o pastor fez o melhor que podia fazer: saltou sobre o cavalo do estrangeiro e partiu. O assassino atirou-lhe uma flecha, mas felizmente errou.

— Ainda tinha a flecha cravada no chapéu — acrescentou um dos soldados.

— Onde está o pastor agora? — perguntou Tiuri. — Por que não me acordaram?

— Porque não era necessário — respondeu Warmin. — Estavam dormindo tão bem. Mas enviamos imediatamente um grupo de homens armados ao lugar em que o pastor se encontrou com o estrangeiro. Quatro homens o acompanham. O pastor vai mostrar-lhes o caminho. Sim, agiu com coragem e rapidez ao pegar o cavalo do assassino. Assim não avançará tanto e não poderá ir muito longe.

— Isso é verdade — disseram os amigos.

Apesar de tudo, Tiuri gostaria de ter falado pessoalmente com o pastor. Gostaria de saber mais sobre o homem cuja malvada influência estava sentindo desde Dangria. Mas Slupor estava sendo perseguido por todos os lados, perdera seu cavalo e levavam uma grande vantagem sobre ele. Piak e Tiuri só precisavam manter essa distância. Olhou para Warmin.

– Talvez não necessitemos de sua escolta. Acho que já não temos nada a temer do homem que representava um perigo para nós.

– Respeito sua vontade – disse o soldado. – Mas não nos custa nada acompanhá-lo um pouco mais. O caminho que vai pelas Colinas Lunares é muito deserto. E o senhor da ponte me incumbiu de protegê-los. Não gostaria que lhes acontecesse nada depois de nos despedirmos.

Tiuri sorriu.

– Agradeço muito sua ajuda, ao senhor e ao senhor da ponte. Sem o senhor talvez tivéssemos terminado mal.

Por fim decidiu-se que Warmin e os três homens que permaneciam com ele acompanhariam os amigos pelo menos até o final das Colinas Lunares. Depois veriam o que fazer.

Às quatro e meia já estavam a caminho e viajaram rápido, sem paradas e sem aventuras. A lua estava novamente no alto do céu quando viram ao longe um castelo sobre uma colina.

– Esse é o castelo da Lua Branca – indicou Warmin. – Nele vive o cavaleiro Iwain. O estalajadeiro disse que podemos passar a noite ali.

– Então eu vou dormir num castelo – disse Piak –, e desta vez não será num calabouço escuro. Parece-me um castelo muito bonito.

– É muito antigo – explicou Warmin. – Mas o castelo do senhor da ponte é mais ainda.

– O senhor da ponte se chama Ardian, não? – perguntou Tiuri.

– Sim, Ardian é o seu nome. Antes foi um cavaleiro andante, sem lar, agora é o senhor da ponte do rio Arco-Íris.

– Então, o castelo do pedágio não pertenceu aos seus antepassados?

– Não. O senhorio sobre o direito de trânsito não passa de pai para filho. O próprio rei nomeia os senhores das pontes, e para isso escolhe seus melhores cavaleiros.

– Os cavaleiros dos escudos brancos – disse Piak.

– Sim, mas os senhores das pontes também podem levar as sete cores do arco-íris.
– Quantos cavaleiros tem o seu rei? – perguntou Tiuri. – E como se chamam?
– Bem, não é fácil dizer. Você já deve ter ouvido alguns nomes, não é? Ardian, meu senhor, e seu irmão Wardian, o cavaleiro Iwain, cujo castelo está vendo ali, e os filhos do cavaleiro Iwain, que ainda são jovens. Andomar de Ingewel, Edwinem de Foresterra, conhecido como o Invencível, Marwen de Iduna, cujo apelido é Filho do Vento Marinho. Poderia citar muitos nomes mais e contar-lhe muitas histórias sobre suas façanhas. Meu senhor poderia fazer isso melhor; tem grandes livros que guardam a história deste país.

Tiuri lembrou-se do livro que vira enquanto esperava o senhor da ponte.

– Diga-me uma coisa, Warmin, seu idioma é quase como o nosso. Na verdade, isso é curioso, não acha?

– Curioso por quê? Mais estranho me parece que alguém igual a mim fale numa língua que não entendo só porque vem de outro país. Mas a língua que falamos aqui não é nossa única língua. Há uma segunda que é muito antiga... Tão antiga que a maioria de nós não a conhece. Só os reis e os príncipes, os sábios e alguns cavaleiros conseguem falar e entender essa língua.

– O senhor da ponte também? – perguntou Tiuri.

– Acho que sim. Ele sabe muitas coisas e pode ler os livros. Antes eu só sabia fazer uma cruz onde tinha de escrever meu nome, mas ele me ensinou todas as letras.

Enquanto falavam iam se aproximando do castelo. Um caminho estreito ladeado por muros de pedra serpenteava pela colina até chegar a ele.

Apesar de ser tarde, permitiram que entrassem imediatamente. Tanto os homens como os cavalos foram acolhidos com hospitalidade e receberam comida e um lugar para passar a noite.

Na manhã seguinte, muito cedo, Tiuri estava no pátio com Warmin e Piak pronto para partir.

Um dos moradores do castelo aproximou-se deles e disse para Warmin:

— O senhor é o capitão dos cavaleiros de Ardian, não? O cavaleiro Iwain quer falar com o senhor. Poderia vir comigo um momento?

Warmin apontou para Tiuri e disse:

— Permita que este jovem nos acompanhe.

— É necessário? — perguntou o morador do castelo. — Meu senhor pediu para falar com o capitão.

— Então com certeza deve nos acompanhar — disse Warmin.

O morador olhou para Tiuri, um tanto surpreso. Deve ter pensado que era muito jovem e sua aparência era pobre demais para ter alguma importância. Mas concordou e entrou no castelo à frente deles.

Tiuri franzira a testa por um momento. Preferiria que Warmin não tivesse chamado a atenção sobre ele. "Devíamos ter acordado antes", pensou. "Assim já estaríamos a caminho." Lançou um olhar para Piak, que lhe piscou um olho animando-o, e depois foi atrás de Warmin.

Foram conduzidos a uma grande sala ainda meio escura. Junto de uma mesa iluminada por duas velas, o senhor do castelo esperava por eles. O cavaleiro Iwain já não era jovem. Tinha o cabelo branco mas sua figura era muito esbelta. Olhou para um e para o outro, e então perguntou para Warmin:

— Você é Warmin, o capitão dos soldados do senhor Ardian?

— Sim, senhor cavaleiro — respondeu Warmin, fazendo uma reverência.

— Ouvi dizer que um homem foi assassinado ontem à noite nas Colinas Lunares — continuou o cavaleiro Iwain. — Um mensageiro que se dirigia ao rei Unauwen. Isso é verdade?

— Sim, senhor cavaleiro.

— Por que não me informou imediatamente disso? O oeste das Colinas Lunares pertence ao meu território e, até a volta do cavaleiro Andomar, a outra parte também está sob minha vigilância.

– Enviamos notícias a Ingewel, senhor cavaleiro. E todas as pessoas dos arredores foram avisadas para procurarem o assassino.

– Por que não foi procurá-lo você mesmo?

– O senhor da ponte nos enviou para o oeste com uma missão, senhor cavaleiro, e tínhamos de continuar. Mas já enviei uma parte de meus homens de volta, mais da metade deles.

– Está bem – disse o cavaleiro Iwain, e olhou para Tiuri. – É você, por acaso, um dos jovens que encontraram o cadáver?

– Sim, senhor – respondeu Tiuri, pensando: "Espero que não vá começar a me fazer também um monte de perguntas. Parece que todas as pessoas que encontro querem me segurar."

Seu temor não se concretizou. O cavaleiro Iwain não perguntou mais nada, mas limitou-se a dizer:

– Posso lhes informar que o assassino foi capturado.

– O quê? É verdade? – surpreenderam-se Tiuri e Warmin.

– Sim – disse o cavaleiro Iwain. – Neste momento está detido na estalagem As Colinas Lunares até que eu decida o que fazer com ele. Foi capturado em meu território, portanto será julgado por mim.

– Quando foi isso? – perguntou Warmin.

– Ontem à noite, pouco depois que vocês partiram da estalagem. Um mensageiro trouxe-me a notícia logo cedo. Ele poderá contar-lhes mais coisas. Está aqui.

Nesse momento Tiuri percebeu que havia mais alguém na penumbra. A um gesto do senhor do castelo, este se aproximou e parou diante deles numa postura respeitosa. Tinha a aparência de um camponês, mas usava uma cota de malha sobre a roupa e um elmo sobre o cabelo castanho.

– Este mensageiro trouxe uma carta escrita pelo dono da estalagem, e tem também uma mensagem oral.

O mensageiro fez uma reverência.

– O dono da estalagem pagou por meus serviços de mensageiro, mas a mensagem que trago é também dos soldados do senhor da ponte. Destina-se ao cavaleiro Iwain, senhor da Lua Branca, a Warmin, capitão dos soldados, e aos dois jovens que viajam com ele.

– Continue – disse o cavaleiro Iwain.

O mensageiro fez outra reverência.

– Ontem à noite vários moradores de minha aldeia, ajudados por quatro soldados do senhor da ponte, capturaram um homem que corresponde à descrição do assassino. Apresentou-se com um nome estranho... qual era? Está escrito na carta que lhe entreguei, senhor cavaleiro.

– Slupor – disse o cavaleiro Iwain.

– Slupor... – repetiu Tiuri em voz baixa.

– No início negou ser o assassino – continuou o mensageiro –, mas depois de ser detido, amarrado e trancafiado num quarto da estalagem, começou a soltar cobras e lagartos. Insultou-nos e insultou este país, e finalmente insultou os dois jovens. Eles receberam todos os insultos imagináveis.

– Por quê? – perguntou o cavaleiro.

– O estranho é precisamente isso – informou o mensageiro em tom baixo. – Não disse por quê. Só os amaldiçoava... que dava medo. Eu mesmo estive ali e ouvi tudo. Referiu-se a um deles pelo nome: "Maldito seja, Tiuri. Que o diabo e todas as forças obscuras torçam o seu pescoço."

O mensageiro se calou e por um instante Tiuri arrepiou-se como se estivesse presente enquanto Slupor o insultava. Mas aquela sensação não durou muito; Slupor estava preso.

– Quem é Tiuri? – perguntou o cavaleiro Iwain.

Warmin fez um movimento mas não disse nada.

– Você é Tiuri? – perguntou o cavaleiro ao jovem.

– Sim, senhor.

– Por que esse tal Slupor lhe deseja tanto mal?

Tiuri pensou um pouco antes de responder:

– Acho que é porque sou um dos responsáveis por sua captura.

O cavaleiro Iwain olhou para ele, pensativo. De repente Tiuri achou-o parecido com alguém que conhecia, mas não se lembrou com quem.

O cavaleiro dirigiu-se novamente ao mensageiro e lhe perguntou:
— Tem algo mais a contar?
— Sim, senhor, tudo o que está na carta. Os soldados do senhor da ponte perguntam ao seu capitão se ele pode voltar para o leste, com os homens que ainda o acompanham, o mais rápido possível. Mas isso só se os dois jovens puderem prescindir dele.
— Por que devo voltar? — perguntou Warmin.
— Não me disseram o motivo — respondeu o mensageiro.
— Tem algo mais a acrescentar? — perguntou o cavaleiro Iwain. E, diante da resposta negativa do mensageiro, acrescentou: — Então pode se retirar. Meus servos se encarregarão de servir-lhe alguma coisa para comer. Em seguida darei uma resposta à mensagem.
O mensageiro fez uma profunda reverência e se foi.
— Quem é você? — perguntou o cavaleiro a Tiuri.
— O senhor já sabe. Meu nome é Tiuri.
— De onde você vem?
— Do leste, senhor.
— Não é um dos servos do senhor da ponte, não é?
— Não, senhor cavaleiro — respondeu Warmin esta vez. — Mas o senhor da ponte nos incumbiu, a mim e aos meus homens, de acompanhá-los. Devem ir para o oeste e estão com pressa.
— É isso, senhor — disse Tiuri.
Warmin tirou alguma coisa de baixo da sua cota de malha e entregou-a ao cavaleiro.
— Esta é a prova de que estou agindo a mando do senhor da ponte. Aqui está sua luva.
— Eu a reconheço — devolveu a luva a Warmin e continuou: — Apesar de parecer que a paz e a ordem reinam, estão acontecendo coisas que me preocupam. O senhor Ardian não enviaria seus soldados sem motivo. Não o deterei, agora que lhe disse o que deve saber. No que se refere a Slupor, será meu prisioneiro, e o espero na volta para testemunhar na acusação contra ele. Isso também vale para você, Tiuri.

– Sim, senhor – disse o jovem.

De repente sentiu-se contente e aliviado. Slupor havia sido preso! Já não tinha o que temer. No dia seguinte à noite, chegariam à cidade de Unauwen; a missão já estava quase concluída. Dirigiu-se a Warmin:

– Não é mais necessário que nos acompanhe. Slupor já não pode nos causar nenhum mal.

– Quem é esse Slupor? – perguntou o cavaleiro Iwain.

– Não o conheço – respondeu Tiuri. – Só sei que é malvado e perigoso.

– Já percebi – disse o cavaleiro secamente. – Mas você deve saber mais alguma coisa sobre ele, não?

– Vem de Eviellan.

Aquela resposta pareceu surpreender o cavaleiro.

– De Eviellan! – repetiu.

Warmin também olhou impressionado para Tiuri.

– Senhor cavaleiro – disse Tiuri –, solicito sua permissão para partir imediatamente. Talvez não demore a ouvir mais do que posso lhe contar agora.

– Você é um jovem misterioso – disse o cavaleiro depois de um momento de silêncio. – Se ouvi bem, vem do outro lado da Grande Cordilheira. É isso?

– Sim, senhor.

– Talvez tenha...? – começou a dizer o cavaleiro, mas não terminou a frase, meneou a cabeça e em seguida acrescentou: – Confio plenamente no senhor da ponte e vou me ater ao que ele decidiu. Vá em paz! Você, Warmin, precisa decidir se continua ou volta com seus soldados para o leste. Até logo.

Tiuri e Warmin fizeram uma reverência e pouco depois encontravam-se novamente no pátio onde os outros os esperavam impacientes.

– O que o cavaleiro lhes contou? – perguntou Piak a seu amigo.

– Boas notícias! – exclamou Tiuri. – Slupor foi detido. Um mensageiro veio trazer a mensagem.

– Slupor preso? De verdade? – sussurrou Piak.

— Sim, parece que sim.

Piak olhou-o com olhos brilhantes.

— É mesmo uma boa notícia — disse com um sorriso. — Agora já não precisarei temer cada sombra e olhar atrás de cada arbusto.

Warmin se pôs ao lado deles e tossiu.

— Há algum problema, Warmin? — perguntou Tiuri.

— Bem — disse o soldado —, o que fazemos agora? Eu os acompanho?

— Pode nos deixar sozinhos com o coração tranquilo — respondeu Tiuri.

— Se é isso o que quer... Pergunto porque me pediram para voltar o mais rápido possível. E, se você diz que já não precisa de nossa ajuda, gostaria de ir até onde possam necessitar dela. Há algo errado neste país, parece que estão tramando algo... Mas se quiserem eu os acompanho. Considero-o meu comandante, por estranho que possa parecer, sendo você muito mais jovem que eu.

Tiuri estendeu-lhe a mão e disse:

— Obrigado pela ajuda, Warmin. E agradeça também ao senhor da ponte em nosso nome. Faremos isso pessoalmente quando voltarmos ao rio Arco-Íris.

— Muito bem. Mas não os deixarei partir até saber que estão bem armados. Talvez não seja necessário, mas nunca é demais. Arcos e flechas imaginários não são de muita valia. Vou lhes dar uns de verdade, e sem dúvida na sala de armas podemos conseguir um par de cotas de malha.

Demorou um tempo até juntar tudo e entregar para os amigos.

— Preciso mesmo usar esta coisa? — perguntou Piak, depois de vestir uma cota de malha pela primeira vez na vida. — Prefiro uma simples camisa.

— Já vai se acostumar — disse Warmin, rindo. — É uma boa proteção e você deve fazer sua parte.

— Então vou usá-la — suspirou Piak. — Mas dispenso o arco. Não seria capaz de acertar uma montanha ainda que estivesse a três passos de distância.

Depois se corrigiu e disse:

— Não, vou ficar com ele mesmo assim. Talvez combine comigo.

Os amigos se despediram de Warmin e de seus homens e depois seguiram cavalgando pelo caminho em direção ao oeste.

— Estamos sozinhos outra vez — disse Piak. — Que tal estou? Não estou um pouco parecido com um escudeiro?

4. A cidade de Unauwen.
O mendigo da porta

É claro que Tiuri teve de contar a Piak tudo o que o cavaleiro Iwain dissera.

— Ainda bem que nos deixou partir — disse Piak. — Estava começando a temer que tivéssemos de ficar. Na verdade, já estava quase arrependido de não termos nos disfarçado de velhinhos barbudos, por exemplo.

— E onde você ia conseguir as barbas? — perguntou Tiuri, rindo.

— Já não tenho de pensar nisso. Não é necessário, não é mesmo?

Olhou ao seu redor e disse:

— Essas Colinas Lunares se parecem um pouco com as montanhas e também são bonitas, acho, mas ficarei contente quando estivermos longe daqui. E você?

— Eu também.

Sim, as Colinas Lunares estariam sempre unidas a lembranças de horas angustiantes, à ameaça do malvado Slupor e, sobretudo, ao jovem escrivão morto.

O desejo dos dois amigos logo se cumpriu porque pouco depois deixaram as colinas para trás e chegaram a uma região muito diferente. Campos ondulados de grão dourado e planícies verdes pelas quais corriam cavalos, além de escuras alamedas. Encontraram muitas pessoas e viram povoados e fazendas, e de vez em quando, ao longe, divisavam as torres de algum castelo.

À tarde começou a chover, mas isso não acabou com seu bom humor nem os impediu de avançar com a mesma rapidez. Continuaram cavalgando mesmo quando o sol se pôs. Já não chovia e eles cavalgaram sob a pálida luz da lua e de seus reflexos nas poças do caminho. As rãs coaxavam num pântano invisível a alguma distância, e os grilos cantavam na relva.

– Poderíamos viajar a noite toda – sussurrou Piak.

Mas Tiuri fez que não com a cabeça. Olhou para trás; ali estavam as Colinas Lunares nas quais haviam deixado o mal e o perigo. E, apesar disso, estava alerta como se viajasse por um país hostil. A que se devia isso? Durante o dia não fora assim. Por que tinha de novo a sensação de que estavam sendo observados e vigiados? Bobagens! Não diria nada a Piak. Mas decidiu procurar o quanto antes um lugar seguro para passar a noite.

Cavalgaram juntos até um abrigo que parecia vazio e decidiram passar a noite ali. Tinham acabado de entrar com seus cavalos quando um cachorro começou a latir. Pouco tempo depois ouviram passos e uma voz grave gritando:

– Quem está aí?

Tiuri olhou para fora por uma fresta na porta. Ali havia um homem segurando um lampião. Um cachorro grande rodeava suas pernas. Tiuri hesitou em responder e Piak também se manteve em silêncio. O cachorro abandonou seu dono e, pulando e balançando o rabo, foi até o abrigo.

– Veja só, Parwen. Tenho hóspedes no abrigo – disse o homem. – Não há problema, desde que eu saiba quem são.

Então Tiuri se animou a falar. Saiu, acompanhado por Piak.

– Boa noite – cumprimentou. – Podemos passar a noite aqui?

– Claro – respondeu o homem, que evidentemente era o dono do abrigo. – Mas também podem vir comigo. Na minha casa há uma cama livre; tenho certeza de que dormirão melhor ali. E talvez minha mulher tenha alguma sobra de comida.

Insistiu com tanta amabilidade que os amigos aceitaram o convite. Pouco depois estavam com o camponês e sua mulher na cozinha, comendo uma omelete de toucinho.

– Muito obrigado por sua hospitalidade – disse Tiuri.

– Não tem de quê – respondeu o camponês, rindo. – É tarde para viajar. Estão indo para a cidade?

– Para a cidade de Unauwen? – perguntou Piak.

– Sim, que outra seria? Apesar de que há mais cidades... – o camponês se calou. – Escutem, Parwen está latindo outra vez. Vou ver quem é.

Pegou o lampião e saiu.

– De onde vêm? – perguntou a mulher.

– De muito longe – respondeu Tiuri.

– Da Grande Cordilheira ao leste – acrescentou Piak.

– Mas, rapazes, então vocês fizeram uma longa viagem. Estiveram em Dangria e atravessaram o rio Arco-Íris? Colheram flores em Ingewel e viram brilhar a lua nas colinas? Mas não há nada mais bonito que a cidade do rei.

– Fica longe daqui? – perguntou Piak.

– Não. Conseguirão chegar amanhã se levantarem bem cedo.

O camponês entrou e disse:

– Não vi ninguém. Que estranho. O cachorro não costuma latir sem motivo.

Dirigiu-se aos amigos:

– Não sei a que horas querem se levantar amanhã, mas acho que já está na hora de dormir.

– Sim, parecem cansados – disse a mulher. – Acompanhem-me e eu lhes mostrarei a cama.

– Como essas pessoas são gentis – sussurrou Piak quando estavam deitados.

– Sim – disse Tiuri.

Lá fora, o cachorro tornou a latir. "Por que estará latindo?", perguntou-se Tiuri. Depois sorriu e disse para si mesmo: "Deixe-o latir! Estamos a salvo com as portas fechadas."

Piak dormiu em seguida, mas Tiuri ficou um bom tempo olhando para a frente na escuridão. O cachorro já não latia. Por fim também adormeceu.

Os amigos se levantaram com o primeiro canto dos galos, agradeceram ao camponês e à sua mulher e retomaram o caminho. O tempo estava bom; soprava um forte vento do oeste, mas o sol brilhava. Inicialmente cavalgaram por uma paisagem parecida com a do dia anterior. Depois a estrada os levou por um bosque e uma colina... e então, à sua frente, viram surgir a cidade de Unauwen.

Parecia uma grande cidade: viam muitas torres, torres brancas e prateadas brilhando ao sol. Pararam os cavalos e a contemplaram em silêncio por alguns instantes. Aquela era a meta da sua viagem.

Depois continuaram cavalgando com mais rapidez. A estrada ficou bastante concorrida; muitas trilhas laterais confluíam para ela e perceberam que não eram os únicos viajantes que iam para a capital. Ainda tinham um bom caminho a percorrer e não se preocuparam com o cansaço de seus cavalos. O desejo de chegar à cidade era cada vez maior.

A cidade de Unauwen havia sido construída sobre suaves colinas. Não era cinzenta nem tinha muralhas, era luminosa e aberta. Era bem extensa, com muros baixos e muitas portas com escadas e torres sobre as quais cintilavam cata-ventos dourados. Do sul fluía um rio reluzente que se perdia no interior da cidade; devia ser o rio Branco. Ao longe, mais ao norte, havia colinas mais altas resplandecendo avermelhadas sob o sol, e atrás delas outras colinas lembravam arco-íris perdendo-se na neblina. Vários caminhos conduziam à cidade, caminhos largos como o que os amigos seguiam.

— Isto — disse Piak — é a coisa mais bonita que vi nesta viagem.

— Eu também acho.

— A cidade de Dagonaut também é assim?

Tiuri fez que não com a cabeça:

— Não. Esta é mais bonita.

— Com certeza é a cidade mais bonita do mundo — opinou Piak.

Tiuri repetiu consigo mesmo as palavras da carta e depois as cantou em voz baixa com a melodia de Piak. Este o acompanhou e dessa forma chegaram à cidade. Mas, quando se aproximaram e viram o sol brilhando sobre a parte oeste da cidade, ambos ficaram em silêncio.

A estrada tinha muitas bifurcações que levavam a diferentes portas da parte leste da cidade, com veredas cobertas de relva e ruas e escadas de pedra. Todas as portas estavam abertas, mas havia sentinelas de aspecto impressionante com elmos emplumados e escudos coloridos. Sobre os baixos muros brancos também havia guerreiros.

Os amigos olharam-se radiantes durante um segundo.

– Chegamos! – sussurrou Piak.

– Quase – acrescentou Tiuri.

Tomaram um dos caminhos e, despreocupados, deixaram que seus cavalos fossem bem devagar. Havia tanto para ver. Ao longo das escadas e dos caminhos erguiam-se colunas de pedra sobre a relva, decoradas com relevos e símbolos estranhos.

Foi então que viram alguém sobressaindo entre toda essa beleza que os rodeava. Um velho mendigo estava sentado no chão, apoiado numa coluna, perto de uma porta. Vestia um manto rasgado e cheio de remendos, com um capuz que só deixava ver seu nariz e o cabelo e barba longos, grisalhos e despenteados. Dirigiu-se para os dois jovens, pedindo uma esmola.

Tiuri pegou a bolsinha de dinheiro que o senhor da ponte lhe dera. Já não continha muita coisa, mas esvaziou-a no pratinho que o mendigo estendia. Piak também lhe deu tudo o que tinha: seu centavo de cobre.

O homem murmurou uma palavra de agradecimento e os amigos se dispuseram a continuar, mas a voz dele os deteve:

– Preferiria – disse em voz alta – *não* ter de lhes agradecer.

– O que quer dizer com isso? – sobressaltou-se Tiuri, que estava mais perto dele.

— Está tão alto em seu cavalo, viajante, e dessa altura é fácil atirar-me uma moeda sem sequer olhar-me no rosto. Agora seguirá seu caminho e me esquecerá. Vejo que está impaciente e estou incomodando. Tem razão; não passo de um mendigo que só representa uma perda de tempo mas que, por sorte, logo se deixa para trás.

Tiuri baixou os olhos para o mendigo, sem saber muito bem o que dizer. No entanto seria muito embaraçoso continuar, por mais que quisesse. A voz daquele velho parecia tão triste, tão amarga e sem esperança.

— O que está esperando? — perguntou o mendigo. — Siga seu caminho, estrangeiro. Esta é a cidade do rei Unauwen, a cidade onde não existe pobreza. Entre e esqueça-se de mim, como fazem todos. Por que desceria do cavalo e se inclinaria para um miserável como eu?

— Não fique zangado comigo! — disse Tiuri. — Não quis ofendê-lo. Sinto muito por não ter parado à sua frente por causa da minha pressa. Eu lhe dei tudo o que tinha e gostaria de ajudá-lo se pudesse.

— Ah! — exclamou o mendigo. — Muito obrigado. Então gostaria de me ajudar... se pudesse. Fico tão contente por isso. Já não é necessário. Adeus. Espero que consiga o que merece, que obtenha o que eu lhe desejo. Adeus.

Virou o rosto, pegou sua bengala e começou a se levantar com dificuldade.

Piak colocou a mão no braço de Tiuri e sussurrou:

— Vamos.

Mas Tiuri não conseguia tirar os olhos do mendigo. Sentia uma grande pena dele e de repente descobriu que não queria entrar na cidade enquanto não estivesse frente a frente com ele para saber a quem dera a esmola. Saltou do cavalo sem ouvir o que Piak lhe sussurrava. Estendeu a mão para ajudar o mendigo e disse:

— Estou com pressa, mas não o suficiente para deixar de demonstrar que quero conhecê-lo e ajudá-lo.

O mendigo permitiu que ele o ajudasse a se levantar. Ficou na frente de Tiuri, encurvado sobre sua bengala, com o rosto praticamente oculto sob o capuz e o cabelo.

— Obrigado — disse em voz baixa. — Você é como eu imaginava. Não lhe agradeço por seu dinheiro, mas sim por estar diante de mim.

— Poderia olhar para mim?

O mendigo curvou-se ainda mais e não respondeu.

— Poderia olhar para mim? — perguntou Tiuri mais uma vez. Seu coração havia disparado. Não compreendia por que, mas sabia que não poderia dar um passo antes de o mendigo olhar para ele. Só depois soube exatamente o que sentira naquele momento. Sua compaixão desaparecera, dando lugar à curiosidade. E, com ela, a uma sensação irracional de tensão, como se fosse muito importante que o mendigo olhasse para ele, como se daquele momento dependessem muitas coisas.

Então o mendigo respondeu:

— Posso, sim. Idiota.

E de repente Tiuri compreendeu que corria perigo. Não chegou a se assustar muito quando o mendigo levantou o rosto. Sabia de quem eram os olhos que estavam prestes a se cravar nele: olhos frios e falsos como os de uma serpente. Slupor! Finalmente estava frente a frente com o inimigo que temera durante tanto tempo.

O mendigo tirou alguma coisa de sua bengala e tentou apunhalá-lo. Mas Tiuri estava prevenido. Desviou-se da punhalada e só recebeu um leve arranhão. Depois forçou o mendigo a soltar o punhal, mas as mãos dele agarraram imediatamente seu pescoço. Piak gritou atrás dele:

— Slupor!

Tiuri lutou com Slupor. Percebeu que o outro era mais forte, mas não tinha medo dele. Safou-se de suas garras e tentou dominar seu inimigo.

Então chegou ajuda. Primeiro de Piak e depois de outros, transeuntes e sentinelas. Slupor soltou Tiuri e começou a fugir.

— Está fugindo! — gritou Piak. — Peguem-no! Peguem o assassino!

Os sentinelas da porta empunharam suas espadas e foram atrás dele. Piak voltou-se para seu amigo:

– Como você está, Tiuri? Está sangrando!

Tiuri secou a testa.

– Não é nada – disse, ofegante pela tensão.

– Levei um tremendo susto – disse Piak. – De repente vi esse punhal e pensei, pensei...

– Eu o vi se aproximando. Quando me olhou soube quem era. Não, acho que foi até antes disso.

Olhou os guardas que perseguiam o fugitivo Slupor. Sim, eles o haviam apanhado! Só então percebeu as pessoas que o rodeavam com expressão de surpresa e de susto, querendo saber o que estava acontecendo.

Os guardas traziam o mendigo com eles, formando um círculo à sua volta.

– Queremos saber o que significa isto – disseram.

– Eu também quero saber! – gritou o mendigo em tom lacrimoso. – O que fiz para me tratarem assim?

– Tentou assassiná-lo – gritou Piak, pegando Tiuri pelo braço.

– Não é verdade – disse o mendigo. – Ele me atacou.

– Mentiroso! – exclamou Piak, furioso. – Olhem, seu punhal ainda está aqui no chão. E também matou o mensageiro, o mensageiro de Dangria.

O mendigo tentou se mexer, mas os guardas o seguravam com força.

– Não sei do que está falando – disse.

– Sabe sim – respondeu Tiuri calmamente. – Você está nos seguindo há um bom tempo, Slupor.

O mendigo lançou-lhe um olhar cheio de ódio. Por um momento pareceu que ia se soltar, mas não conseguiu. Depois disse:

– Maldito seja, Tiuri! Entre na cidade e leve ao rei a sua mensagem tão importante. Orgulhe-se por ter cumprido tão bem sua missão. Mas você não poderá mudar o destino deste país. Que as disputas e a discórdia tomem conta destas terras, e o fogo e o sangue caiam sobre esta cidade!

Tiuri estremeceu, não tanto pelas palavras em si, e sim pelo tom com que foram pronunciadas.
– Cale-se! – ordenou um dos guardas, bravo e assustado ao mesmo tempo.
Depois perguntou aos amigos:
– Quem são vocês? Quem é ele e por que o conhecem?
– É um espião – respondeu Tiuri –, um espião de Eviellan.
– Você é nosso prisioneiro – disse o sentinela a Slupor –, prisioneiro do rei Unauwen. Virá conosco à cidade.
– Agora não direi mais nenhuma palavra – resmungou Slupor.
O sentinela dirigiu-se novamente para os amigos:
– Eu lhes pergunto mais uma vez, quem são vocês?
– Viemos do reino do rei Dagonaut – respondeu Tiuri em voz baixa – com uma mensagem para o rei Unauwen.
O sentinela olhou-os com surpresa e preocupação.
– Venham comigo. Dois de meus homens levarão vocês ao palácio.

5. O rei Unauwen

Os amigos cruzaram a porta e entraram na cidade. Slupor foi levado e desapareceu rapidamente. Pouco depois estavam acompanhados por dois guardas, a caminho do palácio.

Tiuri mal via as casas, as ruas e as pessoas ao seu redor. Andava montado no cavalo com o olhar fixo no guarda que ia à sua frente indicando o caminho e não conseguia pensar em outra coisa senão na mensagem. Estava a ponto de cumprir sua missão e seu juramento. De vez em quando olhava para Piak, que também estava sério.

Só quando chegaram ao rio Branco, que atravessava a cidade, voltou a prestar atenção ao seu redor. O rio era muito bonito, de águas límpidas e prateadas, embora não tão largo quanto o rio Arco-Íris. Na outra margem estava o palácio do rei Unauwen. Construído com pedras cinza e brancas, sobre um terreno elevado, era rodeado de muros baixos com portas e jardins que chegavam até a margem do rio.

Atravessaram uma ponte de madeira, passaram por uma porta e pararam diante de uma segunda porta protegida por soldados. Os guardas que escoltavam os amigos pediram passagem.

— Para quem? — perguntaram os soldados.

— Para dois mensageiros que querem ver o rei Unauwen.

— Podem passar.

Na porta seguinte tiveram de desmontar. Ali também havia soldados que, após uma breve conversa, abriram a porta. Depois os guardas se despediram dos rapazes e voltaram à porta da cidade.

— Nós cuidaremos de seus cavalos — disse um dos soldados aos jovens. — Entrem e apresentem-se ao chefe da guarda.

Tiuri e Piak entraram numa grande corte onde havia muitas pessoas. Uma escada ampla levava ao palácio. Um jovem cavaleiro com escudo branco foi até eles; era o chefe da guarda.

— O que desejam?

— Gostaríamos que nos fosse permitido ver o rei Unauwen — disse Tiuri.

O cavaleiro olhou para eles um tanto surpreso.

— Por quê? Quem são vocês?

— Nossos nomes são Piak e Tiuri. Trazemos uma mensagem para o rei Unauwen. Uma mensagem importante.

— Quem os mandou aqui?

— O cavaleiro Edwinem de Foresterra.

O jovem cavaleiro surpreendeu-se, mas disse apenas:

— Sigam-me.

Subiu a escada e levou-os para uma grande sala.

— Esperem aqui, anunciarei sua chegada ao rei. Qual é a mensagem?

— Só posso dizê-la ao rei em pessoa — respondeu Tiuri —, e o quanto antes. Imediatamente!

— Ora veja — disse o cavaleiro. — Vou dizer isso ao rei. Mas antes precisam me contar...

Tiuri puxou o cordão que levava ao pescoço e mostrou o anel.

— Esta é prova de que fui enviado pelo cavaleiro Edwinem — disse, interrompendo o guarda. — Deixe-nos ver o rei imediatamente.

O cavaleiro arregalou os olhos e disse:

— Está bem, venham comigo.

Atravessaram muitas salas e por fim o cavaleiro parou diante de uma porta, bateu e entrou. Saiu logo depois e disse:

— O rei Unauwen espera por vocês.

Tiuri preparou-se para entrar mas de repente percebeu que Piak não o seguia. Parou no vão da porta e sussurrou:

— Piak, venha.

Piak fez que não com a cabeça.

— Vamos.

— Não.

— Você tem de estar presente — disse Tiuri, impaciente.

— Não — repetiu Piak. — Vá você sozinho. É melhor, de verdade.

— O rei Unauwen espera por vocês — disse o cavaleiro mais uma vez.

— Apresse-se! — sussurrou Piak. — Não pode fazer um rei esperar.

Tiuri não teve outro remédio senão entrar sozinho apesar de lamentar que Piak não quisesse acompanhá-lo. Atravessou o umbral e sentiu suas pernas tremerem. Fecharam suavemente a porta atrás dele.

O aposento em que entrou não era grande; num abrir e fechar de olhos Tiuri percebeu que era branco e azul, com uma fileira de colunas dos dois lados. E então se encontrou diante do rei Unauwen.

O rei se levantou e olhou para ele. Já era um ancião: tinha o cabelo e a barba brancos como a neve. Também era branca sua longa túnica e não usava joias, salvo uma pequena fita dourada na cabeça. Mas ninguém podia duvidar de que era um rei: sua atitude era régia, e seu rosto, nobre e sábio. Tiuri o achou muito parecido com Menaures; sobretudo seus olhos pareciam os do ermitão.

— Aproxime-se, mensageiro — disse o rei. Sua voz combinava com sua aparência.

Tiuri foi até ele e se ajoelhou como fizera muitas vezes diante do rei Dagonaut. Custou-lhe um pouco recuperar a voz. Depois disse:

– Majestade, trago-lhe uma mensagem do cavaleiro Edwinem do Escudo Branco. Mas antes preciso lhe contar que o cavaleiro Edwinem está morto. Antes de morrer, deu-me uma carta para entregar ao senhor e também seu anel. Aqui está ele.

O rei Unauwen pegou o anel.

– Levante-se.

Tiuri obedeceu.

O rei olhou silenciosamente o anel por um momento.

– Esta é uma triste notícia, mensageiro – disse então lentamente. – Como morreu meu cavaleiro?

– Foi assassinado, Majestade, pelos Cavaleiros Vermelhos de Eviellan.

– O cavaleiro Edwinem assassinado... por cavaleiros de Eviellan – repetiu o rei. – Temo que esta não seja a única notícia ruim – acrescentou. – Dê-me a carta, mensageiro.

– Já não está comigo, Majestade. O cavaleiro Edwinem ordenou-me que a destruísse se corresse o risco de cair em mãos estranhas. E tive de fazer isso. Mas sei seu conteúdo de cor.

O rei olhou-o com atenção e perguntou inesperadamente:

– Quem é você, mensageiro?

– Meu nome é Tiuri, Majestade.

– Muito bem, Tiuri, diga-me a mensagem. Estou escutando.

Tiuri quis falar, mas para seu desespero percebeu que não sabia o que dizer.

Não se lembrava de nenhuma palavra! Nenhuma palavra da mensagem que repetira tantas vezes para si mesmo... Mas isso era impossível. Se pensasse por um momento com tranquilidade, ela voltaria à sua memória. Fechou os olhos e pensou febrilmente. Mas sua mente parecia vazia. Ficou gelado de susto. Esquecera a mensagem!

Tornou a abrir os olhos e olhou para o rei. Estaria impaciente? Abaixou a cabeça e sentiu que ficava vermelho de vergonha. Tinha de se lembrar... Tinha de fazer isso!

Então se lembrou de uma coisa. Piak também sabia a mensagem. Havia até inventado uma música. Uma música... Começou a cantarolar e imediatamente as palavras apareceram. Levantou a cabeça e viu que o rei Unauwen o olhava surpreso.

– A música... – quis explicar. – Meu amigo Piak inventou uma música com a mensagem.

Mas, antes de qualquer coisa, a mensagem. Respirou profundamente e depois pronunciou todas as palavras enigmáticas bem devagar, mas com clareza e sem hesitar.

Percebeu que o rei ficara muito afetado por suas palavras. Pareceu ver em seus olhos terror, repugnância, pesar e finalmente ira. Quando terminou de falar, o rei desviou o olhar. De repente parecia muito mais velho. Durante um instante se fez um enorme silêncio.

– Repita o que acaba de me dizer – ordenou o rei.

Tiuri repetiu. O rei Unauwen escutou suas palavras, olhando para outro lado. Depois ficou um tempo imóvel, com a cabeça baixa e perdido em seus pensamentos.

Tiuri não se atrevia a dizer nada. Não se atrevia nem a olhar para o rei. Teve a impressão de ter passado um tempo interminável. Começou a se perguntar se o rei se esquecera dele. Deveria sair?

Então o rei levantou a cabeça como se tivesse tomado uma decisão. Olhou para Tiuri e disse:

– Desculpe-me, Tiuri. Precisava assimilar a notícia. A mensagem que me trouxe é grave e de grande importância para este país e seus habitantes. Você também conseguiria escrever essas palavras exatamente como estavam na carta?

– Sim, Majestade. Eu... não sei o que significam, mas as aprendi de cor, inclusive com sua ortografia.

– Muito bem. Conte-me agora como o cavaleiro Edwinem pediu-lhe que trouxesse a mensagem até aqui. Vamos.

Pôs uma mão no ombro de Tiuri e o levou até um canto do aposento onde havia uma mesa e algumas cadeiras. Sentou-se e pediu-lhe que se sentasse também.

– Conte-me – repetiu.

Tiuri lhe contou: contou que um ancião chamara à porta da capela durante a noite e como seu pedido de ajuda o levou a realizar a missão que recebera do agonizante cavaleiro Edwinem.

– E então você se pôs a caminho – disse o rei Unauwen – pelo reino de Dagonaut, cruzando as montanhas, e por este país até chegar a minha cidade. Foi uma viagem longa e perigosa também, me parece. Os inimigos que assassinaram o cavaleiro Edwinem também devem ter perseguido você.

Tiuri concordou.

O rei sorriu para ele, um sorriso amável e cordial. Estendeu-lhe a mão e disse:

– Obrigado, Tiuri.

Tiuri se sentiu de repente muito feliz e grato por ter cumprido sua missão. Depois pensou em Piak.

– Majestade, o senhor poderia agradecer também ao meu amigo? Ele fez tanto quanto eu. Se não fosse por ele, a mensagem não teria chegado até o senhor. Ele é... ele esteve...

Calou-se porque o rei golpeou um gongo que havia junto à mesa. Ao seu sinal, entrou um jovem cavaleiro, que fez uma reverência e disse:

– O que deseja, senhor rei?

– Que entre o outro jovem – disse o rei.

Piak apareceu um minuto depois. Parecia muito tímido. O jovem cavaleiro voltou a sair. O rei Unauwen se levantou, foi até Piak e estendeu-lhe a mão. Mas o garoto se ajoelhou e disse:

– Saudações, Majestade.

O rei sorriu novamente.

– Levante-se, Piak, para que eu possa agradecer-lhe por tudo o que fez.

Piak obedeceu. Parecia emocionado. Tiuri também estava emocionado e quase não podia acreditar que tivesse realmente cumprido sua missão.

O rei também convidou Piak para se sentar e lhe fez algumas perguntas. Queria saber quanto tempo se passara desde que Tiuri se pusera a caminho e pediu-lhe que contasse tudo o que sabia sobre as vicissitudes do cavaleiro Edwinem. Também queria saber por que a carta teve de ser destruída. Os amigos responderam a suas perguntas o melhor que puderam e depois Tiuri escreveu o conteúdo da carta.

Quando terminou, o rei disse:

– Daqui a pouco quero ouvir mais coisas sobre suas aventuras, Tiuri e Piak. Mas agora há outros assuntos que têm prioridade. Tenho muito a fazer.

Tornou a golpear o gongo e disse ao jovem cavaleiro:

– Cavaleiro Iwain, todos os que usam o Escudo Branco, os conselheiros e grandes do reino devem se reunir imediatamente na grande sala para ouvir as notícias que chegaram do leste. O conselheiro mais velho e amigo Tirillo deve vir agora mesmo. Quanto a estes jovens, são meus honoráveis convidados. Leve-os à senhora Mirian e peça que se encarregue do bem-estar deles. Depois volte aqui.

O cavaleiro fez uma reverência e os amigos também. O rei Unauwen se levantou; parecia alto e solene, forte e invencível.

– Até logo – disse.

Os amigos seguiram o jovem cavaleiro.

Piak sussurrou para Tiuri:

– Você não acha o rei Unauwen parecido com Menaures?

– Sim, eu também percebi isso.

– Bem, missão cumprida – suspirou Piak.

E Tiuri pensou que continuava sem saber o significado da mensagem que transmitira.

6. O cavaleiro Iwain e Tirillo

O jovem cavaleiro levou-os para um pequeno pátio rodeado de colunas. Entrou num quarto em que uma senhora estava sentada diante de uma roca.

– Senhora Mirian, trago-lhe convidados de honra do rei.

A mulher se levantou e se aproximou deles. Estava vestida de cinza, com simplicidade, e em seu cinto havia um molho de chaves que tilintavam quando ela se mexia. Seu rosto era muito amável, emoldurado por uma touca branca com muitas pregas.

– Poderia cuidar deles, senhora? – perguntou o cavaleiro, e dirigindo-se aos jovens disse: – Tenho de ficar com o rei. Mas volto logo. Confio vocês com toda tranquilidade à senhora Mirian.

– Que pressa, cavaleiro Iwain! – reclamou a senhora Mirian. – Nem sequer me apresentou estes dois jovens convidados. Quem são e de onde vêm?

– Chamam-se Tiuri e Piak. São mensageiros e vêm de muito longe.

– Sejam bem-vindos, Tiuri e Piak – disse a mulher cordialmente.

– Espero que não tenham trazido notícias ruins.

– Deus queira que não – disse o cavaleiro. – Mas logo saberemos.

Fez uma reverência e se foi.

Tiuri acompanhou-o com o olhar. O cavaleiro se chamava Iwain, como o senhor do castelo das Colinas Lunares. Seriam parentes? Era possível; ele se parecia com o senhor da Lua Branca, mas era ainda mais parecido com outra pessoa.

– Pois então, Tiuri e Piak – disse a senhora Mirian –, de onde vocês vêm?

– Do país do rei Dagonaut, senhora – respondeu Tiuri.

– É longe! Mas não comecemos com perguntas. Vocês estão com um aspecto... Devem estar cansados depois de uma viagem tão longa.

– Sim, senhora – disse Piak. – E também com uma sensação estranha, maravilhados, surpresos... Não sei explicar.

– Vamos tomar as providências para isso passar. Venham comigo.

A mulher preparou um banho para os amigos e depois levou-lhes roupa nova: calças cinza, uma camisa branca e um colete cinza bordado.

– Vejam só – disse ela quando os viu vestidos –, agora estão idênticos aos escudeiros que andam por aqui.

— Escudeiro – sussurrou Piak.

— Olhe para você – disse a senhora Mirian, colocando Tiuri diante de um espelho de metal polido.

Tiuri ficou um tanto surpreso ao ver seu reflexo. Muito tempo se passara desde a última vez em que se contemplara. Achou que tinha mudado, não só por ter emagrecido e ter o rosto queimado de sol, mas também porque seu olhar estava diferente... mais sério?

Piak arregalou os olhos.

— Esta é a primeira vez que me vejo tão arrumado – disse. – Sinto-me um pouco ridículo, ainda mais com esta roupa. Talvez não combine comigo.

Afastaram-se do espelho e seguiram a senhora Mirian até a colunata, onde se sentaram num banco. O pátio era agradável; havia margaridas brancas e flores azuis, chamadas esporinhas, e no centro o murmúrio de uma fonte.

— É – suspirou Piak –, parece um sonho. É verdade que estamos no palácio do rei Unauwen?

— Sim, é verdade, estão – disse a senhora Mirian, rindo. – E o cavaleiro Iwain perguntou se querem comer com ele. Depois disso vão se sentir bem melhor.

— O cavaleiro Iwain – murmurou Piak. – Há mais cavaleiros chamados Iwain neste país?

— Sim. Este cavaleiro é o jovem Iwain. É filho do cavaleiro Iwain das Colinas Lunares. Vejam, seu escudeiro está vindo para buscar vocês.

Os amigos se levantaram. Tiuri agradeceu a senhora Mirian por sua hospitalidade.

— Não precisam me agradecer por isso. Vou pedir que providenciem um quarto para vocês; assim poderão se deitar quando quiserem. Bom apetite.

Enquanto os jovens caminhavam com o escudeiro do cavaleiro Iwain, Piak sussurrou:

– Eu só me pergunto como Slupor pôde chegar antes de nós à porta se ele estava preso nas Colinas Lunares.

– Psiu – fez Tiuri.

Tinha a impressão de que o nome de Slupor não combinava com aquele ambiente. Além disso, naquele momento pouco lhe importava como chegara à porta. Slupor fora detido e derrotado. Preferia nunca mais ouvir nem ver nada que tivesse relação com Slupor.

O cavaleiro Iwain os esperava numa sala ampla revestida de madeira avermelhada e com grandes janelas num dos lados. Estava sem o elmo e Tiuri não demorou a descobrir com quem se parecia: com Ewain, o mais jovem dos Cavaleiros Cinza.

O cavaleiro cumprimentou-os gentilmente e pediu que se sentassem numa das mesas junto às janelas. A mesa, coberta com uma toalha de linho branco, trazia também uma bonita louça e taças valiosas. Pelas janelas podiam ver os jardins florescentes do palácio e o rio Branco. O escudeiro levou-lhes bandejas de comida, encheu suas taças e depois saiu. O cavaleiro Iwain também se sentou mas não comeu com eles. Era um anfitrião educado, embora parecesse preocupado com alguma coisa.

– Ouvi a notícia – disse depois de um tempo. – O cavaleiro Edwinem morreu. O Invencível foi derrotado traiçoeiramente. Muitas pessoas devem ter ficado tristes.

Não perguntou nada aos amigos e Tiuri se questionou se, talvez, não saberia mais que eles. Eles que nem sequer conheciam o significado da mensagem. De repente sentiu-se sem fome e abatido.

– Devem estar cansados – disse o cavaleiro Iwain. – Disseram-me que fizeram uma viagem perigosa, desde o reino de Dagonaut.

Calou-se por um momento e continuou:

– Talvez não tenham vontade de falar de sua viagem, mas eu gostaria de lhes perguntar uma coisa. Vocês vêm do país de Dagonaut e...

– Pode perguntar sem receio – disse Tiuri.

– Tenho um irmão... Há algum tempo o rei Unauwen o enviou ao país de vocês com uma mensagem de amizade para o rei Dagonaut. Deveria chegar ali antes do solstício de verão e regressar o mais cedo possível. Mas desde então não voltamos a ouvir nada dele.

– O cavaleiro Ewain? – perguntou Tiuri.

– Sim, é esse o seu nome. Como sabe?

– O senhor se parece com ele – disse Tiuri, sorrindo –, ou ele com o senhor.

Então contou que o cavaleiro Ewain se unira aos Cavaleiros Cinza que haviam jurado vingar a morte do cavaleiro Edwinem. Enquanto contava esqueceu por um momento sua falta de apetite.

O cavaleiro Iwain escutou-o com toda atenção e depois quis saber tudo a respeito dos Cavaleiros Cinza e sobre as circunstâncias da morte do cavaleiro Edwinem.

– Alegra-me saber que meu irmão está bem, e nosso pai também ficará contente. Agora, pelo menos, entendo por que Ewain ainda não voltou.

Naquele momento o escudeiro entrou.

– Cavaleiro Iwain, o rei Unauwen pede que o senhor vá até ele.

O cavaleiro levantou-se imediatamente.

– Desculpem – disse aos amigos –, mas voltarei logo que puder. Podem considerar esse palácio a sua casa. Se precisarem de alguma coisa, peçam à senhora Mirian. Bem, a chegada de vocês provocou uma certa inquietação; há muito a fazer. Até logo.

Quando saiu, os amigos permaneceram um tempo em silêncio olhando para fora. O pôr do sol se aproximava e uma luz alaranjada iluminava tudo. Naquele momento começaram a perceber a inquietação que, segundo o cavaleiro Iwain, eles haviam suscitado. Soldados cruzavam a ponte. No palácio também ouviram sons de passos que iam e vinham, e murmúrios e vozes de comando.

– O que estaria escrito na carta? – perguntou Piak, sussurrando.

– Isso ainda é segredo – disse Tiuri, com um suspiro. – Suponho que se referia a um perigo procedente de Eviellan, uma traição ou algo assim. Mas não sei o que é.

– O que faremos agora? – perguntou Piak. – Vamos dar um passeio pelo palácio? Acho que não vou conseguir dormir.

– É melhor fazerem esse passeio pelo jardim – disse uma voz atrás deles.

Eles se viraram um pouco assustados. Do outro lado da sala havia um jovem magro vestido com todas as cores do arco-íris. Devia ter entrado sem chamar atenção.

– O jardim é bonito – continuou. – Podem sentar-se numa mureta e observar tudo com tranquilidade.

Enquanto falava aproximou-se deles e, ao fazer isso, algo tilintou. Então os amigos perceberam que não era jovem, apesar de ser baixo e magro. Era impossível adivinhar sua idade, que podia estar entre trinta e cinquenta anos. Tinha um rosto fino e brincalhão, olhos negros e vivos, e um gorro branco com guizos na cabeça.

– Boa noite – disse, com uma reverência. – Sou Tirillo, bufão do rei Unauwen, o bobo a serviço da sabedoria... Não é hora de piadas nem de brincadeiras – continuou –, mas convido-os a aceitar minha companhia e a se sentar comigo no jardim para conversar ou ficar em silêncio, o que preferirem.

Foi até uma das janelas e pulou para fora com agilidade. Tiuri e Piak seguiram-no. Pouco depois passeavam com ele pelo jardim. Sentaram-se numa mureta e ficaram quietos olhando o rio e a parte da cidade que ficava na outra margem. Começava a escurecer e algumas luzes já estavam acesas.

O bufão se mexeu e os guizos de seu gorro tilintaram.

– Certa vez um homem viu um arco-íris – disse –, um lindo arco-íris. Estava no céu, diante dele, como uma ponte alta e redonda, mas suas extremidades tocavam a terra. Então o homem disse consigo mesmo: "Vamos lá, vou viajar até o fim do arco-íris; assim poderei ir para o outro lado da terra atravessando a ponte..."

– Eu também tentei fazer isso há muito tempo – sussurrou Piak. – E então o que aconteceu?

– Pôs-se a caminho – disse o bufão – e viajou durante muito tempo. Passou por cidades e povoados, por campos e desertos, por rios velozes e selvas espessas. E ficava ansioso com o que veria. "Lá onde termina o arco-íris, tudo deve ser lindo e maravilhoso..." Quanto mais se aproximava de sua meta, mais a desejava. Mas, quando chegou, o arco-íris desaparecera e o lugar da terra sobre o qual estivera não era diferente de nenhum outro. E o homem ficou muito triste. Então pensou em quantas coisas bonitas vira durante sua viagem, no quanto vivera e aprendera. Então soube que o importante não era o arco-íris, mas sim a busca por ele. E voltou para casa, com o coração contente, e disse para si mesmo que logo haveria mais arco-íris. E realmente, quando chegou a sua casa, havia um sobre ela.

– Já acabou a história? – perguntou Piak.

– Sim – respondeu o bufão.

– Por que nos contou isso? – perguntou Tiuri, com a sensação de que o bufão o fizera com um objetivo.

– Por nada. É uma história antiga e muito conhecida. Mas os bufões são assim: sempre contam as mesmas coisas.

Os três permaneceram em silêncio. Então o bufão começou a cantarolar em voz baixa. Tiuri reconheceu a música. A nobre Lavínia a cantara uma vez no castelo de Mistrinaut.

> Com o vento norte cavalgava Edwinem,
> vindo de seu país Foresterra,
> de seu braço o escudo branco pendia,
> e assim cavalgava... De longe ele vinha.

O bufão parou de cantarolar e disse:

– Agora você está se sentindo estranho e um pouco perdido porque cumpriu sua missão e não tem outra. E se pergunta qual será a mensagem que por tanto tempo levou. Mas o significado dessa mensagem não tem importância. A única coisa importante é que você a transmitiu bem, fiel ao seu juramento, com coragem e perseverança, apesar dos perigos.

Tiuri olhou para ele. Um tanto surpreso, percebeu que o bufão estava certo. Naquele momento a sensação de perda desapareceu completamente e ele ficou tranquilo e sossegado.

– Ah – disse Piak em voz baixa –, acho que agora consigo dormir.

O bufão desceu da mureta com um salto.

– É o melhor que podem fazer. Talvez logo tenhamos muito a fazer. Vão dormir. Eu os levarei até a senhora Mirian.

Voltaram ao palácio pelos jardins quase escuros.

– Quem é a senhora Mirian? – perguntou Piak.

– É a governanta do palácio – respondeu o bufão. – Faz com que a comida esteja na mesa e que as camas estejam arrumadas. Ela é, sem dúvida, a pessoa mais importante do palácio.

No pátio encontraram o cavaleiro Iwain.

– Estava procurando por vocês. Vejo que os deixei em boa companhia. Vim me despedir. O rei me enviou ao sul com uma missão. Vou partir em seguida.

– Para ver o príncipe herdeiro? – perguntou o bufão.

– Para ver o príncipe herdeiro – respondeu Iwain, e a seguir se dirigiu aos amigos: – Se virem meu irmão antes de mim, transmitam a ele os meus cumprimentos. E a você, Tirillo, desejo o melhor.

– Espero que o melhor seja também o mais agradável – disse o bufão. – Essas duas coisas não costumam andar juntas! E, brincadeiras à parte, Iwain, que lhe acompanhem meus melhores desejos e que o sol brilhe em seu escudo branco.

O cavaleiro Iwain partiu e Tirillo levou os amigos até a senhora Mirian. Ela parecia ter chorado, mas não disse uma palavra sobre sua tristeza.

– O quarto de vocês está pronto – informou. – Venham comigo.

Tirillo desejou boa noite aos amigos e a senhora Mirian levou-os até seu quarto. Pouco depois estavam deitados numa cama macia, cobertos por lençóis brancos como a neve e dormiam profundamente.

7. Slupor pela última vez

Na manhã seguinte realizou-se na catedral da cidade uma cerimônia solene em memória do cavaleiro Edwinem, senhor de Foresterra. Tiuri e Piak compareceram.

Depois tomaram o café da manhã no palácio na companhia da senhora Mirian, de Tirillo e de vários membros da corte do rei. O palácio estava de luto pela morte de um de seus mais corajosos paladinos. Além disso, todos estavam apreensivos e preocupados. Os amigos ouviram falar de traição por parte de Eviellan, mas ninguém parecia saber ou querer falar disso abertamente.

Depois do café, os jovens passearam um pouco pelo palácio. Havia tantas coisas bonitas para ver; "nem o rei Dagonaut tem um palácio assim", pensou Tiuri. Havia salas com colunas decorativas e tetos azuis com estrelas douradas. Havia salas com vidraças e paredes repletas de quadros representando heróis e santos. Havia pisos de mosaicos coloridos e escadas de mármore, e esculturas de madeira, de bronze e de pedra. O surpreendente era que todas aquelas coisas combinavam; não havia nada fora de lugar.

De vez em quando, algum morador do palácio se aproximava deles para conversar um pouco, mas nunca durante muito tempo; todos estavam muito ocupados. Continuava a entrar e sair gente do palácio: mensageiros, cavaleiros, soldados.

Depois de um tempo, os amigos foram se sentar no jardim, na mureta onde haviam estado com Tirillo na noite anterior. Observaram os terraços em desnível do jardim, com árvores e flores, escadas e fontes. Viram pessoas que se dirigiam ao palácio atravessando a ponte; entre elas, muitos cavaleiros com escudos brancos e armaduras coloridas. Piak era quem mais se surpreendia.

– Olhe! – exclamou de repente, indicando um cavaleiro que vinha sobre um cavalo branco que parecia quase fogoso demais para estar montado. Quase... porque o cavaleiro mantinha o controle sobre o animal, e voou sobre a ponte como um furacão, a cabeça descoberta, um escudo branco no braço e o manto, como um arco-íris, ondulando atrás de si.

— Seu cabelo ondulado é vermelho como o sol do oeste, seus olhos azuis são como o mar – disse inesperadamente uma voz atrás deles. Era Tirillo.

— Quem é? – perguntou Piak, seguindo com o olhar o cavaleiro que desceu do cavalo e desapareceu no interior do palácio.

— Marwen de Iduna, conhecido como o Filho do Vento Marinho – respondeu o bufão. – Seu cavalo se chama Idanwen e é um dos melhores deste reino. O cavaleiro Edwinem montava um cavalo que era irmão desse: Ardanwen ou Vento da Noite.

Tiuri pensou de repente que aquele devia ser o aspecto do cavaleiro Edwinem ao cavalgar Ardanwen pela cidade de Unauwen. Ele não era nem um pouco parecido com o cavaleiro Marwen, mas mesmo assim fazia com que Tiuri se lembrasse dele.

— Mas não vim para lhes dizer isso. Tenho três coisas para lhes contar: a primeira é que logo mais devem se apresentar ao rei…

— Ah! – exclamou Tiuri, contente. Piak e ele só haviam visto o rei Unauwen por um momento pela manhã, na catedral. Então não se esquecera deles.

— Além disso, trago-lhes lembranças de Warmin, um soldado do pedágio da ponte do rio Arco-Íris – continuou Tirillo.

— Warmin? – perguntaram os amigos, um tanto surpresos.

— Sim, chegou a noite passada contando uma história longa e confusa sobre um mensageiro que procurou o cavaleiro Iwain nas Colinas Lunares com mentiras… Logo saberão mais sobre isso. Ele gostaria de falar com vocês pessoalmente, mas o rei o enviou de volta ao senhor da ponte antes do nascer do sol.

— Ah, é? – disse Piak. – Como aquele mensageiro pôde dizer que Slupor estava preso quando na verdade estava aqui nos esperando?

— Slupor! – disse Tirillo. – Essa é a terceira coisa que tinha para lhes contar. Precisam falar com o preboste para contar exatamente o que sabem sobre ele. Isso se chama testemunhar… Estou vendo que não estão com muita vontade de fazer isso – prosseguiu, depois de ver o rosto de Tiuri – mas precisam ir. Agora mesmo.

– Nós vamos, sim – disse Tiuri.

– Sabem de uma coisa? Eu vou levá-los. A corte do preboste e a prisão ficam do outro lado do rio, na praça. Assim, de passagem, podem ver alguma coisa da cidade.

A cidade estava bem tumultuada e foram muito assediados enquanto caminhavam pelas ruas. As pessoas queriam ver Tirillo de perto. O bufão chamava muita atenção com seu traje justo multicolorido e o gorro branco com guizos.

– Ali está o bufão do rei! – exclamavam as pessoas. – Não tem nada para nos contar, Tirillo? Com certeza não deve ser algo alegre.

– E por que não? – perguntou o bufão. – Olhem ao seu redor e me digam: a cidade não está bonita? Podem ver que está até mais bonita que de costume. Não será porque sentem que está em perigo? Só quando uma coisa está ameaçada percebemos o quanto a apreciamos...

– Tirillo, é verdade que haverá uma guerra? – alguém lhe perguntou.

– No momento certo, saberão o que devem saber. É verdade que temos inimigos, mas ainda não quero dizer o nome deles.

– Eviellan – sussurraram.

– Confiem em nosso rei – disse o bufão.

– Vamos, Tirillo, cante algo para nós – pediu um dos presentes. – Nosso coração está triste, alegre-nos.

– Não posso curar essa tristeza. De vez em quando é preciso ficar triste para poder valorizar a alegria. Da mesma forma que deve chover entre os dias de sol. Preciso ir.

Levou os amigos a um grande edifício que dava para uma bonita praça.

– Entrem. Ficarei esperando por vocês.

Os jovens entraram e foram ver o preboste, que era um cavaleiro de Unauwen. Esperava por eles e, como o rei, sabia de sua missão. Então perguntou o que mais sabiam sobre Slupor. Os amigos responderam a todas as suas perguntas, e, quando terminaram, o preboste disse:

– Muito obrigado. Slupor se nega a dizer uma palavra. Mas talvez queira falar ao ver vocês. Vou pedir que o tragam.

Slupor foi trazido para a sala. Não estava amarrado nem acorrentado, mas dois soldados com armas o escoltavam. Já não tinha o aspecto de um velho mendigo; o cabelo grisalho emaranhado desaparecera; agora era curto e castanho-claro. Só era possível reconhecê-lo pelos olhos. Ao ver os amigos foi sacudido por um calafrio.

– Ora vejam! – disse num tom mordaz. – Não se contentam com a minha prisão? Também têm de vir para desfrutar da visão de um inimigo vencido?

Olhou para Tiuri.

– Você deve estar se achando muito valente, é claro – zombou. – Oh! Um cavaleiro tão valente que realizou uma missão perigosa. Qual era a missão mesmo? Trazer uma carta para o rei Unauwen. Viajar muitos quilômetros, arriscar a vida... para quê? O que estava escrito de tão importante nessa carta? Alguma coisa que o rei Unauwen não soubesse? Grande coisa! Todos os dias vêm mensageiros para vê-lo, um depois do outro, e todos acham que trazem uma mensagem especial. É para morrer de rir. Rá, rá.

Deu uma risada falsa, desagradável.

Tiuri estava tão surpreso que não soube o que dizer. O pior era que havia algo de verdade nas palavras de Slupor. Ele nem sequer sabia o que estava escrito na carta.

– Você não sabe perder! – exclamou Piak, levantando a voz. – Claro que essa carta era importante. Se não fosse, por que você se daria o trabalho de nos perseguir esse tempo todo e se empenharia tanto em impedir que a entregássemos?

Slupor parou de rir e olhou surpreso para ele. Tiuri abraçou seu amigo. Piak tinha razão! E além disso... naquele momento pensou nas palavras de Tirillo: para ele, a carta em si não era o mais importante, mas sim o fato de ter cumprido seu juramento ao cavaleiro Edwinem.

Slupor voltou a se irritar:

— Ah, sim. Ah, sim. É verdade. Eu também tinha uma missão a cumprir, uma missão de meu senhor, o Cavaleiro Negro do Escudo Vermelho.

O preboste interrompeu-o:

— Quem é o Cavaleiro Negro do Escudo Vermelho?

Slupor fez uma careta de zombaria.

— Quem é ele? – repetiu. – Não sei. E se soubesse não diria. Mas vai conhecê-lo quando os cavaleiros com escudos vermelhos e negros vierem conquistar este país...

— Suas palavras são insensatas, maldosas e estúpidas – disse o preboste duramente.

— Não são estúpidas – respondeu Slupor. – São maldosas. Eu sou maldoso.

E voltou-se novamente para os jovens:

— Não cumpri minha missão. Eu deveria ter conseguido porque sou mais forte que vocês. Sou, sim. Quem são vocês? Um escudeiro que esquece sua obrigação e foge na noite em que deve velar antes de ser nomeado cavaleiro, e um pastor que não faz outra coisa senão escalar montanhas. Não sei como se livraram de Jaro; naturalmente foi ele quem lhes disse meu nome. O diabo que o carregue. Sabia que ele não pegaria você, Tiuri. É um fraco, embora pense que é melhor que eu. Por isso fui para o outro lado das montanhas pelo Primeiro Grande Caminho e mandei pombos-correio para meu amigo, o prefeito de Dangria, que devia ter ficado com vocês até eu chegar. Mas, quando cheguei, você e seu amigo tinham escapado e Dangria estava de pernas para o ar. Isso é o que acontece quando se deixa outra pessoa fazer o seu trabalho. Mas eu mesmo fiz o resto. Vi vocês presos pelo senhor da ponte, enquanto estava na ponte do rio Arco-Íris. Pena que depois fui atrás da pessoa errada, mas não foi uma grande perda.

Os amigos olharam para ele com repugnância.

— Eu devia ter apanhado vocês – continuou Slupor, cada vez mais rápido. – Fui mais esperto que todos vocês. Fui o camponês que, por assim dizer, pegou o cavalo do assassino. Fui o mensageiro que chegou para informar o cavaleiro Iwain que o assassino fora preso. E consegui o que queria: seus acompanhantes, esses estúpidos servidores do senhor da ponte, abandonaram vocês e voltaram. Essa era minha intenção; deviam ficar sozinhos e desprotegidos. Eu segui vocês, mas que maldição! Tudo estava contra mim. Os campos estavam cheios de gente e eu não queria matá-los em plena luz do dia. E, à noite, dormiram na casa de um camponês que me fechou as portas e cujo cachorro latiu para mim. Mas não desanimei. Continuei cavalgando, passei na sua frente e esperei por vocês como um pobre mendigo velho. Eu devia ter conseguido. Sou mais forte que vocês. Sentem pena de um pobre mendigo velho, e isso é fraqueza – cuspiu no chão e concluiu: – Mas, cuidado!, não se sintam muito superiores, muito bons, muito fortes. Isso pode virar contra vocês. E lhe digo uma última coisa, Tiuri, filho de Tiuri. Você tem ideia do que fez ao ir embora e desperdiçar a oportunidade de ser cavaleiro? Por acaso acha que o rei Unauwen vai nomeá-lo cavaleiro? Que bobagem! Este não é o seu país e ele não é o seu rei. Espero que o rei Dagonaut lhe dê o tratamento que merece e que nunca carregue a espada e o escudo.

– Silêncio! – gritou o preboste. – Já chega!

E ordenou que os soldados levassem Slupor.

– Terá o castigo que merece – disse. – Não pensem mais nele. Podem ir embora e obrigado pela ajuda.

Tiuri suspirou de alívio quando saíram.

– Ufa! – exclamou Piak, ao seu lado. – Que desgraçado! Realmente não quero voltar a pensar nele.

Mas Tiuri duvidava que alguma vez conseguiria esquecer as palavras e os olhares maldosos de Slupor.

8. Espadas e anéis

Demorou algum tempo até os amigos encontrarem Tirillo. Ele estava no centro da praça, rodeado de pessoas. Cantava para elas, mexendo a cabeça e as mãos para que o tilintar dos guizos de seu gorro e de suas luvas acompanhasse a canção. Quando viu os jovens parou de cantar e foi até eles.

– Não vá embora, Tirillo! – gritaram as pessoas. – Vamos, cante outra música para nós.

– Agora não posso. Tenho de levar estes jovens ao palácio e o rei está me esperando.

Então todos olharam para os amigos.

– Quem são? – perguntaram.

– Vêm do país do rei Dagonaut, e poderiam contar muitas coisas para vocês. Mas não farão isso porque vão embora comigo.

Pegou os amigos pelo braço e voltou com eles para o palácio.

– No final acabei cantando um pouco para eles – sussurrou. – É o mínimo que posso fazer.

Quando chegaram ao palácio, levou-os até o rei, que desta vez não estava sozinho, o cavaleiro Marwen o acompanhava. Apresentou os jovens e amavelmente convidou-os a se sentarem. Tirillo encheu cinco taças com vinho e depois sentou-se também, aos pés do rei. Tiuri viu que o cavaleiro Marwen usava um anel como o do cavaleiro Edwinem e entendeu que ele também era um dos paladinos mais fiéis ao rei.

– Quis que viessem até aqui – disse Unauwen – para voltarmos a conversar e ouvir mais coisas sobre suas aventuras. Deixem de lado a timidez e falem livremente.

E os amigos falaram, inicialmente com poucas palavras, mas depois estendendo-se mais. O rei escutou com toda atenção e fez muitas perguntas, incentivando-os a contar mais coisas que as que contariam depois para outras pessoas. Também falaram do ancião que fizera Tiuri sair da capela. Com certeza tinha sido Vokia, o escudeiro do cavaleiro Edwinem.

O rei Unauwen pediu que Tiuri tentasse descobrir o paradeiro dele quando voltasse ao reino de Dagonaut.

– Faça com que Vokia tenha tudo o que deseja. Espero que esteja em condições de voltar para cá ou para Foresterra. Temo que sua idade e a dor pela morte de seu senhor o tenham debilitado...

Depois disse:

– Obrigado mais uma vez, Tiuri e Piak. Gostaria de recompensá-los pelo que fizeram, mas não tenho nenhum presente adequado para vocês...

– Mas não é preciso, Majestade – disse Tiuri.

– Eu sei – falou o rei. – Vou lhes dar uma única lembrança, apesar de saber que mesmo sem isso jamais vão esquecer o que viveram. Cavaleiro Marwen, poderia nos mostrar essas espadas?

O cavaleiro deu ao rei duas belas espadas.

– Uma para cada um – disse o rei. – Estas espadas pertencem há séculos à minha linhagem.

– Têm mais de mil anos – disse o cavaleiro Marwen –, mas continuam tão afiadas como quando foram forjadas.

O rei entregou-lhes as espadas.

– Devem ser usadas apenas para uma boa causa. E aqui há um anel para cada um... É só um anel pequeno e fino. Não é um anel como os que usam meus paladinos fiéis; são muito jovens para isso. Costumo dar esses pequenos anéis a todos os meus cavaleiros logo após a acolada e, mesmo não sendo meus cavaleiros, quero que fiquem com um.

Os jovens agradeceram.

– Mais uma coisa – disse o rei. – Você disse, Tiuri, que Ardanwen o aceitou como seu dono. Por isso, será seu cavalo a partir de agora.

– Obrigado, Majestade – agradeceu Tiuri, com alegria.

– Não precisa me agradecer, porque não cabe a mim dar Ardanwen de presente. É ele quem escolhe seu dono. Não é isso, cavaleiro Marwen?

– Sim, senhor – respondeu. – Da mesma forma que Idanwen, ou Vento da Manhã, meu cavalo e irmão de Ardanwen.

Assentiu amavelmente, olhando para Tiuri.

O rei Unauwen se levantou. Tiuri entendeu que a conversa terminara e também se levantou. Piak seguiu seu exemplo.

– Quer perguntar alguma coisa? – quis saber o rei, olhando para Tiuri.

"Como ele adivinhou?", pensou. E disse, titubeando um pouco:

– Sim, Majestade.

– O que é?

– Majestade, o que estava escrito na mensagem que eu lhe trouxe? – perguntou Tiuri. Arrependeu-se imediatamente do que acabara de dizer. Teria sido muito atrevido ao perguntar uma coisa que evidentemente devia permanecer em segredo?

Mas o rei não pareceu zangar-se.

– Ainda não quero falar disso – disse com seriedade. – Mas logo você saberá. Provavelmente amanhã mesmo.

– Uma espada! – exclamou Piak, olhando a arma com respeito. – Uma espada de verdade! E é pequena!

– É linda – disse Tiuri. – Veja, há algumas figuras gravadas e o nome do rei Unauwen.

– Para ser sincero me dá um pouco de medo ter uma coisa assim. Não sei se sair andando por aí com uma espada é coisa para mim. É mais um objeto para pendurar em cima da cama e ficar admirando. Mas usarei sempre o anel.

Estavam sentados um ao lado do outro na beira da fonte do pequeno pátio.

– O que você acha de tudo isto? – perguntou Piak um pouco depois.

– O que acha você, Piak?

– Ah! Esplêndido e bonito mas, apesar disso, não consigo me sentir à vontade. Talvez seja demais para mim. Todos esses cavaleiros com escudos brancos e anéis cintilantes. E o próprio rei! O que acha dele?

– Um grande rei – disse Tiuri lentamente. – É bem idoso, e apesar disso é forte e corajoso, um soberano poderoso mas amável, alguém que infunde respeito mas que não é orgulhoso nem arrogante.

– Ele continua me lembrando Menaures. Por isso não sinto vergonha de estar diante dele. Se não fosse assim, com certeza sentiria.

– Sim. O ermitão se parece com ele, ou ele com o ermitão.

– O rei Dagonaut é como ele? – perguntou Piak.

– Não – respondeu Tiuri, pensativo. – O rei Dagonaut é mais jovem. É destemido, severo, justo, mas não acho que ele seja tão... tão sábio como o rei Unauwen. É difícil julgar pessoas assim. Dagonaut é meu rei. Sinto respeito por ele e gostaria de ser um de seus cavaleiros.

– Com certeza vai ser, não?

Tiuri pensou no que Slupor dissera, mas não disse nada.

– Você gostaria de ser um cavaleiro de Unauwen e de usar um escudo branco? – perguntou Piak.

– Sim, isso também. Mas, se eu me tornar cavaleiro, terei de ser cavaleiro de Dagonaut. Foi lá que eu nasci

– Eu não sei se gostaria de ser cavaleiro – pensou Piak em voz alta. – Sou apenas um garoto normal. Sinto-me estranho com a cota de malha e me acho ridículo com uma espada na mão. Mas, como disse Warmin, talvez a gente se acostume com isso.

Naquele momento Tirillo caminhava na direção deles.

– Vim buscá-los para dar uma volta por aí. Para ver alguma coisa diferente deste palácio cheio de cavaleiros e grandes senhores.

Piscou um olho para Piak.

Tiuri se perguntou se Tirillo tinha o dom de ler os pensamentos alheios ou se ouvira a conversa deles.

– Posso ler pensamentos – disse o bufão. – Tenham cuidado comigo; sou perigoso. Querem vir comigo? Levem as espadas para seus aposentos. Amanhã poderão cingi-las. O rei Unauwen falará aos seus sacerdotes e paladinos, a seus cavaleiros e conselheiros. Vocês também devem comparecer.

– Onde quer ir? – perguntou Piak.

– Quero navegar pelo rio.

Piak franziu a testa pensativo.

– Ah, o rio Branco não é o rio Arco-Íris – disse Tirillo, rindo. – E o meu barco não faz água. Venham, o sol está brilhando e sopra um vento frio do oeste, um vento marinho. Mandei preparar uma grande cesta com lanches; assim comeremos sobre a água.

Pouco depois os amigos subiam ao barco de Tirillo. Era um barco bonito, com muitas cores.

– Eu me encarrego de remar rio abaixo – disse Tirillo. – E vocês, rio acima. São jovens valentes, fortes e musculosos. Eu sou só um bufão fraquinho.

Tirou as luvas e começou a remar. Tiuri teve de levar o timão. Piak podia ficar sem fazer nada, disse o bufão, até superar o medo.

– Não estou sentindo medo nenhum! – exclamou Piak, indignado. – Estou achando agradável.

E era agradável. A água brilhava ao sol e o vento acariciava-lhes o cabelo. Tiuri se sentiu leve e feliz, longe de qualquer responsabilidade ou missão.

O rio dava a volta no palácio e corria para o oeste. Diante deles ainda se via uma ponte, e atrás uma porta.

– Por essa porta o rio Branco sai da cidade – contou Tirillo – para o mar.

– Para o mar – repetiu Piak. – Nunca o vi. Como é o mar?

– É água – respondeu Tirillo. – Água salgada. Ondas até onde se consegue ver e mais além, até o final do mundo. Se você se deixasse levar pela correnteza deste rio chegaria até ele. Mas leva alguns dias.

Tiuri disse para si mesmo que gostaria de fazer isso. Também não conhecia o mar. Além disso, o castelo do cavaleiro Edwinem, Foresterra, devia ficar junto ao mar...

Olhou para Tirillo e de repente viu uma coisa que o comoveu: um anel na sua mão esquerda, cuja pedra cintilava quando movia os remos. Inclinou-se para a frente e disse surpreso:

– O senhor também usa um desses anéis... Um anel como o que usam o cavaleiro Marwen, o senhor da ponte e o cavaleiro Edwinem.

Tirillo sorriu.

– Sim, claro. O rei Unauwem, quando me deu este anel, me disse: "Você não precisa usar espada nem escudo para ser cavaleiro."

– Sim – disse Tiuri –, sim, com certeza.

Era verdade. Por que um bufão não podia estar entre os paladinos mais fiéis do rei? Tirillo merecia um desses anéis. Podia alegrar as pessoas quando estavam tristes, e nem todos eram capazes de fazer isso.

9. O que o rei Unauwen anunciou

No dia seguinte não paravam de chegar cavaleiros ao palácio atravessando a ponte. Todos tinham sido convocados à capital pelo rei Unauwen. Os amigos ouviram dizer que o rei esperava notícias da cidade do sul onde residia seu filho mais velho, o príncipe herdeiro. Dizia-se que o príncipe também viria, mas demoraria alguns dias para chegar.

Entre os cavaleiros havia um que Tiuri já vira antes: o senhor da Lua Branca, pai de Iwain e de Ewain. Tiuri falou um longo tempo com ele, em especial sobre o cavaleiro Ewain.

A tarde já chegara quando os cavaleiros e os grandes do reino se reuniram na sala principal do palácio, onde o rei Unauwen lhes falaria. Também pediram a presença de Tiuri e Piak, que se sentiram insignificantes entre todos aqueles senhores poderosos. Pela primeira vez viram o rei paramentado, vestido de branco e púrpura, com coroa de ouro e cetro. Não estavam presentes todos os seus cavaleiros; muitos ainda se encontravam em outras partes do país, sem contar aqueles que ainda deviam estar em Eviellan. No entanto, havia um grande número deles com elmos reluzentes, escudos brancos e mantos com as cores do arco-íris. Havia conselheiros e sábios com longas túnicas e chapéus altos. Só Tirillo estava como sempre, com seu gorro de bufão com guizos, mas com o anel brilhante no dedo.

O rei Unauwen levantou-se do trono e deu as boas-vindas a todos. E então disse:

— Amigos, cavaleiros, súditos, escutem o que tenho para lhes dizer. Sabem que dois jovens trouxeram a notícia da morte do cavaleiro Edwinem. Tiuri e Piak viajaram do reino de Dagonaut até nosso país, escapando de muitos perigos...

Tiuri não tirava os olhos do rei, mas percebeu que muitos dos presentes olhavam para ele e Piak.

— Além dessa triste notícia, trouxeram-me uma mensagem — prosseguiu o rei —, o conteúdo de uma carta que o cavaleiro Edwinem deu a Tiuri antes de morrer. Essa carta vem de Eviellan, mas o monarca queria que nunca chegássemos a lê-la... O monarca de Eviellan, como sabem, pediu a paz, e na primavera enviei-lhe uma delegação. Também sabem que o cavaleiro Edwinem fugiu de Eviellan e foi atacado e assassinado por Cavaleiros Vermelhos no reino de Dagonaut. Por isso entenderão que Eviellan não deseja realmente a paz. Foram enviados mais mensageiros ao sul para conseguir notícias, mas levará algum tempo até voltarem. Apesar disso tenho notícias para vocês, uma informação que os deixará tristes, embora talvez não os surpreenda tanto. O cavaleiro Andomar de Ingewel também não regressará a nosso país. Foi assassinado nas Montanhas do Vento do Sul pelos guerreiros de Eviellan.

Fez-se um silêncio sepulcral na sala. Em todos os rostos se podia ver sofrimento, espanto ou ira.

— Foi um cavaleiro valente — disse então o rei em voz baixa —, um paladino fiel. Que Deus tenha piedade de sua alma.

Todos abaixaram a cabeça e pensaram no corajoso cavaleiro que não voltaria a Ingewel. Tiuri viu diante de si o bosque bonito e a aldeia junto ao lago. Seus pressentimentos de inquietação se haviam concretizado. Teria sido a oferta de paz uma armadilha para atrair aqueles cavaleiros a Eviellan?

Então o rei tornou a falar:

— Recebi esta notícia há uma hora — contou — numa carta do príncipe herdeiro. É algo breve, mas espero saber mais dentro de pouco tempo. Meu filho chegará. O cavaleiro Andomar foi assassinado, mas seu escudeiro conseguiu escapar e chegou à cidade do sul no mesmo dia em que Tiuri e Piak chegaram a esta cidade. Seus destinos são parecidos: o cavaleiro Andomar também estava a caminho de nosso país, talvez com a mesma notícia que o cavaleiro Edwinem...

Um leve rumor percorreu a sala mas fez-se silêncio quando o rei continuou:

– E agora falarei da mensagem – disse o rei Unauwen –, a carta que o cavaleiro Edwinem entregou a Tiuri. Não quis lhes comunicar seu conteúdo antes de o príncipe herdeiro ter conhecimento dele. A notícia diz respeito, em primeiro lugar, a ele e a seu irmão, o monarca de Eviellan. O cavaleiro Iwain levou-lhe imediatamente a mensagem; o príncipe já está ciente de tudo.

Calou-se por um momento. Seu rosto estava triste.

– Já lhes disse que meu filho mais novo, porque o monarca de Eviellan é também meu filho, não deseja realmente a paz. No entanto eu lhes digo que ele realmente *queria firmar a paz*. E teríamos feito isso se não fosse pelo cavaleiro Edwinem.

Outro rumor tornou a percorrer a sala. Tiuri olhou o rei com olhos arregalados. O que significava aquilo? Não podia duvidar da lealdade do cavaleiro Edwinem, não?

– O cavaleiro Edwinem fugiu de Eviellan – continuou o rei –, vestido de preto e com um escudo preto. Mas sob a cor preta se escondia o branco. Ele descobrira algo... Não sabemos onde nem como, e nunca saberemos, porque já não está aqui para nos dizer. Um cavaleiro de Eviellan e seus homens o assassinaram para evitar que me contasse o que sabia. Mas a carta que pretendia trazer se salvou. Ou, melhor dizendo, seu conteúdo, que foi escrito na antiga língua que apenas uns poucos iniciados conhecem. Meu filho mais novo também conhece essa língua.

O rei tornou a ficar um momento em silêncio.

– Eu lhes contarei o que teria acontecido se não fosse pelo cavaleiro Edwinem; se a mensagem que pretendia trazer tivesse se perdido. Nesse caso teríamos firmado a paz com Eviellan. Meu filho mais novo teria se reconciliado com seu irmão e teria voltado à sua pátria e à casa de seus pais. E todos teríamos ficado contentes e festejado sem suspeitar o perigo que nos espreitava, o destino que nos esperava. Teríamos o inimigo dentro de nossas fronteiras. Porque... o que aconteceria? O príncipe herdeiro morreria repentinamente pouco depois! Entendem? Meu filho mais novo planejava, quando ninguém mais suspeitasse de nenhum mal, *assassinar* seu irmão, ou fazer que fosse assassinado para conseguir assim o que desejava: o poder sobre este reino. Após a morte do príncipe herdeiro ele se transformaria no sucessor da coroa. Esse era o plano traiçoeiro que se escondia atrás de seu pedido de paz. Não se contenta com Eviellan; quer governar este reino.

O rei Unauwen percorreu a sala com o olhar. Ainda havia tristeza em seus olhos, mas seu rosto estava sério quando disse:

— Agora já sabem que o monarca de Eviellan continua sendo nosso inimigo. Nunca deverá governar este reino porque é mau. É meu filho, e eu o amo, mas ele é mau. Se alguma vez chegasse a ser rei, a desgraça cairia sobre este país.

"Então era isso", pensou Tiuri. Olhou para o rei e depois para as pessoas da sala. Viu temor, fúria e repugnância em seus rostos. Depois tornou a olhar para o rei. Também lhe pareceu zangado, mas acima de tudo estava triste.

O rei Unauwen continuou a falar:

— Agora conhecemos suas intenções perversas e já não poderá levar a termo seu astuto plano. Em breve descobrirá que sabemos de tudo, isso se já não tiver descoberto. Matou dois de meus cavaleiros para que não descobríssemos seu plano de assassinato. Ainda não sabemos o que aconteceu com os outros, com os cavaleiros Argarath, Marcian e Darowin, mas temo o pior. Mesmo assim, senhores, agora já sabemos o suficiente. O plano do monarca de Eviellan fracassou; não voltará a pedir a paz. Meu temor é que agora, usando de violência, tente obter o que já não poderá conseguir com sua esperteza. Temo que volte a pegar em armas. Por isso devemos nos preparar para a defesa.

E concluiu:

— É triste o que vou lhes dizer agora, mas temos sorte: agora sabemos onde se esconde o perigo. Lutaremos juntos se necessário. Quem está disposto a fazer isso?

Então todos os cavaleiros levantaram suas espadas e a sala se transformou de repente numa selva de lâminas cintilantes. E deram vivas para o seu rei.

Depois se falou sobre como seria organizada a defesa do país. Tiuri e Piak não ficaram; afinal, era um assunto que não lhes dizia respeito.

Saíram juntos do palácio e foram para a cidade. Pouco depois estavam numa das pontes do rio Branco conversando sobre o que haviam acabado de escutar. Logo ambos se calaram e ficaram olhando para a água transparente, perdidos em seus pensamentos.

Tiuri pensou no jovem escudeiro que trouxera a notícia do cavaleiro Andomar ao reino de Unauwen. Surpreendeu-se ao saber que não fora o único: que outra pessoa recebera o mesmo tipo de missão que ele, e que possivelmente tivera os mesmos medos, mas também a mesma satisfação. Teria encontrado um amigo tão leal como Piak? Olhou para ele, que desviou a vista do rio e dirigiu seu olhar para o oeste.

— O mar deve estar ali — disse. — Alguma vez eu gostaria de navegar até lá.

— Eu também — disse Tiuri. — Se tivéssemos tempo...

Ao dizer aquelas palavras, percebeu que já não lhe restava mais tempo. Não podia ficar mais: o rei Dagonaut esperava por ele. Já não havia nada que o impedisse de voltar. Sua missão ali terminara.

— Se tivéssemos tempo — repetiu —, mas tenho de voltar para o rei Dagonaut.

— Sim, entendo — disse Piak. — Quando quer ir embora?

— Já que tenho de ir, que seja o mais cedo possível. Amanhã.

— Está bem, então partimos amanhã.

— Você quer ficar mais tempo?

— Vou embora com você — respondeu Piak simplesmente.

Os dois tornaram a ficar em silêncio.

Então Piak perguntou:

— Tem vontade de voltar?

— Sim e não – respondeu Tiuri. – Gostaria de ficar um pouco mais e conhecer tudo melhor, mas também sinto falta de casa. É estranho, não é?

— Não. Comigo acontece o mesmo. Uma parte de mim quer ficar e outra parte deseja voltar para as montanhas.

— O país do rei Dagonaut parece estar tão longe – continuou Tiuri, um tanto pensativo. – Às vezes tenho a impressão de que, quando voltar para lá, tudo terá mudado.

Quanto tempo se passara realmente desde que partira? Não chegava a um mês. Quantas coisas vivera durante esse tempo!

Piak se virou e acenou despedindo-se dos arredores:

— Adeus, cidade de Unauwen.

— Não – disse Tiuri –, diremos "até logo". Tenho certeza de que voltaremos.

Voltaram ao palácio. A reunião havia terminado e numa das salas estava Tirillo em meio a muitos cavaleiros e escudeiros.

— Bem, Tirillo – disse um dos cavaleiros –, já nos deu um sermão por nos atrevermos a pensar nas grandes façanhas que vamos realizar. Mas ouvi dizer que você também virá conosco quando partirmos.

— É claro que sim – respondeu o bufão. – Alguém terá de cuidar de vocês.

— Que armas levará, Tirillo? – perguntou alguém, com uma ponta de zombaria.

— Sua vara de bufão para bater em nossos dedos – disse Marwen de Iduna – e sua língua de bufão para cuidar de nosso orgulho.

Apesar de dizer isso sorrindo, estava claro que falava sério.

— Sim – interveio outro cavaleiro –, Tirillo deve nos acompanhar quando travarmos a luta contra o mal.

– Muito bem dito, cavaleiro – disse o bufão. – Desde que se lembre de que o fato de o senhor lutar contra o mal não o converte em *bom*. O bem e o mal são inimigos mútuos, mas podem estar muito próximos. Pense que nosso príncipe herdeiro e o monarca de Eviellan são irmãos, filhos de um mesmo pai...

Então viu Tiuri e Piak.

– Ahá! – exclamou interrompendo-se. – Ali estão os amigos. Sentem-se um pouco em casa em nossa cidade?

– Sim, Tirillo – respondeu Tiuri.

– Mas, infelizmente, precisam partir – continuou o bufão.

– Sim – disse Tiuri. Já não o surpreendia que o bufão pudesse adivinhar seus pensamentos. – Poderemos falar hoje com o rei?

– Acompanhem-me, eu os levarei até ele. Dispõe de algum tempo.

Os jovens o seguiram e Tiuri pensou: "Agora entendo melhor por que Tirillo leva o anel resplandecente. Não é só porque é sensato e alegre, mas sim porque protege os cavaleiros contra o orgulho."

Os amigos contaram ao rei Unauwen que haviam decidido regressar o mais cedo possível.

– Têm razão – disse o rei. – São súditos do rei Dagonaut. E você, Tiuri, agora que cumpriu seu juramento e realizou sua missão, deve contar tudo ao seu rei. E desta vez será meu mensageiro. Quero que entregue uma carta ao rei Dagonaut. Não, não se assuste, é uma mensagem importante, naturalmente, mas não representa nenhum perigo.

Tiuri sorriu.

– Às suas ordens, Majestade – disse.

– E você, Piak? Até onde acompanhará seu amigo? Até a Grande Cordilheira?

– Não, Majestade. Combinamos que irei com ele um pouco além, até a cidade de Dagonaut.

– Mas de qualquer forma voltarão pelo mesmo caminho – disse o rei –, passando pela casa do ermitão Menaures. Deem-lhe lembranças minhas.

– O senhor o conhece, Majestade? – perguntou Piak, surpreso.

– Sim, conheço – respondeu o rei.

Olhou amavelmente para um e depois para o outro, e continuou:

– Lamento que tenham de partir, mas não vamos nos despedir porque desejo e espero tornar a vê-los aqui. Ainda que sua casa e seus afazeres estejam no reino de Dagonaut, sempre estarão unidos a meu país.

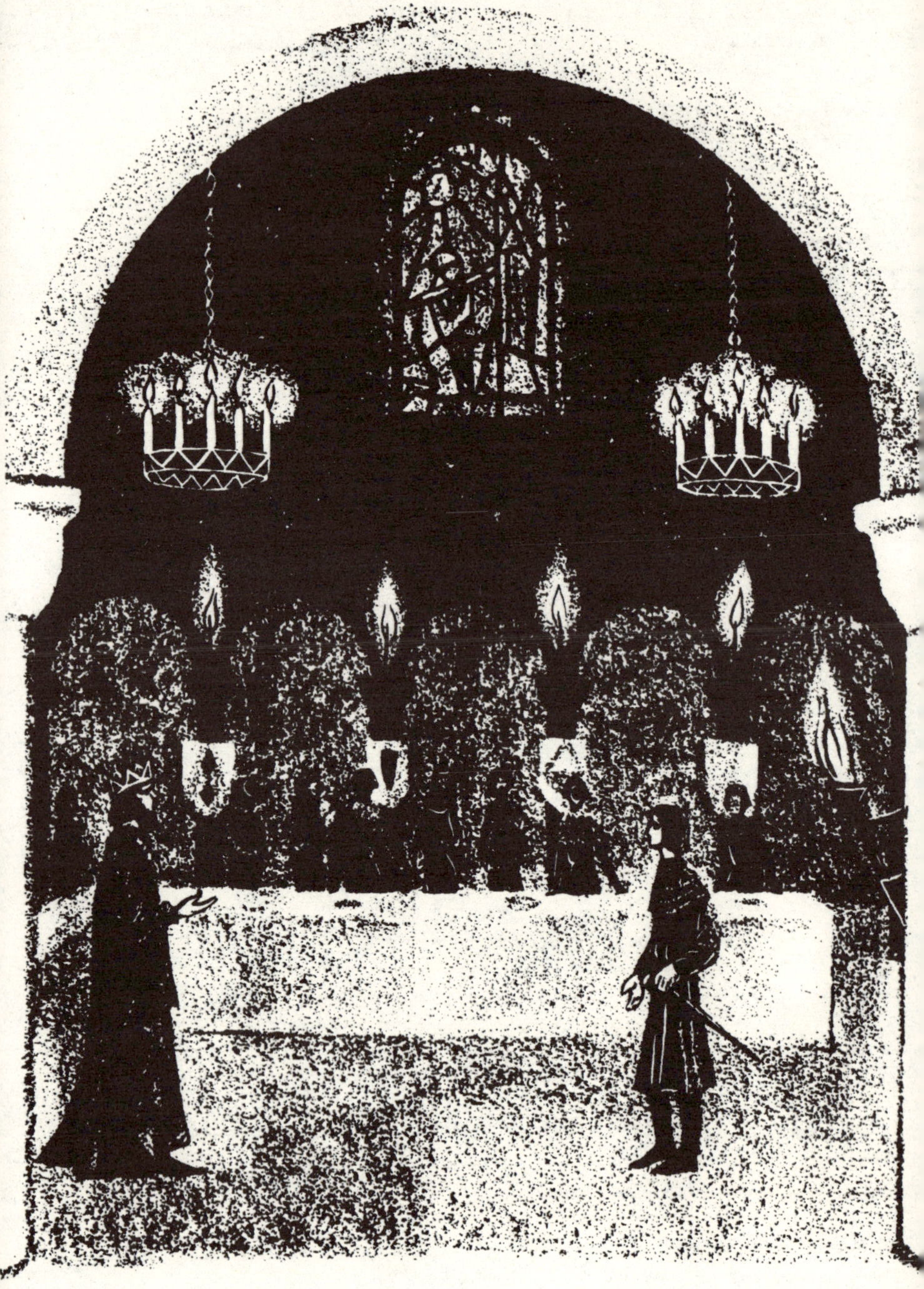

OITAVA PARTE

DE VOLTA À CIDADE DE DAGONAUT

1. Da cidade de Unauwen para Dangria

Na manhã seguinte os amigos deixaram a cidade de Unauwen. Despediram-se do rei e das pessoas que haviam conhecido e cavalgaram ao encontro do sol nascente. À sua frente, o céu se tingia de púrpura, rosa, vermelho e dourado, mas foram avançando devagar e de vez em quando tornavam a olhar para a cidade, perguntando-se quando a veriam novamente. Quando já não podiam vê-la, esporearam os cavalos e foram cavalgando mais rápido à medida que a distância aumentava.

– Eu gostaria de já estar em casa – comentou Piak.

Tiuri sentia o mesmo. Por isso viajaram rápido, apesar de às vezes serem assaltados pela saudade da "cidade mais bela do mundo".

Passaram a primeira noite de seu regresso ao ar livre; na segunda, dormiram no castelo da Lua Branca. No dia seguinte atravessaram as Colinas Lunares, desta vez durante o dia. Já era bem tarde quando chegaram a Ingewel, onde devolveram os cavalos ao dono da estalagem A Primeira Noite.

O estalajadeiro ofereceu-lhes cavalos descansados para chegarem ao pedágio da ponte. Devia considerá-los amigos pessoais do senhor da ponte e servos importantes do rei.

Naquela ocasião havia muitos aldeões no refeitório. Não estavam ali para passar algumas horas alegres, mas sim para comentar a estarrecedora notícia que acabavam de saber. A morte do cavaleiro Andomar era o que mais os impressionara.

Tiuri e Piak escutaram as conversas sem intervir, até o estalajadeiro contar ao resto de seus clientes que eles acabavam de chegar da cidade de Unauwen. Então foram bombardeados com perguntas. Era verdade que o monarca de Eviellan matara pessoalmente o cavaleiro Andomar? Era verdade que o senhor de Foresterra também fora abatido? Qual era a última notícia da cidade? Haviam visto o rei? Ele dissera se haveria guerra? O príncipe herdeiro realmente iria desafiar seu irmão para um duelo?

Ao despedir-se, o rei Unauwen dissera aos amigos que já não precisavam mais guardar segredos. Assim, Tiuri e Piak responderam a todas as perguntas o melhor que puderam, mas, como se houvessem combinado, ambos se calaram sobre o papel que haviam desempenhado naqueles acontecimentos.

Quando na manhã seguinte foram ao lugar onde o estalajadeiro os esperava com os cavalos, viram uma comitiva de homens montados que se aproximava margeando o lago. Pouco depois passaram junto à pousada e todos os que estavam à beira do caminho se inclinaram, respeitosos. À frente da comitiva ia um jovem da idade de Tiuri; parecia triste e sério, mas sua postura era destemida e altiva. Vestia roupas cinza, em sinal de luto, e não portava armas. Alguns soldados o seguiam.

– É o cavaleiro Andomar de Ingewel – disse o estalajadeiro quando a pequena comitiva passou em direção ao oeste.

– O cavaleiro Andomar? – respondeu Tiuri, surpreso.

– Seu filho. Tem o mesmo nome do pai e se parece com ele. Vai para a cidade de Unauwen. Suponho que o rei irá nomeá-lo cavaleiro para que em breve volte a haver um cavaleiro Andomar para governar Ingewel. É assim: quando alguém morre sempre há outra pessoa que se encarrega de sua missão.

– Sempre há outra pessoa que se encarrega de sua missão – disse Tiuri, pensativo.
– Não é assim? – perguntou o estalajadeiro. – Não devemos ficar muito tristes...
Quando voltaram a cavalgar pelo Bosque de Ingewel os dois amigos permaneceram calados. As flores continuavam crescendo por toda parte como se nada tivesse acontecido. "Tomara", pensou Tiuri, "que jamais ocorra algo que destrua este bosque tão bonito..." "Mas mesmo que isso acontecesse", pensou um pouco depois, "outras belas flores nasceriam no lugar." Jamais tivera ideias tão curiosas como aquelas.

Depois de passar pelo Bosque de Ingewel, não demoraram a chegar ao rio Arco-Íris. Atravessaram a ponte e pediram para falar com o senhor da ponte. Tiuri levava o dinheiro que o rei lhe dera para pagar o imposto que ainda deviam.
Os sentinelas da ponte não os reconheceram imediatamente; só quando Warmin chegou e os cumprimentou cordialmente se deram conta de quem eram.
– Não os esperava de volta tão cedo – disse Warmin. – Vou anunciar sua chegada ao meu senhor.
Entrou com eles no castelo.
– Agora sei quem são – contou. – Levaram notícias importantes ao rei. Não sei os detalhes mas meu senhor já está há um tempo treinando seus soldados. Diz que talvez seu castelo volte a se transformar numa fortaleza como há mais de cem anos. Meu senhor está triste. À noite fica olhando para a ponte sem dizer uma palavra.
O senhor da ponte não demonstrou sua tristeza aos amigos. Sim, havia melancolia em seus olhos, mas parecia própria dele. Era a melancolia de alguém que sabe e compreende muito e que, por isso, não pode ficar despreocupado. Cumprimentou-os amavelmente e disse que eram seus convidados. Não quis aceitar o dinheiro do imposto. "Já foi pago", disse. Possivelmente ele mesmo fizera isso.

Pediu que os jovens lhe contassem as novidades ocorridas na cidade de Unauwen, embora já soubesse da maior parte. Depois do jantar ficaram muito tempo com ele na sala com vista para a ponte e o rio. O senhor da ponte perguntou a Tiuri se ele era parente do cavaleiro Tiuri, o Destemido (o jovem já lhe dissera seu verdadeiro nome). Ele conhecia bem o reino de Dagonaut porque estivera lá algumas vezes, havia alguns anos, antes de se tornar senhor da ponte. Mas sabia mais coisas ainda sobre seu próprio país e, a pedido dos amigos, contou-lhes algumas delas. Falou de regiões, rios, castelos, do rei Unauwen, de seus cavaleiros e dos dois príncipes.

– Que absurdo esses dois irmãos serem inimigos! – disse Piak, pensando em voz alta. – Justamente por serem gêmeos deveriam se amar mais.

– Sim – disse o senhor da ponte –, também poderia ter sido diferente. O rei Unauwen também tinha um irmão, nascido no mesmo dia e idêntico a ele. Mas aquele príncipe nunca aspirou ao trono. Ele até abandonou sua condição monárquica e se pôs a vagar pelo mundo. Depois se retirou para as montanhas como ermitão.

– Ermitão? – repetiu Piak, olhando-o com os olhos muito abertos.

Tiuri também estava surpreso. Pensou imediatamente em Menaures, o ermitão da nascente do rio Azul.

– Ainda está vivo esse irmão... esse ermitão? – perguntou Piak.

– Sim, ainda está vivo.

– Como se chama?

– Quando se afastou de sua condição monárquica adotou outro nome – disse o senhor da ponte –, e não sei se devo dizê-lo. Vive do outro lado da Grande Cordilheira e esteve aqui há muitos anos. Mas posso lhes dizer que em várias ocasiões os peregrinos e cavaleiros daqui atravessaram as montanhas para visitá-lo. Vocês talvez o tenham encontrado alguma vez. Vocês vêm das montanhas, não é? – olhou para Piak, com um sorriso.

– Sim, sim – respondeu –, talvez seja isso...

Mais tarde, quando os amigos estavam deitados, Piak disse a Tiuri:

– O que você acha? Será que Menaures é o irmão do rei Unauwen?
– É bem provável – respondeu Tiuri.
– É bem prováve!? Só pode ser! Santo Deus, deveria ter pensado nisso antes. Na verdade, não é tão estranho. Eu não lhe disse que Menaures e o rei eram parecidos?

Apesar de terem ido dormir tarde, na manhã seguinte os amigos se levantaram cedo porque queriam chegar a Dangria no mesmo dia. Depois de se despedirem cordialmente do senhor da ponte, partiram em dois cavalos emprestados por ele. Warmin e outro soldado os acompanharam. Iriam até Dangria para voltar depois com os cavalos.
Quando olharam o rio pela última vez, Piak disse de repente:
– Puxa, esquecemos de uma coisa!
– Do quê? – perguntou Tiuri.
– Eu queria ter ido falar com o Ferman para lhe dar um pescoção por causa daquele barco.
Tiuri começou a rir. Pelo visto Piak ainda estava com o banho no rio Arco-Íris atravessado na garganta.
Warmin também riu.
– A vingança de Ferman! – exclamou. – Ainda bem que aquela coisa finalmente afundou!

À tarde encontravam-se de novo na praça de Dangria. Estava do mesmo jeito que a outra vez, cheia de vendas e barracas, compradores e vendedores.
– É como se não tivéssemos partido – disse Piak quando chegaram diante da Prefeitura.
– No entanto as coisas mudaram muito – disse uma voz atrás deles.
Era Iruwen, é claro. Sorriu para eles amavelmente e prosseguiu:
– As coisas mudaram muito! O senhor Dirwin é o prefeito agora. Assim que chegar a aprovação oficial do rei, será solenemente nomeado.

Colocou-se entre eles e acrescentou num tom confidencial:

— Perguntaram primeiro para mim se eu queria ser prefeito. Mas eu recusei. Quero ter tempo para passear pela cidade e ficar de olhos e ouvidos bem abertos. E o senhor Dirwin também será um bom prefeito... Mas — interrompeu-se — nem sequer lhes perguntei se fizeram boa viagem. De qualquer forma, percebe-se que conseguiram cumprir sua missão. Estou curioso para saber o que têm para contar.

Mostrou a Prefeitura.

— Talvez queiram cumprimentar antes o senhor Dirwin. Afinal de contas ele é o prefeito.

— Sim — respondeu Tiuri. — O rei Unauwen nos incumbiu de cumprimentar o senhor Dirwin em nome dele e de lhe contar as novidades.

— Ah! — exclamou Iruwen. — Já sabemos da morte desses bons cavaleiros e de nosso pobre escrivão. Chegaram mensageiros da capital. Mas as notícias são sempre bem-vindas. Eu sempre disse que Eviellan era nosso inimigo apesar do pedido de paz.

Acompanhou os amigos até a escada da Prefeitura.

— Vocês vêm depois ao Cisne Branco? Ardoc também estará por lá. Acaba de chegar à cidade; e vem em boa hora. Além disso, guardei suas bolsas de viagem lá; vocês as esqueceram na Prefeitura na outra vez. Vou dizer ao estalajadeiro que passarão por lá. Até logo!

Os amigos fizeram o que Iruwen lhes propôs e depois de visitarem o senhor Dirwin foram ao Cisne Branco. Ali encontraram Iruwen, Ardoc, Doalwen e outros conhecidos com os quais comeram e trocaram informações. Na verdade, foi muito bom Ardoc estar na cidade porque lhes disse que na manhã seguinte poderiam ir com ele até sua casa à sombra da Grande Cordilheira.

2. De Dangria para Menaures

Tiuri e Piak viajaram com Ardoc, desta vez sentados ao seu lado na boleia da carroça.

– Vai haver guerra de verdade? – perguntou Piak, olhando ao seu redor.

– Aqui estamos longe de Eviellan – disse Ardoc – e talvez demore algum tempo até notarmos alguma coisa. No sul rapidamente recomeçarão os ataques. Mas, mesmo que os soldados de Eviellan entrem em nosso país, nunca passarão do rio Arco-Íris enquanto existirem os senhores das pontes. E também não conseguirão ocupar Dangria. Antigamente a cidade resistiu a muitos ataques, e voltaria a fazê-lo se preciso. Felizmente, o perigo que havia dentro das muralhas foi descoberto e o prefeito que governa agora é forte e de confiança.

Olhou para os dois amigos alternadamente.

– Quando viajaram comigo a outra vez eu não percebi – disse, meneando a cabeça. – Lembram-se de que eu lhes disse que deviam descobrir tudo por vocês mesmos? E naquela ocasião já sabiam de coisas que eu nem suspeitava.

– Bem – disse Piak –, também não sabíamos muito. Tivemos de descobrir várias coisas.

– Mas desempenharam um papel importante no que aconteceu nos últimos dias – disse Ardoc. – Vocês foram os primeiros a trazer notícias sobre a traição de Eviellan.

Piak olhou para as montanhas que estavam cada vez mais próximas.

– Amanhã ou depois estaremos lá novamente – suspirou. – É quase inacreditável! Vou tirar essa cota de malha e deixá-la aqui, o que você acha, Tiuri? Já temos coisas demais para levar: nossas espadas, por exemplo. Está aí uma coisa que nunca fiz: subir uma montanha com uma espada na cintura.

– Acho que não vai querer deixar a espada, não é? – disse Tiuri.

– Ah, não! Nunca! – exclamou Piak.

– Seria uma vergonha fazer isso – opinou Ardoc. – Mais de um cavaleiro o invejaria por ter uma espada assim.

Pouco depois apontou algo com o chicote:

– Ali está minha casa. Fiquem até amanhã de manhã. Assim poderão conhecer meus filhos e netos. Tenho uma família grande e isso é muito bom.

Os jovens aceitaram o convite com prazer.

Na manhã seguinte despediram-se de seu último conhecido a oeste da Grande Cordilheira e iniciaram a subida.

– Volto a pisar em terreno conhecido – disse Piak no dia seguinte, ao passarem Filamen. – Foi tudo muito bonito, mas é aqui que me sinto mais à vontade.

Não podiam deixar de passar pela casa de Taki e Ilia, onde foram recebidos cordialmente mas com certa surpresa.

– Mas vejam só! – exclamou Taki, dirigindo-se para Piak. – Por onde você andou e o que fez para voltar com uma espada no cinto como se fosse um verdadeiro cavaleiro?

– Não sou cavaleiro nem de brincadeira – disse Piak, rindo. – Mas meu amigo, sim.

Tiuri fez que não com a cabeça e murmurou:

– Ainda não, Piak.

– Pelo visto lhes aconteceu de tudo. Espero que possam nos contar alguma coisa. Falo especialmente em nome de Ilia.

– Se você disser mais uma vez que sou curiosa, Taki – ameaçou Ilia –, não vou lhe dar mais mingau.

– Então é melhor eu ficar quieto – riu Taki.

– E nós vamos lhe contar tudo, tia – disse Piak. – E será a enésima vez que fazemos isso. Agora que estamos aqui, quase não acredito que tudo realmente aconteceu.

Piak repetiu as mesmas palavras quando ele e Tiuri passaram pelo "mirante" para ver o reino de Unauwen.

– Quanto tempo se passou desde a última vez que estivemos aqui? – perguntou Piak.

– Umas três semanas – respondeu Tiuri depois de pensar um pouco.

– Naquele momento ainda não sabíamos o que íamos viver nem como eram as coisas de perto...

— E estivemos mais longe do que nossa vista pode alcançar — acrescentou Tiuri.

Permaneceram um pouco ali, observando, antes de continuar a subida.

— Voltamos na hora certa — disse Piak. — Logo vão começar as chuvas de outono e então será difícil cruzar as montanhas.

Um dia depois chegaram à passagem e na noite seguinte dormiram na gruta sob a sétima rocha. Depois disso, a viagem não demorou muito. O tempo estava bom, muito melhor que a outra vez, e a maior parte do caminho era ladeira abaixo.

Piak saudava alegremente todos os lugares conhecidos. À medida que se aproximavam da cabana do ermitão passou a ficar mais calado. Tiuri surpreendeu-se um pouco com isso. Seu amigo não estaria aborrecido, não?

Já estava escuro quando chegaram à descida para a cabana, mas viram uma pequena luz que lhes mostrou o caminho. Era um lampião que fora colocado junto à cabana.

Menaures saiu; estava esperando por eles.

— Durante todo o dia tive a sensação de que chegariam, e, vejam só, aqui estão. Sejam bem-vindos!

Pouco depois estavam sentados à mesa com ele, contando-lhe que haviam conseguido realizar sua missão.

— Fico feliz por ouvir isso — disse o ermitão — e também por ver que se tornaram bons amigos. Já esperava que isso acontecesse.

— Esperava que eu acompanhasse Tiuri? — perguntou Piak.

— Sim. Não fiquei surpreso ao perceber que você não voltava.

Piak abriu a boca e tornou a fechá-la. Ficou em silêncio olhando para o ermitão por um tempo e por fim disse:

— O rei Unauwen lhe manda lembranças.

Menaures abaixou um pouco a cabeça.

— Obrigado — disse.

Fez-se silêncio novamente. Tiuri olhou para o ermitão e depois para Piak e pensou: "Menaures será realmente o irmão do rei? Sem dúvida é muito parecido com ele." Mas não se atreveu a perguntar.

Aparentemente Piak devia estar pensando o mesmo porque logo depois disse:

– O senhor conhece o rei Unauwen?

– Você já sabe que sim, não é? – respondeu o ermitão, com um sorriso.

– Mas o conhece bem? – continuou Piak.

– É claro – respondeu Menaures, ainda sorrindo, com um certo brilho nos olhos escuros.

– Então, por que não mandou lembranças para ele por nós? – perguntou Piak.

– Meu irmão sabe que penso muito nele. Sim, meu irmão. É isso que queria saber, não é?

– É sim – disse Piak, ruborizando-se.

– Podia ter me perguntado sem rodeios – continuou Menaures. – Não sei como ficaram sabendo, mas já que descobriram não vou negar.

– O senhor é muito parecido com o rei – disse Piak.

– Mas deve continuar me vendo como sempre. Como o ermitão das montanhas, não como um príncipe ou um monarca.

Tiuri disse para si mesmo que o ermitão, apesar de tudo, tinha algo de nobre. Sua roupa simples e sua figura delgada não conseguiam esconder isso.

– Falem-me de sua viagem – pediu Menaures.

Os amigos lhe contaram tudo, mas foi Tiuri quem mais falou. Piak estava até calado demais. Tiuri olhava para ele de vez em quando, perguntando-se se alguma coisa o estaria incomodando.

Pouco depois, enquanto os jovens preparavam sua cama de palha e mantas no chão, Piak disse de repente:

– O senhor sentiu minha falta?

– Claro que sim – respondeu o ermitão carinhosamente.

– Sabe de uma coisa? Eu disse que iria com Tiuri conhecer o rei Dagonaut. Mas, se não pode ficar sem mim, não irei.

– Eu ter sentido sua falta não significa que não possa ficar sem você. Isso não seria certo. Pode acompanhá-lo tranquilamente. De qualquer forma, você não ficaria comigo para sempre.

– Eu... – começou a dizer Piak, mas se calou. Então perguntou outra coisa: – Aconteceu alguma coisa desde que partimos?

E Tiuri perguntou:

– Sabe algo de Jaro? Ele esteve com o senhor?

– Sim – respondeu o ermitão. – Tivemos uma longa conversa. Acho, Tiuri, que ele já não servirá ao monarca de Eviellan.

E depois não disse mais nada.

Logo em seguida desejou-lhes boa noite. Ele não se deitou, mas saiu e, como fizera na outra vez, deixou a porta encostada.

Tiuri estava cansado e logo depois adormeceu. De repente teve a impressão de que Piak se inclinava para ele e lhe perguntava alguma coisa, sussurrando. Abriu os olhos, mas Piak estava completamente quieto ao seu lado. Virou-se e já estava quase dormindo quando percebeu que Piak se levantava sem fazer barulho. Abriu os olhos e o viu saindo. Depois ouviu seu amigo conversando com o ermitão, mas não conseguiu entender o que ele dizia. No entanto, a resposta de Menaures foi nítida e clara:

– Você não tem por que ir, Piak. Se prefere ficar nas montanhas, deve permanecer aqui.

Tiuri ficou imediatamente alerta.

Piak murmurou alguma coisa, mas depois disse de forma bem clara:

– Menaures, eu prometi que o acompanharia. Eu mesmo lhe pedi isso! No início eu queria ir. Queria ser escudeiro. Mas agora que estou novamente nas montanhas sinto que pertenço a este lugar.

– Ninguém pertence a nenhum lugar na terra – afirmou o ermitão. – Mas entendo o que você diz. Sente que este é o seu lugar.

– Nem sequer disso estou seguro – disse Piak, com um profundo suspiro. – Acho que não sei o que quero. Às vezes penso que nas montanhas não estarei tão bem como antes. Agora eu sei o que há lá embaixo. Mas não sei se gostaria de viver em outro lugar. Não sei se quero ir ao país do rei Dagonaut e tornar-me escudeiro.

Ao ouvir tudo aquilo, Tiuri entendeu por que Piak estivera tão calado; era isso que o incomodava. Piak se arrependia de sua decisão de ficar com ele e acompanhá-lo à cidade de Dagonaut.

– O que devo fazer, Menaures? – perguntou Piak.

De repente, Tiuri sentiu-se culpado por ouvir uma conversa que não lhe dizia respeito. Mas, pensando melhor, concluiu que foi bom escutar aquelas palavras. Possivelmente Piak jamais lhe teria dito alguma coisa.

– É você quem tem de decidir isso, Piak – foi a resposta do ermitão.

– Mas eu não consigo. Ou melhor, eu sei o que devo fazer. Prometi isso a ele.

– Seja sincero, você prefere ficar nas montanhas?

Houve um momento de silêncio.

– Sim – respondeu então Piak em voz baixa. – Mas pedi para Tiuri me deixar acompanhá-lo. E não quero que pense que o abandonei porque...

– Por quê? – perguntou o ermitão calmamente.

– Ele tem medo de não ser nomeado cavaleiro pelo rei Dagonaut, e poderia pensar que por isso não quero ir com ele...

– É claro que não pensará isso – disse o ermitão.

"Claro que não", repetiu Tiuri para si.

– Também não é por isso – disse Piak. – É que... Bem! Eu já lhe disse. Fiquei tão feliz ao voltar para cá que entendi que era esse o lugar onde queria ficar. Mas o mais estranho, Menaures, é que, apesar disso, eu gostaria de descer. Não gosto da ideia de me despedir, e acho que poderia me arrepender. Mas, se acompanhar, Tiuri sentirei falta das montanhas.

– Sim – disse Menaures –, sempre sentirá falta de alguma coisa, indo ou ficando. Estamos sempre nos despedindo, durante toda a vida. Mas, se prefere ficar aqui, se acha que este é o seu lugar, deve dizer isso a Tiuri com toda sinceridade. Ele não pode levá-lo a mal, e não fará isso.

"Não, é claro que não", pensou Tiuri. Como poderia se zangar com Piak por causa disso? Mas estava triste. Sentiria falta de seu amigo. Será que Menaures tinha razão ao dizer que estamos sempre nos despedindo?

Quando Piak voltou e se deitou pouco depois, Tiuri fingiu que dormia. Mas ficou acordado durante algum tempo, embora já soubesse o que diria ao amigo no dia seguinte.

3. A despedida de Piak

– Sabe, Piak – disse Tiuri na manhã seguinte –, sei que você prefere ficar nas montanhas...

– Por que acha isso...? – começou a dizer Piak.

Mas Tiuri não o deixou terminar:

– Você vindo comigo ou não, vamos continuar a ser amigos da mesma forma. Você pertence às montanhas, eu ao país do rei Dagonaut. Essa é a verdade. Eu também não ficaria aqui apenas porque você quer, não é mesmo?

– Mas eu seria seu escudeiro.

– É o que você queria, é verdade, mas não vou ficar bravo se você mudar de ideia. Preciso confessar que ontem ouvi o que você disse a Menaures.

– Ah... – murmurou Piak.

Abaixou a cabeça e se calou por um momento. Então acrescentou:

– Bem, como você já ouviu tudo, não preciso lhe dizer mais nada. Acho isso horrível, Tiuri, mas na verdade prefiro ficar aqui.

– Horrível por quê? – perguntou Tiuri, com calma. – Eu entendo perfeitamente.

– Não, não entende. Também estou triste por não acompanhá-lo. Vou sentir falta da cidade de Dagonaut apesar de nunca ter estado ali e apesar de não ser bonita como Unauwen. Mas, quando eu estiver lá, vou sentir falta das montanhas. Sabe de uma coisa? Acho que não me sentiria à vontade no meio de todos os cavaleiros e escudeiros. Você sim, você pertence àquele lugar...

— Você iria se acostumar, tenho certeza, mas não tem de se sentir obrigado a me acompanhar.

— Queria tanto saber o que quero — suspirou Piak. Olhou ao seu redor, para os vales e os picos das montanhas. Havia tristeza em seu rosto.

Os amigos estavam sentados sobre uma rocha junto à nascente do rio Azul.

— Você pertence a este lugar — disse Tiuri em tom decidido. — Então ficará aqui. Isso é tudo. Simples, não?

Naquele momento Menaures os chamou da cabana para tomarem o café da manhã.

— Vocês conversaram? — perguntou o ermitão. — Já tomou sua decisão, Piak?

— Sim — respondeu Tiuri, no lugar de seu amigo. — Piak vai ficar aqui, nas montanhas.

O ermitão olhou para um e depois para o outro com um sorriso enigmático.

— Bem — disse —, está decidido. Quando você vai partir, Tiuri?

— Pode ficar mais um dia — sugeriu Piak.

Tiuri fez que não com a cabeça:

— Não, é melhor que não. Partirei depois de tomar o café.

O ermitão concordou.

Piak suspirou e disse:

— Mas você não acha ruim se eu guiá-lo durante um trecho, não?

— Claro que não.

Tiuri se despediu de Menaures, e este lhe deu sua bênção. E então partiu, acompanhado por Piak, margeando o rio Azul. Os amigos conversavam pouco, entristecidos com a despedida próxima.

Tiuri parou assim que passaram o desfiladeiro onde Jaro quase caíra.
– Piak, já não é hora de nos despedirmos? Você precisa estar de volta antes do anoitecer.
– Sim... – disse Piak, hesitante. – Eu gostaria de ir mais longe com você – continuou –, até a cidade de Dagonaut.
– Não, não deve fazer isso.
– Por que não?
– É melhor nos despedirmos agora e não depois. Poderá ir à cidade de Dagonaut sempre que quiser, mas isso é diferente. E eu tenho planos de vir até aqui para vê-lo, pode ter certeza!
Piak se animou um pouco:
– Sim, você precisa vir.
Entreolharam-se durante um tempo e depois ambos desviaram o olhar.
– Bem – disse por fim Tiuri. – Desejo o melhor para você. Não tenho como agradecer por tudo o que fez...
– Ah, por favor, não diga nada! – exclamou Piak.
– Desejo o melhor para você – repetiu Tiuri. – Não quero me despedir para sempre.
– Não, não, por favor.
Deram-se as mãos e disseram: "Até logo."
Então Tiuri se virou e continuou descendo depressa. Passado um tempo, olhou para trás. Piak subira a uma colina e acenava para ele. Já não conseguia distinguir o seu rosto. "Terá também lágrimas nos olhos?", pensou Tiuri, e devolveu o aceno.
Quando tornou a olhar para trás pouco tempo depois, já não havia sinal de Piak.
Tiuri estava sozinho novamente, e também se sentia assim. Andava rápido, mas às vezes se perguntava por que tinha tanta pressa. Não sentia nenhuma falta da cidade de Dagonaut nem de sua casa. O que podia haver ali que valesse a pena? Não seria nomeado cavaleiro, e, mesmo que fosse, que outras coisas podia esperar? No entanto, tinha

um motivo para se apressar: precisava explicar tudo ao seu rei e entregar-lhe a carta do rei Unauwen. Bem, era o que faria.

À tarde passou pelo lugar em que havia um crucifixo pendurado e pouco tempo depois parou no lugar em que ouvira a corneta de Ristridin pela última vez. Olhou na direção do Primeiro Grande Caminho; duas pequenas figuras se moviam ali, dois cavaleiros que iam para o oeste. Ao prosseguir, pensou nos Cavaleiros Cinza. Teriam perseguido e castigado os Cavaleiros Vermelhos? E também o Cavaleiro Negro do Escudo Vermelho?

O céu começou a escurecer e tornou-se tão sombrio como seus sentimentos. Até o barulho do rio Azul lhe parecia triste. Naquele momento Tiuri percebeu que estivera ausente por um bom tempo; o outono estava começando.

O caminho ao longo do rio Azul parecia não acabar, possivelmente porque tinha de percorrê-lo sozinho e a pé e não a cavalo. Apesar disso, depois de três dias chegou à pousada O Pôr do Sol. O estalajadeiro não o reconheceu e tinha outro ajudante. Tiuri não perguntou o que acontecera a Leor. Também não pediu notícias dos Cavaleiros Cinza. Saberia deles no castelo de Mistrinaut.

4. O castelo de Mistrinaut

Antes do nascer do sol, Tiuri retomou seu caminho. Queria chegar a Mistrinaut nesse mesmo dia, e esta vez não cavalgava sobre o veloz Ardanwen. Encontrou um camponês pela estrada e viajou um pouco com ele, mas mesmo assim já era noite quando chegou ao castelo. Chovia, e Tiuri vestira seu velho hábito para se proteger.

— Boa noite, reverendo irmão — disse o sentinela que lhe abriu a porta. — Molhou-se muito?

"Exatamente igual à outra vez", pensou Tiuri. "E também é o mesmo sentinela."

No aposento, junto à porta, outra cena igual esperava por ele: o segundo sentinela olhando pensativo para o tabuleiro de xadrez. Tiuri esqueceu por um momento que estava cansado, molhado e triste e começou a rir.

– Bem, reverendo irmão – disse o primeiro sentinela –, o que lhe parece tão engraçado?

– É a mesma partida? – perguntou Tiuri.

– Do que está falando? – perguntou o sentinela enquanto tirava um grande livro e dava um empurrão em seu companheiro.

– Quando vim há mais de um mês também estavam jogando xadrez.

O outro sentinela levantou os olhos:

– Agora que diz isso, reverendo irmão... o senhor me parece familiar.

– Sou o irmão Tarmin – disse Tiuri.

– Irmão Tarmin – repetiram os sentinelas.

Em seguida o primeiro disse:

– Mas então o senhor não é o irmão Tarmin. O irmão Tarmin não era nenhum frade e também não se chamava Tarmin.

– Exatamente – disse Tiuri, tirando o capuz.

– Agora o reconheço! – exclamou o primeiro sentinela. – Bem-vindo a Mistrinaut. Falou-se muito do senhor por aqui, ou melhor, murmurou-se, porque não podíamos saber nada a seu respeito. Qual é seu verdadeiro nome?

– Meu verdadeiro nome é Tiuri, filho de Tiuri.

– Vou registrá-lo imediatamente – disse o segundo sentinela. – Acho que o senhor do castelo ficará contente em vê-lo.

Moveu uma das peças do tabuleiro.

– Meu cavalo – disse, satisfeito. – Isso me lembra uma coisa, Tiuri, filho de Tiuri. O senhor não é o dono do cavalo, o cavalo negro que os Cavaleiros Cinza trouxeram?

– Ardanwen! – exclamou Tiuri. – Ardanwen está aqui?

— Sim, está aqui – respondeu o primeiro sentinela. – Um belo animal! Nós o deixamos correr pelo campo todos os dias, mas ninguém conseguiu montá-lo... Acompanhe-me – continuou. – Vou levá-lo até o senhor do castelo. Com certeza quer cumprimentá-lo.

O sentinela levou Tiuri ao grande salão onde, apesar de já haver passado da hora do jantar, ainda havia muitas pessoas. O senhor do castelo encontrava-se junto a uma das mesas, conversando com dois escudeiros. Sua esposa bordava junto à lareira. A nobre Lavínia estava sentada aos seus pés, num pequeno banco, ocupada em separar novelos pelas cores dos fios. Era uma cena terna e agradável.

O sentinela anunciou Tiuri em voz alta:

— Senhora, senhor, aqui temos um hóspede que os senhores conhecem.

O senhor do castelo aproximou-se do jovem, com a mão estendida.

— Bem-vindo! – exclamou, cumprimentando-o cordialmente.

Lavínia deixou cair todos os novelos, que rolaram pelo chão, e Tiuri se agachou para recolhê-los.

— Levante-se, levante-se! – disse o senhor do castelo. – Isso não é jeito de dar as boas-vindas a um hóspede!

Puxou uma cadeira para Tiuri. O senhor do castelo o convidou a se sentar e olhou-o demoradamente. Não foi o único; todos os olhos do salão estavam voltados para o jovem.

— Algum tempo se passou desde que nos vimos – disse o senhor do castelo. – Está a caminho de casa? Mas não vou lhe perguntar nada, se não quiser.

Tiuri desamarrou o cordão da cintura e respondeu enquanto tirava o hábito:

— Pode me perguntar o que quiser, senhor Rafox; já não guardo nenhum segredo. Estou voltando para casa, ou melhor, vou ver o rei Dagonaut.

— Por onde andou? – perguntou Lavínia.

— Fui falar com o rei Unauwen – respondeu Tiuri.

— Ah... – disse ela, olhando-o com grandes olhos.

– Então vem de longe – disse o senhor do castelo. – Mas fazer perguntas desde logo não é sinal de boa educação. Já jantou?

Como a resposta de Tiuri foi negativa, Rafox encarregou um de seus pajens de servir um bom jantar o mais rápido possível. Tiuri contou-lhe rapidamente sua missão e, pouco depois, durante o jantar, completou seu relato. O senhor do castelo já sabia que os Cavaleiros Cinza haviam deixado o cavalo Ardanwen no castelo.

– Eles nos pediram para cuidar dele até você voltar – informou. – É uma pena que não tenha chegado uns dias antes. Teria visto o cavaleiro Ewain e seu escudeiro.

– O cavaleiro Ewain? – perguntou Tiuri, um tanto surpreso. – E os outros?

– A companhia dos Cavaleiros Cinza foi dissolvida. O cavaleiro Ewain voltou a seu país. Não o encontrou no Primeiro Grande Caminho?

– Cruzei as montanhas por outro caminho. Mas por que a companhia dos Cavaleiros Cinza se dissolveu? Todos os Cavaleiros Vermelhos foram pegos?

– A maioria sim, mas não todos – respondeu o senhor do castelo. – Não encontraram o Cavaleiro Negro do Escudo Vermelho.

– Desistiram da busca?

– Tiveram de fazer isso. Não para sempre. Só interromperam sua caçada por algum tempo. O rastro do Cavaleiro do Escudo Vermelho os levava de volta para o leste. Seguindo esse caminho passaram por aqui e deixaram Ardanwen. Quem me transmitiu as últimas notícias foi Ewain. Ele me contou que não haviam encontrado o Cavaleiro Negro do Escudo Vermelho. Temiam que tivesse fugido para Eviellan. No início pensaram em ir até lá, mas uma missão do rei Dagonaut os obrigou a adiar esse plano. Só a *adiar*, os Cavaleiros Cinza voltarão a se reunir para cumprir sua vingança.

– Por que tiveram de adiá-lo? – perguntou Tiuri.

– O rei precisava de seus cavaleiros andantes mais experientes – respondeu o senhor do castelo –, e sobretudo de Ristridin. A missão do rei era mais urgente que a dos próprios cavaleiros. Não sei muito mais que isso. Ewain me disse que primeiro queria ir até o sul para continuar a busca ao Cavaleiro do Escudo Vermelho. Mas, depois de pensar melhor, pareceu-lhe que devia ver o rei Unauwen primeiro. Estava ausente há muito mais tempo que o combinado, e uma viagem a Eviellan representaria um atraso ainda maior. Precisava explicar sua prolongada ausência. Além disso, devia dar ao seu rei a notícia da morte do cavaleiro Edwinem. Não podia saber que você levaria essa notícia ao rei antes dele. Ele tinha apenas suposições sobre o motivo de sua viagem. Por isso voltou para o oeste e ficou aqui uma noite como convidado.

– É mesmo uma pena eu não tê-lo encontrado – disse Tiuri. – Conheci seu irmão no reino de Unauwen.

Teve de contar novamente muitas coisas, e Lavínia, mais que ninguém, lhe fez muitas perguntas.

– Um trovador poderia compor uma canção com suas aventuras – disse ela ao final.

Tiuri sorriu, um pouco tímido, mas também com uma ponta de orgulho. Depois falou de Piak, que conhecia tantas canções e que compusera uma melodia baseando-se nas palavras da carta. Ah, Piak! Continuava a sentir falta dele, mas sua tristeza desaparecera por completo naquele ambiente amável em que era objeto de todas as atenções.

Apesar de ter ficado tarde, queria ver o cavalo Ardanwen. Seu cavalo! O senhor do castelo se dispôs a levá-lo até os estábulos. O cavalo negro reconheceu Tiuri imediatamente e alegrou-se por voltar a vê-lo. Tiuri acariciou o focinho do fiel animal e de repente sonhou com as viagens que faria montado em seu lombo. Seria um cavaleiro andante. Cavaleiro, sim! E iria a todos os lugares com a espada do rei Unauwen.

Tiuri já se sentia quase um cavaleiro quando partiu no dia seguinte montado em Ardanwen. Lamentou não poder ficar mais tempo no castelo de Mistrinaut, apesar de ter sido convidado, mas tinha de se apresentar o mais rápido possível ao rei Dagonaut. O senhor do castelo e Lavínia o acompanharam um trecho do caminho; foram com ele até o começo do bosque. Ali havia uma pequena estalagem onde descansaram um pouco e comeram alguma coisa antes de se despedir.

– Tem de me prometer que virá nos visitar – disse o senhor do castelo.

Tiuri lhe prometeu. Depois se despediu de Lavínia. Quando lhe estendeu a mão, ela deixou cair a luva. Ele a recolheu e ia devolvê-la, mas de repente pensou melhor e disse:

– Posso ficar com sua luva, Lavínia?

– Por quê? – perguntou a jovem.

– Para levá-la comigo quando houver torneios. Se eu chegar a ser cavaleiro...

Calou-se de repente e percebeu que ficara vermelho.

Lavínia também enrubesceu mas disse amavelmente:

– É claro que você será um cavaleiro... Pode levá-la, Tiuri.

Então perceberam que o senhor do castelo os observava e voltaram a ficar vermelhos.

O senhor do castelo olhou para cada um deles e deu um leve sorriso sob sua barba.

– Bem – disse –, talvez visitemos a capital algum dia, no verão, quando celebrarem os torneios. Então vamos dizer apenas "até logo", Tiuri. Tudo de bom para você.

Pouco depois Tiuri cavalgava em direção ao leste. Olhou a luva de Lavínia e viu a jovem diante de si. Esperava que ela fosse à cidade no verão. O que quer que acontecesse, queria tornar a vê-la; ele visitaria o castelo de Mistrinaut o mais breve possível. Seus moradores eram agora seus amigos, principalmente Lavínia.

"Quantas amizades fiz em minha viagem", pensou pouco depois. "Aqui, no reino de Unauwen." Suspirou. Estava de novo sozinho; se despedira de todos. Até mesmo Piak, com quem vivera tantas coisas, já não estava com ele. Então deu uma palmada no pescoço de Ardanwen.

— Ainda tenho você, Vento da Noite, e também voltarei a encontrar os outros.

5. O bosque

O Grande Caminho era novo para ele, pois na ida tivera de evitá-lo. Com Ardanwen podia chegar à cidade em cerca de seis dias. O tempo estava bom. Um aroma outonal pairava no ar e um véu vermelho e dourado cobria as árvores. Estava tudo muito tranquilo e Tiuri não encontrou quase ninguém.

Três dias após sua partida do castelo de Mistrinaut, à tarde, chegou a umas edificações de madeira construídas ao lado do caminho para dar abrigo a viajantes e cavalos. Quase não havia estalagens naquela região pouco habitada. Tiuri cavalgou até o albergue ponderando se devia ficar para passar a noite ou prosseguir. Ainda era cedo e mais adiante poderia dormir ao ar livre. Notou que havia viajantes no local; ouviu o barulho de cavalos na parte que servia de estábulo, e junto à porta principal viu um escudo pendurado. Aquilo significava que no interior do albergue havia um cavaleiro. Tiuri tentou lembrar qual cavaleiro do reino de Dagonaut usava escudo prateado, cinza e verde, mas antes de encontrar a resposta uma voz gritou:

— Esse não é Tiuri, filho de Tiuri?

Virou-se e viu um cavaleiro no caminho. Quando ele se aproximou, percebeu que era Ristridin do Sul. Com uma cota de malha clara e manto verde, estava muito diferente do Cavaleiro Cinza que Tiuri conhecera. Cumprimentaram-se muito cordialmente e o jovem não pôde deixar de ficar para conversar com Ristridin e ouvir as notícias que tinha para lhe contar.

— Você encontrou Ewain? — perguntou Ristridin.

Tiuri respondeu que não.

— Por pouco também não me encontra — disse o cavaleiro. — Estou esperando Arwaut e seus guerreiros. Assim que chegarem, vamos entrar no bosque. Esperava que chegassem mais cedo e tinha acabado de sair para ver se já vinham vindo.

– E onde está o cavaleiro Bendu? – perguntou Tiuri. – O senhor de Mistrinaut me disse que os Cavaleiros Cinza se separaram.

– Isso mesmo. Mas vamos nos reunir novamente para castigar o único homem que ainda não recebeu seu castigo: o Cavaleiro Negro do Escudo Vermelho. Mas fale você primeiro. Ou ainda precisa guardar silêncio?

– Não mais, cavaleiro Ristridin. Cumpri a incumbência que recebi do cavaleiro Edwinem levando uma carta ao rei Unauwen. Isso é tudo.

– Isso é muito pouco para descrever uma viagem tão longa – disse Ristridin, com um sorriso, olhando Tiuri com atenção. – O que quer que você tenha vivido – acrescentou – fez-lhe bem, e não mal, Tiuri, filho de Tiuri. Falei com seu pai na cidade de Dagonaut. Ele pensou muito em você e continua a pensar, mas confia muito em seu filho. Sua mãe ficou muito preocupada e não quer regressar ao castelo de Tehuri enquanto você não voltar à cidade.

– Conte-me tudo, cavaleiro Ristridin.

– Responderei a todas as suas perguntas. Mas vamos entrar e comer alguma coisa. Estou aqui com meu escudeiro e meus guerreiros. Veja, ali vem Ilmar.

Ilmar também se surpreendeu ao ver Tiuri.

– Conseguiu recuperar Ardanwen? – perguntou.

– Sim, agora é o meu cavalo – disse Tiuri, com orgulho.

– E nosso truque funcionou?

– Sim e não – respondeu Tiuri. – Não completamente. Mas a viagem terminou bem.

– Já percebi – disse Ristridin. – Mas você vai ter de contar um pouco mais, não acha? Gostaria de saber que novidades há no reino de Unauwen e no de Eviellan.

O cavaleiro Ristridin também falou. Tiuri ouviu como os Cavaleiros Cinza haviam perseguido e castigado os Cavaleiros Vermelhos, e como haviam voltado para o leste, até as proximidades da cidade de Dagonaut seguindo o rastro do Cavaleiro do Escudo Vermelho. Quando o rei descobriu que estavam perto, mandou chamá-los. Aparentemente precisava de cavaleiros andantes.

– Em particular de Bendu ou de mim – contou Ristridin. – Somos mais velhos e experientes, e além disso já havíamos planejado ir à Selva Virgem.

– À Selva Virgem? – repetiu Tiuri.

– Sim. O rei Dagonaut nos disse isto: "Chegaram até mim estranhos rumores sobre a Selva Virgem, falando de ladrões que fogem da luz do dia, caçadores selvagens e Homens de Verde. Quero que investiguem o que há de verdade nisso. E quero que partam imediatamente, porque quem sabe os perigos que nos rondam de lá? Depois poderão prosseguir sua viagem de vingança; o interesse de nosso país tem prioridade." Não me restou outro remédio senão reconhecer que o rei tinha razão, apesar de lamentar não ter encontrado ainda o Cavaleiro do Escudo Vermelho. O rei concordou que um de nós continuasse com a caçada. Por isso Bendu foi para o sul, achamos que o Cavaleiro do Escudo Vermelho fugiu para Eviellan, e eu me dirigi à Selva Virgem. Arwaut virá em seguida com guerreiros para me acompanhar. Vamos em busca de nosso objetivo atravessando o Bosque dos Ladrões e o rio Verde.

– Foi o senhor mesmo que escolheu a Selva Virgem? – perguntou Tiuri.

Ristridin assentiu:

– Sim. Pensei no que Edwinem me disse certa vez: "Faça o que você se propôs; vá até a Selva Virgem. Isso é certo, deve conhecer seu próprio país..."

Calou-se por um momento e prosseguiu:

– Levantamos um pequeno monte de terra no túmulo de Edwinem, perto da estalagem Yikarvara, com um crucifixo e seu escudo branco. Ao seu lado há outro túmulo, o de Vokia, seu escudeiro. Voltamos a vê-lo na cidade de Dagonaut e pouco depois morreu. O choque pela morte de seu senhor foi demais para ele.

– O desconhecido... – murmurou Tiuri. Depois de um momento de silêncio perguntou: – Quando voltará a encontrar os outros?

– Combinamos ir os quatro ao castelo de Ristridin na primavera. Até lá talvez Bendu já tenha notícias de Eviellan. A primeira intenção era que Ewain fosse com Bendu, mas ele achou melhor ir antes para seu país para comunicar o acontecido ao seu rei.

– E por isso se separaram – disse Tiuri.

– Sim, Bendu foi para o sul, Ewain para o oeste, e Arwaut e eu vamos para a Selva Virgem. É pena você precisar ver o rei Dagonaut; do contrário, poderia vir conosco.

– Eu gostaria muito de fazer isso.

– Venha você também ao castelo de Ristridin na primavera... ou antes, se tiver tempo.

– Irei com muito prazer – disse Tiuri –, se puder.

– Também é bem provável, é claro, que o rei Dagonaut o encarregue de uma missão – disse Ristridin. – Quando ouvir as notícias que você traz, vai querer reforçar a vigilância na fronteira sul. Neste momento os olhos do monarca de Eviellan estão voltados para Unauwen, cujo rei e príncipe herdeiro ele odeia, e talvez esteja mais interessado em conquistar aquele reino. Mas só o rio Cinza separa nosso país de Eviellan, e portanto é um alvo mais fácil de atacar...

Levantou a cabeça e escutou.

– Ouça – disse. – Há um barulho de cascos ao longe. Devem ser Arwaut e seus homens.

Realmente era Arwaut, e Tiuri também teve oportunidade de cumprimentá-lo. No dia seguinte despediu-se dos cavaleiros, mas fizeram votos de voltar a se encontrar no próximo ano no castelo do irmão de Ristridin.

Tiuri prosseguiu sua viagem sem maiores acontecimentos nem encontros, mas num dado momento, quando já estava perto da cidade de Dagonaut, lembrou-se de algo. Fizera uma promessa.

Uma promessa a Marius, o Louco da Cabana do Bosque, a primeira pessoa que o ajudara na viagem. Prometera visitá-lo na volta e contar o que vivera em sua viagem até "onde o sol se esconde". Não podia decepcioná-lo.

Tiuri saiu da estrada assim que encontrou uma trilha transversal, mas demorou até descobrir o lugar em que se encontrara com o Louco. Perambulou um pouco pelo bosque e já começava a se perguntar se estava procurando na direção certa quando ouviu o chamado de alguém:

– Ei, cavalo e cavaleiro bonitos! O que estão procurando?

Era o Louco. Surgiu atrás de uns arbustos e olhou contente para Tiuri, enrolando os cachos da barba.

– Cavaleiro viajante e bonito cavalo negro, por quem procuram e para onde vão? Sabem quem eu sou?

– Estava procurando por você, Marius – respondeu Tiuri, descendo do cavalo. – Prometi que voltaria para contar onde estivera, lembra-se?

– Onde você esteve eu sei – disse o Louco. – Onde se esconde o sol. Mas não contei isso a ninguém. A ninguém. Era um segredo. Vieram os Cavaleiros Vermelhos e os Cavaleiros Cinza e perguntaram pelo segredo. Mas eu não contei nada. Nem para minha mãe nem para meus irmãos.

– Obrigado – disse Tiuri, sorrindo.

– E agora você voltou, viajante. Está diferente, mas é o mesmo. Agora pode me acompanhar até a Cabana do Bosque para conversar comigo?

– Claro que sim.

O Louco acariciou o focinho de Ardanwen e olhou contente para Tiuri.

– Veio fazer uma visita para mim – disse. – Para mim! Mas minha mãe fará comida para você. E vou dizer ao meu pai e aos meus irmãos: "Veio me ver. Para vocês ele é um estranho, para mim é um amigo. Esteve onde o sol se esconde." Onde o sol se esconde?

— Não cheguei tão longe — respondeu Tiuri. — Ouvi dizer que se esconde no mar.
— No mar? O que é o mar?
— É feito de água.
— Como um riacho ou uma nascente?
— Não, muito maior.
— Como um rio? Como um lago?
— Muito maior ainda. O mar é tão grande que não se vê outra coisa senão água até onde a vista alcança. Água até o fim do mundo.
— É ali que o sol se esconde?
— Sim.

O Louco pensou um pouco.

— Está certo — disse então. — Assim ele pode se refrescar depois de brilhar o dia inteiro. O sol se esconde no mar, na água. Vou dizer isso para os meus irmãos, porque eles não sabem. Ou é um segredo?
— Já não há mais segredos — respondeu Tiuri enquanto caminhava com o Louco até a Cabana do Bosque.

O Louco parou e enrugou a testa.

— Não há mais segredos? — repetiu. — Dizem que sou Louco, mas não acredito que não existam mais segredos.

Tiuri de repente olhou para ele com certo respeito.

— Sim — disse —, você tem razão. Já posso contar o meu segredo, mas é claro que restam muitos outros. Os segredos da Selva Virgem, por exemplo, e muitos mais. E alguns dos quais nem sequer ouvimos falar. E outros que jamais entenderemos.
— Agora não estou entendendo o que você quer dizer — disse o Louco.

Tiuri sorriu para ele.

— Leve-me até a Cabana do Bosque — pediu —, ali falarei o quanto você quiser.
— Nós dois falaremos — disse o Louco. — Esperei todos os dias por você. Sabia que voltaria. Agora está indo para onde o sol nasce. Sabe onde nasce o sol?
— Não — respondeu Tiuri —, não sei. Tem razão, ainda restam segredos.

6. O rei Dagonaut

Tiuri passou a noite na Cabana do Bosque e no dia seguinte viajou até a estalagem Yikarvara. Também fez uma breve visita aos túmulos do cavaleiro Edwinem de Foresterra e de Vokia, seu escudeiro.

O estalajadeiro de Yikarvara reconheceu Ardanwen e, consequentemente, Tiuri.

– Você é o jovem que queria falar com o Cavaleiro Negro do Escudo Branco, que em paz descanse – disse. – Como pode voltar montado em seu cavalo?

– Agora é meu cavalo – respondeu Tiuri.

– Verdade? – perguntou o estalajadeiro, com uma expressão um tanto receosa. – Quem é você realmente? Cavaleiros Vermelhos e Cavaleiros Cinza estiveram procurando por você... Já faz tempo, mas me lembro muito bem.

– Sou um mensageiro, e levo ao rei Dagonaut uma carta do rei Unauwen.

Achou que com essas palavras o estalajadeiro se daria por satisfeito.

Dormiu na estalagem, ou melhor, ficou deitado na cama, porque quase não pregou o olho.

Da estalagem até a cidade a distância era pequena. Ainda era cedo quando Tiuri alcançou sua meta. Sentia-se estranhamente animado. Parecia-lhe quase estranho que a cidade de seu rei estivesse do mesmo jeito. Olhou para a capela onde começara sua aventura há mais de um mês e meio. Olhou para as torres que sobressaíam da muralha da cidade; por cima das torres do palácio ondeava o estandarte real, revelando que aquela era a casa do rei.

Tiuri pensou em Piak, perguntando-se o que ele diria se estivesse ali. Ficaria decepcionado com a cidade de Dagonaut como ficara com Dangria? Aquela cidade se parecia um pouco com Dangria, mas era maior.

Parou seu cavalo, tirou o velho hábito da bolsa de viagem e o vestiu. Queria entrar na cidade, onde muitos o conheciam, da forma mais despercebida possível e não falar com ninguém até ver o rei Dagonaut. Depois cavalgou até a porta oeste, que estava aberta.

Nesse exato momento uma comitiva estava saindo: dois cavaleiros, seguidos por escudeiros e arqueiros. Os cavaleiros eram jovens e tinham um aspecto resplandecente, com armas reluzentes, mantos coloridos e um falcão sobre o punho. Tiuri teve um sobressalto ao reconhecer Arman e Yiusipu. Passaram galopando ao seu lado sem prestar atenção nele, e ele os seguiu com o olhar até desaparecerem atrás de uma colina.

"Poderia estar com eles", pensou Tiuri. "Se não tivesse escutado aquela voz, provavelmente agora iria caçar com eles no Bosque do Rei." Mas sabia que não queria que tivesse sido diferente. Não gostaria de perder tudo o que vivera.

Os sentinelas deixaram-no passar imediatamente, apesar de terem feito alguns comentários:

– Seu cavalo é mais bonito que seu hábito, monge – disseram.

– Não sou monge – respondeu Tiuri. – Sou um mensageiro e trago uma mensagem do oeste para o rei Dagonaut.

Continuou cavalgando pelas ruas conhecidas e em seguida chegou à praça onde se encontrava o palácio. Diante dele havia uma pousada; junto à porta estava pendurado um escudo azul e dourado, com as armas do cavaleiro Tiuri, o Destemido. Tiuri hesitou um momento diante da pousada. Entraria para cumprimentar seus pais? Não, antes precisava ver o rei, isso era mais importante.

Os sentinelas do palácio quiseram saber quem ele era.

– Um mensageiro para o rei Dagonaut – repetiu Tiuri.

– Quem o envia e qual é o seu nome?

– O rei Unauwen me enviou e meu nome é Tiuri.

Nesse momento os sentinelas o reconheceram e o deixaram entrar. Tiuri deixou Ardanwen sob os cuidados de dois servos no pátio e pouco depois encontrava-se no grande salão onde as visitas do rei deviam aguardar. Que o rei o recebesse logo!

Entrou um cavaleiro que engoliu um grito de surpresa.

Tiuri olhou para ele.

– Pai! – exclamou.

Correram um para o outro e se abraçaram.

– Pai! – tornou a exclamar Tiuri.

O cavaleiro Tiuri olhou para ele, com expressão de felicidade.

– Está tudo bem, meu filho?

– Sim, sim... ah, pai.

– Você é o mensageiro do rei Unauwen?

– Sim, pai. Como o senhor está? E minha mãe?

– Tudo bem – respondeu o cavaleiro Tiuri. – O rei está esperando por você. Devo levá-lo até ele.

Mas não saiu do lugar, ficou olhando calmamente para seu filho.

– Você cresceu – disse. Depois pôs a mão no ombro de Tiuri. – Vamos ver o rei. Logo continuaremos conversando.

Instantes depois Tiuri se encontrava diante do rei Dagonaut, olhando aquele rosto que lhe era tão familiar. Era um rosto marcado, com olhos claros e penetrantes, rodeado por uma cabeleira espessa e castanha e barba curta. Não havia ninguém mais no salão, salvo o pai de Tiuri, que se retirara até a porta.

Tiuri cumprimentara respeitosamente o rei, entregando-lhe a carta de Unauwen. Então disse:

– Majestade, também gostaria de explicar por que saí da capela na noite do solstício de verão.

– É claro – disse o rei Dagonaut. – O cavaleiro Ristridin já me contou alguma coisa, mas eu gostaria de ouvir toda a história contada por você. Partiu inesperadamente, sem dar explicação, e ficou muito tempo fora... apesar de não muito, considerando que viajou até o reino de Unauwen.

Olhou atentamente para o jovem, tal como fizera o cavaleiro Tiuri.

– Já cumprimentou seu pai?

– Sim, Majestade.

– E sua mãe?
– Ainda não, Majestade.
– Está bem.

O rei rompeu os lacres da carta de Unauwen, que tinha muitas folhas escritas de cima a baixo. Deu-lhes uma rápida olhada e dirigiu-se novamente ao jovem.

– Quero ouvir sua história e sua explicação, Tiuri, filho de Tiuri, mas antes preciso ler o que o grande rei do oeste me escreveu. Vá agora com seu pai e volte dentro de uma hora.

Tiuri fez uma reverência e disse que obedeceria.

Saiu com seu pai para a estalagem onde reencontrou sua mãe. A hora passou rapidamente, e ainda tinha muito para contar quando, acompanhado por seu pai, regressou ao palácio. Essa vez ficou sozinho na presença do rei.

Tiuri contou o que o impelira a sair da capela em vez de velar até às sete da manhã.

– O desconhecido pediu ajuda, e não pude negar. E, ao jurar ao cavaleiro Edwinem que entregaria a carta, tive de cumprir a missão...

– Isso está certo – disse o rei Dagonaut. – Foi muito difícil levar a termo essa missão?

– Às vezes sim. Mas muita gente me ajudou.

O rei deu umas batidinhas na carta que segurava.

– O rei Unauwen escreveu sobre isso – disse, e, olhando novamente para Tiuri, acrescentou: – Você ganhou uma espada, um anel e um cavalo, mas ainda não é cavaleiro.

– N-não..., Majestade – disse Tiuri, sem saber o que pensar do que ouvira. O rei Dagonaut aprovava seu comportamento ou não? Tinha um sorriso tão estranho.

O rei ficou em silêncio por um momento. Tiuri também.

– Bem – disse por fim o rei –, não tem mais nada a contar ou a dizer?

— Não, Majestade — respondeu Tiuri. O que mais podia dizer? Não ia repetir a história de suas aventuras. Contara aquilo que o rei precisava saber.

— E não tem nada a perguntar, Tiuri, filho de Tiuri?

Sim, Tiuri tinha uma coisa a perguntar!

— Majestade — disse quase balbuciando —, o senhor acaba de dizer que ainda não sou cavaleiro. Poderia... poderia nomear-me cavaleiro?

O rei Dagonaut levantou-se de repente de seu trono.

— Nomeá-lo cavaleiro? — repetiu lentamente. — Você saiu antes da hora... por sua própria vontade e livremente. Por acaso acha que eu, agora, após mais de um mês e meio, vou fingir que nada aconteceu? O dia do solstício de verão passou há muito tempo. Por que deseja ser nomeado cavaleiro agora?

— Eu... eu esperava que talvez ainda quisesses fazer isso — balbuciou Tiuri.

— Uma vez a cada quatro anos são escolhidos os jovens que receberão a acolada — disse o rei. — Antes foram colocados à prova e tiveram de seguir muitas regras. A obrigação deles é passar a noite anterior refletindo e velando, não escutando as vozes que vêm de fora. Se não querem ou não podem fazer isso, rompem a regra demonstrando com isso que não estão preparados para ser cavaleiros. Foi o que aconteceu com você, Tiuri.

— Mas... — começou a dizer Tiuri. Não conseguiu acrescentar mais nada. "Mas não podia fazer outra coisa", gostaria de ter dito.

— Seja sincero, Tiuri — continuou o rei —, se você tivesse a oportunidade de passar mais uma noite velando na capela, e uma voz voltasse a lhe pedir ajuda... O que faria?

Tiuri olhou para o rei. De repente estava muito sereno.

— Faria a mesma coisa — respondeu.

O rei Dagonaut assentiu:

— Exatamente. Faria a mesma coisa mesmo sabendo das consequências. E teria de aceitá-las.

Tiuri levantou a cabeça.

– Sim, Majestade – disse alto e claro.
– Ainda que isso significasse que você não receberia a acolada.
– Ainda que isso significasse que eu não receberia a acolada – repetiu Tiuri em tom firme.

O rei Dagonaut tornou a assentir e disse:
– Pode sair, Tiuri. Espero por você esta noite no palácio. Ainda me deve obediência, não só porque sou seu rei mas também porque está a meu serviço como escudeiro.

Tiuri fez uma reverência e saiu.

Abandonou o palácio e voltou para a estalagem onde sua mãe esperava por ele. Seu pai chegou mais tarde. Teve de contar novamente suas aventuras, mas sua cabeça estava em outro lugar. Ainda pensava na conversa com o rei Dagonaut. Naquele momento percebeu que nos últimos dias ele contara com o fato de que seria nomeado cavaleiro pelo rei. No fim de tudo, o perverso desejo de Slupor se cumpriria.

– Você está sentindo alguma coisa? – perguntou sua mãe, interrompendo uma de suas histórias.

– Tiuri deve estar cansado – disse seu pai. – Viveu tantas coisas em tão pouco tempo que precisará se acostumar a estar novamente na cidade conosco.

"Terei coragem de lhes contar?", pensou Tiuri. Gostaria de fazê-lo porque tinha a impressão de que seus pais estavam orgulhosos dele. Talvez ficassem do seu lado e concluíssem que o rei estava sendo injusto, apesar de não saber ao certo se seu pai faria isso; gostava muito do rei Dagonaut e para ele os desejos dele eram lei. Mas não disse nada. Queria clarear os pensamentos antes, pois estavam confusos e contraditórios. Além disso, eles logo descobririam que, por enquanto, não seria cavaleiro.

À tarde não aguentou ficar na pousada. Selou Ardanwen e foi cavalgar fora da cidade. Assim poderia pensar tranquilamente.

Não estava arrependido de ter partido no dia do solstício de verão e voltaria a fazer o mesmo se preciso. O rei Dagonaut tinha razão:

devia aceitar as consequências. Chegou a achar que devia até agradecer por permanecer na mesma situação em vez de se tornar cavaleiro. Mas não pôde deixar de pensar no rei Dagonaut e de admitir que estava decepcionado com sua atitude. O rei Unauwen teria se comportado da mesma maneira?

No entanto, Tiuri tinha consciência de que não devia pensar assim. Dagonaut era seu rei, e lhe devia obediência. Era um rei severo mas não injusto. Talvez até aprovasse seu comportamento, mas isso não o impedia de achar que devia arcar com as consequências.

Tiuri parou o cavalo e olhou para a cidade. A tarde chegava ao fim; precisava voltar. O passeio lhe fizera bem; já conseguia aceitar a decepção. Quando tornou a cavalgar, soaram em seus ouvidos as palavras de Tirillo: "Você não precisa carregar escudo e espada para ser cavaleiro."

"É isso mesmo!" disse consigo mesmo. "Não importa ser ou não cavaleiro. Sou Tiuri e sempre poderei fazer algo de bom."

7. Um Cavaleiro de Escudo Branco

Na estalagem, os pais de Tiuri esperavam impacientes por ele. O rei Dagonaut oferecia um jantar no palácio, ao qual deviam comparecer. Todos os cavaleiros que estavam na cidade iriam com suas esposas e escudeiros.

— O rei também espera por você — avisou o pai.

— Eu sei.

— Cinja sua espada — disse o cavaleiro antes de saírem.

— Ainda não posso usar espada — comentou Tiuri. — Sabe que o rei não vai me nomear cavaleiro?

— Sei — disse seu pai calmamente. — Mas, apesar disso, você deve cingi-la, essa é a ordem. Tome, leve meu escudo.

— Posso voltar a ser seu escudeiro, pai? — perguntou Tiuri, pegando o escudo.

— É o rei quem deve decidir isso — respondeu o pai.

— Quais cavaleiros estarão presentes esta noite? — continuou a perguntar Tiuri. — Esta manhã vi Arman e Yiusipu.

— Eles são os únicos amigos seus que ainda estão na cidade. Wilmo voltou para as terras do pai dele e Foldo foi para o sul numa missão. Dos cavaleiros mais antigos também não restam muitos na cidade. Sua mãe e eu também vamos partir em breve. Fomos adiando a volta para Tehuri porque esperávamos receber notícias suas.

O castelo de Tehuri! De repente Tiuri sentiu saudade da casa de seus pais, onde estivera há mais de um ano. Perguntou-se o que lhe aconteceria. Teria de continuar servindo o rei como antes? Então sentiu saudade de mais uma coisa. Quem dera estivesse na cidade de Unauwen, a cidade mais bonita do mundo, junto do rio Branco, perto do mar no oeste!

No palácio, as mesas estavam dispostas no salão usado para os encontros do rei e seus cavaleiros. Era um salão bem grande e muito bonito, rodeado por uma colunata. Nas colunas estavam pendurados os escudos dos cavaleiros que viriam. Tiuri pendurou o escudo de seu pai no lugar indicado e colocou-se um pouco atrás. Mas foi visto mesmo assim. Arman e Yiusipu aproximaram-se dele, com seus trajes de gala próprios de cavaleiros. Seus rostos jovens e alegres não haviam mudado.

— Ouvimos dizer que você havia voltado — disseram, apertando-lhe a mão —, mas não sabíamos se era verdade. Como está?

— Bem — respondeu Tiuri, com um sorriso. — Nem preciso perguntar como estão!

Os jovens olharam para ele contendo a curiosidade.

— Você esteve muito longe, não é? — perguntou por fim Arman. — Eu o vi saindo escondido aquela noite.

Ficou em silêncio.

— Por que fez aquilo? — perguntou Yiusipu.

— Sair escondido?

— Sim. Você fez uma grande bobagem.

– Deve ter tido um bom motivo – disse Arman, um tanto irritado.

Tiuri voltou a sorrir. Arman sempre fora seu amigo.

– Tive um bom motivo – respondeu.

Naquele momento o mestre de cerimônias pediu que os convidados se dirigissem às mesas. O rei estava chegando.

– Venha conosco – disse Arman para Tiuri.

Tiuri fez que não com a cabeça. Só os cavaleiros e suas esposas podiam se sentar à mesa em ocasiões como aquela. Ele ainda pertencia ao grupo dos escudeiros e servos. Foi até eles para cumprimentar alguns antigos conhecidos. Mas o mestre de cerimônias o deteve e disse:

– Tiuri, filho de Tiuri, seu lugar é ali.

– Na mesa! – exclamou Tiuri, surpreso. – Não, Muldo, acho que há algum engano.

– Seu lugar é na mesa – repetiu o mestre de cerimônias –, entre o cavaleiro Arman e o cavaleiro Yiusipu. Foi o que me ordenaram.

Tiuri não pôde continuar a opor resistência porque um toque de trombetas anunciou a chegada do rei.

E assim lá estava ele, com os cavaleiros e suas esposas, sentado numa das mesas grandes dispostas em forma de ferradura. Quando o rei entrou, Tiuri fez uma reverência, esperou que ele desse as boas-vindas aos seus convidados e se sentasse. Em seguida, todos podiam se sentar.

No entanto, o rei Dagonaut permaneceu de pé e olhou cada um dos presentes. Seu olhar se deteve em Tiuri, que não se sentiu muito à vontade, porque pensava que não tinha o direito de ficar ali como mais um cavaleiro.

O rei cumprimentou seus cavaleiros e esposas. Depois disse:

– Devem ter visto que hoje, pela primeira vez, senta-se conosco um jovem cavaleiro. Ele é o mais jovem de todos vocês. Quero desejar-lhe as boas-vindas. Cavaleiro Tiuri, filho de Tiuri!

Tiuri olhou surpreso para ele.

O rei Dagonaut começou a rir.

– Vejam como me olha! – exclamou. – Cavaleiro Tiuri, seja bem-vindo. Aproxime-se para que possamos saudá-lo melhor e assim ratificar minhas palavras.

Tiuri obedeceu.

– Majestade – disse quando ficou diante do rei –, desculpe-me mas eu pensei...

– Pensou que eu não ia nomeá-lo cavaleiro – disse o rei, rindo outra vez. Depois ficou sério e acrescentou: – Você me entendeu mal, Tiuri, apesar de ter de confessar que tentei confundi-lo de propósito. Queria que tivesse consciência de que voltaria a fazer o mesmo ainda que isso o prejudicasse.

– Ah! – exclamou Tiuri em voz baixa.

– Havia outro motivo para eu dizer que não o nomearia cavaleiro – continuou o rei. – Na verdade, já não era necessário. Se não tivesse atendido ao pedido de ajuda, já seria cavaleiro. Mas, como o atendeu, realizou sua missão e cumpriu seu juramento ao cavaleiro Edwinem, por acaso já não é um cavaleiro? Não recebeu a acolada, mas demonstrou ser um cavaleiro. Você nomeou a si mesmo, Tiuri, e o fato de eu tocar sua nuca com uma espada não o tornará mais cavaleiro do que já é.

Um murmúrio percorreu a sala. Tiuri olhou para o rei, comovido, surpreso, tímido, orgulhoso e contente ao mesmo tempo.

– Dê-me sua espada – disse o rei.

Tiuri obedeceu.

– Ajoelhe-se – ordenou o rei.

E Tiuri assim fez. O rei tocou seu pescoço com a lâmina da espada e disse:

– Levante-se, Cavaleiro Tiuri!

Quando Tiuri se levantou, o rei lhe cingiu a espada e o beijou, como era costume. Depois fez um gesto para um dos servos, que lhe entregou um escudo tão branco quanto a neve.

– Cavaleiro Tiuri, agora jurará servir-me com lealdade. Mas, a pedido do rei Unauwen, dou-lhe um escudo branco como símbolo de que também servirá Unauwen e em memória do cavaleiro cuja missão você aceitou.

Tiuri pegou o escudo e com voz trêmula pronunciou o juramento que qualquer jovem cavaleiro deve fazer e manter:

– Juro, como cavaleiro, servi-lo com lealdade, bem como a seus súditos e a todos que pedirem minha ajuda. Juro usar minha espada só para o bem e contra o mal, e proteger com meu escudo os que são mais fracos que eu...

Então todos os presentes na sala gritaram:

– Viva o Cavaleiro Tiuri do Escudo Branco!

Mas Tiuri abaixou a cabeça porque tinha os olhos cheios de lágrimas.

E depois disso o jantar pôde começar. Servos e escudeiros traziam bandejas e enchiam as taças. Tiuri viu que muitos rostos se voltavam para ele: alegres, surpresos e curiosos. Não se sentou, mas dirigiu-se até o rei e lhe disse, sussurrando:

– Majestade, posso pedir-lhe uma coisa?

– O que foi, cavaleiro Tiuri?

– Será que eu poderia me retirar? – perguntou Tiuri em voz tão baixa que ninguém, exceto o rei, pôde escutá-lo.

– Por quê? – perguntou o rei, falando tão baixo como ele.

– Majestade... eu ainda não terminei a vigília... – começou a dizer Tiuri.

Felizmente o rei entendeu tudo.

– Vá, Tiuri – disse amavelmente. – Até amanhã.

Tiuri abandonou a sala o mais discretamente possível e saiu. Em seguida, montou Ardanwen e cavalgou pelas ruas desertas até a porta da cidade.

Tiuri estava ajoelhado no chão de pedra da capela, olhando a chama da vela à sua frente. Tudo o que vivera parecia-lhe um sonho. Tinha a impressão de que, se olhasse ao seu redor, veria seus amigos ali sentados: Arman, Foldo, Wilmo e Yiusipu. Então se daria conta de que a voz que lhe pedia para abrir a porta era imaginação sua, da mesma forma que tudo o que acontecera depois.

Mas quando olhou ao redor continuava sozinho e sobre o altar estava pendurado seu escudo branco.

Não, tudo acontecera de verdade. O Tiuri que velava nessa noite era muito diferente do Tiuri de muitos dias atrás. Nesse momento, o jovem teve realmente consciência do que significava ser cavaleiro. E era apenas o começo. Tudo o que vivera podia ser considerado uma prova. Pensou em tudo o que passara, nas pessoas que conhecera, nos amigos que fizera. Também pensou no futuro e prometeu a si mesmo tentar ser um bom cavaleiro.

Assim passou a noite e só se levantou quando os primeiros raios de sol iluminaram a capela e a encheram de luz.

8. Um reencontro ao amanhecer

Tiuri saiu ao ar livre, onde o fiel Ardanwen esperava por ele pacientemente. O sol brilhava atrás das torres da cidade, que estava linda com aquela luz matinal, quase tão bonita quanto a cidade de Unauwen. Tiuri montou Ardanwen e desceu a colina cavalgando lentamente.

Quase ao final da descida, viu que pelo caminho do oeste se aproximava um garoto pobremente vestido, mas com uma espada cingida à cintura.

"Parece Piak", pensou, e com um sobressalto constatou que realmente era ele.

Piak parou e olhou para a cidade, protegendo os olhos com a mão. Não viu Tiuri.

Tiuri afrouxou as rédeas e foi cavalgando velozmente até ele.

Piak não o reconheceu e retrocedeu, assustado.

– Piak, Piak!

Saltou do cavalo.

– Tiuri... é você! – exclamou Piak, surpreso.

Os amigos apertaram as mãos e se abraçaram.

– É você mesmo! – disse Piak. – Achei que era um cavaleiro... Ou você agora é cavaleiro?

– Sim, sim. Mas o que está fazendo aqui?

– Mudei de ideia – respondeu Piak, um pouco tímido de repente. – Eu queria, quis... preferia ser seu escudeiro apesar de tudo...

– Escudeiro – repetiu Tiuri. – Amigo, companheiro de viagem, guia e, quem sabe, talvez também cavaleiro do rei.

– Já está exagerando! Só quero ser seu amigo e seu escudeiro. Se é que você precisa de um.

– Só quero ter você ao meu lado.

– Você está fantástico! – exclamou Piak, olhando-o dos pés à cabeça. – Não o reconheci. Posso continuar chamando você de Tiuri?

– Vou puxar suas orelhas se me chamar de outra forma – respondeu Tiuri, rindo.

– E está usando um escudo branco. Como é possível? Achei que só os cavaleiros de Unauwen usavam escudos brancos.

– Já vou lhe contar tudo – disse Tiuri.

– E esse é o seu cavalo negro? – perguntou Piak, acariciando cuidadosamente o focinho de Ardanwen.

– É, sim. Ele vai gostar de você também cavalgá-lo. Mas tem de me contar como chegou tão rápido... Quando mudou de ideia, e por quê?

– Arrependi-me em seguida – contou Piak. – Subi a montanha de volta para Menaures e a cada passo pensava: "Agora a distância entre nós está cada vez maior, maior..." E, quando já estava lá no alto fazendo as tarefas de sempre, olhei ao meu redor e tive certeza. Como estava arrependido! Acabei contando para Menaures, que riu um pouco e me disse: "Eu sabia. Vá e siga seu amigo."

– Por que ele não disse isso antes? – perguntou Tiuri.

– Foi o que lhe perguntei. Sabe o que me disse? "Porque agora você tem certeza de que deseja ficar com Tiuri apesar de sentir falta das montanhas." Ele tinha razão. Veja, logo que nos despedimos minhas dúvidas acabaram. Bem, me despedi de Menaures e desci correndo. Ufa! Como andei depressa! Levei mais de um dia até chegar ao castelo de Mistrinaut. Eu me lembrava de você ter me falado dele e bati lá. Perguntei se sabiam alguma coisa de você, é claro. E todos se aproximaram de mim: o senhor do castelo, sua mulher e sua filha. Essa nobre é muito gentil e também muito bonita. Acho que ela gosta muito de você. E você dela, não é? – perguntou Piak, com um sorriso, depois de observar Tiuri.

– Sim, claro – respondeu Tiuri, ficando vermelho.

Piak deu outro sorriso.

– Foram muito gentis comigo – continuou. – Até me emprestaram um cavalo. Um escudeiro acompanhou-me uma parte do caminho para poder voltar depois com o cavalo. Só fiz a pé o último trecho.

Calou-se por um momento.

– E isso é tudo. E agora tem de me contar sua viagem e o que disse ao rei Dagonaut – concluiu.

– Vou fazer isso mais tarde – disse Tiuri. – Antes venha comigo à cidade. Ali conhecerá meus pais e os cavaleiros de Dagonaut, e até mesmo o próprio rei.

– E depois?

– Depois veremos. Com certeza deve haver algo que possamos fazer.

E então, ao lado de Piak, Tiuri segurou as rédeas de Ardanwen e caminhou lentamente até o leste, até a cidade de Dagonaut.

GRÁFICA PAYM
Tel. [11] 4392-3344
paym@graficapaym.com.br